KIRAN MILLWOOD HARGRAVE
DER TANZ DER FRAUEN

Zum Roman

Straßburg, im glühend heißen Sommer 1518: Mitten in der Stadt beginnt eine Frau zu tanzen. Tagelang, ohne Unterbrechung. Hunderte folgen ihrem Beispiel und die Obrigkeit ruft verzweifelt den Notstand aus. Außerhalb der Stadtgrenze spürt die schwangere Lisbet noch nichts von dem Aufruhr. Doch als ihre Schwägerin Nethe aus der Verbannung auf den Hof zurückkehrt, beginnt auch unter Lisbets Füßen der Boden zu beben. Was verbirgt Nethe? Welche Sünde hat sie begangen, für die sie sieben Jahre lang Buße tat? Lisbet gerät in ein tückisches Netz aus Täuschung und heimlicher Leidenschaft – und tanzt schon bald selbst zu einer unheilvollen Melodie.

»Eine außergewöhnlich atmosphärische und originelle Geschichte.« *The Sunday Times*

Zur Autorin

Kiran Millwood Hargrave, geboren 1990, ist eine preisgekrönte britische Lyrikerin und Autorin von Romanen, Theaterstücken und Kinderbüchern. Kiran gewann den Waterstones Children's Book Prize und den British Book Award für das Children's Book of the Year. »Vardø. Nach dem Sturm« war ihr erster Roman für Erwachsene und ein Sunday-Times-Bestseller. Nun folgt ihr neuestes Buch »Der Tanz der Frauen« in deutscher Übersetzung. Mit ihrer Familie lebt die Autorin in Oxford direkt am Fluss.

KIRAN MILLWOOD HARGRAVE

DER TANZ DER FRAUEN

Roman

Aus dem Englischen
von Stefanie Fahrner

DIANA

Von Kiran Millwood Hargrave sind im Diana Verlag erschienen:
Vardø – Nach dem Sturm
Der Tanz der Frauen

Sollte diese Publikation Links auf Webseiten Dritter enthalten, so übernehmen wir für deren Inhalte keine Haftung, da wir uns diese nicht zu eigen machen, sondern lediglich auf deren Stand zum Zeitpunkt der Erstveröffentlichung verweisen.

Zitathinweis: Zitate auf Seite 7 allesamt übersetzt von Stefanie Fahrner.

MIX
Papier | Fördert gute Waldnutzung
FSC® C014496

Penguin Random House Verlagsgruppe FSC® N001967

Die Originalausgabe erschien 2022 unter dem Titel
The Dance Tree bei Picador, London

Redaktion: Antje Nissen
Umschlaggestaltung: t.mutzenbach design, München
Umschlagmotiv: © Index Fototeca / Bridgeman Images; Shutterstock (Phatthanit; Master1305; KathySG; Alenarbuz)
Satz: Leingärtner, Nabburg
Druck und Bindung: GGP Media GmbH, Pößneck

Printed in Germany
ISBN 978-3-453-29268-0

www.diana-verlag.de

Für Katie und Daisy, die uns Mut machten,
als wir die Last alleine nicht mehr schultern konnten

Ihre zerbrechlichen Körper sind wie die stärksten Windstöße, und die Wege der Schöpfung, so zahllos sie auch sind, sagen uns, dass nichts und niemand entbehrlich ist.

AUS: THE BEEHIVE METAPHOR
VON JUAN ANTONIO RAMÍREZ

Manchmal erlebt der Körper eine Offenbarung, weil er alle anderen Möglichkeiten verworfen hat.

AUS: FUGITIVE PIECES
VON ANNE MICHAELS

Als ich dieses Spektakel sah, wollte ich leben für
Einen Augenblick für einen Augenblick. Wie unelegant es auch sein mochte,
Es war, wie es hätte sein können, lebendig zu sein, aber auf zärtliche Weise.
Eine Sache. Eine Sache. Nur eine Sache:
Sag mir, dass da
Eine Wiese ist, danach.

AUS: »A MEADOW«
VON LUCIE BROCK-BROIDO

Strassburg, 1518

Keine tanzt

Sie hat gehört, dass es Brot auf dem Marktplatz gibt. Vielleicht war das gelogen, oder vielleicht sind die Laibe so verschimmelt, dass sie ungenießbar sind, aber Frau Troffea ist das egal. Allein die Hoffnung darauf ist so nahrhaft wie alles andere, was sie in den letzten Monaten zwischen die Zähne bekommen hat. Sie ist zusammen mit den anderen Pilze sammeln gegangen, hat Hasenfallen in den Wäldern ausgelegt wie die Zigeuner. Umsonst. Selbst die Tiere sind nach dem Hungerwinter und diesem brütend heißen Sommer ausgehungert. Sie fand einen Vogel, der aus dem Nest gefallen war, brachte ihn nach Hause und kochte ihn in der Asche ihres Feuers, biss sich durch seine weichen, zersplitternden Knochen, so lange, bis ihr Zahnfleisch wund und ihr Mund voller Eisen und Salz war.

Ihr Mann weiß nicht, wie sehr sie leidet, hat anscheinend nie Hunger gekannt. Er ist sehnig geworden, Muskeln winden sich um seine Arme wie Seile. Aber sie trägt den Hunger in sich wie ein Kind, und er wächst und saugt und füllt ihren Bauch, bis sie sich verkrampft, weil sie das volle Gewicht seiner nagenden Leere spürt.

Sie hat angefangen, an Lederresten zu kauen. Sie hat begonnen, an ihren Haarspitzen zu saugen, und betrachtet die streunenden Hunde mit plötzlichem Interesse. Neuerdings sieht sie weiße Lichter vor sich in der Luft hängen, die sie mit dem Finger durcheinanderwirbeln kann.

Doch Frau Troffea hat noch nicht den Verstand verloren, und während sie durch ihre Stadt taumelt, schmiedet sie einen Plan. Wenn das Brot verbrannt ist, kann sie es in den Fluss tauchen, bis es weich wird. Wenn es verdorben ist, haben die anderen es vielleicht liegen lassen. Wenn es kein Brot gibt oder alles schon weg ist, kann sie ihre Taschen mit Steinen füllen und ins Wasser gehen, wie es einige bereits getan haben. Man sah, wie Frauen ihre Babys hineinwarfen, damit sie ihre anderen Kinder ernähren konnten. Sie hätte dasselbe getan, wenn ihre Kinder das Säuglingsalter überlebt hätten. Jener Sohn, der das geschafft hat, ist vor langer Zeit als Verräter gehängt worden. Samuel, einer von Hunderten, die verurteilt wurden anstelle ihres Anführers Joß Fritz, der nach jedem neuen Aufstandsversuch so schnell und spurlos im Schwarzwald verschwand wie der Schnee im Sommer.

Die Armenhäuser sind überfüllt, die Friedhöfe auch. Das Ende der Welt ist nahe, auf den Straßen und in den Kirchen wird es verkündet. Geiler, der lautstarke Prediger des Straßburger Münsters, ist seit acht Jahren tot, aber seine Worte sind auf Wände geschmiert und hallen von den Kanzeln des Münsters wider: *Es gibt keinen unter uns, der gerettet werden kann.* Der Komet, der um die Jahrhundertwende seinen feurigen Schweif hinter sich herzog und sie verdammte, wird aus seinem Krater gehoben und auf einen Altar gelegt, aber es ist zu spät.

Sie betet im Gehen, obwohl ihr Rosenkranz schon lange nicht mehr da ist. Die Tonperlen hatten zwischen ihren Zähnen gekracht wie Vogelknochen.

Frau Troffea wirbelt einen Lichtfaden durch ihre Finger, weich wie Lammwolle. Schweiß läuft ihr über die Lippen und den Rücken, tränkt den stinkenden Stoff ihres Kleides. Die Sonne hat ihr die Fußsohlen verbrannt, als sie mittags vor einem Wirtshaus eingeschlafen war. Ein alkoholisches Getränk kann sie sich kaum leisten, aber nun ist wenigstens davon genug da, denn der verdorbene Weizen taugt nur noch für Bier. Ihr Mann hat die ganze Nacht nicht nach ihr gesucht. Ihre Füße scheuern auf dem Kopfsteinpflaster, und es tut gut, sie wieder zu spüren. Die Blasen machen Platz für frische Haut.

Ihr Weg führt sie über den Pferdemarkt, der entstanden war, als Straßburg noch ein anderes Zentrum hatte. Damals hatte er am Stadtrand gelegen. Jetzt gibt es Beschwerden aus der Kathedrale über den Geruch, aber Frau Troffea mag ihn: säuerlich und durchdringend bedeckt er ihre Zunge. Sie öffnet den Mund, füllt ihre Lunge damit an.

Sie ist gewachsen wie ein riesiges Tier, diese Stadt. In ihrer Jugend war sie fett vor lauter Reichtum, und dann kamen die Flöhe angekrochen. Der Handel ist schon lange zurückgegangen, aber trotzdem sieht man jeden Tag neue Gesichter, darunter auch dunkle, ganz so, als wären die Teufel schon da. Sie überfluten das Krankenhaus mit ihrem Dreck. Das Heilige Römische Reich ist in einen Kampf mit den osmanischen Türken verwickelt und kämpft um ihre Seelen. Sie kann nicht lesen, weiß aber, dass es Schmähschriften über sie gibt, über die Türken, die ihr Reich, ihre Heimat bedrohen. Sie sind der Feind, aber sie kommen trotzdem und behaupten, vor denselben Horden zu fliehen, die für sie kämpfen.

Frau Troffea ist auf der Hut, was solche Lügen angeht.

Sie verbringt ihre Tage damit, nach den Ungläubigen Ausschau zu halten, entdeckt sie sogar in der Kirche, obwohl dort heiliger Weihrauch brennt, dessen Schwaden so dick sind, dass einem die Kinnlade verkrampft. Sie untersucht ihren Körper jede Nacht auf Bisse und Anzeichen von Dämonen, findet aber nur Knochen, die sich unter dem schwindenden Fleisch verhärtet haben.

Der Marktplatz ist totenstill und schwankt vor ihren Augen. Sie durchkämmt die abgeschlossenen Stände, den staubigen Boden, die Gitter, die mit dem von der Hitze festgebackenen Dreck verstopft sind. Sie riecht die Süße und die Scheiße ihrer Stadt, die unter der unerbittlichen, gesegneten, verfluchten Sonne brät. Ihr schwirrt der Kopf, während sie sucht, mit den Händen im Dreck gräbt, die dicke Erde handvollweise wegschiebt. Sie murmelt ein Gebet wie eine Beschwörung – vielleicht lässt Gott ja Brot vom Himmel fallen? Aber nichts außer Hitze fällt auf ihren Rücken, ihre Waden, ihre verbrannten Fußsohlen, und sie wundert sich wieder, warum ihr Mann nicht gekommen ist, um nach ihr zu suchen.

Sie weint, aber sie schämt sich dafür nicht. Die Lichtranken umschwirren sie wie Fliegen, himmlisch und schwelgend, und umwickeln sie mit ihren weichen Fäden und Gespinsten. Ihre Hände sind voller Erde und Kot, ihre Fingernägel jucken so sehr, dass sie sie am liebsten ausreißen würde.

Das Licht kitzelt sie unter dem Kinn.

Frau Troffea legt den Kopf in den Nacken, blickt in die Sonne, bis sich ihre Augen mit Weiß füllen. Das Licht umwirbelt sie wie eine Wolke und schüttelt sie sanft wie ein vom Wind bewegtes Segel. Sie hebt einen Fuß, dann den anderen.

Sie wiegt sich in den Hüften. In ihrer Ekstase öffnet sie die Lippen.

Unter dem blauen, brennenden Himmel hebt Frau Troffea die Hände und tanzt.

1

Lisbet streckt den Fuß, stemmt ihn gegen den hölzernen Bettrahmen, bis der Krampf nachlässt. Ihre Augen sind verklebt mit Schlaf, sie reibt ihn weg. Sie könnte noch eine Stunde länger liegen bleiben in der Stille des frühen Morgens, aber die Zeit ist kostbar und begrenzt. Heute kommt Hennes Schwester Agnethe aus den Bergen zurück, und alles wird anders werden.

Henne hat ihr den Rücken zugewandt, das Baumwollunterhemd so durchnässt, dass es fast durchsichtig wirkt, die Haut am Hals rosig, unter dem Haaransatz eine sternförmig hervortretende Narbe, wo ein Wundarzt ein Muttermal herausgeschnitten hat, das nicht aufhören wollte zu wachsen. Sie könnte ihre Hand zwischen seine Schulterblätter drücken, die Arbeit seines wie ein Bienenkorb summenden Atems spüren – aber das geht nicht, die Entfernung zwischen ihnen ist zu groß. Anfangs hat sie ihn immer berührt: Ihre Hände lagen auf seiner Stirn, zupften etwas Spreu aus seinem Haar. Manchmal küsste sie ihn auch heimlich hinter dem Rücken seiner Mutter. Diese Zärtlichkeiten sind jetzt vorbei.

Ihre Zehen verkrampfen sich wieder, und sie richtet sich mit einem Seufzer auf. Sie haben das Laken längst abgeworfen, schwitzen auf dem Stroh wie Pferde, ein Rinnsal läuft ihr den Rücken hinab. Am liebsten will sie ihr Nachthemd ausziehen, durch den Wald zum Fluss hinunter gehen und sich wie ein Schwein im Schlamm wälzen.

Sie rappelt sich auf, geht zum Fenster. Ein paar Bienen summen schläfrig an den Fensterläden vorbei, und sie fragt sich, ob die Tierchen sie ohne das schützende Baumwollgewand und das Weidengeflecht vor dem Gesicht erkennen, in ihrem süßen Schweiß ihren eigenen Honig riechen können.

Das Licht selbst erscheint wie gebündelt und dicht vor Hitze. Agnethe wird von ihrer Buße in einen düsteren Sommer zurückkehren. Kein Luftzug bewegt die mit Tierhäuten bespannten Fensterläden, nichts rührt sich, außer den Bienen und dem Schmerz in ihrem Bein, der sich wie mit Dornen bestückt bis in den Fuß hinunter ausbreitet. Sie nimmt die Unterlippe zwischen die Zähne, beißt gerade fest genug zu, um einen Schmerzreiz auszulösen. Damit will sie ihre Aufmerksamkeit von dem Bein fortlenken. In ihr regt sich das Kind, und sie sieht, wie flinke Schatten unter ihrem Nachthemd zucken wie Elritzen. *Ist es noch da? Gut.*

Sie faltet die Hände unter die Wölbung, die in letzter Zeit zu groß geworden ist, um sie an ihrer breitesten Stelle zu umschließen. Noch zwei Monate. So weit ist sie noch nie gekommen. Sie streicht mit dem Daumen über die straffe Haut und geht auf und ab, bis es ihr nicht mehr so vorkommt, als liefe sie auf heißen Glasscherben. Sie schafft acht Runden durch die Kammer, bis die Matratze raschelt.

»Lisbet?«

Sie geht weiter auf und ab.

»Lisbet. Bleib stehen.«

»Es ist heiß.«

Sie kann nur das Funkeln seiner Augen erkennen, seine Zähne, wenn er redet.

»Möchtest du ein Bier?«

»Nein.«

»Du solltest dich hinlegen. Dich ausruhen.«

Sie knirscht mit den Zähnen. Das hat sie in ihren früheren Schwangerschaften versucht, obwohl seine Mutter anderer Meinung war, wollte, dass sie vor der Entbindung aufstand und sich bewegte, um den Prozess voranzutreiben und sie zu stärken. Henne setzte sich beim ersten und zweiten Mal über den Wunsch seiner Mutter hinweg, und Lisbet verbrachte die Tage damit, wie eine Adlige im Bett zu liegen oder am Küchentisch zu sitzen, während er sie streichelte und beruhigte und ihr Milchknödel mit Honig in den Mund steckte.

Sie waren voller Hoffnung gewesen damals, und selbst nach dem sechsten Mal hatten sie von den Frauen in der Kirche schlimmere Geschichten gehört. Und jetzt sind fünf Jahre vergangen seit den Milchknödeln, und sie hat nichts Lebendiges vorzuweisen.

Sophey gibt ihr die Schuld, das merkt Lisbet deutlich. Immer wieder nennt sie Lisbet faul, obwohl sie sich um die Bienen kümmert, und erzählt ihrer Schwiegertochter, dass sie vor Heinrichs Geburt auf dem Feld gearbeitet und vor Agnethes Geburt Kühe gemolken hat.

»Deshalb hat Henne starke Schultern und Nethe starke Arme.«

Agnethe. Nethe. Der Name klingt beinahe mystisch in Lisbets Ohren, mythisch wie jene starken Arme oder das Kinn, das sie angeblich mit ihrem Bruder gemein hat. Schon bald wird Lisbet sehen, ob das alles wahr ist. Sophey und Henne erzählten in den ersten Jahren nur spärlich von Agnethe, und alle Fragen, die Lisbet stellte, wurden beiseitegewischt. Lisbet hatte immer das Gefühl, einen Raum zu betreten, den eine andere, kostbarere Person gerade verlassen hatte, ganz so, als suchte Henne nach einer Frau, um den Platz am Tisch zu füllen, den Agnethe hinterlassen hatte. Alles Vorboten: ihre Geburt unter dem Schweif des Kometen, ihre Ankunft kurz nach Agnethes Abreise, ihr mit dem Wahnsinn ihrer Mutter durchtränktes Blut. Eine Biene stößt an den Fensterladen. Sie tippt zurück.

Sogar Ida, die so gut darin war, Lisbet vom ersten Moment an das Gefühl zu vermitteln, dazuzugehören, streift nur die Grenzen der Wahrheit über Agnethe und gibt ihr keine Antwort, die über die Fakten hinausgeht. »Sie ist in einem Nonnenkloster auf dem Odilienberg und tut Buße.«

»Aber ihr wart Freundinnen«, beharrt Lisbet. Sie hat das Gefühl, als drückte sie auf einen blauen Fleck, wappnet sich gegen den Neid bei dem Gedanken, dass Ida eine andere Freundin so sehr liebt, wie sie Lisbet liebt. »Du musst doch wissen, weshalb sie dorthin gegangen ist?«

Aber Ida, trotz ihrer großen Augen und ihrer kindlichen Fröhlichkeit eine Meisterin der Zweideutigkeit, führte Lisbet immer am Thema vorbei und hin zu anderem Klatsch – Furmanns neueste Taktlosigkeit, Sebastian Brants Spielschulden –, bis Lisbet ihre Fragen vergaß und Agnethe sich wieder in einen Schatten verwandelte, der immer vager wurde.

Sieben Jahre Buße. Lisbet hat versucht, die Tiefen eines solchen Satzes auszuloten, seine besondere Schwere zu erfassen. Sie fragt sich, was sich ändern wird, wenn eine weitere

Person im Haus ist. Agnethe ist nicht die Präsenz, für die Lisbet all die Jahre gebetet hat. Sie waren sich sicher, dass ein Kind geboren würde, lange bevor Agnethes Buße vorüber war, vielleicht gleich zwei oder drei wie bei Ida, die kleinen Gesichter sauber geputzt, die winzigen Fingernägel voller Bienenwachs. Lisbet schließt die Augen bei dieser Vorstellung, ein Geräusch entweicht ihr, jedes verlorene Kind ist eine leere Grube in ihrem Körper und ihrem Herzen. In die Lücke am Tisch wird eine erwachsene Frau treten, die von irgendeiner Sünde, die niemand aussprechen wird, reingewaschen ist.

Henne setzt sich stöhnend auf. Sie kann sehen, wie er sich in dem schwachen Licht, das durch einen Spalt zwischen den Fensterläden hereinfällt, die Augen reibt, seine Haut wirkt crèmefarben in der Dunkelheit.

»Schlaf weiter«, sagt sie schroffer als beabsichtigt.

Er wirft die zerknüllten Laken von den Füßen und steht auf. Seine Gestalt wird kompakter in der Dunkelheit. Sie hat seine Robustheit schon immer gemocht, seinen quadratischen Körper von der Arbeit im Wald, die Narben von Bienenstichen an seinen Handgelenken, noch aus der Zeit, bevor sie ihn kannten und ihm vertrauten. Sie begehrt ihn immer noch, obwohl er seine Pflicht nach jeder gescheiterten Geburt mit geschlossenen Augen erfüllt. Jetzt sieht er, dass sie ihn beobachtet, und wendet sich ab, um sich anzuziehen.

Sie öffnet die Fensterläden und wedelt die Biene zurück ins Freie. Die Bäume bedecken alles und reichen bis an die Grenze ihres ausgelaugten Hofes, wo so viele Wurzeln in einem endlosen Kampf klein gehackt und beseitigt werden müssen. Über ihnen steht bereits Licht, violett wie die Streifen auf ihrem Bauch. Die Morgendämmerung kommt direkt in ihre Schlafkammer, aber sie haben nie Zeit dafür, sie genauer zu betrachten.

Etwas Schweres landet auf ihren Schultern: Hennes Arm, er legt ihr ein Tuch um. Seit Tagen, vielleicht Wochen, ist diese Berührung das höchste der Gefühle gewesen. Schnell zieht er den Arm wieder zurück. Sie schüttelt das Tuch ab, fängt es auf und legt es über einen Stuhl.

»Es ist zu heiß.«

Er seufzt. Es gab eine Zeit, in der er sogar ihre Klagen charmant fand. Dann kicherte er, nannte sie Schatzi und Süße. Hatte sie nicht just an diesem Fenster gestanden, frisch verheiratet, und über die Kälte geklagt, als er ihr zum ersten Mal ein Baby gemacht hatte? Wenn sie lange genug hier steht, wird er sich vielleicht daran erinnern, wird sie umarmen. Sie hört ihn in den Topf pissen. Das Baby bewegt sich.

Sie wartet, bis er fertig ist, bevor sie sich umdreht. Ihr Bauch schlägt gegen den Fensterrahmen. »Ich gehe raus.«

Er hält den Nachttopf in der Hand. »Ich komme mit.«

Sie schüttelt den Kopf und schlüpft in ihr dünnstes Kleid. Es stinkt vom ständigen Tragen. Sie spürt das vertraute Summen in sich, den Wunsch, zu den Bienen und zu ihrem Baum zu gehen, dort mit ihren Babys allein zu sein, bevor der Tag beginnt. »Was, wenn Agnethe ankommt?«

Seine Schultern versteifen sich, und sie hört das Stocken in seinem Atem. Er macht sich Sorgen wegen der Rückkehr seiner Schwester. Früher hätte sie ihn vielleicht fragen können, warum. Jetzt liegt zwischen ihnen eine riesige Kluft, an deren Ränder sie sich nur zögerlich wagt.

»Sie wird erst in einigen Stunden hier sein. Es ist gefährlich, vor Tagesanbruch den Berg hinabzusteigen, und die Abtei ist einen Tagesritt entfernt.«

Er hat seine Holzschuhe schon angezogen, bevor sie ihre über die geschwollenen Zehen gezwängt hat. Wenn sie auf ihren Knöchel drückt, bleibt die Vertiefung, als wäre ihr Körper frischer Lehm, der kürzlich aus dem Boden geholt wurde. Er öffnet die Tür, sie durchqueren lautlos das dunkle Haus und gehen hinaus auf den Hof.

Die Luft bleibt wie Staub an ihr haften, und sie folgt Henne widerstrebend. Er leert den Nachttopf aus, wirft den Hühnern das letzte alte Brot zu, als sie am Stall vorbeigehen.

Die Hunde liegen träge in der Mitte des ungepflasterten Hofes. Fluh, die Kleine, ist neu und wild und kläfft jedes Mal, wenn sie Lisbet sieht, ganz so, als wäre sie in einer Köderfalle gefangen. Ulf, der Wolfshund mit dem verfilzten Fell, ist friedfertiger. Er kam als Welpe zu ihnen, nicht lange nach ihrer Ankunft, und springt nicht an ihr hoch oder verbeißt sich in ihren Rock.

Fluh scharrt die Erde auf und gräbt sich tiefer hinein, aber Ulf stemmt sich auf die Pfoten und trabt los, holt sie ein, als sie das Tor öffnen, an den summenden Kegeln der Bienenkörbe mit ihren erwachenden Insekten vorbeikommen und den Wald betreten.

Der Boden scheint nur aus Schatten zu bestehen, und Lisbet hebt die Füße, als würde sie waten. Die Fliegen sammeln sich um ihre Ohren, aber in diesem Hitzedunst kann sie sich nicht dazu durchringen, ihr Haar zu öffnen. Kein Geräusch ist zu hören außer dem Knacken der spröden Blätter, die schon früh von den Bäumen gefallen sind, und ihrem abgehackten Atem.

Henne geht ein Stück voraus, leicht seitwärts gedreht, um sich dem schmalen Pfad anzupassen. Er fragt sie nicht, welchen Weg sie gehen sollen: Er führt ganz einfach, und sie folgt ihm. Jetzt streckt er die Hand nach hinten aus, und sie fragt sich, ob es ihm wohl etwas ausmachte, wenn sie sie nähme. Aber dann senkt er die Hand auf Ulfs Kopf, und sie legt sich stattdessen ihre eigene auf den Bauch.

Sie kämpfen sich den steilen Hang nach oben zu einem Vorsprung, der in diesem zerfurchten Teil der Welt einem Aussichtspunkt wohl am nächsten kommt. Sie stellt sich vor, wie sie unter Gottes Daumen als Samen niedergedrückt werden, unwiderruflich und tief, und geht schneller, überholt Henne. An klaren Vormittagen, wenn der Wind den Dunst, der meistens über Straßburg schwebt, beiseiteschiebt, kann sie jede Kerbe auf dem Turm des Liebfrauenmünsters erkennen.

»Lisbet?« Henne steht neben ihr, seine Hüfte stößt an ihre. »Mach langsam.«

Sie versucht ihm zu sagen, dass es ihr gut geht, aber eine plötzliche Schwäche strömt ihren Rücken hinab, gesegnet kalt.

»Vorsicht.« Endlich legt er seine Hand um ihre Taille. Sie lehnt sich an ihn, bis die kleinen Funken, die in ihrem Blickfeld herumspringen, verschwunden sind. Immer noch hält er sie fest, und sie schließt die Augen. Ein Seufzen entweicht ihren Lippen, er lässt sie los, als hätte sie aufgeschrien. Sie stolpert, fängt sich dann wieder. »Komm, wir gehen nach Hause.«

Sie sind noch mehr als ein Dutzend Schritte vom Gipfel entfernt. In den ersten Monaten ihrer Ehe ist sie ihn oft hinaufgerannt und war schon wieder zurück, bevor Sophey bemerkte, dass sie weg war und ihre Hausarbeit vernachlässigte. Sie fühlt sich unbehaglich und angespannt, wünscht sich, sie wäre allein gekommen, hätte sich mehr Zeit genommen und wäre noch zum Baum gegangen. Aber jetzt ist die Sonne aufgegangen, und Sophey wird aufgestanden sein und sich auf Agnethes Rückkehr vorbereiten. Lisbet lässt sich von Henne klaglos zurück zum Hof führen. Bei den Bienenkörben macht sie Anstalten, ihre Hand auf das Tor zu legen, aber er stupst sie weiter.

»Ich werde mich schon darum kümmern.«

»Sie brauchen frisches Wasser …«

»Ich weiß«, sagt er in plötzlicher Erregung. »Das sind meine Bienen, Lisbet.«

Es sind nicht deine, denkt sie, *und nicht meine.*

Schon blickt Henne an ihr vorbei auf seine Aufgaben, auf seinen Tag, so konzentriert, dass er die Frau in ihrem staubigen Hof erst bemerkt, als Lisbet ihn am Arm fasst. Ihr Kopf ist so beschäftigt mit Agnethe, dass sie die Besucherin im Geiste einen oder zwei Köpfe größer macht, ihre Schultern verbreitert, Hennes Mund und Kinn über die feinen Gesichtszüge legt, über die bei ihrem Anblick bereits ein Lächeln huscht.

Aber dann kommt sie näher, mit ihrem goldenen Haar, das das Morgenlicht einfängt, einen Korb in den schlanken Händen. Es ist Ida.

»Guten Morgen, Ida.«

»Heinrich.« Ida erwidert Hennes knappes Nicken, aber ihre Augen sind über ihn hinweg auf Lisbet gerichtet. Niemand sieht sie so direkt an wie Ida, und das ist ein weiterer Grund, sie zu lieben. Henne geht zu den Bienenkörben. Man sollte denken, dass durch ihre gemeinsame Kindheit eine gewisse Leichtigkeit zwischen ihm und Ida herrschen würde. Tatsächlich aber steht etwas Hartes zwischen ihnen, wie der

Kern einer Frucht. Vielleicht ist es Plater – Lisbet verabscheut Idas Ehemann so sehr, wie sie Ida anbetet.

Ida küsst Lisbets gerötete Wangen, den Atem süß von wilder Pfefferminze, die Lippen weich und trocken.

»Wie geht es dir heute Morgen?«, fragt Ida, und ihr Blick wandert auf mittlerweile vertraute Art von Lisbets Bauch hin zu ihrem Gesicht.

»Ganz gut«, sagt Lisbet, und die Sorgenfalte zwischen Idas Augenbrauen löst sich auf. Es gab so viele Tage, an denen Lisbet nur unter Tränen antworten konnte; inzwischen betrachtet sie jeden Tag des Schmerzes als einen weiteren Triumph.

»Schön«, sagt Ida und drückt ihre wunderbar kühle Hand auf Lisbets. »Sieh mal, was ich dir mitgebracht habe.«

Sie führt Lisbet zu dem Holzstapel, den Henne aufgeschichtet und im dampfenden Hof zum Trocknen zurückgelassen hat, und Lisbet sinkt dankbar auf das Holz, während Ida sich neben sie hockt, den Korb zwischen ihnen. Mit einer schwungvollen Bewegung zieht sie das Tuch zurück und enthüllt einen Sack voller Mehl, weiß wie frisch gefallener Schnee.

»Ein Geschenk für dich«, sagt Ida, »weil dir der Roggen nicht zugesagt hat.«

»Das kann ich doch nicht annehmen …«

»Fühl mal«, sagt Ida, und ihre Augen leuchten vor Freude.

»Meine Hände sind dreckig«, sagt Lisbet. In letzter Zeit sehen ihre Hände allerdings auch im sauberen Zustand einfach furchtbar aus, übersät mit Bienenstichen, angeschwollen von der Hitze. Sie will ihre nicht neben Idas legen, die so schlank und gepflegt wie die eines Neugeborenen sind. Aber Ida ergreift Lisbets heiße Finger und schaufelt eine Handvoll

Mehl in ihre Handfläche. Es ist weich wie Blütenblätter, leicht und fein wie Staub.

»Mein Vater hat es extra für dich doppelt gemahlen«, erklärt Ida.

Zu ihrer Beschämung steigen Lisbet Tränen in die Augen, und sie schluckt den Kloß hinunter, der sich in ihrem Hals festgesetzt hat.

»Du dumme Gans«, sagt Ida lachend und wischt Lisbet die Wangen ab. »Du weißt sicher noch, dass ich in meinen letzten Monaten genauso war. Wie eine Regenwolke. Alles, was wir tun können, um dir Linderung zu verschaffen, ist uns eine Freude. Ich kann mir gut vorstellen, wie du dich bei dieser Hitze fühlst.«

»Mir geht es ganz gut«, sagt Lisbet scharf und schüttet das Mehl vorsichtig zurück in den Sack. Dieser Satz ist alles, was sie ihrer Freundin anbieten kann, wenn die fragt, wie es ihr geht.

Lisbet achtet darauf, nicht zu klagen, denn Gott könnte ja zuhören und beschließen, ihr auch dieses Baby zu nehmen. Das ist eine der vielen Abmachungen, die sie mit sich selbst getroffen hat. Sie balanciert sie alle so fein aus wie den Korb zwischen ihnen. Ida ist frei von solchen Bedenken: Sie hat jedes ihrer Kinder ohne einen einzigen Krampf oder eine Blutung ausgetragen, fordert das Schicksal und den Teufel heraus, ohne großartig darüber nachzudenken. Aber sie ist nicht Lisbet, die mit den offenkundigen Beweisen ihrer eigenen Verfluchtheit lebt, der auswendig gelernten Litanei: der Komet, Mutter, die Babys. So ein Trümmerhaufen. So viel Blut.

»Natürlich geht es dir gut«, sagt Ida und schubst Lisbet aus ihrem Selbstmitleid heraus. »Du musst das Mehl mit ganz frischem Wasser vermischen, und schau – mein Vater hat dir auch eine Prise Salz mitgegeben.«

»Das ist zu viel.«

»Lisbet, nichts ist zu viel für dieses Baby. Es wird bald zur Welt kommen, gesund und munter.«

Lisbet beißt sich fest in die Innenseiten ihrer Wangen. Sie hasst es, wenn Ida solche Dinge sagt. Sie kann das doch nicht wissen – niemand außer Gott weiß es.

»Und du musst darauf bestehen, dass das Brot nur für dich ist«, plappert Ida weiter. »Nicht für Henne oder Sophey.«

»Oder Agnethe«, fügt Lisbet hinzu. »Es wird anstrengend werden, das Brot vor allen zu verbergen.«

Die Knöchel von Idas Fingern, die den Korbgriff umfassen, färben sich weiß. »Kommt sie heute nach Hause?«, fragt sie betont leichthin, obwohl Lisbet weiß, dass sie die Antwort kennt.

»Heute Nachmittag«, sagt Lisbet. »Bist du extra so früh gekommen? Um sie zu sehen?«

»Natürlich nicht«, sagt Ida und errötet auf charmante Art. »Du weißt doch, dass wir keine Freundinnen sind.«

»Ich weiß gar nichts, denn du erzählst mir nie etwas.«

»Da gibt es nichts zu erzählen.«

»Ist es denn etwas so Schreckliches?«, fragt Lisbet. Sie weiß, dass sie schamlos klingt, aber das ist ihr egal. Es ist ihre letzte Chance, etwas über Agnethe zu erfahren, bevor sie sie kennenlernt. »Ich meine das, was sie getan hat?«

»Ich habe es dir schon hundertmal gesagt«, erwidert Ida, die sich bereits wieder unter Kontrolle hat. Ihre Hände lockern sich auf dem Weidengeflecht, ihre Wangen sind wieder bleich. »Ich weiß nichts über die Sünde von Ne… Agnethe. Jetzt ist sie sowieso reingewaschen. Sieben Jahre Buße –

damit ist sie wieder unschuldig. Du darfst sie nicht danach fragen.«

Lisbet seufzt und verlagert ihr Gewicht. Sie will nicht mit Ida streiten, nicht mit ihrem Geschenk neben sich und in der Sonne, die das Holz unter ihnen so schnell aufheizt wie ihren Kopf.

»Danke«, sagt sie. »Bitte richte Mathias und deinem Ehemann meinen Dank aus.«

Ida schnaubt. »Glaubst du, mein Mann hatte etwas damit zu tun? Seine Pflichten binden ihn die meiste Zeit über an Straßburg.«

Ida tut das nicht leid, und Lisbet kann es ihr nicht verübeln. Plater ist nach der letzten Revolte zum Büttel und damit zum Vollstrecker des Rates der Einundzwanzig ernannt worden, zuständig für die härteren Angelegenheiten der Geschäfte des Rates in der Stadt und ihrer Umgebung. Mit eigenen Augen haben Ida und Lisbet bei ihren Almosengaben zersplitterte Türen in den Armenvierteln gesehen, und das Gefängnis am Fluss wird schon wieder vergrößert. Lisbet ist nicht die Einzige, die bemerkt hat, dass Plater Freude an seiner düsteren Arbeit hat.

»Da fällt mir etwas ein«, sagt Ida. »Er wird euch heute besuchen.«

»Plater?«

»Ja«, antwortet Ida. »Das hat er meinem Vater gesagt.«

»Wann denn?«

»Heute Nachmittag.«

»Vielleicht möchte er ja die Büßerin sehen.«

Ein Anflug von etwas huscht über Idas Gesicht. »Sie täte gut daran, ihm aus dem Weg zu gehen.«

»Wie meinst du das?«

»Sag Heinrich Bescheid, ja? Dass er kommt.«

»Natürlich«, sagt Lisbet. Wenn Ida derartig kurz angebunden ist, ist sie so uneinnehmbar wie eine verschlossene Kiste. Da ist nichts zu machen. Bevor ihre Freundin aufstehen kann, ergreift Lisbet ihre Hand. »Du weißt, dass du mit mir über alles reden kannst ...«

»Was sitzt ihr hier faul herum?«

Idas Hand schließt sich krampfhaft um Lisbets. Sie blinzeln ins Licht. Plötzlich steht Sophey Wiler vor ihnen. Im hellen Gegenlicht erscheint ihre schmale Figur wie ein Strichmännchen, löst sich beinahe auf an der Stelle, an der sie die Hände in die Hüften stemmt. Eine Zornesfalte spaltet ihr Gesicht wie eine Narbe.

»Sophey«, sagt Ida und springt auf. »Wie geht es ...«

»Ich habe zu tun«, sagt Sophey. »Was macht ihr hier so früh?«

»Sie hat mir ein Geschenk mitgebracht«, erklärt Lisbet, die von dem niedrigen Holzstapel kaum hochkommt. Zu spät erinnert sie sich an Idas Anweisung, das feine Mehl mit niemandem zu teilen, aber schon greift Sophey mit ihrer knotigen Hand nach dem Korb. Ida übergibt ihn ihr demütig, und Sophey schnüffelt am Inhalt.

»Vermissen deine Kinder ihre Mutter nicht?«

»Ich wollte mich gerade verabschieden«, sagt Ida. Sie ist genauso eingeschüchtert von Sophey wie alle anderen – niemand ist immun gegen ihre Macht. Ohne ein weiteres Wort dreht Sophey sich um und schreitet in die Küche.

»Sie ist immer so unhöflich zu dir«, sagt Lisbet.

»Sie ist zu allen unhöflich«, sagt Ida und zuckt mit den Schultern. »Und heute sind alle angespannt. Sogar Sophey Wiler ist sicherlich nervös, weil ihre Tochter zurückkehrt.«

»Das nehme ich auch an.«

Sie zieht Lisbet vorsichtig auf die Füße, küsst sie noch einmal auf die Wange und streichelt sanft ihren Bauch. »Pass gut auf das Kleine auf.«

»Pass du auf dich auf«, gibt Lisbet zurück und blickt ihrer schmächtigen Freundin nach, die vom Hof eilt. Hinter ihr sieht sie Henne bei den Bienen, wie er sich von Korb zu Korb bewegt, eine rauchende Schale in der Hand wie das Weihrauchfass eines Priesters. Er ist zu weit weg, als dass sie den Rosmarin riechen könnte, aber sie trägt ihn trotzdem in den Kleidern und im Haar. Das Ziehen in ihrer Brust spürt sie so intensiv, als wäre ihre Sehnsucht ein zwischen ihr und den Bienenstöcken gespannter Faden. Ihre Anziehung zu den Bienen kann man als übernatürlich bezeichnen, und wenn sie ihren Pflichten nachgeht, fühlt sie eine Art Neuordnung ihrer selbst, wie Himmelskörper, die sich zu Glück bringenden Sternbildern fügen. Sogar Sophey sieht das, obwohl sie es niemals offen zugeben würde.

Als Lisbet den Hof zum ersten Mal erblickte, fand sie ihn malerisch, mit seinen drei massiven Gebäuden, die ein offenes Quadrat bilden, das auf die Bienenkörbe und den dahinter liegenden Wald hinausgeht. Sie malte sich aus, wie Kinder im Staub des gepflegten Gartens spielten und an ihrem Rockzipfel hingen. Überall würde Lärm herrschen, Tränen und Lachen: die herrlichen Geräusche des Lebens und der Not.

Seit sie die Armenhäuser besucht hat, weiß sie, dass sie einen Lebensstandard pflegen, der in dieser Gegend als großer Komfort gilt. Bienen, eine Küche und drei Schlafkammern obendrein. Aber ihr Hof fühlt sich gleichzeitig leer und beengt an, und selbst im gleißenden Licht der Sonne erscheint er ihr irgendwie düster. Eingezwängt. Freude bereiten ihr nur die Bienen und ihr Baum: Ersteres hat Henne ihr geschenkt, Letzteres sie sich selbst.

»Lisbet!« Sopheys Stimme ist nicht bloß eine Aufforderung, sondern ein Befehl. Lisbet seufzt, kehrt den Bienen und dem verlassenen Hof den Rücken und geht hinein.

2

Sophey steht da wie ein Prophet mit Stab, den Besen in der Hand. Sie streckt ihn Lisbet hin.

»Die Kammer muss gefegt werden.«

Lisbet braucht nicht nachzufragen, welche sie meint. Es gibt Hennes Kammer, Sopheys Kammer, die Küche und *die* Kammer. Agnethes Kammer. Diese wurde verschlossen wie ein Grab. Lisbet hat in ihrem halben Jahrzehnt im Haus nur ein paarmal mitbekommen, wie die Tür geöffnet wurde. Einmal, um eine Amsel zu befreien, die durch die Fensterläden hereingeflogen war und sich anscheinend das Genick brechen wollte, und ein anderes Mal, als Plater kam, um Steuern auf ihre Türen und Fenster zu erheben, und sie so langsam zählte, dass sie sich fragte, ob er minutenweise bezahlt wurde. Sie können den Platz eigentlich nicht entbehren, haben aber die unausgesprochene Vereinbarung, dass Agnethes Kammer gemieden werden soll – ganz so, als wäre die Tür eine undurchdringliche Wand –, bis die Bewohnerin aus den Bergen zurückkehrt.

Unsicher nimmt Lisbet den Besen entgegen.

»Ich kümmere mich um die Brote«, sagt Sophey und wendet sich bereits ab. »Vergiss nicht, die Laken auszuklopfen.«

Als sie so auf der Schwelle steht und die abgestandene Luft riecht, während der Staub durch einen Spalt in den Fensterläden wirbelt, kommt es Lisbet vor, als wäre Agnethe bloß einen Moment weggegangen. Die Laken sind zerknittert, das Kissen ist eingedrückt, der Hocker in der Zimmerecke etwas verschoben, fast so, als wäre er leicht angestoßen worden, als seine Benutzerin sich erhob. Daneben steht eine breite Schale. So eine musste Lisbet in den ersten Monaten nach ihrer Ankunft für Sophey auf dem Markt erstehen. Vielleicht ist alles von Agnethes Sünde befleckt, und jeder einzelne Gegenstand muss die siebenjährige Buße abwarten, bevor auch er angefasst und reingewaschen werden kann.

Die Schale ist von einer feinen Staubschicht überzogen, das Wasser darin längst eingetrocknet. Doch als Lisbet sie anhebt, glaubt sie, den Geist eines Duftes einzufangen, kräuterig und süß wie Idas Atem. Daneben liegt ein Kamm aus vergilbtem Knochen, mit dick verfilzten, langen blonden Haaren, glänzend und brüchig. Lisbet wischt die Schale aus und stellt sie wieder an ihren Platz, zupft die Haare aus dem Kamm und öffnet die Fensterläden, um das grobe Gewirr nach draußen fallen zu lassen. Lisbet und Henne teilen ihre Aussicht mit Agnethe: Sie sehen direkt nach Osten, wo einige Bäume stehen. Vom Licht erhellt, verliert der Raum seine sorglose Verlassenheit und wirkt ein wenig trauriger.

Mit staubigen Fingern zieht Lisbet die Laken ab und fegt den Boden, findet kleine weiche Federn der Amsel sowie leere Schneckenhäuser, deren glitzernde Spuren durch die trockene Hitze nunmehr ein stumpfes Glänzen sind. Sie wischt sie weg, steckt Federn und Schneckenhäuser ein. Sie legt das Kissen zurück, dreht es so, dass der Abdruck unten liegt. Dabei verschiebt sich etwas unter dem Stoff und raschelt.

Lisbet betrachtet die Nähte des Kissenbezugs, aber sie sind mit feinen Stichen gefertigt; weder sie noch Sophey, die beide unter geschwollenen Fingern leiden, können da im Moment etwas ausrichten.

Sie kann Sophey und Henne in der Küche sprechen hören. Sie schiebt ihren Fingernagel gegen den Faden, aber er schließt bündig mit dem Stoff. Lisbet zieht erst sanft, dann fester, und der ordentlich vernähte Faden gibt nach. Sie hakt ihren Finger in das Kissen hinein und durchsucht das Stroh, bis sie etwas Raues spürt, verknotet mit etwas Weichem. Sie zieht es heraus, und auf das Laken fällt eine blonde Haarlocke, die mit einem ungefärbten Seidenband zusammengebunden ist.

Lisbet hält sie in ihrer Handfläche, die Sonne spaltet sie in Licht und Schatten. Sie ist fast schwerelos, wirkt so grob wie die Strähnen, die sie aus dem Kamm gezogen hat. Die Farbe passt zwar zu diesem Gewirr und sogar zu Hennes Haar, doch Lisbet ist sich sicher, dass die Locke nicht von einem der Wiler-Geschwister stammt. Die Art, wie sie zusammengebunden, aufgehoben, verborgen wurde: alles zärtlich und unerlaubt wie die Bänder, die Lisbet am Tanzbaum angebracht hat.

»Lisbet?«

Sie erschrickt, lässt das Andenken fast fallen und faltet es sorgfältig in ihren Rock hinein, als sie sich zu Henne umdreht, der am Türpfosten lehnt und den Rahmen fast vollständig ausfüllt.

»Ich habe Hunger«, sagt er und gähnt, was seine Stimme seltsam verzerrt. Er hat gute Zähne, gerade aufgereiht und fest wie Grabsteine. Lisbet betastet die Lücken in ihrem Zahnfleisch mit der Zunge, zehn schwarze Löcher. Bei fast jedem verlorenen Baby hat sich ein Backenzahn gelöst und wurde dann von dem Wundarzt gezogen.

»Ich komme«, sagt sie und lauscht seinem schweren Schritt, dem leisen Kratzen der Bank auf alten Binsen. In ihrer Eile hat sie das feine Arrangement des Andenkens durcheinandergebracht, und sie richtet es so ordentlich wie möglich wieder her, bevor sie es an seinen Platz zurückschiebt. Agnethe soll alles so vorfinden, wie sie es verlassen hat.

Die heimkehrende Büßerin trifft am frühen Nachmittag ein. Sie ist ähnlich groß wie ihr Bruder, groß wie das gebückte Pferd, auf dem sie seit der Morgendämmerung von der Abtei auf dem Kamm des Odilienbergs hierhergeritten ist. Die ist nur dreimal so weit von ihrem Hof entfernt wie Straßburg, aber von einem solchen Ruf umweht, dass Lisbet das Gefühl hat, sich in der Gegenwart eines Wesens aus einer anderen Welt zu befinden.

Agnethe Wilers Auftritt ändert wenig an dieser Fantasie. Abgesehen von ihrer Größe, die sie ohne jede Rechtfertigung vor sich herträgt, ist da noch die Sache mit ihrem Kopf, der glatt rasiert ist wie eine geschälte Zwiebel und mit vielen Kerben und Narben vom wiederholten Scheren bedeckt. Farblich changiert die Haut vom Braun der älteren Partien bis hin zu neuem Rosa. Am groben Kragen ihres Gewandes blüht sogar frisches Rot. Als sie absteigt, den Kopf vor ihrer Mutter senkt und die Hände vor dem Körper faltet, erkennt Lisbet, dass sie ähnlich vernarbt sind wie die Kopfhaut. Sophey fasst ihre Tochter mit verkrümmten Fingern am Kinn und hebt ihren Kopf an. Agnethes Gesicht ist hohl an den Wangen, als wären sie hineingeschnitzt.

Und trotzdem sieht sie gut aus, das kann Lisbet nicht leugnen. Hennes Gesichtszüge wirken glatter an ihr, und selbst die Augen mit den ausgezupften Wimpern, den rosafarbenen und verkrusteten Lidern, dienen nur dazu, ihr Blau reiner zu zeigen, wie Perlen, die sich auf der dicken Zunge einer Auster präsentieren. Hätte sie so blondes und langes Haar wie Ida, könnte sie es vielleicht mit ihrer Schönheit aufnehmen. So aber fällt sie in eine eigene Kategorie, die seltsamste Frau, die Lisbet je gesehen hat.

»Hast du Hunger?«, fragt Sophey zur Begrüßung der Tochter, die sie seit über einem halben Jahrzehnt nicht mehr gesehen hat. Agnethe nickt, demütig in jeder Geste, doch Lisbet hält sie nicht für unterwürfig. Sie strahlt Stärke aus, obwohl sie versucht, sie zu unterdrücken.

Nichts ist verborgen, was nicht offenbar werden soll.

Es war eine von Geilers Lieblingspassagen, die von Sophey nachgeplappert und wie ein Speer auf Lisbet geschleudert wurde, etwa, wenn ein Fuchs ein Huhn schnappte oder als die Hofkatze krampfte und in Lisbets Armen starb. Doch als Lisbet Agnethe betrachtet, erkennt sie darin eine neue Bedeutung: keine Anklage, sondern eine Absichtserklärung.

Ohne ein weiteres Wort dreht Sophey sich um und geht hinein. Henne tritt vor und umarmt seine Schwester kurz, stößt sein Kinn an ihre hohle Wange, bevor er die Zügel des erschöpften Pferdes nimmt und es in den Schatten des Stalls führt, zu dem langen Trog, an dem auch das alte Maultier trinkt. Lisbet und Agnethe beobachten Henne, keine von beiden ist bereit, die Stille zu brechen, die sich über sie gelegt hat. Lisbet nimmt an, dass das Maultier nun zum Schlachter gebracht werden wird, jetzt, da sie das Pferd zurückhaben. Das uralte Tier hat geschwollene Knie und Wunden auf dem Rücken, die sich nicht mehr schließen wollen, sooft Lisbet sie auch mit Honig behandelt.

Sie wirft einen Blick auf ihre Schwägerin. Ihre Augen wirken aus der Nähe noch verblüffender, und ihr Blick ist klar und direkt. Lisbets Zunge regt sich in ihrem trockenen Mund.

»Hallo, Schwägerin«, sagt Agnethe. Ihre Stimme ist leise und heiser vom Nichtgebrauch. »Ich hoffe, es geht dir gut.«

Lisbet nickt. Sie weiß, dass sie die Frage erwidern sollte, aber angesichts von Agnethes vernarbtem und nacktem Kopf und ihren eingefallenen Wangen fühlt sie sich ohnmächtig. Dann tritt Henne zwischen sie, und sie folgen ihm hinein.

Auf dem blank gescheuerten Holz des Tisches dampfen Eier, ihre Schalen sind gesprenkelt. Lisbets Magen knurrt bei diesem Anblick und beim Duft des Brotes. Sophey hat es am Vormittag mit Idas Geschenk gebacken, zuvor ist der Teig in der Sonne schnell aufgegangen. Henne nimmt Platz, und Lisbet lässt sich dankbar auf die Bank fallen, bevor ihr einfällt, dass sie und Agnethe sich die Sitzgelegenheit jetzt teilen müssen.

Sie rutscht ein Stück, ihr Rock verfängt sich an den Splittern, die von den Kratzspuren der längst verendeten Tigerkatze stammen. Sie löst ihn, und Agnethe setzt sich vorsichtig neben sie, den Rücken kerzengerade. Lisbets Bauch bringt es mit sich, dass zwischen ihnen und dem Tisch fast ein halber Meter Luft liegt, aber Agnethe scheint das nichts auszumachen. Sie beugt ihren langen, sehnigen Hals, um zu beten. Lisbet entdeckt ältere, tiefere Narben, die unter der Rückseite ihres Gewandes verschwinden und wie abgeschnittene Flügel von ihrer Wirbelsäule ausgehen. Henne hüstelt, dann faltet auch Lisbet die Hände. Sophey spricht das Gebet, und alle stimmen in ihr *Amen* ein.

Sobald sie Brot und Eier verteilt haben, muss Lisbet ihren Hunger zügeln. Sie könnte das Doppelte, ja das Dreifache essen, würde den ganzen Teller von Henne schaffen, aber Sopheys grimmige Freude an ihrer Völlerei bremst sie. Sophey reißt das knusprige Brot in Stücke, um den Verbrauch besser überwachen zu können. Neben ihr hebt Agnethe das noch dampfende Ei an, hält es, als wäre es ein kühler Flusskiesel, und schält es, vorsichtig an der Innenhaut entlang. Das Ei kommt ganz und perfekt zum Vorschein. Lisbet weiß, dass es ihr wehtun muss, kann sehen, wie sich ihre blassen Fingerspitzen verdunkeln.

»Na, das ist ja ein neuer Trick«, bemerkt Sophey. »Du warst noch nie besonders sorgfältig. Haben sie dir auf dem Berg etwa beigebracht, Eier zu schälen?«

Agnethe lächelt schwach, die Augen auf ihre Tätigkeit gerichtet. Lisbet bemerkt, dass sie sich ein spitzes Stück Eierschale unter den Fingernagel schiebt.

Sophey schnaubt. »Haben sie dir dort auch das Schweigen beigebracht? Früher hat sie nie den Mund gehalten.«

Agnethe drückt ihren Fingernagel nach unten, und Lisbet sieht am Rande Blut aufsteigen, aber ihr Gesichtsausdruck ändert sich nicht.

»Nun denn«, sagt Sophey in die Stille hinein. »Nun denn.«

Sie schlägt ihr eigenes Ei auf, und Lisbet macht es ihr nach und stellt fest, dass das Eigelb kalkig und blass ist. Sie haben Glück, dass die Hühner überhaupt Eier legen – was sie zu geben haben, wird in letzter Zeit immer dürftiger. Sie denkt sehnsüchtig an das Salz, das Ida mitgebracht hat, aber Sophey hat es zusammen mit der Münze und dem Seidenstück, einst Agnethes Mitgift, irgendwo versteckt.

Agnethe bricht ihr Brot zögerlich. Sie steckt es schnell in den Mund, fast so, als könne es ihr entrissen werden. Lisbet hört ein leises Grollen der Lust aus Agnethes langer Kehle. Sie stopft sich etwas Brot in ihren eigenen Mund. Es schmeckt so gut, wie es riecht.

»Das Mehl ist feiner, als wir es gewohnt sind«, bemerkt Henne. »Zu Ehren von Agnethes Rückkehr?«

»Ein Geschenk«, erklärt Lisbet. »Von Ida.«

Plötzlich hört sie ein würgendes Geräusch neben sich. Lisbet dreht sich um und sieht, wie Agnethe eine Hand vor den Mund presst und sich ruckartig vom Tisch erhebt, wobei sie die Bank und Lisbet darauf fast umwirft.

»Nethe«, sagt Sophey warnend. Während alle Blicke auf sie gerichtet sind, senkt Agnethe die Hand, kaut, bis das Brot Brei sein muss, und schluckt schließlich mit großer Anstrengung.

Sophey nickt, anscheinend zufrieden. Lisbets Herz schlägt absurd schnell, ganz so, als wäre sie es gewesen, die von Sopheys hartem Blick getroffen wurde.

Schweigend essen sie weiter. Hennes Gesicht ist gezwungen ausdruckslos, aber Lisbet kennt ihn gut genug, um seine Anspannung in dem leichten Hochziehen seiner Schultern zu erkennen. Sie hat ihren Vorsatz vergessen, langsam zu essen, und ihr Teller ist schon halb leer, als Agnethe ihren von sich wegschiebt.

»Haben sie dir in der Abtei erlaubt, Essen zu verschwenden?«, fragt Sophey scharf. Agnethe lässt nicht erkennen, dass sie sie gehört hat, doch sie führt das Ei an den Mund und nimmt jetzt winzige Bissen davon. Als Sopheys Aufmerksamkeit sich wieder ihrem eigenen Essen zugewandt hat, packt Agnethe den Rest des Brotes und legt es blitzschnell auf ihren Schoß, außer Sichtweite ihrer Mutter. In einem weiteren Wimpernschlag reicht sie es seitlich an Lisbet weiter, die die immer noch dampfende Kruste dankbar entgegennimmt.

Als Zeichen ihres Dankes stupst Lisbet mit dem Knie Agnethe an, jetzt sind sie Verbündete. Agnethes Bein fühlt sich kühl und fest wie Marmor an, aber dann zieht sie es zurück und beendet den Kontakt so schnell, wie Lisbet ihn begonnen hat.

Agnethe steht auf, um den Tisch abzudecken, und Lisbet schließt sich ihr an. Sie nimmt Hennes Teller und trägt ihn zur Tür, um die Krümel nach draußen zu werfen. Sie stößt sie mit dem Ellbogen auf, doch sie klemmt. Lisbet drückt fester, und von der anderen Seite her ruft jemand.

Das Hindernis ist plötzlich nicht mehr da, und Lisbet spürt, wie sie zu fallen droht. Sie wappnet sich für den Sturz, ergibt sich bereits dem Schmerz, dem Blut, dem fatalen Nachgeben ihres Bauches, einem weiteren Band im Baum, nimmt dabei wahr, wie Holz aufeinanderschlägt, wie der Mann – denn es war eine Männerstimme, die auf der anderen Seite etwas rief – zur Seite ausweicht, um nicht von ihrer Masse zerquetscht zu werden, und dann, wie kalte, dünne Finger mit der Stärke von Draht sie unter der Achselhöhle und um die Rippen packen und ihrer Kehle ein erschrockenes Keuchen entlocken.

Agnethe zieht Lisbet hoch, holt die Bank mit dem Fuß heran und senkt Lisbet sanft darauf nieder. Schnaufend zieht sie Lisbets Rock gerade, denn er ist hochgerutscht und hat den dunklen Flaum ihrer Waden entblößt. Der ganze Vorgang hat nur Sekunden gedauert. Der Teller, den Agnethe fallen ließ, um Lisbet zu retten, rollt immer noch klappernd weiter.

»Nun, das war vielleicht ein Willkommensgruß.«

Ein schwerer Fuß stoppt den Teller. Lisbet erkennt den Mann an seiner Stimme, an seinen robusten Stiefeln mit dicken Sohlen und weichem Kalbsleder, die ihm aus den Außenbezirken des Imperiums geschickt wurden, und an seinem Geruch: Leder von seinem Wams, das er selbst an den heißesten Tagen trägt, versehen mit dem Wappen der Einundzwanzig,

Rauch aus seiner Pfeife und Schweiß. Sie riecht das alles manchmal an Ida, obwohl sie weiß, dass ihre Freundin sich jedes Mal, nachdem sie den Beischlaf vollzogen haben, mit fanatischer Sorgfalt wäscht, ganz so, als könnte sie sich seine Plage von der Haut scheuern.

Henne erhebt sich. »Plater.«

Lisbet beißt sich auf die Lippe – sie hat vergessen, ihren Mann vor seinem Besuch zu warnen.

»Wiler«, entgegnet Plater. Er ist ein großer Mann in seinen Stiefeln, von der Größe her Henne und Agnethe ebenbürtig, wenn auch schmächtiger gebaut als die beiden, mit einem fast mädchenhaft schönen Mund und dichtem Haar in der Farbe von Kupfer. Tatsächlich hat er wunderschönes Haar. Seine Tochter, die es geerbt hat, strahlt einen hypnotisierenden Zauber aus, der Passanten zum Stehenbleiben zwingt, aber Plater verleiht es einen unnatürlichen Glanz, der fast schon teuflisch erscheint.

»Sophey.« Er nickt der Bäuerin zu.

»Und die junge Wiler.« Das gilt Lisbet, die sofort die Augen senkt und wie immer den Hass in sich spürt, den sie teils von Ida übernommen und teils selbst kultiviert hat. Der Raum hat sich zusammengezogen mit seiner Ankunft.

»Und …« Er verweilt in der Pause, und Lisbet wird plötzlich bewusst, wie still Agnethe geworden ist, fast wie ein Hase im Visier eines Fuchses. Sie zittert nicht einmal, aber sie ist Lisbet so nahe, dass die ihr stoßweises Atmen hören kann, als Plater sie mit seinem grünäugigen Blick anstarrt. »Agnethe Wiler, aus den Bergen zurückgekehrt.«

Ein leises Geräusch entweicht Agnethe, so schwach, dass Lisbet es als Einzige hört, und wieder denkt sie an einen Hasen, der sein Leben aushaucht, wenn die Kiefer zuschnappen.

»Sie ist es nicht mehr gewohnt, mit ihrer Stimme umzugehen«, sagt Sophey. Vielleicht soll das eine Verteidigung ihrer Tochter sein, aber der weniger wohlwollende Teil von Lisbet denkt, dass es eher eine Ehrerbietung gegenüber dem Mann des Rates ist. Sophey ist, wie Ida einmal festgestellt hat, allen gegenüber unhöflich, aber Autorität – und die einzige Autorität, die sie über ihrer eigenen ansiedelt, ist diejenige Gottes und damit die der Kirche und der Einundzwanzig – macht sie so unterwürfig, wie eine derart stahlharte Frau nur sein kann.

»Natürlich«, sagt Plater. Seine Aufmerksamkeit ist so intensiv auf Agnethe gerichtet, dass Lisbet überrascht ist, dass sie unter diesem Gewicht nicht auf die Knie sinkt. In seinem Blick liegt etwas Abstoßendes. Lisbet würde es lüstern nennen, wäre es nicht mit Abscheu gepaart. Sein Blick schweift über Agnethes vernarbten Kopf, ihre Schlüsselbeine, ihre Hände, die an ihren Seiten zu Fäusten geballt sind. Er hat etwas Übernatürliches an sich, strahlt eine solche Bedrohung aus, dass er beinahe glüht. Der unbegreifliche Gedanke, dass Ida neben diesem Mann liegt, schockiert sie aufs Neue. »Du bist also fast geheilt?«

»Fast?«, wiederholt Lisbet, aus ihrem Schweigen aufgeschreckt. »Sieben Jahre sind vergangen.«

»Sie muss im Münster beten«, sagt Plater. »So lautete die ursprüngliche Entscheidung. Es fehlt noch ein abschließendes Bittgebet in ihrer Heimatstadt.«

Agnethe nickt knapp. »Das habe ich nicht vergessen«, sagt sie mit angespannter Stimme.

»Es spricht!«, ruft Plater. »Die Priester können dich also bald erwarten?«

»Morgen«, erwidert Agnethe.

»Du kannst sicher sein, dass sie ihre Buße vollenden wird«,

sagt Henne erregt. »Wir kennen das Gesetz, wir hätten schon dafür gesorgt.«

»Er meint nur, dass Ihr Euch nicht die Mühe hättet zu machen brauchen, uns persönlich aufzusuchen«, sagt Sophey und wirft ihrem Sohn einen scharfen Blick zu.

»Deshalb bin ich nicht hier«, sagt Plater mit übertriebener Überraschung, ganz so, als wolle er andeuten, dass Agnethe so weit unter seiner Würde ist, dass sie für ihn praktisch unsichtbar ist. Als hätte er sie seit seiner Ankunft nicht angestarrt wie ein Beutetier. »Ein Glas Bier, wenn ich bitten darf, Agnethe.«

»Warum bist du dann hier?«, fragt Henne, und Sophey zischt ihm eine Warnung zu. Henne behandelt Plater wie den Jungen, mit dem er sich als Kind die Knie aufgeschürft hat, und nicht so, wie er es sollte: als den Mann nämlich, der mit der Macht der Einundzwanzig spricht. Henne weigert sich zu vergessen, dass Plater der Sohn eines Arbeiters ist, der sich nur durch seine Bereitschaft auszeichnet, seine Hände im Austausch gegen parfümiertes Wasser zu beschmutzen, um sie wieder reinzuwaschen.

»Ich habe einen Brief, Wiler«, sagt Plater und holt ihn aus seiner Brusttasche, noch versiegelt. Lisbet erkennt, dass das Pergament durchweicht ist, befleckt von seinem Schweiß. »Möchtest du vor die Tür gehen?«

»Das ist der Hof meiner Mutter«, sagt Henne. »Wenn sie mithören will, soll sie es nur tun.«

»Soll ich ihn dir vorlesen?«

»Auch ich habe das Lesen gelernt«, sagt Henne und geht um den Tisch herum, um sich das Schreiben zu schnappen, wobei er in der Hast das Siegel zerbricht. Lisbet späht auf die Buchstaben, obwohl sie natürlich nicht über seinen Namen –

Heinrich Wiler – hinaus lesen kann, der oben in ordentlicher, geneigter Schreibschrift prangt. Sie erkennt, dass das Siegel aus ihrem eigenen Wachs besteht, ungefärbt und unvermischt: das tiefste, reinste Gold. Es erfüllt sie mit Stolz, wenn sie ihre Produkte bei der Verwendung in der Kirche oder bei den Einundzwanzig selbst beobachtet. Sebastian Brant, der Syndikus der Stadt, bestellt es extra, das ist eine hohe Ehre. Aus Hennes gereizter Reaktion schließt Lisbet nun, dass der Brief keine guten Nachrichten bringt.

»Tatsächlich ist es eine Vorladung«, erklärt Plater, der seine Freude über ihre Bestürzung kaum verbergen kann. Ohne ein Wort des Dankes nimmt er Agnethe den Bierbecher ab, und sie zieht schnell ihre Hand zurück.

»Vor Gericht?«, fragt Sophey verwirrt.

»Nach Heidelberg«, sagt Henne. »Wir müssen unsere Rechte an unserem Land verteidigen.«

Heidelberg. Die Stadt, in der der Papst gefangen gehalten wurde. Dort befinden sich eine Art Gericht und außerdem eine Universität. Es sind mehrere Tagesritte nach Heidelberg, aber bis jetzt haben sie noch keinen Grund gehabt, dorthin zu reisen.

»Du musst dich der Anschuldigung stellen, dass deine Bienen von dem Land stehlen, das nur Gott gehört.«

»Wir alle gehören Gott«, sagt Henne, und Lisbet legt sanft eine Hand auf seine feste Taille. »Was soll also diese Anschuldigung?«

Plater gestikuliert und verschüttet dabei Bier auf den Boden. Er zeigt zu den ordentlich eingezäunten Bienenkörben, die sich vom Hof bis zum Wald erstrecken, zum Schuppen und zum Hühnerstall. Das Haus scheint durch seine Aufmerksamkeit noch baufälliger geworden zu sein. »Wo sind deine Wildblumen, Wiler? Wo ist der Nektar, der deine Bienen ernährt, das Wachs so süß macht?«

»Im Wald«, sagt Henne. »So wie seit eh und je. Wir haben Genehmigungen, so wie andere, die ihr Vieh auf den Feldern weiden lassen müssen …«

»Warst du in letzter Zeit im Wald? Es ist dir vielleicht entgangen, aber der Sommer ist brutal dieses Jahr.« Lisbet umfasst Henne fester. »In der Wildnis vertrocknen Blumen oder wachsen erst gar nicht. Und im Osten, beim Kloster, gibt es zwei Dutzend Morgen Kornblumen und Mohnblumen, die täglich gegossen werden.«

Jetzt wird es Lisbet klar, und zwar so deutlich, als hätte sie den Brief selbst gelesen. Es geht um eine alte Behauptung, die etwa alle zwei Jahre neu erhoben wird, nämlich dass sie den Mönchen in Altdorf alles gestohlen hätten, von den Bienen bis zum Honig. Tatsächlich sind die Mönche selbst Diebe, die den Fluss umleiten, um damit ihre Felder zu bewässern, und so alle flussabwärts berauben.

»Das ist längst geklärt«, sagt Henne. »Meine Frau hat die zusätzlichen Bienenkörbe beigesteuert. Sie hat nämlich die Waldbienen für unsere Bienenstöcke gewonnen.«

»Hier geht es nicht um die Bienen«, sagt Plater. »Bist du dir sicher, dass ich es dir nicht vorlesen soll?«

Lisbet nestelt noch heftiger an Hennes Hemd herum, aber er tritt einen Schritt von ihr weg. »Ich verstehe dich sehr gut. Aber es gibt keinen Zaun und keine Netze, die solche Kreaturen aufhalten könnten. Es sind meine Bienen, die holen, was sie können, und herstellen, was wir ernten. Meine Hände, nicht die der Mönche, pressen das Wachs.«

»Und die Mönche behaupten, dass diese Ernte nur durch ihren Anteil möglich ist«, sagt Plater. »Deshalb musst du nach Heidelberg reisen, um eine Erklärung zu unterschreiben, die das zugibt.«

»Das werde ich nicht tun.«

»Es steht dir frei, eine Petition in Heidelberg einzureichen«, sagt Plater. Er klingt gelangweilt, jetzt, da klar ist, dass Henne sich im Griff hat und ihm nicht mit Gewalt drohen wird. »Aber ich glaube nicht, dass du damit viel Erfolg haben wirst. Du solltest dich darauf vorbereiten, einen Teil deiner Bienenstöcke ins Kloster zu bringen.«

»Aber sie gehören uns!«, ruft Lisbet, die den Ausbruch nicht unterdrücken kann. Panik steigt in ihr auf.

»Sie gehören niemandem außer Gott«, entgegnet Plater kühl. »Wie dein Mann bereits gesagt hat. Und das Kloster steht in Gottes Gunst höher als jeder Bauernhof. Heidelberg wird euch daran erinnern.«

»Dein Selbstbewusstsein ist so groß geworden, dass es ein Wunder ist, dass du noch durch die Tür passt«, bemerkt Henne.

»Heinrich!«, ruft Sophey entsetzt. Platers Grinsen verschwindet nicht, aber etwas Dunkles legt sich über seine Augen.

»Du warst dir deiner selbst immer sicher, Heinrich Wiler«, sagt er so aufreizend, als würde er einen Pfeil in einen Bogen spannen. »Vielleicht vergisst du, mit wem du gerade sprichst? Und vielleicht vergisst du auch, wo du stehst: auf geborgtem Boden, mit gestohlenen Bienen, einer unfruchtbaren Frau und einer Sünderin als Schwester – mit anderen Worten, auf Treibsand. Und dies hier«, er beugt sich vor und tippt auf den Brief, der jetzt in Hennes geballter Faust zittert, »wird dich hoffentlich an deine Stellung im Leben erinnern.«

Eine unfruchtbare Frau. Eine Sünderin als Schwester. Lisbets Panik verwandelt sich in Hass. Sie will, dass ihr Ehemann den Kerl zur Tür hinaus wirft, auf sein grinsendes Gesicht stampft, bis er seine Zähne in den Staub spuckt. Sie selbst würde es tun, und wenn sie dabei den Tod fände. Aber Henne verteidigt weder sie noch Agnethe, und Lisbet spürt Verbitterung in sich aufsteigen.

»Mein Vater hat dieses Land gekauft, und ich pflege die Bienen. Du und dein Rat habt keinen Anspruch darauf«, sagt Henne.

»Trag deine Sorgen nach Heidelberg.«

»Das werde ich tun.«

»Das wirst du nicht!«, schreit Sophey, und Plater schnaubt.

»Wenn das dein Vorhaben ist, werde ich Heidelberg mitteilen, dich zu erwarten. Du hast einen Tag Zeit, um deine Entscheidung zu treffen. Länger werde ich die Einundzwanzig nicht warten lassen. Brant ist persönlich von der Angelegenheit betroffen.«

Er wirft den leeren Becher auf den Tisch und geht so abrupt, wie er hereingekommen ist. Wie aus einem Reflex heraus hält Agnethe den rollenden Becher fest, und Henne knallt die Tür hinter ihm zu.

»Henne«, sagt Sophey schwach, »was sollen wir bloß tun?«

Aber Henne nimmt nur seinen Beutel vom Haken und schreitet aus dem Zimmer. Sophey folgt ihm und lässt Agnethe und Lisbet in erstauntem Schweigen zurück.

Agnethe lässt sich neben Lisbet auf die Bank fallen. Sie zittert am ganzen Körper, und Lisbet fragt sich, warum Plater ihr solche Angst macht. Liebt auch sie die Bienen wie Lisbet, empfindet sie ihre Bedrohung als Bedrohung ihrer eigenen Person, ihres eigenen Glücks? Diese Vorstellung löst Besorgnis aus, eine Art Habgier, die sie eigentlich nicht empfinden dürfte, wie sie sich selbst sagt.

Dann blickt sie in Agnethes Gesicht, betrachtet die harte Linie ihres Kinns, doch da ist kein Entsetzen zu sehen. Stattdessen glänzen ihre Augen vor Wut. Lisbet kommt der Gedanke, dass sie sich vielleicht geirrt hat – dass Agnethe vielleicht nicht der Hase ist, sondern der Fuchs.

3

Das Blut dröhnt Lisbet in den Ohren. Früher hat sie sich vor extremen Gefühlen während der Schwangerschaften geschützt, aber jetzt schafft sie es nicht, diese Wut und Angst zu unterdrücken. Sie nimmt den Besen, und ihre Hand zittert.

»Ich mache das schon«, sagt Agnethe mit leerem Gesichtsausdruck. »Setz dich hin.«

»Ich muss mich nicht hinsetzen«, sagt Lisbet und lehnt sich gegen den Tisch. Entschieden nimmt Agnethe ihr den Besen ab. Lisbet kann ihr zwar nichts entgegensetzen, bleibt aber stehen, ein Akt des Trotzes. Agnethe fegt die Scherben des Tellers auf und wirft sie ins Feuer. Es lodert kurz auf, wie ein Dämonenhund, der ihre Gesichter leckt.

»War er schon immer so grausam?«, fragt Lisbet.

Agnethe sieht sie nicht an. »Er ist da hineingewachsen.«

»Ida bleibt sie selbst«, sagt Lisbet. Sie empfindet dasselbe Besitzdenken wie gegenüber den Bienen. »Immer freundlich und unerschütterlich.«

Agnethe fegt energisch den Boden, die Handknöchel zeichnen sich weiß am Besenstiel ab. Lisbet beobachtet sie einen Moment lang.

»Ich wette, das ist nicht die Begrüßung, die du dir vorgestellt hast.«

Agnethe schnaubt heftig. »Es ist genau das, was ich erwartet habe.«

In diese Antwort legt sie eine gewisse Ironie, und Lisbet erlaubt sich ein Lächeln trotz der traurigen Lage. Sie nimmt eine Scheuerbürste und streicht Krümel vom Tisch auf den Boden, damit Agnethe sie zusammenfegen kann.

»Er wird nach Heidelberg fahren.« Sophey steht in der Tür und sieht sie beide anklagend an, ganz so, als hätten sie es ihm befohlen.

»Welche Wahl hat er denn sonst?«, fragt Lisbet, die Hände um die Bürste gekrampft. »Wir dürfen den Hof nicht verlieren.«

»Wir würden den Hof nicht verlieren«, sagt Sophey. »Nur die Bienen.«

Lisbet fällt die Bürste klappernd zu Boden, ihre Nerven liegen blank. »Die Bienen sind doch der Hof, sind unsere Lebensgrundlage.«

»Bevor du kamst«, sagt Sophey, »hatten wir weniger als die Hälfte der Bienenkörbe und ansonsten die Rüben. Das hat gereicht.«

»Ich weiß, was ihr hattet«, murmelt Lisbet. Sie fühlt sich wie ein ausgefranster Faden, der sich weiter auflöst. Agnethes Rückkehr, Platers Besuch und das Baby, das an ihren Rippen hängt, haben ihre Geduld auf ein Minimum schrumpfen lassen. Die Bienen sind ihr Anker an diesem Ort, in diesem Leben, in dem sie ohne ein Kind, das ihr Halt gibt, umhertreibt. Die Bienen und nur die Bienen – ihre Pflege, ihre Bedürfnisse, ihre unergründlichen Muster und ihre Wildheit – halten sie bei Verstand. Wenn sie nach so vielen Rückschlägen auch noch die Bienen entbehren müsste, würde sie verrückt werden.

»Er muss dorthin reisen, Mutter«, sagt Agnethe. »Ihr könnt doch nicht alles aufgeben, was ihr euch aufgebaut habt.«

»Gerade du solltest es wissen: Wer sich gegen die Einundzwanzig stellt, stellt sich gegen Gott. Schau nur, wohin dich das geführt hat«, sagt Sophey mit einem Anflug von Wut.

Agnethe wird sehr still, so wie zuvor in Platers Gegenwart. Lisbet vermutet, dass es ein Trick ist, den sie im Kloster gelernt hat. Sie stellt sich diese große, bemerkenswerte Frau vor, wie sie sich durch dunkle Säle in dünner Bergluft bewegt und dabei lernt, sich unsichtbar zu machen. Kann man sich so von Sünde befreien? Indem man versucht, sich selbst aus der Welt zu stehlen? Sophey und Henne haben in diesen sieben Jahren jedenfalls so getan, als existierte Agnethe nicht, und Lisbet fiel es leicht, es ihnen nachzutun. Sie hat nicht einmal ein Gebet für Agnethe übrig gehabt. Lisbet erinnert sich an das Brot, an die starken Hände, die sie hochgezogen haben, und verspürt eine Art Beschützerinstinkt gegenüber ihrer neu gefundenen Schwester. Sie wird sie kennenlernen. Sie wird ihr zeigen, dass sie sie sieht.

»Agnethe hat recht«, sagt sie. »Wir haben keine Wahl. Wir müssen kämpfen.«

Sophey saugt Luft durch ihre Zahnlücken, als Henne mit seinem Beutel und seinen verdreckten Überschuhen zurückkommt.

»Du kannst jetzt noch nicht aufbrechen«, sagt sie. »Wenn du die Reise wirklich antrittst, müssen wir erst Brot backen, damit wir den Segen am Altar in Heidelberg erbitten können, und morgen musst du mit Agnethe im Münster beten.«

»Dafür ist keine Zeit …«

»Für das Gebet ist immer Zeit.« Sophey wird fast augenblicklich sanftmütig und legt eine Hand auf seine Schulter;

sie ruht auf dem geflickten Stoff, verkrümmt durch wunde Knochen und geschundenes Fleisch. »Wenn du schon reisen musst, dann brich bitte frühmorgens auf, damit du so lange wie möglich Tageslicht hast.«

»Ich werde rund um die Uhr unterwegs sein«, sagt Henne. »Wir haben kein Geld für Tavernen und Rasthäuser.«

»Dann musst du eben in Kirchen schlafen«, sagt Sophey bestimmt. »Joß Fritz ist nach Süden unterwegs, das sagen alle. Im Dunkeln ist es nicht sicher.«

Vor nicht einmal zwei Jahren wurden in einer Kirche mehrere Pfarrer von Rebellen niedergestochen. Henne würde sich eher der Revolte gegen die Einundzwanzig anschließen, als ihr entgegenzustehen, grunzt aber zustimmend und wirft seinen Beutel auf den frisch geputzten Tisch.

»Morgen also«, sagt er, als wäre das schon immer sein Plan gewesen. »Beim ersten Morgenlicht, Agnethe?«

»Du musst zur Mühle«, sagt Sophey, »um es Plater zu sagen. Vielleicht ...«

»Agnethe kann im Karren warten«, sagt Henne ungeduldig.

»Ich auch«, sagt Lisbet, die verzweifelt dem stickigen Haus und Sopheys Einflussbereich entkommen möchte. Wenn sie zur Metz'schen Mühle fahren, kann sie Ida sehen. »Ich komme auch mit.«

Henne setzt sich hin, um seine Überschuhe von den Holzschuhen abzunehmen. »Lisbet kann ein paar Kerzen zum Markt bringen, vielleicht auch etwas Siegelwachs. Ich hole die Sachen schnell.«

»Das kann ich doch ...«, beginnt Lisbet, die sich bei dem Gedanken an den Arbeitsschuppen, an den üppigen Geruch nach Wachs und Honig sofort entspannt, aber

Henne ist schon zur Tür hinaus. Sophey geht gleich auf sie los.

»Er riskiert alles für uns«, sagt sie. »Und du würdest ihn einfach so gehen lassen?« Ihre Hand durchschneidet die Luft und erstickt Lisbets Einwand, noch bevor sie ihn aussprechen kann. »Du hörst doch genau wie ich die Warnungen in der Kirche. Sie hängen die Rebellen zu Hunderten auf, und es werden immer mehr. Es ist, wie Geiler es vorausgesagt hat. In dieser Hitze ist alles verdammt.«

Sie referiert dies, als wüsste Lisbet es nicht selbst, als hätte sie nicht mit eigenen Ohren gehört, was Sopheys verehrter Geiler in seiner inzwischen berüchtigten Predigt verkündet hat: dass Fäulnis aus Fäulnis wachsen wird, seit der Komet in Ensisheim eine Jahresernte an Weizen vernichtet hat. Es war ihr Weizen, das Feld gehörte Lisbets Vater, und es passierte in derselben Nacht, in der Lisbet geboren wurde. Das Feld schenkte ihnen nie wieder eine Ernte. All dies weiß Sophey nicht.

Was auch immer Sophey denkt, Lisbet hört Pater Hansen in der Kirche durchaus zu. Mehr noch, sie sieht es mit eigenen Augen, wenn sie und Ida durch die Armenviertel gehen. Gestank und Krankheit und so viele Babys, fahlhäutig und auffallend stumm. Pater Hansen erzählt ihnen, dass Frauen in der Stadt ihre Babys ertränken, und Lisbet träumt davon, sie mit einem Netz in Sicherheit zu bringen.

»Genau deshalb müssen wir unsere Bienen behalten«, sagt Lisbet mit einem Mut, den sie wohl nicht aufgebracht hätte, wäre Agnethe nicht da. »Sie allein bleiben von der Hitze verschont, und wenn wir sie nicht hätten, wären wir wie jeder andere Bauer dem Wetter ausgeliefert.«

»Wie mein Mann etwa?«, faucht Sophey. »Du denkst, du bist etwas Besseres, weil du uns von Kohl und Rüben hin zu Bienen geführt hast. Aber nichts ist es wert, dafür einen Sohn zu verlieren. Wenn du Mutter wärst, würdest du das verstehen.«

Lisbet stockt der Atem. Ihr Gesicht wird heiß, und sie hat das Gefühl, dass sie sich auf den frisch gefegten Boden erbrechen muss. Sie schiebt sich an Agnethe vorbei, die artig neben der Tür steht, und geht, so schnell ihr Magen es zulässt, in den Wald.

Beide Frauen rufen ihr nach, Agnethe leise und Sophey wütend, aber Lisbet dröhnt das Blut in den Ohren, und die Übelkeit rumpelt in ihrem Bauch. Sie ahnt, dass sie das Weinen und Schreien nicht mehr lange unterdrücken kann, und es gibt nur einen Ort, an dem sie beides tun kann, ohne dass jemand etwas mitbekommt oder sie dafür maßregelt.

Leise summt es in den Bienenstöcken. Die Bienen sind nicht besonders aktiv in der schweren Luft. Die Tür des Arbeitsschuppens ist geschlossen, die Schalen sind frisch aufgefüllt, und sie ist froh, sich einmal nicht darum kümmern zu müssen. Als sie den Wald betritt, dringt eine Nadel genau unter ihre Rippen und sticht sie im Takt ihrer Atemzüge. Innerhalb weniger Schritte wird die Vegetation dichter. Sie findet einen Baum mit glattem Stamm, dessen Rinde sich in federleichten Streifen ablöst, und lehnt ihre Handflächen dagegen, damit sie sich übergeben kann, ohne umzufallen. Sie keucht und würgt, bis nichts mehr in ihr ist, nichts als das Baby und ihr pochendes Herz.

Benommen presst sie die Stirn gegen die Rinde. Sie ist so warm wie ihr Blut, und Lisbet verschränkt die schwitzenden Hände unter dem Bauch, um ihren Rücken zu entlasten. Ihre Wut ist riesengroß und so erstickend wie Rauch. *Wenn du Mutter wärst …*

Aber das bin ich doch, sagt sie sich. *Sogar eine vielfache*. Sie liebt jedes einzelne verlorene Kind, obwohl sie nicht bei ihr sind, obwohl alles, was sie von ihnen gehabt hat, Blut oder blutleere Körper waren – ist das nicht genug? Sie weiß, dass Sophey Kinder verloren hat, dass es den meisten Frauen passiert, dass Ida mit ihren problemlosen Schwangerschaften ein seltener Fall ist. Doch andere Mütter mit leeren Armen hat Lisbet noch nicht kennengelernt, und deswegen kennt sie auch niemanden, der versteht, was es bedeutet, die Last von so viel Abwesenheit zu tragen.

In ihrem Inneren rührt sich das Baby. Früher hat sie sich vorgestellt, ihre Babys seien Fische, die durch ihre Tiefen schwimmen, aber jetzt wünscht sie sich Bäume, mit dicken, starken Wurzeln. Sie reibt sich die Rippen und richtet sich auf.

Sie müsste zurück nach Hause gehen. Sie kennt den Weg zu ihrem Baum wie ihre Westentasche, würde ihn mit verbundenen Augen genauso gut schaffen wie im Dunkeln, aber im Wald ist es gefährlich geworden, seit die Menschen in der Stadt so verzweifelt sind. Andere Pächter der Einundzwanzig haben nicht die Möglichkeit, nach Heidelberg zu gehen und ihre Ansprüche geltend zu machen, und die von Plater und seinesgleichen überwachten Zwangsräumungen werden immer mehr. Den Wald aufzugeben würde jedoch bedeuten, ihren Baum aufzugeben, und es verbietet sich, darüber nachzudenken. Unter der unbarmherzigen Sonne, die Schweißflecken auf ihren Schultern hinterlässt, stapft sie weiter.

Ihr Pfad ist unsichtbar und unwegsam für alle außer ihr. Die Bäume sind dicht und von Dornenranken bewachsen, der Boden ist sumpfig von unterirdischen Bächen, die in den regnerischen Monaten zu Flüssen anschwellen. Es gibt bessere und leichter zugängliche Plätze, um Schutz zu finden in der Nähe der Straße zur Stadt, und deshalb ist ihr Heiligtum so geschützt und wird von ihr bewahrt.

Sie fühlt sich wie eine Biene, die ihre Landkarten in die Luft sät, wie ein Vogel, der nach Hause segelt, während sie ab und zu anhält, um nach sich nähernden Schritten zu lauschen, nach jedem Anzeichen, dass sie nicht allein ist. Denn hier darf nur sie sein. Als ihre Holzschuhe in den vertrauten moosigen Boden einsinken, spürt sie, wie ihr das Herz aufgeht. Sie schiebt die Brombeersträucher beiseite, die sie am Rand gepflanzt hat, um Tiere fernzuhalten, und betritt die kleine Lichtung. Hier ist es still und schattig wie in einer Kirche.

In der Mitte steht eine dickstämmige Linde, in deren Äste eine Bühne eingebaut ist. Ein Tanzbaum. Die Plattform, die sie repariert hat, sitzt in den höchsten Ästen und ragt heraus wie ein Boot, das Schiffbruch erlitten hat. Rundherum hängen die Bänder ihrer Babys, zwölf lange Schnüre aus Baumwolle, herausgerissen aus dem allerersten Säuglingskleidchen, das sie je genäht hat, eingefärbt in den leuchtendsten Farben, die sie aus Roter Bete und Käferflügeln gewinnen konnte.

Die Bienen haben sie hierhergeführt. Ein weiterer Grund, sie zu lieben. Als Henne in Colmar war, um Wachs auszuliefern, und sie zum dritten Mal schwanger war, voller Trauer und Hoffnung, hatte sie geglaubt, ihre eigenen Bienen seien hierher ausgebüchst. Sie hielt sie für Deserteure von Hennes hart erkämpften Bienenstöcken und folgte ihnen mit einem Sack und einem Stock brennenden Rosmarins in den Wald, bereit, sie wieder nach Hause zu holen. Sie hatte sich durch die Dornen gekämpft und diese Bienen hier gefunden, eine wilde Kolonie, die in einem hohlen Ast lebte, der die verrottende Plattform aufspießte.

Sie hatte das Konstrukt sofort als das erkannt, was es war: ein Tanzbaum. Ein Todesbaum. Ein Relikt der Heiden, die ihre Kirchen unter freiem Himmel bauten. Mutter hatte ihr gesagt, einige seien noch vorhanden. In ihren letzten Tagen hatte sie Lisbet über das von Kometen verfluchte Feld geschickt, um das Gehölz zu durchsuchen, das ihr Land säumte, in der Hoffnung, einen zu finden. Zu diesem Zeitpunkt hatte Mutter die Hoffnung auf Wundärzte und Gebete aufgegeben und setzte lieber auf uralte Magie, um die ständigen Schmerzen in ihren Füßen zu heilen, das Blut zu bekämpfen, das sich unter ihrer Haut ansammelte wie ein bösartiger Bluterguss.

Lisbet hatte ihr damals nicht helfen können. Aber jetzt, zu spät für Mutter, hat sie einen gefunden. Jetzt ist der Ast, in dem die Bienen wohnten, leer, verstopft mit geteerten Stöcken, die sie daran hindern sollen, hierher zurückzukehren, und nun saust diese Kolonie über ihren Hof und schenkt ihnen das süßeste Wachs überhaupt. Henne darf in Heidelberg nicht scheitern. Es würde ihr das Herz brechen.

Der Boden ist übersät mit Blättern und ihren Aufmerksamkeiten. Wie eine Elster bringt sie den Babys Opfergaben und legt sie am Fuß des Baumes ab: hübsch gemusterte Steine, aufgelesene Federn, gepresste Blumen, mit Kieselsteinen beschwert. Früher war sie abergläubisch und verband mit jedem Andenken ein Versprechen, eine Abmachung – *Wenn ich eine siebenblättrige Blume finde, wird dieses Baby bei mir bleiben. Wenn ich das weiße Band dieses Steins noch bei einem anderen finde, wird mein Baby leben.* Aber Wiederholung kann Entschlossenheit ruinieren, und jetzt misst sie dem, was sie in die Schatten legt, keine besondere Bedeutung mehr bei.

An diesem Tag steckt sie die in Agnethes Kammer gefundenen Federn in die Rinde des Baumes. Sie sind flaumig und weich wie Babyhaar. Sie befreit den Boden von heruntergefallenen Zweigen und Blättern und legt die leeren Schneckenhäuser ab. Die Ruhe unter dem grünen Baldachin erzeugt eine Stille wie in einer Kirche, und sie senkt den Kopf, als sie sich dem Altar des Baumstamms nähert, legt eine Hand darauf. Die Fläche ist wunderbar kühl, und sie muss sich sehr überwinden, um die Hand wieder wegzunehmen.

Die steilen, leiterartigen Stufen sind dunkel. Sie fühlen sich immer kalt an unter ihren Füßen, Flechten und Moos und das Alter machen sie glitschig. Sie wäre dumm, in ihrem Zustand zu klettern, selbst mit den quergelegten Ästen und Brettern, die die Plattform wieder in eine stabile Lage gebracht haben. Vor längerer Zeit war sie hier, an dem Tag, als sie wusste, dass wieder ein Baby in ihr wuchs. Zweimal war das Blut ausgeblieben. Sie hatte den Kopf an das reparierte Geländer gelegt und gebetet.

Nach jedem Band, das sie neu anbringt, bleibt sie stundenlang auf der Plattform liegen, aber jetzt hat sie nur die Zeit, den Stamm einmal zu umrunden. Das genügt aber, sie daran zu erinnern, dass Sophey ihr trotz all ihrer Überzeugung und ihres Grolls die schlichte Wahrheit dieser Bänder nicht nehmen kann, denn sie trägt diesen Ort auch im Herzen.

Der folgende Tag scheint heißer denn je zu beginnen. Henne pfeift unmelodisch vor sich hin und konzentriert sich auf die Straße. Die ist steinhart nach wochenlanger Sonneneinstrahlung und verzeiht keinen Fehler, ihre Schlaglöcher sind tückisch. Das Maultier und das Pferd müssen kämpfen, und der Karren schert ständig nach links aus, auf die hohen Bäume zu. Agnethe sitzt verkrampft an Lisbets Seite, die Geschwister wirken unbeweglich und steif wie Torpfosten. Zwischen ihnen schwankt Lisbet. Ihr Bauch drückt fest auf ihre Blase, und sie bereut bereits den Entschluss, Henne zu begleiten.

Auf der breiten Ladefläche des Karrens liegt ein Bündel sorgfältig verpackter Kerzen, genug, um eine bescheidene Kirche eine Woche lang zu erleuchten. Daneben liegt ein eingewickeltes Brot, gebacken mit dem Rest von Idas Geschenk, außerdem getrocknete magere Speckstreifen. Ein Wachstuch bedeckt alles, obwohl kein Anzeichen von Regen zu erkennen ist. Sophey hatte sich zum Abschied fest auf die Lippe gebissen, fast so, als würde sie weinen. Da hatte Lisbet in sich hineingelauscht und gemerkt, dass sie nichts dergleichen empfand. Besorgnis höchstens, aber nur, was die Bienen und das Baby betraf, das eine unruhige Nacht lang in ihrem Inneren herumgetobt hat.

Die Metz'sche Mühle liegt auf halber Strecke zwischen Straßburg und ihrem Bauernhof. Der Wald hier wird besser bewirtschaftet, obwohl sich die Wurzeln ständig zum Fluss hinschlängeln und drohen, das Wasser zu ersticken. Am schnellsten geht es durch die Bäume hindurch, eine Reise, die Lisbet so oft gemacht hat, dass sie auch mit verbundenen Augen ans Ziel käme. Aber es ist wie bei jeder Siedlung, die in der Nähe des Schwarzwalds entstanden ist: Zu Fuß kann man sich dort fortbewegen, mit dem Karren nicht. Darum bietet diese Gegend Sicherheit für Joß Fritz und seine Rebellen, für Lisbet und ihren Tanzbaum, und darum muss man mit dem Pferd doppelt so viele Kilometer zurücklegen wie zu Fuß.

Lisbet freut sich auf Ida, auf ihr gepflegtes Haus und ihre rotbäckigen Kinder, auf den Duft von frisch gebackenem Brot, der immer aus dem Holzhaus der Mühle aufsteigt. Die Stadt mag sich in letzter Zeit immer mehr in einen Albtraum verwandelt haben, doch die Mühle ist wie aus einem Märchen, sie steht an der Weggabelung zwischen Kirche und Stadt, solide und quadratisch, sauber und ordentlich. Nach ihren Besuchen verlässt Lisbet die Mühle immer mit einem zarten weißen Überzug in ihrem dunklen Haar.

Agnethes gerader Rücken versteift sich noch mehr, als das Dach des Hauses in Sicht kommt und das Klappern des Mühlrads im Fluss das Getrappel der Pferdehufe übertönt.

Vor der Tür sitzt Ilse im Dreck, mit einer Puppe. Ein ernstes, wachsames Mädchen, sechs Jahre alt, mit dem Haar ihres Vaters und den großen Augen und dem Mund ihrer Mutter. Sie ist die einzige Tochter unter lauter Söhnen, genau wie Lisbet. Als sich der Karren nähert, steht sie auf und klopft sich den Staub ab.

»Guten Morgen, Ilse«, sagt Lisbet, nachdem weder Henne noch Nethe grüßen. »Holst du bitte deinen Vater?«

Sie wartet, bis das Mädchen hineingegangen ist und man hinter der Tür ein paar kindliche Stimmen hört, bevor sie sich an Henne wendet.

»Kannst du dem Kind nicht wenigstens ein Lächeln schenken?«

Henne streckt mürrisch das Kinn vor. Auf Lisbets anderer Seite starrt Agnethe geradeaus, die Hände unter die Achseln gesteckt. Ihr Gesichtsausdruck ist dem ihres Bruders so ähnlich, dass Lisbet lachen müsste, wäre die Stimmung nicht so ernst.

Die Tür öffnet sich, und Ida kommt heraus. Sie schaut arglos drein, auf der Wange klebt etwas Mehl, ihr dichtes blondes Haar ist unbedeckt. Sie erschrickt beim Anblick der Neuankömmlinge und geht sofort wieder hinein, eine

Entschuldigung murmelnd, bevor sie mit einem Kopftuch wieder auftaucht, ganz wie ihr Mann es von ihr verlangt.

»Entschuldigung, Heinrich.« Idas Stimme ist höher als sonst. Ihre Hände zittern. Sie ist nervös und schaut Lisbet nicht in die Augen. »Ilse hat nur Lisbet erwähnt.«

»Sie sollte deinen Mann holen«, sagt Lisbet und lächelt. »Aber das ist nicht tragisch, ich hatte nämlich gehofft, dich zu sehen.«

Henne zuckt mit den Schultern. »Mir macht das nichts aus, Ida. Als Kind habe ich dein Haar oft gesehen.«

»Ganz recht«, lächelt Ida, aber ihre Fröhlichkeit schwindet, als sie ihre Aufmerksamkeit Agnethe zuwendet. »Hallo, Agnethe.«

Jetzt spürt man eine Aufladung wie in den Augenblicken vor einem Gewitter: dieser unerträgliche Schmerz, wenn die Luft sich quält und schließlich auseinanderbricht. Lisbet kann das trockene Klicken von Agnethes Schlucken hören, und als sie in das Gesicht ihrer Schwägerin blickt, ist es so voller Abscheu, dass sie zusammenzuckt. Plater erscheint, packt Ida am Handgelenk und zieht sie hinter sich, die Augen auf Henne gerichtet.

»Du hast dir Zeit gelassen«, sagt Plater, während seine Frau ihr schmerzendes Handgelenk massiert.

»Einen Tag, hast du gesagt«, sagt Henne. »Es ist Vormittag.«

»Gut beobachtet.«

Lisbet bekommt nur wenig von dem Gespräch mit. Ihre ganze Aufmerksamkeit gilt Ida, ihrem wunden Handgelenk und ihrem gesenkten Blick, und Agnethe, ihrer versteckten Feindseligkeit, die sich weniger auf Plater als auf seine Frau zu konzentrieren scheint. Während Plater und Henne sich in

Sticheleien ergehen, findet zwischen Ida und Agnethe ein echter und stiller Kampf statt, und Lisbet kann nicht verstehen, warum.

Henne klettert vom Karren hinunter, um das Pferd abzuspannen, und schnallt seinen Beutel an dessen Flanke.

»Deine Reise ist vergeblich«, seufzt Plater mit gespieltem Mitleid. »Aber ich bewundere deinen Glauben.«

»Auf Wiedersehen, Weib und Schwester«, sagt Henne und ignoriert Plater. Er zögert, bevor er aufs Pferd klettert, den Fuß bereits im Steigbügel. Er sieht von Lisbet zu Agnethe, und sein Blick ist nicht der, an den Lisbet gewöhnt ist – er ist weicher, fast flehend. »Agnethe ...«, beginnt er und scheint es sich dann anders zu überlegen. Er schwingt sich hoch.

»Ich dachte, du wolltest im Münster beten«, sagt Lisbet zu Henne.

»Sag Mutter einfach, dass ich es getan hätte«, gibt Henne zurück.

Und dann ist er auch schon weg, rauscht ab im Galopp. Das Tier, das seine Schwester aus den Bergen hinunter getragen hat, trägt jetzt ihn, und zwar in eine Stadt, in der ihre Zukunft entschieden wird. Lisbet kann die wahre Bedeutung des Augenblicks nicht erfassen, denn der Druck auf ihre Blase hat eine neue Intensität erreicht, und sie rutscht auf der Bank des Karrens herum.

»Wollt ihr in die Stadt?«, fragt Plater. »Ich werde mit euch reiten. Der Rat muss darüber informiert werden, dass sich die Übergabe der Bienen um einige Tage verzögern wird.«

»Es wird keine Übergabe geben«, blafft Lisbet, bevor sie sich wieder beherrscht. »Ida, hättest du vielleicht etwas zu trinken für mich?«

»Natürlich«, sagt Ida, dankbar, etwas zu tun zu bekommen. Sie nähert sich dem Karren und streckt Lisbet die Hand entgegen, um ihr beim Aussteigen zu helfen. »Agnethe, möchtest du …«

Doch Plater gibt ein knappes und warnendes Zischen von sich. Ida lässt ihren Satz unvollendet und führt ihre Freundin hinein. Lisbet winkt den im Raum verteilten Jungen kurz zu, durchquert rasch das kühle und ordentliche Haus und geht zu der Grube dahinter.

»Daher also deine Eile«, sagt Ida und lehnt sich gegen den Türpfosten, während Lisbet in die Hocke geht und erleichtert aufatmet.

»Ich weiß nicht, wie du mit drei Babys fertiggeworden bist, bevor dein Vater dir die hier gegraben hat«, sagt Lisbet und wirft eine Handvoll Erde in die Grube. »Der Wald ist zu weit weg von hier.«

»Ich habe es nicht immer bis in den Wald geschafft«, lacht Ida, dreht sich um und nimmt den Teig hoch, an dem sie gerade arbeitet, und wischt das Mehl vom Tisch. Es ist hier so reichlich vorhanden, dass sie es nicht einmal zusammenfegt, um es für später aufzuheben: Das ist ein weiterer Vorteil daran, die Tochter des Müllers zu sein. Zu ihren Füßen zeigt Ilse ihrem Bruder Alef, wie man einen Knoten macht, Martin beobachtet sie sabbernd in seiner Ecke, während der Säugling Rolf, festgebunden auf sein Brett, auf dem Tisch schläft.

Mit den Fingern fährt Lisbet ganz sanft über seine Wange und widersteht dem Drang, ihn hochzunehmen und an ihm zu schnuppern. Sie stellt sich den Duft von Milch auf seiner Haut vor, den Geruch von Holzrauch, der in seinem sauberen Musselinkleidchen steckt, seine weichen, warmen Beine zwischen ihren Daumen. Das Verlangen schmerzt in ihrer Brust.

Die Kinder nehmen von Lisbet nicht mehr Notiz als Ida von ihnen, und Lisbet verspürt einen Stich der Eifersucht. Wie ist es wohl, ein Kind nach dem anderen zu gebären, so viele, dass man ertragen kann, sie unbewacht spielen und schlafen zu lassen? Wie ist es wohl, nie ein Kind zu verlieren, bevor es überhaupt einen Atemzug gemacht hat? Kein Wunder, dass Idas Gesicht so fröhlich und klar wirkt, egal wie müde sie ist. Derartige Sorgen lassen einen Menschen stark altern. Lisbet sieht es an ihren eigenen ergrauenden Haaren, die sich deutlich von den dunkleren Strähnen abheben, spürt es in der Brust: eine Last, die Ida niemals tragen wird. Wenn ein Kind nicht überlebt, erfüllt das die Arme einer Frau mit solch einer Leere, dass sie schmerzen.

Lisbet schüttelt den Gedanken ab und lächelt Ida an, die ihr eine Schüssel mit Wasser für Hände und Gesicht und einen Becher helles Bier bringt. Man kann einer solchen Frau ihr Haus voller Kinder kaum verübeln, besonders nicht mit einem Ehemann wie Plater.

»Was war das denn eben?«, fragt Lisbet und spritzt sich Wasser auf die Wangen. »Zwischen dir und Agnethe?«

Ida zuckt mit den Schultern. »Wir haben uns seit Jahren nicht mehr gesehen. Wir sind einander fremd geworden.«

»Agnethe und ich sind uns vollkommen fremd«, sagt Lisbet, »und mich hat sie nicht so angesehen.«

Ida sagt nichts, klopft mit präzisen, geübten Schlägen die Luft aus dem Teig. Als ihre Mutter noch lebte, führten sie zusammen die Geschäfte, die Mühle und eine Bäckerei. Doch Plater mag es nicht, wenn seine Frau für andere Männer Brot backt. Sie darf nur für ihn backen.

»Henne muss also nach Heidelberg?«, fragt Ida.

Lisbet nickt. Mit großer Anstrengung stellt sie den Becher

ab. Sie will diesen kühlen, nach Babys und Mehl duftenden Raum nicht verlassen, will nicht hinaus in die Hitze, in die Stadt. Aber sie hat Agnethe schon lange genug mit ihrem Peiniger allein gelassen.

»Ich bete, dass seine Reise erfolgreich sein wird.«

»Sie muss«, erwidert Lisbet etwas heftiger als beabsichtigt. Gebete sind nicht genug, wenn sie nicht wirken. Manchmal scheint Ida das nicht zu verstehen.

Rolf fängt an zu schreien, und Ida hebt ihn zerstreut an ihre Brust, zieht mit einer geübten Bewegung ihren Ärmel herunter. Ihre Schulter ist weiß und rund, ihre Brust mit blauen Adern überzogen. Lisbets Brüste sehen genauso aus, aber sie weiß noch immer nicht, ob das Kind, das sie in sich trägt, jemals von ihr trinken wird.

Ida stützt Rolf auf die Hüfte und nimmt die Wasserschüssel und den Becher. Dann knetet sie den Teig weiter, während er trinkt. Sie hat eine so natürliche, so mühelose Art mit den Kindern, dass Lisbet das Herz wehtut. Hätte auch nur eines ihrer Kinder überlebt, wäre es für sie bestimmt nicht so leicht gewesen wie für Ida. Und welch ein Leben sie hier führt, trotz ihres Mannes, mit täglich frisch gemahlenem Mehl, einem Brunnen, aus dem man kühles Wasser schöpfen kann, und noch mehr: Ida selbst. Sie ist so schön und freundlich. Wenn Lisbet sie nicht liebte, würde sie sie hassen.

»Musst du in die Stadt?«, fragt Ida.

»Wir wollen Kerzen verkaufen. Ich fürchte, sie schmelzen uns gerade weg.«

»Ich wünschte, ich hätte das Mehl, um sie dir abzukaufen, aber du weißt ja, dass Alef es mir verbietet, Geschäfte zu machen.«

»Ja, ich weiß.«

»Bist du sicher, dass du nicht bleiben möchtest? Du darfst Rolf halten.«

Sie nickt in Richtung des Säuglings, aber Lisbet erlaubt sich nicht einmal, sich sein warmes Gewicht in ihren Armen vorzustellen. Sie umklammert die Tischkante, glatt und hart, und die fühlt sich ganz und gar nicht an wie ein Kind. »Ich habe versprochen, Agnethe zum Münster zu begleiten.«

»Was wollt ihr denn dort?«, fragt Ida wieder mit gespielter Leichtigkeit.

»Sie muss dort beten, um ihre Buße zu vollenden.«

»Und dann ist alles zu Ende«, sagt Ida, und man hört einen plötzlichen Abfall in ihrer Stimme – ist das etwa Neid? Rolf hat sein Gesicht von ihrer Brustwarze abgewandt, die groß und dunkelrosafarben wie das Innere einer Blume wirkt. Sein Mund arbeitet, während er danach sucht.

»Geht es dir gut, Ida?«

Ihre Freundin sieht fast abwesend auf ihr wimmerndes Kind hinab und stopft ihm den Mund wieder mit ihrer Brust.

»Natürlich«, sagt Ida und küsst sie auf die Wange. Lisbet riecht das Baby und die Milch, muss gegen eine Ohnmacht ankämpfen. »Dann sehen wir uns in der Kirche.«

4

Obwohl Plater schmaler als Henne ist, breitet er sich über die Bank des Karrens aus. Lisbet muss deshalb so nahe an ihre Schwägerin heranrücken, dass Agnethes harte Hüfte sich in ihren fleischigen Oberschenkel bohrt. Agnethe war in dem Moment vom Pferdekarren gesprungen, als Lisbet aus dem Haus kam, unter dem Vorwand, ihr hinaufhelfen zu wollen, aber Lisbet vermutete, dass sie nur vermeiden wollte, neben Plater sitzen zu müssen. Trotz der Hitze trägt er Handschuhe, er schwitzt an der Stirn, und der Geruch von Rauch und Leder ist so erdrückend wie der von Weihrauch in der Kirche.

Als sie nach rechts in die Stadt abbiegen, fällt der Wald hinter ihnen zurück wie eine Armee auf dem Rückzug. An der Kreuzung hängt ein leerer, in der Sonne glänzender Käfig an einem Pfosten. Das Metall ist so heiß, dass es die menschliche Haut verbrennen würde. Lisbet hat einmal eine Frau darin gesehen, mit einem Zaumzeug um ihr Gesicht wie ein Schraubstock.

Agnethe dreht sich in ihrem Sitz, um den Käfig zu betrachten, und Lisbet spürt, wie sie zittert. Ihre Lippen bewegen sich tonlos.

»Wofür betest du, Agnethe?«, fragt Plater. »Sicher nicht für die Sünder?«

Agnethe wendet das Gesicht ab.

Die Straße steigt nun leicht an, und sie lehnen sich im Karren zurück, während das Maultier schnauft und keucht und seine Hufe auf dem Staub leise klappern. Die Kerzen auf der Ladefläche verschieben sich, und Agnethe streckt den Arm aus, um das schützende Tuch festzuhalten. Lisbet schnuppert, um festzustellen, ob das Wachs in der Hitze schmilzt. Könnte sie doch nur das Maultier zwingen, seinen Schritt zu beschleunigen! Aber Plater hat die Zügel in die Hand genommen, als wäre es sein eigener Karren.

»Dort wird bald eine Diebin sitzen«, erklärt Plater, obwohl sie den Käfig schon hinter sich gelassen haben. »Eine Frau, die dabei erwischt wurde, wie sie Nägel aus einer Kirchentür zog. Einer Kirchentür! Diese Stadt ist so verdorben ...«

Lisbet dreht sich der Magen um. Sie stellt sich vor, wie diese Frau, die aus irgendeinem Grund das Gesicht ihrer Mutter in den schlimmsten, letzten Tagen ihrer Krankheit hat, mit gesprungenen Fingernägeln Metall aus Holz zieht, wobei Splitter unter die Nägel geraten, wie bei Agnethe und der Eierschale.

»Du hast Glück gehabt, Agnethe Wiler, das sagte ich schon damals«, bemerkt Plater. »Dass du einfach nur in die Berge geschickt wurdest. Die Sünder werden jetzt härter angefasst. Sebastian Brant hat den Rat fest im Griff und ist sich mit mir einig, dass wir ihnen die Furcht vor Gott wieder einflößen müssen, sonst gehorchen sie nicht.«

Er spricht, als wäre er ein Teil der Einundzwanzig, nicht bloß ihr Büttel. Agnethe neben ihr sitzt wieder da wie versteinert. Lisbet hält den Atem an und die Zunge im Zaum und fragt sich, ob dies der Moment ist, in dem sie endlich

Genaueres über Agnethes Verfehlungen erfahren wird. Aber Plater spricht nur in Andeutungen.

Als sie die Kuppe des Hügels erreichen, sehen sie die Türme des Liebfrauenmünsters vor sich, und Plater bekreuzigt sich. Lisbet und Agnethe tun es ihm gleich. Als Lisbet die Kathedrale zum ersten Mal sah, weinte sie vor lauter Ergriffenheit über die Schönheit und Erhabenheit dieser Welt. So etwas hatte sie in der Nähe der Felder ihres Vaters nie gesehen; dort standen nur Bäume, höher als ihr Hof, und ihre Kirche war eng und zugig und beherbergte die Tiere in den kalten Wintern. Sie hatte das Gefühl, Henne habe sie aus einer tiefen Grube gezogen, das Unglück von ihr genommen, das sie wie ein Hund verfolgte.

Und nun hört man Geschichten von Bauern, die ihre Herden zu dem kühlen, geheiligten Stein bringen, um sie vor dem Hitzetod in ihren Ställen zu retten. Obwohl die Türme des Münsters hoch genug sind, um den Himmel aufzuspießen, dauert es nicht lange, bis ihr Blick sich wieder nach unten richtet.

Der Gestank steigt auf wie eine Wolke von dem Fluss, der östlich von Straßburg fließt. Er ist braun und bewegt sich kaum unter der Sonne, und als sie sich der Stadt nähern, wird der Geruch noch penetranter, scheint direkt eigene Gedärme und einen Atem zu entwickeln. Lisbet kommt oft mit Ida hierher, in die Armenviertel am Rande der Stadt, und doch trifft sie der Geruch jedes Mal wie ein Schlag. Sie kräuselt die Lippe, und Agnethe würgt leise in ihren Ärmel. Nur Plater scheint ungerührt.

»Nun, das hier ist etwas anderes als die Luft in den Bergen, nicht wahr?«

Lisbet wünscht sich, dass er aufhört zu reden, doch sie würde sehr gerne die Antworten auf seine Fragen erfahren. Sie selbst hat den Niedergang der Stadt miterlebt, der bei ihrer Ankunft bereits im Gange war, sich aber durch ihre Anwesenheit sicherlich noch verschlimmert hat. Sie kam an Hennes Seite in genau diesem Karren an, und genau dieses Maultier zog sie in ihr neues Leben. Die Zeichen des Hungerwinters des vorherigen Jahres waren überall zu sehen, kleine Kreuze markierten die Stellen auf dem Kopfsteinpflaster, an denen Männer und Frauen auf der Straße erfroren waren.

Seitdem ist es immer schlimmer geworden: Da sind etwa die heimgekehrten Kriegsverwundeten, die in den Armenhäusern dahinvegetieren, mit leeren Augen, aber vielen Geschichten über die Osmanen. Doch die brutalsten Schicksale sind die derjenigen, die das Pech hatten, unbestattet zu sterben, deren Geister in die Wälder und Felder zurückkehrten, Legionen des Zorns, die nach Gerechtigkeit schreien. Doch, Lisbet glaubt es wohl: Das sind Teufel, die auf der Erde wandeln. Ganz Straßburg befindet sich im freien Fall in diesen höllischen Sommer hinein.

Nun kommen sie an den Hütten vorbei, eingesackte Konstruktionen aus Holz und Stroh, die mit verrotteten Seilen zusammengebunden oder offen und ungeschützt der Witterung ausgesetzt sind. Der arme Tagelöhner Lehmann und seine Frau schlafen zusammengerollt vor ihrem Eingang. Lisbet weiß, dass sich in der Hütte acht Kinder befinden, weiß, dass sie die Schenkel des mageren Huhns, das sie ihnen vor fünf Tagen mitgebracht hat, längst abgenagt, seine Knochen zu Brei gekocht haben werden.

Die Verhältnisse waren nicht immer so, wie Sophey nicht müde wird zu erklären. Die Stadt stand in der Wertschätzung des Papstes weit oben und hatte Gelder erhalten, um weiter zu wachsen, so wie Heidelberg. Doch dann kam Lisbet und mit ihr die Zeichen der Verdammnis. Immer mehr und schlimmere Hungerwinter, ausgebliebene Ernten, Seuchen, Hitze und Hungersnöte. Nur Sophey scheint es klar zu sehen – die Fäulnis in Lisbets Innerem, wie verschüttetes Salz oder eine Fischgräte im Hals: ein schlechtes Omen. Auf den vom Kometensturz zerschmetterten Feldern des väterlichen Hofes fühlte sie sich sicherer, obwohl auch ihre Mutter es sah, für ihre Tochter betete, bis sie Verstand und Willen verlor. Lisbet verscheucht die Gedanken wie Läuse. Nicht mit dem Kind in ihr, sie darf sich nicht an diesen dunklen und zerstörten Orten aufhalten.

Die Aussichten werden nicht besser, als sie sich dem Labyrinth des Stadtzentrums nähern. Der Gestank ist schwer wie Nebel, das Sonnenlicht in ein fiebriges Gelb getaucht, das alles befleckt, was es berührt. Lisbet läuft es kalt den Rücken herunter, als sie hindurchfahren. Manchmal duftet es schwach süßlich aus einer Kapelle oder frisch aus einer Bäckerei, aber diese Gerüche laufen alle durcheinander, wie Goldfäden in einem stinkenden Seil. Nur das Münster scheint unbefleckt zu sein, sein reiner Honigstein leuchtet über den niedrigen Dächern, die es umgibt.

Sie richtet sich auf, als Plater das Maultier auf den großen Marktplatz lenkt. Auf der anderen Seite erhebt sich das Liebfrauenmünster, und die Luft ist voll von Fliegen, die so zahlreich sind wie die Krähen auf den Feldern ihres Vaters. Es herrscht ein eifriges Treiben wie immer, von allen Seiten strömen Menschen herbei, aber die Stände sind leer. Sie erblickt nirgendwo Fleisch, nur kümmerlichen Roggen und verschrumpelte Schwarzwurzeln. Brennholz dagegen gibt es reichlich, doch das kauft niemand bei dieser Hitze und den nahen Wäldern.

Plater bringt das Maultier mit einem Ruck zum Stehen. Er lässt die Zügel sinken und springt leichtfüßig in den festen Staub, blickt sich um, als würde ihm alles gehören, was er sieht. Eine Gruppe Gassenjungen drängelt sich mit ausgestreckten Handflächen um ihn, aber Plater schiebt sie beiseite, ganz so, als wäre er früher nicht einer von ihnen gewesen.

»Ich wünsche euch alles Gute für eure Gebete«, sagt Plater, bevor er sich in Richtung Rathaus entfernt. Lisbet spürt, wie Agnethe vor Erleichterung zusammensackt.

Während Agnethe die Kerzen ablädt, gibt Lisbet dem kleinsten Jungen eine Münze und sagt ihm, er solle auf den Karren aufpassen. Sie erkennt ihn als Daniel, den Ältesten der Lehmanns. Die anderen gehen fluchend auseinander, und Daniel stellt sich stolz neben den Kopf des Maultiers, legt die Hand an die Zügel. Seine Finger sind ganz knochig, sein verkniffenes Gesicht ist an den Wangen eingefallen. Lehmann verkauft die Zähne seiner Kinder an Händler und Wundärzte, trotz Idas Bitten, dies nicht zu tun.

Sie fängt sich wieder. »Dann komm, zuerst gehen wir zu Mathias, sonst schmelzen die Kerzen.«

Lisbets Kleid ist zu lang und schleift im Dreck. Sie sieht keine Tiere und fragt sich – einen Moment zu lang –, woher die ganze Scheiße kommt.

Sie erreichen Mathias, der so breit ist wie seine Tochter schmal und jetzt gebeugt dasteht. Mit langen Nägeln an den kleinen Fingern pflegt er das Mehl aufzuhäufen, um die Feinheit des Korns zu zeigen. Lediglich sein Stand ist gut besucht – ein Vorteil von Platers Einfluss und seiner eigenen harten Arbeit. Er sieht sie nicht näher kommen, denn seine Aufmerksamkeit richtet sich auf eine Menschenansammlung in der Mitte des Platzes. Selbst als sie vor seinem Stand stehen bleiben, sind seine wasserblauen Augen abgewendet.

»Mathias?«, fragt Lisbet sanft. Früher war er ein flinker Mann, aber in den Jahren, in denen Lisbet ihn nun kennt, hat er abgebaut, die Schärfe seines Verstandes ist so glatt geworden wie ein Schleifstein. Sein Körper ist zwar noch stark, aber seine Sehkraft und sein Geist lassen nach.

Er richtet seine trüben Augen auf sie. »Lisbet?« Er klingt wie betäubt.

»Ja, Mathias, ich bin es. Ich habe Kerzen mitgebracht, könnten wir vielleicht zwei Säcke Mehl dafür bekommen?«

»Jaja«, sagt er und hebt die Hand, um ihr sanft auf die Schulter zu klopfen und sie in sein Blickfeld zu rücken, bevor er sich zu den zugeknoteten Säcken hinunterbeugt. Doch plötzlich verkrampfen sich seine Finger. Er macht große Augen. Als Lisbet seinem Blick folgt, sieht sie nur Agnethe, die mit dem Wachsbündel im Arm unsicher dasteht.

»Du …«, keucht er, »du.«

Agnethe macht einen kleinen Schritt auf ihn zu und hält ihm das Bündel hin. Er nimmt ihre Hand, langsam und vorsichtig, fast so, wie Lisbet eine verirrte Biene einfangen würde, und zieht sie näher zu sich heran, damit seine schwachen Augen sie in ihrem Blick festhalten können. Zu Lisbets Überraschung füllen sie sich mit Tränen und laufen über.

Mathias nimmt die Kerzen und lässt Agnethes Handgelenk los, das schlaff herunterfällt. Er wendet sich ab und wischt sich die Wangen ab, aber seine Tränen waren nicht zu übersehen.

»Du bist zurückgekehrt«, sagt er. Das Zittern in seiner Stimme ist deutlich zu vernehmen. »Haben sie dich gut behandelt?«

»Ja«, antwortet Agnethe, und Lisbet fällt auf, dass auch ihre Stimme voller Gefühl ist.

»Gut«, sagt er und wickelt das Bündel so schnell aus, wie es seine steifen Finger zulassen. »Hast du …« Er verstummt und schüttelt den Kopf, als würde er eine Fliege verscheuchen. »Ihr könnt drei nehmen.«

»Drei?«, wiederholt Lisbet.

»Drei Säcke«, sagt Mathias. »Mit meinem Segen.«

Lisbet versteht nicht, was zwischen den beiden vorgeht, aber sie weist seine Freundlichkeit nicht zurück. »Wir müssen zuerst zum Münster«, sagt sie. »Danke, Mathias. Wir werden sie bei unserer Rückkehr abholen.«

»Ich habe gebetet«, sagt er. Seine Augen leuchten noch immer. »Jeden Tag. Ich bete immer noch.«

»Danke«, sagt Agnethe. Sie sieht aus, als wolle sie ihm die Hand reichen, aber dann wendet sie sich Lisbet zu und bedeutet ihr, die Stufen des Münsters zu erklimmen.

An dem Steinbecken draußen, das täglich mit frischem Wasser gefüllt wird, waschen sie sich die Hände. Lisbet fragt sich, ob die Bauern ihre Tiere salben, bevor sie die Schwelle überqueren und die dunkle Höhle des Münsters betreten. Agnethe reibt sich das staubige, lauwarme Wasser über den vernarbten Kopf, murmelt etwas vor sich hin. Ihre Glatze weist sie als Büßerin aus und sie zieht Blicke auf sich, aber sie scheint es nicht zu bemerken oder sich zumindest nicht darum zu kümmern. Vielleicht war sie schon immer eine Frau, die angestarrt wurde: In Anbetracht ihrer Schönheit und ihrer Körpergröße hält Lisbet das durchaus für möglich.

Sie treten in die gesegnete Kühle der Kathedrale ein, Seite an Seite, wie einander frisch Angetraute. Der Geruch von Scheiße verflüchtigt sich und wird durch Weihrauch ersetzt, von einem Baum, der in den Wüsten des Landes wächst, um das ihr Reich auch jetzt noch kämpft. Irgendwo in weiter Ferne, sagt Pater Hansen, dort, wo es noch heißer ist als in diesem Sommer, so heiß, dass das Blut der Osmanen sprudelnd kocht und ihre Herzen schwarz färbt, dunkler als ihre Haut. Lisbet sieht solche Männer und Frauen immer öfter in Straßburg, obwohl sie sich meist in ihrem eigenen Viertel aufhalten. Sie sehen in ihren Augen nicht wie Dämonen aus, genauso wenig wie ihre Mutter besessen aussah, als der Priester sie für besessen erklärte.

Das Licht hier ist weicher, fast so, als wäre man unter Wasser, das grelle Licht der Sonne wird durch die Rosette in ein Glühen aufgelöst. Irgendwo weint jemand, und die Steinwände werfen das Geräusch zurück in den Raum, schlagen es herum wie eine Katze die Maus. Lisbet schaut sich suchend nach der Quelle um, aber Agnethe scheint nichts zu hören, nichts zu sehen außer dem vergoldeten Kreuz über dem Altar und dem einflutenden Licht von hundert Kerzen. Wie in einem Traum geht sie darauf zu. Lisbet stolpert hinter ihr her, Stolz schwillt in ihrer Brust.

Das sind zum größten Teil ihre Kerzen – die Bienen, die in ihren Bienenkörben summen, haben dieses Wachs hergestellt. Diese alltägliche Verwandlung ist ein größeres Wunder als alles, wovon sie in der Kirche hört, etwa die Geschichte mit dem Wasser, das zu Wein wurde. Aber schon dieser Gedanke ist Blasphemie.

Agnethe sinkt auf dem Stein auf die Knie, den Kopf nach hinten geneigt, die Arme flehend zur Seite ausgestreckt. Lisbet hat noch nie jemanden in einer solchen Haltung beten sehen. Wenn sie selbst den Kopf senkt, um zu Gott zu sprechen, hat sie das Gefühl, dass es darum geht, sich so klein wie möglich zu machen, sich nach innen zu wenden, um eine winzige Stimme zu hören, die manchmal vielleicht vom Himmel kommt, meistens aber die ihrer Mutter ist. Es gelingt ihr nicht einmal, Gott in sich zu tragen, wie es anderen zu gelingen scheint. Aber Agnethe betet wie in den heiligen Geschichten, ganz so, als sei Gott überall, und sie macht sich dabei so groß wie möglich.

Lisbet hält Ausschau nach einem Priester oder Aufseher, einer Autoritätsperson, die sicher kommen und Agnethes Überschwang bremsen wird, aber sie sieht keinen Ornat, nur hungrige Gesichter. Sie lässt sich nieder, der glatte Stein ist so kühl, dass sie ihn durch den Rock hindurch spürt. Sie hat seit Jahren nicht mehr im Münster gebetet und weiß, dass sie, wenn schon nicht Gott, so doch dem Ort, dem alten Stein und den hohen Fenstern, dem Glas und den Düften, von denen sie wie von einer schweren Hand niedergedrückt wird, ihren Respekt erweisen sollte.

Sie faltet die Hände in Gebetshaltung, aber ihre ganze Aufmerksamkeit gilt Agnethe. Ihre Lippen bewegen sich so schnell, als könne sie unmöglich alles sagen, was sie im Kopf hat, in der Zeit, die ihr auf dieser Erde bleibt. Ihre Augenlider sind fast ganz geschlossen, aber ein weißer Strich schimmert im Kerzenlicht, und Lisbet erkennt Bewegungen der Augäpfel wie bei einem Kind, das in Träumen gefangen ist.

Bald schon schmerzen Lisbets Knie, ihr Rücken und ihr Nacken, und sie weiß, dass es ihr schwerfallen wird, wieder aufzustehen, aber Agnethe macht keine Anstalten, ihr Gebet zu beenden. Ihre Haltung hat inzwischen noch mehr Blicke auf sich gezogen, noch mehr Gemurmel entfacht, aber Agnethe hat nichts davon bemerkt. Sie ist ganz woanders.

Schließlich gesteht Lisbet sich ihre Niederlage ein. Sie weiß nicht, wie lange dieser letzte Bußakt dauern wird, und ihre Beine kribbeln und verkrampfen sich langsam. Sie zieht sich an der Kirchenbank hoch, das Holz ächzt unter ihrem Gewicht, und der Rock verfängt sich in ihren Beinen. Da hört sie ein leises Reißgeräusch: Das ist der Saum. Ganz plötzlich will sie weinen, wie töricht! Der Rock gehörte ihrer Mutter und wurde bei jeder neuen Schwangerschaft weiter ausgelassen, bis er nur noch für einen Bauchumfang taugte, den Lisbet vermutlich nie würde erreichen können. Endlich füllt sie ihn nun doch aus, und sie vermisst ihre Mutter so schmerzlich wie ein Kind, das in der Dunkelheit erwacht.

Sie wendet sich von Agnethe ab, vom Altar, von den Kerzen ihrer Bienen, die das Gebäude in einen himmlischen, goldglänzenden Raum verwandeln, und stapft zurück ins stumpfe Sonnenlicht. An der Tür angekommen, blickt sie zurück auf ihre Schwägerin, die in der Entfernung winzig wirkt. Von hier aus sieht sie aus, als stünde sie in Flammen, und Lisbet erschaudert.

Sie will zu Mathias zurückkehren, um mit dem Umladen der Säcke auf den Karren zu beginnen, aber ein Schrei erregt ihre Aufmerksamkeit. Ein Kind rennt, gefolgt von einem anderen, lachend auf eine Menge von vielleicht fünfzig Menschen am Rande des Platzes zu. Für eine solche Ansammlung scheinen sie sich seltsam still zu verhalten. Lisbet blinzelt. Aus der Mitte der Menge steigt Staub auf. Die Kinder erreichen den äußersten Rand und verschwinden zwischen den größeren Menschen. Lisbet schaut noch einmal über ihre Schulter, um sich zu vergewissern, dass Agnethe sich nicht wegbewegt hat, und verfolgt die Schritte der Kinder.

Mit den Ellenbogen arbeitet sie sich durch, stellt sich eine skandalös gekleidete Zigeunerin vor oder vielleicht sogar einen aus dem Norden hergeschafften Bären, den man zu einem Tänzchen gezwungen hat. Aber dazu passt die Stimmung der Menge nicht: Man hört keine anzüglichen Rufe, keine Trommelschläge. Nur das Murmeln der ernsten Beobachter.

Sie ignoriert die gereizten Kommentare, während sie sich nach vorne drängt, die Arme um den Bauch geschlungen. Über dem Stimmengewirr der Menge vernimmt sie etwas: ein schleppendes, schlurfendes Geräusch, ein Schluchzen.

Endlich ist sie nahe genug, um zu sehen, was die Schaulustigen angezogen hat. Ein grober Halbkreis hat sich aus der Mitte heraus gebildet, wie ein Auge, und im Zentrum des Auges befindet sich der Staub, der in dicken Wolken aufgewirbelt wird und nun schwer in der stehenden Luft liegt.

Einen Moment lang ist sie wieder acht Jahre alt und sieht zu, wie der Staub auf den ausgetrockneten Feldern ihres Vaters Gestalt annimmt, wie ihm Hände und Füße und Zähne wachsen, während er auf sie zugerast kommt. Sie ist zwölf, und das Blut von den Füßen ihrer Mutter befleckt ihre Hände. Sie ist fünfzehn und auf einem Tanzabend, ihre Hände liegen in Hennes, ihr Herz klopft laut in ihrer Brust. Lisbet kommt wieder zu sich. Dies ist kein Staubgeist, kein tanzendes Liebespaar, sondern eine Frau.

Lisbet könnte sie vielleicht eine Tänzerin nennen, aber sie sieht aus, als würde sie von zwei teuflischen Seilen gezogen, die sich um ihre Glieder schlingen. Ihre Arme schwingen und schlagen die träge Luft beiseite, wirbeln um ihren Kopf. Ihr Haar weht ihr über das Gesicht. Lisbet kann ihre Gesichtszüge nicht sehen, außer dem Mund, der in einem O der Trauer oder des Entsetzens aufgerissen ist. Sie hüpft, und ihre Füße heben sich, schlagen den Boden in staubige Wirbel, aber ihre Bewegungen lassen jeden Rhythmus vermissen.

Während sie sich dreht, landen Spuckeflecken auf dem Boden und überziehen ihn mit braunen Streifen. Sie besprenkelt die Gesichter ihrer Zuschauer. Etwas Dunkles landet auf Lisbets Rock: ein roter Fleck. Es ist Blut, das erkennt sie jetzt: Die Frau blutet an den Fußsohlen. Ihre Schuhe sind davon durchnässt, und während sie stampft und springt und schwankt, weint und stöhnt sie. Glänzende Schlieren von Tränen und Rotz ziehen sich durch ihr dreckiges Haar, der schlaffe Kreis ihres Mundes ist schockierend rot.

»Bitte«, ruft ein Mann neben Lisbet. »Bitte, Magret. Hör auf.«

Lisbet sieht, wie er die Hand nach der Frau ausstreckt, aber das ist kein gewöhnlicher Ungehorsam. Die Frau sieht besessen aus.

Lisbet bekreuzigt sich, senkt ihre Stimme zu einem Flüstern, um die Stille der Beobachter nicht zu stören, und beugt sich zu der Frau neben ihr.

»Was ist hier denn los?«

Das Haar der Frau ist in dünne Zöpfchen geflochten, ihr Atem strömt heiß gegen Lisbets Wange.

»Seit drei Tagen tanzt sie schon.«

»Drei Tage? Warum hält niemand sie auf?«

Die Frau weist mit dem Kopf zu dem Mann hin, der nun flehend im Dreck kniet. »Ihr Mann hat es ja versucht. Viele Leute haben es versucht. Er bringt sie nach Hause, dort schläft sie eine Stunde und kommt sofort zurück.«

»Hat jemand einen Priester gerufen?«

»Natürlich. Sie halten sie für eine Säuferin.«

»Ist sie denn keine?«, fragt Lisbet.

Die Frau kneift die Augen zusammen. »Ich habe noch nie einen Betrunkenen tanzen sehen, bis er blutet. Drei Tage, habe ich gesagt. Drei Tage. Und kein einziger Tropfen Wasser oder Bier oder sonst etwas ist während dieser Zeit über ihre Lippen gekommen. Sie nennen sie eine Heilige.«

»Wer denn?«, fragt Lisbet. »Sie sieht doch aus wie ein Teufel.«

Die Frau zuckt mit den Schultern, verliert das Interesse an dem Thema. »Die Einundzwanzig werden darüber befinden.«

Sie zeigt auf zwei Männer, die ihnen gegenüberstehen. Lisbet kann den größeren von ihnen im Profil sehen: gerade Nase, ausgeprägtes Kinn. Kupferfarbenes Haar. Sie empfindet angewiderte Resignation. Schon wieder Plater.

»Er ist hier auf Geheiß der Einundzwanzig«, flüstert die Frau. »Sie werden das nicht mehr lange dulden. Jeden Tag kommen mehr Leute, um zu glotzen.«

»Ich hatte nichts über sie gehört«, sagt Lisbet.

»Ihr seid aber noch hier, oder?« Die Frau leckt sich über ihre von der Sonne aufgesprungenen Lippen. Ihre Zunge ist purpurrot und geschwollen.

Lisbet betrachtet die Tänzerin. Ihr Kopf ist nach hinten geneigt, wie bei Agnethe im Münster, ihr Gesicht ist fleckig, als wäre es verbrannt. Ihre Augen sind aufgerissen und verdreht, ihre Kehle krampft sich um die unbewältigten Wörter in ihrem Inneren. Lisbet möchte sie am liebsten in eine Decke einwickeln und sie hin und her wiegen. Die Hände der Tänzerin flattern.

»Bitte, Magret«, stöhnt ihr Mann. Er schluchzt. »Bitte, lieber Gott. Hör auf.«

Lisbets Baby strampelt. Der Anflug einer Ohnmacht durchzuckt sie, und als Antwort darauf dreht sie sich um und bahnt sich einen Weg zurück durch die Menge, drängt sich an den Rand und holt tief Luft, die allerdings sauer und sandig schmeckt. Der Fleck auf ihrem Rock hat sich weiter ausgebreitet.

Mathias steht immer noch an seinem Stand, seine blassen Augen huschen zu ihr herüber, doch sie ist sich nicht sicher, ob seine Sehkraft so weit reicht. Sie versucht, wieder zu sich zu kommen, ordnet ihr Haar, schiebt die Strähnen, die auf ihrer Stirn kleben, zurück. Das Haar der tanzenden Frau schien einen eigenen Willen zu besitzen, ganz so, als hätten sich Vipern in ihrer Kopfhaut eingenistet. Sie fühlt das Haar ihrer Mutter in ihren Handflächen.

»Geht es dir gut, Lisbet?«

Sie fährt zusammen, aber es ist nur Agnethe, deren Hand unsicher über ihrer Schulter schwebt.

Lisbet nickt, ist wieder bei sich.

»Was ist los?« Agnethe runzelt die Stirn und richtet ihre blauen Augen auf die Menge. Lisbet möchte nichts erklären und auch nicht auf Agnethe warten müssen, die am liebsten selbst nachschauen würde, was im Mittelpunkt der Menschenmenge passiert. Lisbet will weg. Verzweifelt zupft sie an Agnethes Ärmel.

»Da ist nichts«, sagt sie. »Jemand zieht eine Schau ab. Können wir jetzt gehen?«

»Fühlst du dich unpässlich?«

»Ja«, sagt Lisbet. »Ich bitte dich also.«

»Natürlich«, erwidert Agnethe. Sie wendet sich zügig von der Menge ab, und Lisbet folgt ihr zurück zu Mathias' Stand. Agnethe schultert mühelos zwei Säcke.

Mathias beugt sich zu Lisbet herüber. »Das ist unnatürlich«, sagt er. »Ich habe sie schon letzte Woche hier gesehen. Jeden Tag dasselbe.«

Lisbet blinzelt ihn an. »Die Tänzerin?«

»Seltsam, nicht wahr?«

»Was ist seltsam?« Agnethe ist zurückgekommen, aber bevor Mathias antworten kann, spricht Lisbet.

»Agnethes Buße ist getan. Es ist vollbracht, sie hat im Münster gebetet.«

Mathias' trübe Augen leuchten auf, und er scheint sich auf die Zunge zu beißen, um ein starkes Gefühl zu unterdrücken. »War dein Gebet friedlich?«

»Jawohl«, sagt Agnethe, obwohl es für Lisbet alles andere als friedlich aussah.

»Dann ist es also vollbracht«, sagt Mathias und wiederholt Lisbets Worte. »Die Sünde ist abgegolten. Wie fühlst du dich jetzt?«

Agnethe beugt sich über den letzten Sack, hebt ihn hoch und schenkt Mathias ein trauriges Lächeln, bevor sie zum Karren geht. Lisbet winkt Idas Vater zum Abschied zu. Ihr graust davor, wieder auf den Karren klettern zu müssen, denn ihre Beine zittern noch immer vom langen Knien auf dem Stein. Sie stützt sich an den hölzernen Seitenwänden ab.

»Ich helfe Euch, gute Frau«, sagt eine hohe Stimme. Es ist Daniel, er löst das Zaumzeug des Maultiers. Seine Nase läuft, und sie widersteht dem Drang, sie mit ihrem Rock abzuwischen. Er klettert auf den Sitz und hält ihr eine klebrige Hand hin, mit der er sie hochzieht, die dünnen Beine zitternd.

»Danke«, sagt Lisbet, als er wieder abspringt.

»Warte.« Agnethe dreht sich zu den Säcken um und öffnet einen. »Hier, nimm etwas.« Sie nickt dem Jungen, der unsicher herumsteht, auffordernd zu.

»Na los.«

Jetzt zögert er nicht mehr und greift mit den Händen in

den Sack. Er schöpft einen Haufen heraus und noch einen, verstaut das Mehl in seinem Wams. Dann huscht er mit seiner Beute davon, ganz so, als hätte er Angst, dass sie es sich anders überlegen könnte. Lisbet denkt zu spät daran, ihn zum Mitfahren einzuladen – er ist bereits außer Rufweite. Ein wenig Mehl rieselt zu Boden und hinterlässt eine Spur auf seinem Weg. Sie hofft, dass er noch etwas davon übrig hat, wenn er zu Hause ankommt.

Eine tanzt

Die Geschichte ihrer Geburt ist die Geschichte eines Kometen. In dem Moment, als Gepa Bauers Mutter den ersten Schmerz der Geburt spürte, sah ihr Vater ihn: einen brennenden Stern, der drei Tage lang durch den dunklen Himmel schnitt. Während ihre Mutter sich auf allen vieren abmühte wie ein Tier, schliefen ihr Mann und ihre Söhne in der Scheune, weil sie Angst vor ihrem Schmerz hatten, vor dem Blut, vor der weisen Frau, die mit süßer Malve und eiserner Zange kam. Im Osten traf der Komet auf das Feld eines Bauern und versengte es vollständig. Er hinterließ so tiefe Furchen, dass diejenigen, die dabei waren, hinterher sagten, das Ganze sehe aus wie ein Tunnel zur Hölle. Als der Komet den Boden zerriss, wurde Gepa mit den Füßen voran geboren, und die Qualen brachten ihre Mutter um den Verstand.

Von diesem Tag an war sie das Omen, das böse Zeichen, nach dem man auf den Feldern Ausschau hielt, wenn die Ernte ausblieb. Trotz dieses Unglücks wurde sie geliebt, aber mit acht Jahren folgte ihr Geist dem ihrer Mutter, und beide wurden der Gnade der Kirche überlassen. In einem Armenhaus mit vierundzwanzig anderen Frauen fand sie endlich Freundinnen, alle verflucht, alle verdammt. Gemeinsam konnten sie sich an den Händen halten und zu Musik tanzen, die sonst niemand hören konnte. Wenn sie tanzten, waren sie ein einziger Körper mit vielen Händen und vielen Füßen, einem einzigen Atem in der Brust und einem einzigen Puls in den Handgelenken.

Als die letzte ihrer Mütter starb, verließen sie die Stadt, in der Gepa geboren wurde, und zogen in eine andere, größere Stadt, voller Kirchen und Männer, die sie bezahlten und dafür sorgten, dass ihr Kopf verrückt blieb und ihre Füße in guten Schuhen steckten. Sie und ihre Freundinnen wurden auseinandergerissen, durch Heirat oder Kinder oder Krankheit, und plötzlich waren Jahre vergangen, ganze Jahreszeiten voller Hunger und Pocken und Geschlechtsverkehr, und sie war allein in der Stadt, und sie kannte ihren Namen nicht.

Sie ruft nach ihrer Mutter, und ihre Mutter kommt. Ihr Gesicht ist so glatt wie damals, als man sie in das Massengrab kippte. Ihre Mutter nimmt ihre Hand und führt sie zum Marktplatz, wo sie und ihre Freundinnen sich oft an den Händen hielten und sich durch die Menge schlängelten, Geldbörsen stahlen und sich Küsse zuwarfen, das Haar frisch geflochten und duftend.

Sie steht auf dem Platz vor dem Liebfrauenmünster. Ihre guten Schuhe sind zerfetzt, sie tritt sie von den Füßen. Ihr Haar ist strähnig und stinkt. Vor ihr ist eine Menschentraube, obwohl es schon spät ist und die Kerzen in der Kirche nicht mehr brennen. Sie drängt sich vor, bis sie eine Frau sieht. Die Frau tanzt zu Musik, die sonst niemand hören kann, und ihre Füße sind zwei weiße Kometen in der Dunkelheit, die tiefe Spuren in den Staub ziehen.

Ihre Mutter holt sie näher heran, sodass sie die flatternden, leeren Hände der Frau sieht, die ihr ein Zeichen geben. Sie ergreift die fremde Hand, und der Puls der Frau beginnt in ihrem Handgelenk zu schlagen, ihr Atem erfüllt ihre Brust. Sie hört, wie die Musik sie anhebt und zusammenführt, eng wie ein Kuss, und als die Priester kommen, um die Frau abzuholen, ist es schon zu spät. Die Frau hat die Musik bereits an sie weitergegeben, und sie hält sie in der Hand, hell und brennend wie eine Sternschnuppe, deren Splitter sie an jeden weitergibt, der ihre Hand nimmt.

5

»War das eine Tänzerin?«

Lisbet sieht Agnethe erstaunt an. Sie fahren schweigend durch die verwinkelten Straßen der Stadt, mit Agnethe als versierter Kutscherin, und sind nun auf dem Heimweg.

»Wer?«

»Die Frau, die ich nicht sehen sollte«, sagt Agnethe leichthin. Sie wirft Lisbet einen Blick zu und lacht, ein überraschend mädchenhaftes Lachen. »Ich bin ein oder zwei Köpfe größer als du. Ich konnte ganz gut erkennen, dass sie nicht einfach eine Verrückte war.«

»Doch, das war sie«, sagt Lisbet abwehrend. »Eine Verrückte. Mag sein, dass sie vielleicht getanzt hat, aber es war kein gewöhnlicher Tanz.«

»Das habe ich bemerkt«, sagt Agnethe. »Aber sie bewegte sich, als ob sie zu Musik tanzte.«

»Ja«, räumt Lisbet ein. Sie schämt sich, fühlt sich seltsam schuldig. »Ich wollte sie dir nicht vorenthalten. Ich habe mich wirklich unwohl gefühlt.«

»Auch das habe ich bemerkt.«

Sie nähern sich dem Metallkäfig, und dieses Mal muss Agnethe ihre Augen nicht abwenden. Ihr Kopf neigt sich nach hinten, als sie unter dem Käfig hindurchfahren.

Lisbet verspürt das verzweifelte Bedürfnis, etwas wiedergutzumachen, ihr Wissen zu teilen. »Plater hat sie beobachtet.«

Agnethes Hände krampfen sich um die Zügel. »Das arme Weib. Sie tut mir leid, weil sie seine Aufmerksamkeit auf sich gezogen hat.«

»Die Einundzwanzig haben ihn geschickt. Die Frau hält sich seit drei Tagen an diesem Ort auf, das hat Mathias mir erzählt.«

Agnethe runzelt die Stirn. »Hat sie die ganze Zeit über getanzt?«

»Hast du so etwas schon mal erlebt?«, fragt Lisbet.

Agnethe zögert. »Ich weiß, wie Fieber oder heilige Trance aussehen. Da tanzt niemand. Man singt oder ist völlig still.«

Lisbet verspürt eine leichte Erregung. »Hast du das im Kloster beobachtet?«

Agnethe gibt ein unverbindliches Grunzen von sich.

»Was bedeutet das?«

»Das kann vieles bedeuten. Die Schwestern nannten sie die Hingegebenen – ob Gott oder dem Teufel, war Ansichtssache und hing stark davon ab, was sie von einem hielten. Sie fällten Urteile, wie man mit Steinen um sich wirft, unbedacht und unüberlegt.«

Lisbet ist erstaunt, aber auch erfreut, sie so über die Ordensfrauen sprechen zu hören. »Waren sie grausam zu dir?«

»Grausam?« Agnethe klingt überrascht. »So einfach ist das nicht. Für einen Büßer ist der Schmerz eine Erlösung. Vielleicht sieht es grausam aus, was mir körperlich zugefügt wurde, aber es wurde getan, um meine Seele zu retten.«

»Glaubst du das wirklich?«, fragt Lisbet, denn irgendetwas in Agnethes Tonfall lässt auf Unaufrichtigkeit, ja sogar auf einen Scherz schließen.

»Ich muss es wohl glauben, oder die sieben Jahre waren umsonst.«

Sie verfallen abermals in Schweigen, bis der Käfig außer Sichtweite hinter dem Hügel ist.

»Ich war verblüfft, als ich gesehen habe, wie viele Bienenkörbe wir jetzt besitzen«, sagt Agnethe. »Henne hat gut daran getan, dich zu heiraten.«

Lisbet errötet vor Freude. »Meine Pflichten machen mir Freude.«

Agnethe sieht sie von der Seite an, und Lisbet schießt das Blut in die Wangen, als ihr das Missverständnis klar wird. »Mit den Bienen, meine ich.«

Agnethe stößt ein schallendes Lachen aus, wirkt dabei völlig sorglos. »Wo habt ihr euch denn kennengelernt?«

»Bei einem Tanz«, sagt Lisbet. Seit Ida einmal vor vielen Jahren danach gefragt hat, hat sie keinen Anlass mehr gehabt, die Geschichte dieser Begegnung zu erzählen. Sie ist erstaunt, dass die Erinnerung nicht verblasst ist, sondern in kräftigen Farben vor ihrem inneren Auge erscheint. »Bei den Feldern meines Vaters. Henne war in der Stadt, um Handel zu treiben.«

»In welcher Stadt?«

»Ensisheim.«

»Da, wo der Komet herunterkam?«

Lisbets Kehle schnürt sich zu. »Ja.«

Agnethe bohrt nicht weiter. »Ich hoffe, er ist dir ein guter Ehemann.«

»Ja, das ist er«, antwortet Lisbet, ohne zu überlegen, und in dem darauffolgenden Schweigen denkt sie doch darüber nach. Im Vergleich zu Plater scheint Henne direkt ein Heiliger zu sein. Aber er ist so kalt geworden, gleichgültig gegenüber ihren Gefühlen. Er macht keinen Hehl daraus, dass er wegen ihrer breiten Hüften und ihrer rosigen Landmädchenwangen davon ausging, dass sie ihm viele Kinder schenken würde. Er macht aber genauso wenig einen Hehl daraus, dass er bestürzt ist über seinen Irrtum.

Sie passieren die Metz'sche Mühle und erreichen den Waldweg. Die Schatten gleiten über sie hinweg, und im Halbdunkel scheint Agnethe plötzlich Mut zu schöpfen. »Was haben sie über mich gesagt?«

»Nichts«, antwortet Lisbet erschrocken. »Meinst du Sophey und Henne?«

»Ich meine alle«, sagt Agnethe. Ihr unbekümmerter Tonfall verbirgt kaum ihre Anspannung. »Was haben sie dir erzählt?«

»Dass du im Kloster am Odilienberg warst.«

»Haben sie dir auch gesagt, warum ich dorthin geschickt wurde?«

»Nein«, sagt Lisbet ehrlich. »Sie haben überhaupt nur selten von dir gesprochen.«

Kaum sind ihr die Worte über die Lippen gekommen, würde sie sie am liebsten wieder zurücknehmen, aber es ist zu spät. Agnethe atmet leise hörbar aus.

»Ich wollte nicht …«

»Ist schon gut«, sagt sie.

»Sie haben dich vermisst.«

»Du bist keine geschickte Lügnerin«, sagt Agnethe sanft. »Und das solltest du auch nicht sein. Es ist schon in Ordnung«, wiederholt sie und blickt wieder in Lisbets erschrockenes Gesicht. »Das habe ich ohnehin erwartet.«

»Ida hat manchmal von dir gesprochen«, sagt Lisbet, aber diese Bemerkung bewirkt das Gegenteil von dem, was sie sich erhofft hatte.

»Das sollte sie nicht tun«, sagt Agnethe scharf. »Ich bezweifle, dass ihr Mann solch ein Gerede über Sünderinnen toleriert.«

»Ich glaube nicht, dass ihr Mann überhaupt viel toleriert.«

Agnethe schnaubt. »Da hast du sicher recht.«

Es folgt ein weiteres Schweigen. Lisbet hat das Gefühl, dass sie an einem Abgrund entlangschrammt, an einer Dunkelheit, die sie auf ungute Weise anzieht. Dort hineinzufallen wäre gleichzeitig fatal und unwiderstehlich. Eine Frage bildet sich in ihrem Kopf, aber wieder ist es Agnethe, die die Stille unterbricht.

»Und was ist mit dir, liebe Schwägerin?«

»Mit mir?«

Mit dem Kopf deutet Agnethe auf ihren Bauch. »Ist es eine problemlose Schwangerschaft?«

Lisbet spürt, wie sich ihr die Kehle zuschnürt. »Bis jetzt, ja.«

»Ich bete für eine sichere Geburt«, sagt Agnethe. »Obwohl ich bezweifle, dass du meine Gebete nötig hast. Du wirkst stark. Ich bin mir sicher, du wirst eine gute Mutter sein.«

Lisbet kann nur mit Mühe verhindern, dass ihre Gefühle entgleisen. Sie wendet ihr Gesicht dem Wald zu.

»Ich habe etwas Falsches gesagt«, sagt Agnethe. »Bitte verzeih mir, ich bin aus der Übung, was Gespräche angeht, besonders bei solchen Themen. Im Kloster gab es das nicht, wie du dir sicher vorstellen kannst.«

Lisbet schüttelt den Kopf, aber zu ihrem Entsetzen laufen ihr die Tränen, die sie in der Stadt zurückgehalten hat, jetzt über das Kinn. Die Bäume verschwimmen zu einem graugrünen Schleier, und sie spürt, wie der Karren zum Stehen kommt. Eine Hand mit starken Fingern ergreift ihre. Sie befürchtet, dass Agnethe sie jetzt mit Fragen bombardieren wird. Das würde Ida tun, sie würde unbedingt wissen wollen, was los ist, um ihrer Freundin helfen zu können, aber Agnethe sitzt nur da, ihre Hand um Lisbets Hand, und wartet.

Endlich wischt Lisbet sich die Tränen von den Wangen.

»Es tut mir leid«, sagt sie. »Es war die Hitze … und die Tänzerin. Die Bienen. Ich mache mir Sorgen um unsere Zukunft.«

»Ja«, sagt Agnethe. »Und natürlich auch um die deines Kindes.«

»Ich bin recht optimistisch, was seine Zukunft betrifft. Aber … du darfst es nicht für selbstverständlich halten. Also, dass ein Kind auf die Welt kommen wird.«

»Es ist sicher klug, vorsichtig zu sein, aber du hast doch keinen Grund, dir Sorgen zu machen.«

Lisbets Lachen erinnert eher an einen Schluckauf. »Ich habe ein Dutzend Gründe.« Sie denkt an ihren Baum, an die Bänder, aber es scheint ihr in diesem Moment nur ein kleiner Trost zu sein, jenes mickrige Arrangement. Lisbet kann es in Agnethes Kopf beinahe rattern hören, und plötzlich scheint sie zu verstehen. Agnethes Hand legt sich noch fester um ihre eigene.

»Ein Dutzend?« Agnethe klingt bestürzt.

»Hältst du es für töricht, sie zu zählen?«

»Natürlich nicht. Lisbet, es tut mir leid. Wo ruhen sie denn? Darf ich die Gräber einmal sehen?«

»Es gibt keine«, sagt Lisbet mit bebender Stimme. »Keines lebte lange genug, um ein Begräbnis zu rechtfertigen.«

»Aber du musst ihre Existenz doch festgehalten haben, egal wie alt sie wurden«, sagt Agnethe, und Lisbet sieht sie erschrocken an. Henne ist nie auf die Idee gekommen, so etwas vorzuschlagen, und Sophey auch nicht. Sogar diejenigen, die kleine Finger hatten, Augen mitsamt Lidern, die wunderbar bleich waren und froschartig, sind ihr zu früh entglitten – für ihren Mann und ihre Schwiegermutter waren sie grotesk, ohne den Segen Gottes, wurden ihr einfach genommen und verscharrt. Aber Agnethe scheint zu verstehen: Sie waren da, sie existierten. Lisbet erinnert sich an die Haarlocke, sorgfältig hergerichtet und in Agnethes Kopfkissen versteckt.

»Ja«, sagt sie. »Das habe ich.«

»Du musst sie mir zeigen, wenn wir wieder auf dem Hof sind.«

»Dort sind sie nicht«, sagt sie. »Henne wollte nicht ... es waren noch keine Babys. Sie haben nicht geatmet.«

»Henne und Sophey wollten die Gräber nicht kennzeichnen?«

»Sie wollten sich auch nicht an sie erinnern«, sagt Lisbet. »Nur daran, dass ich versagt habe.«

Agnethes Gesicht verdüstert sich. »Ich kenne dieses Gefühl. Aber es ist kein Versagen, zu lieben.«

Sie klingt plötzlich wütend, und Lisbet fühlt sich ermutigt durch ihren heftigen Ausbruch. »Du verstehst mich!«

»Natürlich.«

»Hast du es etwa auch durchgemacht?« Das also ist das Geheimnis, die Sünde: Agnethe hat ein Kind bekommen, es vielleicht sogar vor der Geburt verloren. Im Geiste zieht sie Agnethe fest an ihre Brust, will ihr Geschichten erzählen. Schon hat sie sie vom Karren gezerrt, durch den Wald, zum Tanzbaum.

Doch Agnethe lässt ihre Hand los und nimmt die Zügel wieder auf. Mit einem leisen Schnalzen ihrer Zunge geht es voran, sie bewegen sich aus dem kühlen Schatten in die grelle Sonne hinein. Das unbarmherzige Licht enthüllt Agnethes Stirn- und Wangenknochen, sie sehen genauso aus wie die ihrer Mutter. Es ist lächerlich, sich von Agnethes Gesicht einschüchtern zu lassen, aber Lisbet empfindet es so, und darum schweigt sie nun. Ihre Vision, Agnethe zum Tanzbaum zu führen, flackert und erlischt.

»Drei Tage? Seid ihr sicher?« Sopheys Gesichtsausdruck hat eine Schärfe angenommen, die an eine Klinge erinnert. »Aber warum?«

Lisbet zuckt mit den Schultern. Sie will nicht, dass Sophey merkt, wie sehr der Anblick der Tänzerin sie bestürzt hat. »Es war eine Verrückte.« Das Wort bleibt ihr im Hals stecken wie ein Knochen.

»Aber die Männer der Einundzwanzig waren da?«

»Plater war da«, stellt Lisbet klar.

Sophey bekreuzigt sich. »Er ist überall. Hat Henne sie gesehen?« Lisbet zögert, aber Agnethe bewahrt sie vor einer Lüge. »Er ist gleich nach dem Gebet aufgebrochen.«

»Gut«, sagt Sophey. »Dieser Anblick hätte ihm vielleicht den Verstand getrübt.«

»Glaubst du, sie werden sie für etwas so Banales wie Tanzen bestrafen?«, fragt Agnethe.

»Nun, sie sollten tun, was nötig ist, um die öffentliche Ruhe wiederherzustellen«, sagt Sophey. »Wir können es uns nicht leisten, weiter in die Unordnung abzugleiten.«

»Aber sie tut doch niemandem etwas zuleide«, wendet Agnethe ein.

»Sie veranstaltet ein Spektakel«, blafft Sophey sie an und fährt mit der Hand durch die Luft. »Du warst behütet auf deinem Berg. Hier unten gab es Hungersnöte, Dürreperioden, Aufstände. Priester wurden beim Gebet ermordet. Die ganze Stadt ist im Begriff zu fallen, und Geiler sagte ...«

»Geiler ist schon lange tot«, sagt Agnethe, und Sophey funkelt sie wütend an.

»Und doch wusste er, wohin unser Weg führt. Er sagte, wir müssten nicht nur unseren Verstand, sondern auch unsere Seelen hüten. Die Einundzwanzig haben recht, wenn sie die Frau von dem Platz entfernen.«

»Es ist aber nicht sicher, dass sie wirklich verdammt ist«, sagt Lisbet und blickt zwischen ihnen hin und her. »Einige meinten, sie wäre vielleicht gesegnet.«

»Die Priester werden entscheiden«, sagt Sophey, die sich wieder einigermaßen im Griff zu haben scheint. »Es wird schon bald zu Ende sein.«

»Wenn eine im Kloster in eine Manie geriet, folgten die anderen ihr oft«, sagt Agnethe.

Sophey spuckt verächtlich aus. »Sprich nicht von solchen Dingen. Von Wahnsinn als Ansteckung. Wir sind nicht alle so willensschwach wie du, Agnethe.«

»Du nennst mich schwach, obwohl ich alles ertragen habe, was mir angetan wurde?«

Sophey geht zu Agnethe hinüber und kneift sie unter den Arm.

»Hör auf!«, formt sie stumm mit den Lippen. Die Frauen wenden sich voneinander ab. Agnethe erhebt sich gerade so langsam, dass Lisbet die Zornesfalte auf ihrer Stirn erkennen kann, bevor sie nach draußen geht und die hechelnden Hunde zur Seite schiebt.

Lisbet will nicht mit Sophey allein sein. Sie deutet auf den grauen Wassereimer. »Ich gehe Wasser holen.«

Ohne auf Sopheys Zustimmung zu warten, hebt Lisbet den Eimer so schnell an, wie ihr Bauch es zulässt, und verschüttet dabei ein wenig Wasser auf den Boden. Den schmutzigen Lappen wirft sie zurück auf den geputzten Tisch. Sophey zischt böse, doch Lisbet lässt sich nicht aufhalten und folgt ihrer Schwägerin hinaus in die strahlende Nachmittagssonne.

Von Agnethe ist nichts zu sehen. Die Hunde ruhen nun mit den Köpfen auf den Pfoten und zucken mit den Augenbrauen. Es ist so heiß, dass Fluh keinen echten Groll in ihr Knurren legt. Lisbet gießt etwas Wasser in den Trog, woraufhin Ulf sich hochstemmt und behäbig zum Trinken hinübergeht, wobei er sich ein wenig an ihren Oberschenkel lehnt. Sie kann den fleischigen Gestank seines Fells riechen und weiß, dass es bald noch schlimmer werden wird, weil Henne nicht da ist, um es auszukämmen. Also wird sie es tun müssen.

Sie lässt ihn noch einen Moment an ihrem Bein ruhen, bevor sie den Hof überquert und um das Nebengebäude herum in das abgegrenzte Reich der Bienenkörbe geht. In der brodelnden Luft sind die Bienen am Werk, ihre Beinchen sind fett von dem Blütenstaub, den sie laut der Priester angeblich gestohlen haben. Aber Lisbets Bienen sind keine Diebe.

Nein, nicht Lisbets Bienen, *die* Bienen. Denn sie gehören nur sich selbst. Das war die erste Lektion, die sie ihr beibrachten, sogar als Lisbet sie zu ihren Bienenkörben lockte. Das sind keine dummen Kreaturen: Sie haben ihren eigenen Verstand, auch wenn es der Verstand der Königin ist. Deshalb nämlich wird in der Kirche so oft von ihnen gesprochen, von ihrem Gehorsam, von ihrer Pflicht. Geiler selbst hat gepredigt, dass die Bienen, die in höchste Höhen aufsteigen, die Seelen derjenigen sind, die in den Himmel kommen. Aber Lisbet weiß, was nur die Menschen wissen, die sich um sie kümmern. Dass ihre Wildheit gleichzeitig das Geheimnis ihres Erfolges ist, dass freie Bienen süßeren Honig bedeuten. Dass man Bienen nicht wirklich halten kann. Man kann sie nur dazu bringen, dass sie bleiben wollen.

Der Arbeitsschuppen ist fensterlos und heiß, es duftet nach Honig darin. Sie haben ihn im Laufe der Jahre erweitert, als die Zahl der Bienenvölker wuchs. Lisbet holt Schalen, die speziell für die Bienen angefertigt wurden. Sie sind flach, haben einen geraden Boden und ungleichmäßige Vertiefungen, damit sich das Wasser in kleinen Becken sammeln kann. Es war Lisbet, die diese Gestaltung vorgeschlagen hat, denn so können die Bienen leichter landen und ihren Durst stillen, ohne zu ertrinken. Henne kümmerten Verluste nicht, solange sie so gering blieben, dass das Bienenvolk nicht in seiner Existenz gefährdet war, aber Lisbet konnte es nicht ertragen, wenn die Körper umgedreht im Wasser schwammen, wenn die Haken ihrer winzigen Füßlein nach oben zeigten und ihre kleinen Seelen verstummten.

Sie schüttet das restliche Wasser in die Schalen, dann holt sie aus dem Regal den Nektar, der in Wachstuch eingeschlagen ist, damit er nicht klebt. Sie bricht zwei Stücke von einer ausgedienten Wabe ab, lässt dabei die Maske am Haken hängen. Auch die Handschuhe braucht sie nicht, rührt den Nektar mit dem bloßen Finger ins Wasser ein, erst in die eine Schale, dann in die andere. Bei dieser Hitze ist er weich und verteilt sich leicht. Der Duft steigt ihr in die Nase.

Sie wischt sich die Finger trocken, nimmt die Schalen und geht zurück zum Tor, das die Grenze des Bienenreiches markiert. Ein paar Bienen schwirren über ihren Weg, eine landet kurz auf ihrem Handgelenk, bevor sie wieder abhebt. Die erste Schale stellt sie neben dem Tor ab und geht mit der zweiten zum anderen Ende. Die Bienenkörbe scheinen sich zu bewegen und zu rascheln, das Summen in ihrem Inneren ist kaum mehr als ein Flüstern.

Sie denkt an das Baby in ihrem Bauch, an seine fast fertig ausgebildeten Organe, an das kleine Herz und die Lunge und die weiße, weiße Seele. Als sie die zweite Schale abstellt, spürt sie einen Tritt gegen ihre Wirbelsäule, hart und beabsichtigt. Tränen steigen ihr in die Augen, und sie keucht auf vor Schmerz und Erleichterung. Sie richtet sich auf, legt die geschlossene Faust auf den Rücken und klopft sanft eine Antwort.

Der Hof ist immer noch leer, Agnethe ist verschwunden und Sophey im Haus, beide sind mit dem Kopf wohl noch bei der Tänzerin. Lisbet möchte sich den Anblick aus den Augen reiben. Sie vergewissert sich noch einmal, dass die Tür geschlossen ist und dass Sophey sie nicht beim Weggehen beobachtet. Sie schnippt mit den Fingern, damit Ulf zurückbleibt, und tritt in den Schatten.

Sophey hat keine Ahnung, wovon sie spricht, wenn sie den Begriff »Spektakel« in den Mund nimmt. Sie hat sich nie das Vertrauen verdient, um von Lisbets Mutter erzählt zu bekommen: davon, wie sie den Verstand verlor, als Lisbets Blutung begann. Nur Lisbet und ihre Mutter haben die Verbindung zwischen diesen beiden Ereignissen gezogen, und so muss sie nun allein das Wissen ertragen, dass die Auflösung ihrer Mutter mit Lisbets Werden verknüpft war.

Es begann mit den Gruben. Mutter schürfte mit den Händen große Furchen in den Boden und wühlte in den feinen Steinen herum, die ihr Land verunstalteten, bis ihr die Fingernägel rissen. Als Lisbets Vater sie fragte, was sie da tue, antwortete sie, dass sie ein Grab aushebe. Sie wollte nicht sagen, für wen.

Sie hielten es so lange wie möglich geheim. Doch dann begann sie, barfuß zum Markt zu gehen, kam dort zerlumpt und mit aufgerissenen Augen an. Man trieb einen Wundarzt auf, der Essig und Hamamelis, Umschläge und Klingen mitbrachte. Nacheinander ließ er sie zur Ader, salbte und rasierte sie, bis Lisbet zu der Überzeugung gelangte, dass keine Krankheit schlimmer sein konnte als solche Heilmittel.

Die Hingegebenen, hatte Agnethe sie genannt. Es schien weniger eine Art Hingabe zu sein als vielmehr ein Schwinden des Verstandes ihrer Mutter, ein Angriff auf alles, was sie war. Wie diese Leute auf dem Platz stehen und johlen, gaffen und lachen konnten beim Anblick von jemandem, dem der Verstand entrissen wurde – die Grausamkeit dessen raubt Lisbet den Atem.

Es gab aber auch noch gute Tage mit ihrer Mutter, und an diese erinnert sich Lisbet, als sie zu ihrem Tanzbaum geht. Es waren jene Tage, an denen ihr Vater und ihre Brüder arbeiten gingen und Lisbet kochen oder putzen musste. Doch sie kletterte lieber ins Bett ihrer Mutter, nahm deren geschwollene Füße auf den Schoß und massierte sie, während Mutter ihr von ihrer Schwester Petta und ihrem Leben vor der Ehe erzählte. Von dem Tanzbaum, den sie Schicksalsbaum nannten, der in der Mitte ihres Dorfes stand und über sie zu Gericht saß. Von dem Fluss, in dem sie schwimmen ging, und von den Gewittern, die so stark waren, dass ihr die Haare zu Berge standen. *Und das war gar nicht so einfach damals*, sagte ihre Mutter bekümmert und rieb sich die Borsten auf dem Kopf, die der Schere des Wundarztes entgangen waren.

Lisbet erreicht die Brombeersträucher, schiebt sie vorsichtig zur Seite und tritt in die ruhige Umarmung der Lichtung ein. Mutter hätte es hier gefallen. Ihre Sehnsucht, ein letztes

Mal einen Tanzbaum zu finden, hatte sich in ihren letzten Wochen verstärkt, bis sie fast nur noch von diesem Wunsch sprach. Sie sagte auch oft zu Lisbet, eine Frau zu sein sei gleichzeitig brutal und schön. Manchmal drückte sie Lisbet fest an die Brust, das waren die Momente, in denen Lisbet ahnte, dass das Grab für sie oder für ihre Mutter oder vielleicht für sie beide bestimmt war. Lisbet wusste auch, dass ihre Mutter sie in die Kirche ihrer Kindheit bringen wollte, um sie von einer noch nicht begangenen Sünde reinzuwaschen. Dass Mutter ihr die gleiche Traurigkeit ersparen wollte, die sie offensichtlich empfand.

Wie viele von euch waren Töchter?, fragt Lisbet die Bänder. *Wie viele Söhne?* Früher träumte sie von Mädchen, so viele, wie Mutter Jungen hatte, denen sie dann von ihrer Großmutter erzählen und so eine Verbindung zwischen ihnen schaffen konnte, von Frau zu Frau – Mutter würde so unvergessen bleiben. Aber jetzt hält sie das für einen dummen, dekadenten Gedanken, jetzt will sie nur noch, dass ihr Kind von Atem beseelt sein wird.

Und dann ist da ein Geräusch. Ein Seufzer, ein Schluchzen. Sie spürt, wie eine elektrische Ladung durch sie hindurchsaust, wie die Gewitter, von denen ihre Mutter erzählte. Sie schaut zu den Ästen hinauf, aber sie sind still und schweigen.

»Mutter?«, fragt sie in die Luft hinein. »Mutter, bist du da?«

Wieder das Geräusch, jetzt näher. Aber es kommt weder aus der Luft noch vom Baum oder den Bändern, und auch nicht von ihrem eigenen, rasenden Herzen.

Da, schon wieder. Und wieder. Sie wartet. Es erinnert sie an die Tänzerin in der Stadt, an jenen Luftstrom, der wie von einem Blasebalg ausgestoßen wird und den Wahnsinn schürt.

Die kalte Angst dreht Lisbet den Magen um – die Brombeersträucher teilen sich! Es ist eine Frau, die weint, als wäre ihr das Herz zerrissen worden, die ihre bloßen Hände durch die Dornen zieht, bis das Blut fließt. Lisbet kennt bereits den kahl geschorenen Kopf und die breiten Schultern.

Agnethe bleibt abrupt stehen. Ihr Gesicht ist verkniffen und blass, mit zwei roten Flecken auf den Wangen. Ihre Augen sind geschwollen, ihre Nase läuft, und Lisbet muss an Hennes Beschreibung eines Schwarmopfers denken: aufgedunsen, wächserne Haut, gefleckt.

»Lisbet«, krächzt Agnethe. Sie scheint langsam zu sich zu kommen, reißt die Hände aus den Brombeersträuchern und steckt sie sich unter die Achseln. »Was …«

Ihr Blick wandert nach oben, ihre tränenüberströmten Wangen glänzen.

Lisbets Herzklopfen schnürt ihr die Kehle zu. Sie weiß, was Agnethe gleich sehen wird – eine gedrungene, breite Linde, deren vertrocknete Blätter zwischen zerrissenen Stofffetzen im Luftzug flattern, deren Plattform so baufällig ist wie eine Ruine – und das ist so anders als das, was Lisbet sieht. Es fühlt sich an wie ein Verrat. Sie wünschte, sie könnte sich selbst groß und verschlingend wie einen Nebel machen und den Tanzbaum vor ihren Augen verbergen. Er gehört ihr und ihren Kindern, und sie will ihn nicht teilen, nichts erklären.

Agnethe tritt näher, den Kopf in den Nacken gelegt, die Augen weit aufgerissen. Der Anblick scheint sie aus ihrem Kummer aufgeschreckt zu haben. »Was ist denn das?«

Lisbet kann ihr Herz nicht betäuben. Es schlägt zu hoch, zu laut, so wie immer, wenn sie den Erinnerungen an jene Geschöpfe, die ihre Kinder hätten sein können, so nahe ist. Aber Agnethe scheint gar keine Antwort zu erwarten. Sie nähert sich leise, hebt die Füße wie ein Kind, das Rissen im Boden ausweicht, die es in die Hölle schleudern würden. Jetzt steht sie vor einer von Lisbets Gaben, einem Kieselstein, der sich angenehm in Lisbets Handfläche anfühlte und den sie mit einem an Spitze erinnernden Faden umwickelt hat, und hockt sich daneben.

»Nicht …«, beginnt Lisbet. Sie pflegt den Aberglauben, dass es Unglück bringt, die Andenken zu bewegen, nachdem sie ihnen einen festen Platz gegeben hat. Aber Agnethe macht keine Anstalten, den Stein zu verschieben. Sie betrachtet ihn nur aufmerksam.

Lisbet kann die tiefen Risse in ihren Händen sehen, das Blut leuchtet rot auf ihrer blassen Haut. Agnethe erhebt sich so schnell, dass Lisbet überrascht nach Luft schnappt, und dann löst sich ihr Herz, ihre Stimme klingt klar und hell. »Du blutest ja.«

»Was ist das für ein Ort?«

Lisbet verlagert ihr Gewicht, denn ihre Füße schmerzen. »Es ist ein Baum.«

»Das sehe ich«, sagt Agnethe und lächelt dünn. Schon wieder erinnert sie Lisbet an Henne. »Die Bänder, die Andenken. Das ist eine Art heidnisches Heiligtum.«

Lisbet zittert jetzt, ihre Knie werden weich, und sie muss sich wieder an den Stamm klammern, um nicht umzufallen. »Nein, das ist es nicht.«

»Das ist doch kein Vorwurf«, sagt Agnethe und streckt die blutigen Handflächen aus. »Bloß eine Frage. Was ist das, Lisbet? Hast du das alles geschaffen?«

Lisbet beißt sich auf die Lippe. Sie fürchtet sich vor Wörtern wie heidnisch, weise, Frau, Hexe. Das hat man ihr schon als Kind beigebracht. Aber Agnethe kommt noch näher auf sie zu, ihr Gesichtsausdruck zeigt offene Neugierde, ja Hunger. »Das ist wunderschön. Die Bänder. Und das da …« Sie zeigt auf die Plattform. »Hast du das gebaut?«

Endlich nickt Lisbet und erlaubt sich gar ein Lächeln, als Agnethe einen anerkennenden Pfiff ausstößt. »Warum?«

Der Klumpen in ihrem Inneren schwillt wieder an, Lisbet senkt den Blick auf ihren Bauch und stützt ihn reflexartig mit den Händen ab.

»Ein Dutzend«, sagt Agnethe leise. »Wenn ich sie genau zählen würde, käme ich auf ein Dutzend Bänder. Es ist dein Baum. Für sie.«

»Und für mich«, fügt Lisbet hinzu. »Ein sicherer Ort.«

Agnethe nickt. »Er ist wunderschön«, sagt sie noch einmal. Ihre Arme zucken, als wolle sie Lisbet umarmen. Doch sie tritt bloß näher an Lisbet heran.

»Deine Hände«, sagt Lisbet.

Agnethe blickt zerstreut zu Boden. »Ach.«

»Du solltest sie waschen.«

Agnethe streckt die Hand nach Lisbet aus, und die muss sich beherrschen, sich nicht abzuwenden.

Die Hand ist übersät von Narben und blutverschmiert. Lisbet kann Agnethes feuchten, klammen Atem riechen. Der Geruch erinnert sie an abgestandenes Wasser, ganz so, als wäre Agnethe als lebende Wasserleiche aus dem Fluss gestiegen, um sie zu holen. »Lisbet …«

Lisbet wartet. Agnethe wird ihr gleich etwas erzählen, vielleicht im Austausch für ihr eigenes Geheimnis. Sie sieht ihre Schwägerin an, aber die betrachtet den Boden, den Baum, und erwidert ihren Blick nicht. Lisbet spürt, wie ihr etwas entgleitet, und sie streckt die Hand aus, um es zu ergreifen. »Du kannst es mir sagen …«

»Darf ich hierherkommen?«

»Wie bitte?«

»An diesen Ort«, sagt Agnethe. »Wenn mir alles …« Sie deutet auf ihren Kopf, und Lisbet versteht das Bedürfnis nach Einsamkeit, nach Ruhe. »Ich glaube kaum, dass der morgige Kirchgang viel Erleichterung bringen wird.«

Dann hat sie also die Blicke, das Geflüster in der Stadt sehr wohl mitbekommen. Lisbet lernt gerade, ihre Schwägerin nicht zu unterschätzen: Sie ist wachsam, auch wenn man das Gefühl hat, sie sei ganz woanders. Sie spürt alles, auch wenn sie aussieht wie versteinert.

»Ich werde nichts anfassen«, setzt sie schnell hinzu und missversteht dabei Lisbets Schweigen. »Aber ich verstehe natürlich, wenn du den Ort für dich behalten willst, für deine …« Sie deutet auf die Bänder.

Lisbet zögert. Wie könnte sie dieser blutenden Frau mit den tränenfeuchten Wangen etwas abschlagen? »Ja, Agnethe.«

Agnethe sackt vor Erleichterung direkt in sich zusammen. »Nethe. So haben mich meine Freunde immer genannt. So hat mich Henne immer genannt.«

Ein dichter Schwarm aus Traurigkeit scheint sie zu umgeben, mit ungeheuren, brummenden Tiefen. *Nethe.* Das passt besser zu ihr, diese melodischen, präzisen Silben.

Lisbet nickt. »Ja, Nethe. Komm hierher, wann immer du das Bedürfnis hast.«

6

Ihre Kirche ist niedrig gebaut, mehr aus Holz und Lehm als aus Stein, und die Überreste der alten heidnischen Kultstätte sind weggemeißelt, sodass der ganze Ort einen unfertigen Eindruck macht. Pater Hansen, ihr Pfarrer, passt gut dazu. Er ist alt und gebeugt, hat hohe Wangenknochen und silberfarbene Augen und wirkt auf erschöpfte Art erhaben. Seine Haut hat Falten wie geschmolzenes Wachs. Manche Priester kleiden sich wie Prinzen, aber Pater Hansen trägt jedes Jahr dasselbe Messgewand, geflickt und ausgebessert. Der einst kostbare Stoff ist mittlerweile stumpf geworden, und das bringt ihm Respekt in der Gemeinde und Spott bei den besser Betuchten ein.

Lisbet weiß, dass sie ein Gefäß Gottes nicht nach seinem Geruch beurteilen sollte, aber sie tut es trotzdem. Mit einem Baby in sich kann sie mehr riechen, als ihr oft lieb ist, und Pater Hansen riecht nach Bienenwachs, Weihrauch und sehr altem Schweiß. Menschliches und Göttliches – ganz so, wie es sein sollte, denkt sie.

Ida sitzt in der vordersten Bank, ihre Tochter und ihre Söhne neben sich. Allein der Anblick ihres Kopfes unter dem ordentlich gebundenen Tuch – das vertraute Kräuseln ihres strohblonden Haares an den Schläfen und die Wölbung ihrer

Wange, wenn sie den Kopf in die Hände senkt – ist ein Trost für Lisbet, die in der Nacht zuvor kaum schlafen konnte, weil sie von ihrer Mutter träumte und sich über die Bienen und ihr Schicksal sorgte.

Aber zum ersten Mal hat Lisbet das Gefühl, dass sie auf dem Hof eine Verbündete hat. Außer Ida und den Bienen hatte sie in den sechs Jahren, in denen sie bei Henne wohnt, keine Gesellschaft, aber nach ihrem gemeinsamen Besuch in der Stadt und ihrem Zusammentreffen am Tanzbaum scheinen sie und Nethe einander näherzukommen.

Und Nethe braucht eine Freundin noch dringender als Lisbet. Die Spannungen zwischen Ida und Agnethe sind unübersehbar, und ihr Erscheinen in der Kirche hat für so viel Aufruhr gesorgt, wie die von Hitze geplagte Gemeinde noch aufbringen kann. Danach zu urteilen, was Lisbet bis jetzt erlauschen konnte, scheint niemand die Anschuldigungen zu kennen, die Nethe ins Kloster brachten, sondern nur die Tatsache, dass sie gesündigt und anschließend gebüßt hat. Furmann, der größte Wohltäter der Kirche, der das Gehör der Einundzwanzig höchstselbst besitzt, kam vor dem Gottesdienst auf Nethe zu, in duftende Seide gekleidet und ausschweifend gestikulierend, aber Nethe wich ihm aus und rückte näher an Lisbet heran, die ihre üppige Körpermasse einsetzte, um sie vor weiteren Annäherungen abzuschirmen.

Sie versteht die Neugier der Menschen – es gibt ja kaum etwas anderes zu besprechen als das Wetter und den sicheren Abstieg Straßburgs in einen tieferen Kreis der Hölle. Selbst der Krieg gegen die Osmanen hat seinen Glanz verloren, ist durch die ständige Zermürbung uninteressant geworden. Pater Hansens abschließende Bemerkungen helfen Agnethe nicht weiter, denn sie haben eine ganz andere Stoßrichtung als sein übliches Geschwafel.

»Noch ein Wort zu den Vorkommnissen auf dem Marktplatz«, sagt er und lässt den Blick von der Kanzel auf einen Punkt links von ihren Köpfen schweifen. Lisbet begreift nur zögerlich, worauf er anspielt, aber Sophey erstarrt, spannt das Kinn an. »Ich weiß, dass es viel Gerede über die tanzende Frau gab. Ich möchte Euch versichern, dass es sich bloß um einen Fall von weiblicher Schwäche handelt. Wir wissen ja, dass dies bisweilen vorkommt …«, sein Blick huscht über Agnethe, die entschlossen zurückschaut, »… und die Einundzwanzig sind sehr daran interessiert, den Sachverhalt zu klären.«

Daraufhin steht Plater auf, als hätte Hansen ihn beim Namen gerufen. Der Pfarrer blinzelt und öffnet den Mund, um weiterzureden, aber Plater wendet sich von der Kanzel ab und nimmt den Faden des Pfarrers auf, ohne auch nur einen Moment zu zögern.

»Die Angelegenheit ist bereits abgeschlossen«, sagt er. »Es stimmt aber, dass der Rat gegen die Verbreitung von abergläubischem Gerede ist. Vor etwa einer Woche hat eine Frau an einer auffälligen Stelle neben dem Münster getanzt. Sie hielt sich dort jeden Tag und die meisten Nächte auf, unterbrach ihren Tanz nur, als sie in eine Art Schlaf sank, woraufhin sie nach Hause gebracht wurde. Aber sie kehrte jeden Tag zurück, und nach sorgfältiger Überlegung beschlossen unser Syndikus Sebastian Brant und die Einundzwanzig, dass sie nach Treffelhausen gebracht werden muss.«

»Zum Schrein?«, fragt Furmann, der einzige Mann in der Kirche, der Plater an Einfluss übertrifft.

»Zum Schrein des Sankt Veit, ja«, antwortet Plater, den es sichtlich irritiert, unterbrochen zu werden.

»Sie ehrt also den Heiligen mit ihrem Tanz? War es eine heilige Manie?«

Nethe sagte, im Kloster hänge die Entscheidung zwischen heiliger Manie und dämonischer Besessenheit davon ab, ob jemand beliebt sei oder nicht. Lisbet betrachtet sie und fragt sich, welche Wirkung eine solche Aussage auf ihre Schwägerin haben wird. Aber Nethe ist schon wieder zu Stein erstarrt.

»Die Einundzwanzig glauben, dass es so ist«, sagt Plater. »Sie versucht anscheinend, sich durch den Tanz von Sünde zu befreien, aber dass sie eine so hysterische Art und Weise gewählt hat, spricht gegen ihren Charakter. Sie wird am Schrein des Heiligen reingewaschen werden, und das wird die Sache beenden.«

Plater setzt sich, und Pater Hansen quält sich mit dem Abschluss seiner Predigt, bevor er von der Kanzel herabsteigt und sofort von Furmann angesprochen wird.

»Das war's«, sagt Sophey zufrieden. »Wir gehen.«

Aber weder Lisbet noch Nethe rühren sich. Furmann hat Plater in sein Gespräch mit dem Pfarrer hineingezogen. Lisbet vermutet, dass auch Nethe darauf hofft, das Gespräch der Männer zu erlauschen, aber sie werden von Gläubigen, die die Kirche verlassen, verdeckt. Ida erhebt sich von ihrem Platz zwischen ihrer Tochter und ihrem Mann und macht sich auf den Weg zu ihnen. Da steht Nethe plötzlich auf und folgt ihrer Mutter aus der Kirche, ohne auch nur einen Blick zurückzuwerfen.

Ida erreicht Lisbet und hilft ihr auf die Beine. »Furmann sieht verstört aus.«

»Die Tänzerin war ja auch verstörend.«

Ida sieht sie scharf an. »Hast du sie etwa gesehen? War es denn wirklich so, wie sie gesagt haben?«

»Ja«, seufzt Lisbet und verlagert ihr Gewicht, um ihren Rücken ein wenig zu entlasten. »Aber jetzt ist es vorbei.«

»Bist du sicher, dass es dir gut geht, Lisbet?«, fragt Ida. »Ich kann durchaus allein zu den Armenhäusern gehen.«

»Mir geht's ganz gut«, gibt Lisbet zurück, ohne ihre Gereiztheit zu verbergen. »Bitte sprich nicht wie Henne mit mir.«

Ida lächelt. »Das würde ich mir niemals anmaßen.«

»Du weißt, was ich meine«, sagt Lisbet, als sie die Treppe zu Idas Pferdefuhrwerk hinuntersteigen. Von Sophey und Nethe, die bereits nach Hause eilen, ist nichts mehr zu sehen. »Als würde ich kränkeln.«

»Ich sehe gut, dass du nicht kränkelst«, sagt Ida und rückt auf der Ladefläche des Wagens die Körbe zurecht, die mit frisch gebackenem Brot sowie mit ein paar Rüben und Pilzen gefüllt sind. Außerdem stehen da kühle Tonkrüge voller Milch, die in der Hitze bereits gekippt ist, das riecht Lisbet ganz deutlich. Armselige Gaben, selbst für die Maßstäbe der Einundzwanzig. Lisbet hat schon lange den Verdacht, dass Plater den größten Teil des Almosengeldes, das er vom Rat erhält, selbst einsteckt, obwohl er es an seine Frau weitergeben soll.

»Dein Bauch ist so dick geworden. Das ist gut ...« Sie greift wieder nach Lisbets Hand. »Wirklich gut. Aber ich weiß auch, dass du gerade viel Gewicht mit dir herumschleppst.«

Auf der Straße zur Stadt wimmelt es von Pilgern und Kirchgängern, die aus dem Liebfrauenmünster kommen oder dorthin streben, und von Händlern, die ihnen billige Talgkerzen und Haferkuchen verkaufen. Das war nicht immer so, erinnert sich Lisbet. Früher wurde der Heilige Sonntag streng eingehalten, die ganze Stadt war in Bernstein und Gebete gehüllt, aber die Fäulnis, von der Geiler predigte, hat sich rasant ausgebreitet. Jetzt hört man Geschichten von Mönchen, die Spielhöllen betreiben, und von Priestern, die in Tavernen verkehren. Wenn der Klerus die Stadt nicht von Sünde reinigen kann, wie sollen es dann erst die anderen schaffen, die Bauernhöfe zu bewirtschaften und Mäuler zu stopfen haben?

Ida lehnt sich sanft an Lisbet. »Du bist heute so still.«

»Ich denke nach«, murmelt Lisbet.

»Pass auf«, sagt Ida neckend. »Sonst bekommst du noch eine tiefe Stirnfalte wie Pater Hansen.«

Lisbet versucht, sich ein Lachen abzuringen, aber es gelingt ihr nicht. Sie fühlt sich von ihrem Gewicht heruntergezogen und auch ein bisschen traurig.

»Komm schon, Lisbet«, sagt Ida. »Was ist los?«

Lisbet weiß, dass Ida nicht aufhören wird, sie auszufragen. Sie hat das Gespür einer Mutter und ist es gewohnt, missmutigen Kindern ihre Probleme zu entlocken. Lisbet seufzt und zuckt mit den Schultern. »Vermisst du Henne?«

»Nein«, antwortet Lisbet so schnell, dass sie sich dafür schämt. Ida runzelt die Stirn, während sie das Pferd durch die schmalen Straßen lenkt, die die Stadt säumen.

»Den Bienen geht es gut?«

Daraufhin lächelt Lisbet. Ida versteht ihre Besessenheit besser als jeder andere. »Ja. Noch. Aber wenn unsere Petition nicht erfolgreich ist …«

»Es wird schon gut gehen. Was dann?« Ida wirft ihr einen weiteren scharfen Blick zu. »Behalte das Geheimnis nicht für dich, es wird dich schneller altern lassen als eine Sünde.«

»Es ist Nethe«, sagt Lisbet und spürt, wie Ida leicht zurückweicht.

»Du nennst sie jetzt Nethe?«

»Deshalb wollte ich es dir ja nicht sagen.«

»Was soll das heißen?«, sagt Ida. Obwohl ihr Tonfall unbeschwert klingt, ist darin etwas Spitzes verborgen, wie ein Bienenstachel, der in einer Honigwabe stecken bleibt. »Was ist mit ihr? Geht es ihr gut?«

Lisbet zögert. »An dem Tag, an dem wir die Tänzerin sahen, traf ich sie, als sie im Wald umherirrte. Sie war völlig verstört.«

»Wegen der Tänzerin?«

»Nein. Wegen etwas, das Sophey gesagt hat.«

Sie sieht ihre Freundin an. Idas Profil ist wunderschön, das hat Lisbet schon immer gedacht, aber Ida findet ihre Nase zu groß, ihr Kinn nicht fest genug. Sie überlegt, ob sie die ganze Wahrheit sagen soll. Aber wie soll sie das mit dem Tanzbaum bloß erklären? Das erscheint ihr wie Blasphemie.

»Es muss seltsam gewesen sein in den Bergen. Man konnte sich denken, dass sie als ein anderer Mensch zurückkommt.«

»Ja, das glaube ich auch«, sagt Lisbet, aber Ida scheint irgendwie abgelenkt zu sein. »Da wären wir.«

Ihre Ankunft im Armenviertel löst normalerweise einen Ansturm aus. Viele Hände greifen nach den milden Gaben, die Menschen äußern ihre Dankbarkeit, und Lisbet ist das alles oft unangenehm. Aber als sie vor der Hütte der Lehmanns anhalten, sehen sie, dass die Tür mit einem Seil verschlossen ist. Ida runzelt die Stirn und springt leichtfüßig vom Wagen hinunter, um durch das verrottete Holz zu spähen.

»Niemand da?«, fragt Lisbet.

Ida geht zur nächsten Hütte und zur übernächsten. Obwohl sich inzwischen Straßenverkäufer um den Wagen scharen, ist von den bekannten Gesichtern keine Spur. Ida geht zurück zur Tür der Lehmanns und klopft an. Lisbet klettert vom Wagen hinunter und schaut durch die Fensterläden.

»Hallo?« Eine dünne Stimme dringt durch die Tür, es ist die älteste Tochter der Familie, wie Lisbet sofort klar wird.

»Hilde?«, sagt Ida. »Wir sind es, wir haben Brot und Milch für euch.«

»Ich kann die Tür von dieser Seite nicht öffnen.«

Lisbet zerrt an dem Knoten des Seils.

»Nein«, sagt Hilde, die hört, was Lisbet macht. »Sie haben gesagt, die Tür muss zubleiben.«

»Wo sind deine Eltern?«, fragt Lisbet.

»In der Stadt«, sagt Daniel, der sich zu seiner Schwester gesellt hat. »Sie sind losgegangen, um die Tänzerinnen zu sehen.«

»Die Tänzerin ist fort«, sagt Ida. »Sie wurde zum Schrein gebracht.«

»Alle sind weg?«, fragt Hilde, und ihr kleiner Bruder Gunne ruft aufgeregt etwas, das man nicht versteht.

»Da war nur eine«, sagt Ida. »Lisbet hat sie gesehen.«

»Nein«, widerspricht Hilde, den Kopf so dicht an die Tür gepresst, dass Lisbet ihren vor Zahnlücken starrenden Mund sehen und ihren ranzigen Atem riechen kann. »Da waren noch mehr.«

»Hunderte«, ruft Gunne, stößt seine Schwester beiseite und steckt sein Kinn in den Spalt.

»Aber nein«, lacht Ida und fasst ihm zärtlich ans Kinn.

»Sie sind ganz in der Nähe«, sagt Daniel. »Mutter und Vater sind nachsehen gegangen.«

»Können wir auch dorthin gehen?«, fragt Gunne. »Könnt Ihr uns mitnehmen?«

Ida schnalzt mit der Zunge. »Da gibt es nichts zu sehen.

Nur ein paar tanzende Frauen. Was soll ich mit dem Korb machen?«

Als sie den Lehmann'schen Kindern ihre Ration zugeteilt haben und der Hütte den Rücken kehren, sieht Ida Lisbet verschmitzt an. »Ich finde, wir könnten uns das mal ansehen.«

Lisbet schnaubt. »Ich dachte, das wären nur ein paar tanzende Frauen.«

»Vielleicht könnten wir ja mitmachen.«

»Das ist nicht lustig«, sagt Lisbet. »Du warst nicht dabei. Wenn sie so sind wie die erste ...«

Sie beendet den Satz nicht. Ihr gehen die Worte aus, sie will sie nicht aussprechen und auch nicht die Vertrautheit beschreiben, die sie gespürt hat, das Wiedererkennen, das sie in die Jahre am Bett ihrer Mutter zurückgeworfen hat. »Das ist kein Tanz. Es ist etwas Schlimmes, Ida.«

»Aber immerhin passiert endlich mal was«, sagt Ida bockig wie ein Kind. »Bitte, Lisbet, ich habe zu Hause nur meinen Vater.«

»Und deine Jungs und dein Mädchen.«

»Der Quell meiner Freude«, sagt Ida trocken. »Wir könnten endlich mal etwas zusammen unternehmen. Außerdem ist es mein Wagen, du musst also mitkommen.«

Es ist unmöglich, sie davon abzubringen, und für Lisbet ist es einfacher, sich wortlos in den Wagen zu setzen, als ihr zu widersprechen. Bald sind sie über die ihnen wohlbekannte Brücke gefahren und erreichen den Marktplatz. Er ist voll von den Gemeindemitgliedern des Liebfrauenmünsters, von Straßenpredigern und Bettlern. In wenigen Augenblicken haben sie die letzten Lebensmittel verteilt, aber als sie sich nach den angeblichen Hunderten von Wahnsinnigen umsehen, ist da von ihnen keine Spur.

»Siehst du«, sagt Lisbet erleichtert. »Alles bloß Gerüchte. Können wir jetzt gehen?« Hier in der Menschenmenge ist es noch heißer, die Luft ist so schwer, dass man sie beinahe umrühren kann wie einen Eintopf. Aber Ida bezahlt einen Mann dafür, den Wagen zu bewachen, und fragt ihn, wo die Tänzerinnen sind.

»Dort.« Er zeigt in Richtung des Pferdemarktes. »Da ist jetzt eine Bühne. Eine weitere ist bei der Gerberzunft.«

»Eine Bühne?« Idas Stimme überschlägt sich vor Aufregung, doch Lisbet spürt, wie sich ihr die Kehle zuschnürt. »Sie haben die Zünfte geschlossen?«

Der Mann nickt. »Man kann die Leute nirgendwo anders unterbringen. Die Ärzte sagen, sie können nichts tun, als sie sich selbst zu überlassen.«

Ida dreht sich zu Lisbet um und ergreift ihre Hand. »Dass kein Handel mehr in den Zünften betrieben wird, das ist schlimm, Lisbet!«

In ihrer Stimme liegt jedoch keine Besorgnis, und ihr Griff ist fest. Lisbet versucht, sich loszureißen, aber Ida zieht sie in Richtung Pferdemarkt, und Lisbet muss auf ihre Füße achten, um dem gröbsten Dreck zu entgehen.

Sie mag den Pferdemarkt. Dort duftet es grün, wie auf den Feldern ihres Vaters, und die wiehernden Pferde haben freundliche Augen und riechen nach Heu und Heimat. Doch als sie dort ankommen, ist der Geruch ziemlich menschlich: Schweiß und feuchter Atem. Lisbet hört Gejohle und Trommelschläge.

»Ida ...« Lisbet trennt sich von ihr, als das Gedränge immer dichter wird, und Ida wird vom Strom der Menge mitgerissen.

Auch Lisbet wird mitgetragen. Ohne die Hand ihrer Freundin fühlt sie sich wie losgelöst und kann sich nur mit Mühe aufrechthalten, schützt ihren Bauch mit den Armen. Der Geruch und die Hitze und der Lärm sind unerträglich. Und dann wird sie durch das Nadelöhr des Tores geschwemmt, die Bühne liegt vor ihr, und es ist schlimmer, als sie es sich jemals hätte vorstellen können.

Hunderte sind es nicht, vielleicht drei Dutzend, aber es ist unmöglich, sie genau zu zählen, da sie sich ohne Rhythmus oder Muster bewegen und von Händen auf der Bühne gehalten werden, die sie von den Rändern der Plattform aus zurückschubsen. Die Bühne befindet sich in Kopfhöhe, sodass die Tänzerinnen wie dämonische Engel über der Menge zu schweben scheinen, sich drehen und wippen. Es sind alles Frauen, alle mit offenen Haaren und weit geöffneten Augen, alle wiegen sich und hüpfen. Ihre Holzschuhe liegen verlassen über die Bühne verstreut, ihre Füße sind bereits blutig. Wie ein roter Nebel fallen Tropfen über die neu verlegten Bretter, die noch den Duft des Waldes verströmen.

Lisbet schwankt, fällt fast hin, aber in dieser Menschenmenge wäre das tödlich. Sie zwingt sich, die Füße fest aufzusetzen, und stellt die Ellbogen auf, um ihren Bauch zu schützen. Unter die Tänzerinnen mischen sich auch Männer, breit und bärtig, ganz offensichtlich nicht von der Musik besessen, die die Frauen ergriffen hat. Lisbet beobachtet, wie einer eine Frau an der Taille packt und sie in einem wilden Kreis herumwirbelt, wodurch eine andere Tänzerin zu Boden geworfen wird. Die gestürzte Frau springt sofort wieder auf und humpelt dabei ein wenig.

»Lasst sie. Um Himmels willen, lasst sie in Ruhe«, sagt Lisbet zu sich selbst, doch ihre Beschwörung gerät so laut, dass eine Frau neben ihr sie mithört.

»Das sind Männer des Rates«, sagt sie, ohne ihren Blick

von den Tänzerinnen abzuwenden. »Sie sollen dafür sorgen, dass die Frauen nicht aufhören zu tanzen.«

»Glauben sie denn, das sei das Heilmittel?«, fragt Lisbet. Ihr Sichtfeld verschwimmt, sie kann den Blick nicht abwenden von Füßen und Haar der Tänzerinnen, hängt daran fest wie ein Fisch am Haken.

Die Frau zuckt mit den Schultern. »Die Musikanten kommen bald. Sie hoffen, ihnen so den Wahnsinn auszutreiben.«

»Die Musik wird sie nur noch mehr dazu anhalten.«

Lisbet verliert erneut den Halt, als immer mehr Menschen durch das Tor drängen und sie in Richtung Bühne treiben. Sie fühlt sich wie in einem Netz gefangen, bewegt sich wie in einem Albtraum auf die Bühne mit ihrer teuflischen Last zu. Ihr Fuß versinkt in Pferdeäpfeln, sie spürt, wie sie in ihre Holzschuhe eindringen und der Geruch ihr wieder in die Nase steigt. Viele Hände strecken sich der Bühne entgegen, greifen nach den Füßen der Tänzerinnen, zerren nach Stofffetzen und Haaren, ganz so, als seien sie lebendige Heilige. Lisbet klammert sich an ihren Bauch wie an ein Floß, als sie zur Bühne gedrängt wird.

Aus der Nähe besehen sind sie plötzlich weniger beängstigend, ihre Gesichter wirken direkt entrückt. Sie geben keinen Laut von sich außer ihrem angestrengten Atmen. Ihre Blicke gleiten über die Menge und die höhnischen Gesichter hinweg. Die Tänzerinnen werden an einen anderen Ort getragen. Eine Frau in Sopheys Alter mit gekrümmtem Rücken ragt über Lisbet auf und verbiegt sich wie ein Mädchen, die Arme ausgestreckt, den Kopf in Ekstase nach hinten gelegt, ein goldenes Armband um das Handgelenk geschlungen. Ihre nackten Füße heben sich und stampfen, sie lächelt und zeigt ihr rosa Zahnfleisch. Sie achtet nicht auf das Gejohle der Menge, existiert nur in ihrem Körper und seinen Grenzen, besteht ganz aus Fleisch und Blut und aus Dingen jenseits davon.

Lisbet lässt die Gedanken schweifen, stellt sich vor, dass ihr Körper sich bewegt wie damals als Kind, als sie mit ihren Brüdern auf den Feldern herumlief. Ihre Haut ist glatt und unbefleckt, ihr Herz unversehrt. Einer der Männer ergreift das Handgelenk der alten Frau und reißt sie nach links und rechts, sodass man glaubt, ihr Kopf werde knackend abbrechen. Ihr faltiges Gesicht verwandelt sich in eine Grimasse des Schmerzes. Sie verdreht die Augen, als sie weggewirbelt wird, und der Mann brüllt laut, während er sie schwingt.

Etwas in Lisbets Innerem schnappt zu wie eine Mausefalle. Sie fletscht die Zähne und drängt sich durch die Menge zurück, durch das Tor, weg von den Frauen und den Männern und der Bühne, nur weg, so weit und so schnell sie kann, bis sie Seitenstiche bekommt und keuchend stehen bleiben muss. Sie drückt die Handflächen gegen die Augen, so fest, dass Funken über ihre Lider sprühen. Eine Hand ergreift ihre Schulter, und einen Augenblick lang glaubt sie, es sei einer der angeheuerten Männer, der ihre Gedanken hört und sie auf die Bühne zwingen will. Sie schreit auf und stößt die Hand weg, und Ida ruft ihren Namen.

»Tut mir leid«, sagt Lisbet und greift nach dem Arm ihrer Freundin. »Ich dachte …«

»Nein«, sagt Ida. Ihr Gesichtsausdruck ist düster. »Ich mache dir keine Vorwürfe.«

Sie blickt zurück auf die Bühne, auf die Frauen, die darauf herumwirbeln, und erschaudert. »Sie sehen so … ungewöhnlich aus. Erfüllt von Licht oder Federn. Findest du nicht? Irgendwie leuchtend …« Ida hebt ihr Gesicht der Sonne entgegen und strahlt glückselig. Ihr goldenes Haar löst sich aus dem Kopftuch und legt sich wie ein Heiligenschein um ihr blasses Gesicht. Sie sieht fast ekstatisch aus, und das erschreckt Lisbet, die sich das Tuch schnappt, bevor es zu Boden gleitet, und es ihrer Freundin zuwirft.

»Ich gehe jetzt.«

»Jetzt schon?«

»Die Bienen«, antwortet sie knapp. »Du weißt, sie brauchen ständige Pflege, und jetzt, wo Henne weg ist …«

Sie schreitet davon. Ihr Herz klopft heftig, in ihren Ohren klingelt es. Wahnsinn, Manie, Hingabe – all das kann sie gerade noch aushalten, gerade noch ertragen. Aber die Verzückung, die sie auf Idas Gesicht gesehen hat, ekelt sie an, nicht zuletzt, weil sie sich fast erlaubt hätte, sie ebenfalls zu empfinden, als sie die alte Frau wie ein junges Mädchen tanzen sah. Es ist kein Scherz, den Verstand zu verlieren. Lisbet hat Ida nichts von ihrer Mutter erzählt, außer dass sie tot ist, und jetzt ist Lisbet doppelt froh darüber. Hätte sie es getan, würde sie Ida jetzt für ihre Reaktion auf die Tänzerinnen hassen.

Ida holt sie mühelos ein, tritt neben sie, und Lisbet wünscht sich, sie wäre nicht so dick und so plump, wünscht sich, sie könnte alles hinter sich lassen wie die Frau auf der Bühne, ausbrechen aus dem Gestank und dem Lärm.

»Langsam«, sagt Ida leise. »Vorsichtig, Lisbet.«

Lisbet möchte am liebsten weinen. Es ist zu heiß, und sie ist völlig fertig. Selbst mit Ida an ihrer Seite fühlt sie sich ganz allein. »Ich gehe zu Fuß.«

»Das kommt gar nicht infrage«, sagt Ida und hakt Lisbet unter. Aber als sie sich durch die Menge bewegen, weg von den klappernden Absätzen und den sich drehenden Frauen, bemerkt Lisbet, wie ihre Freundin oft zurückblickt, bis die Tänzerinnen schließlich außer Sichtweite sind.

»Es sind noch mehr geworden«, sagt Lisbet gleich, als sie hereinkommt. Sophey steht am Feuer, rührt im Eintopf und sieht müde aus, wirkt sogar noch älter als am Vormittag, als sie zur Kirche aufbrachen. »Jetzt sind noch mehr da. Dutzende. Alles Frauen.«

Ungeduldig hebt Sophey den Arm und schneidet Nethe das Wort ab, noch bevor ihr ein Laut über die Lippen gekommen ist. »Hast du sie gesehen?«

Lisbet nickt, taucht ihre Hände in den Eimer und fährt sich mit dem Lappen über den Nacken. »Wir haben sie beide gesehen, Ida und ich. Sie haben den gesamten Pferdemarkt übernommen. Die Zünfte auch.«

»Ida hat sie gesehen?«, fragt Nethe.

»Ja, und sie war entsetzt«, lügt Lisbet. »Das ist ja klar.« Die Erinnerung lässt sie erschaudern: die Menschenmassen, die Männer, die die Frauen packen und herumwirbeln. Das strahlende Gesicht von Ida.

»Schluss damit«, blafft Sophey. »Ich habe genug von diesen Albernheiten.«

»Aber jetzt hat es etwas zu bedeuten«, sagt Nethe in einem Tonfall, als würde sie eine unterbrochene Unterhaltung weiterführen. »Jetzt sind da mehr Tänzerinnen. Ich habe das ja vorausgesagt, und ich hatte recht.«

»Die Einundzwanzig haben Musikanten bestellt«, sagt Lisbet trotz des warnenden Blicks von Sophey. Sie weiß, dass ihre Schwiegermutter sie zum Schweigen bringen will, aber sie muss es einfach sagen. »Um die Teufel mit Musik auszutreiben.«

»Sie sind bloß verrückt vor Hitze«, sagt Sophey und bekreuzigt sich. Nethe und Lisbet machen es ihr nach. »Der Durst und das ständige Tanzen machen es nicht besser. Geiler würde mir sicher zustimmen. Ich will jetzt nicht mehr darüber reden.«

Sie stellt ihren Becher ab und setzt sich mühsam auf, die Arme vor sich ausgestreckt. Die groben Finger sind gekrümmt, als würden sie sich um den Stößer eines Butterfasses legen, und an der Anspannung in den Fingerknöcheln erkennt Lisbet, dass sie versucht, sie auszustrecken. »Eine solche Manie erfordert Gebete, und Gebete erfordern Kerzen. Wir haben viel Arbeit vor uns.«

Siebenundvierzig tanzen

In Frau Clementz' zweiunddreißigstem Lebensjahr brach eine Begeisterung für Engel aus. Die Männer, darunter ihr Mann und ihr ältester Sohn, hörten Engel in der missratenen Ernte flüstern, nahmen die Sensen zur Hand und marschierten zu den Lagern der Kirche, um Getreide zu fordern. Sie sahen Engel in der Maserung der großen Holztüren und brachen sie auf. Sie spürten Engel in ihren Kehlen, und ihr Sohn Arnd schwor, er habe einen Engel gesehen, der Gold unter der Haut seines Vaters fließen ließ.

Die meisten von ihnen wurden natürlich getötet. Engel glitten aus ihren verstümmelten Körpern und verteilten sich in der Luft wie Rauch. Frau Clementz selbst sah es, als sie ihren Mann erhängten: wie die goldenen Fäden, von denen Arnd sprach, durchtrennt wurden und die letzte Essenz der Engel aus ihm herausströmte. Er pisste sich ein, und sie hoffte, dass die Engel es nicht sehen würden, dieses letzte menschliche Versagen.

Arnd war wütend. Sie konnte ihn nicht erreichen in seinem Zorn, seiner Wut. Als der nächste Bundschuh kam, war er als Erster zur Tür hinaus, obwohl sie seine Taille umklammerte und drohte, sich selbst und seinen Brüdern etwas anzutun, um nicht mitansehen zu müssen, wie ein weiterer

Mann, den sie liebte, vor einer johlenden Menge gehängt wurde. Dennoch ging er fort, und wieder kehrte er frei und unversehrt zurück, obwohl ihr Aufstand niedergeschlagen worden war. Und wütend, so wütend, dass er einem wie ein glühendes Stück Kohle vorkam. Er schenkte ihr ein goldenes Armband, so fein, als wäre es gewebt, und band es noch warm um ihr Handgelenk. Er sagte, er habe es einem Priester abgenommen. Er sagte, es erinnere ihn an die Engel unter Vaters Haut.

Beim dritten Mal kam ein Mann namens Joß Fritz in ihre Kirche, und der Pfarrer ließ ihn sprechen. Er war ein dürrer Mann mit leiser Stimme, und doch strahlte er eine große Kraft aus. Arnd hielt ihn für die Wiederkunft, obwohl das eine Gotteslästerung war. Diesmal versuchte Frau Clementz nicht einmal, ihn aufzuhalten.

Nun ist Arnd gehängt worden, ihre anderen Söhne sind verheiratet, ihr Rücken ist gekrümmt wie ein Fragezeichen, und die Engel sind zu ihr zurückgekehrt. Sie sieht sie in den Schatten ihres leeren Hauses, in den verstaubten Gläsern, in denen sich einst eingemachte Lebensmittel befanden, im längst versiegten Brunnen. Sie sieht sie in den Zünften, auf dem Markt. Natürlich kommen sie ihr nicht zu nahe. Niemand kommt ihr zu nahe.

Das Armband trägt sie jedoch diesen Sommer, als sie hinter den Schatten herläuft, den ganzen Weg zu den Zünften, und sieht Engel, die sich zwischen tanzenden Frauen befinden. Sie sieht sie in den Haaren der einen, um die gelbsüchtigen Glieder der anderen gewickelt.

Sie schließt die Augen und hört, wie sie ihr etwas vorsummen. Sie hört, wie ein Mann mit großen, rauen Händen, die denen ihres Mannes gleichen, sie herumwirbelt. Sie spürt, wie das Armband reißt, aber es macht ihr nicht viel aus. Denn als Frau Clementz ihre Arme in die Sonne hält, sieht sie die Engel unter ihrer Haut golden schimmern.

7

Lisbet füttert Ulf und Fluh und schüttet ihnen das letzte Wasser aus dem Eimer über den Rücken. Sie dampfen, ihre Zungen ragen obszön rosa zwischen den vergilbten Zähnen hervor. Sie glättet das Fell an Ulfs Hinterläufen, befreit ihn von Kletten. Der Hund bleibt brav stehen, während sie seine Flöhe zwischen ihren Fingernägeln knackt.

Die Bienen sind draußen und schwirren durch die Luft. Die Arbeit, die vor ihr liegt, macht ihr nichts aus – sie freut sich sogar darauf. Sie sammelt Rosmarin, legt ihn in die Räucherschale, hängt den Eimer an ihren Ellenbogen und geht, nachdem sie sich den Kragen hochgezogen hat, zum ersten Bienenkorb.

Die Bienen fliegen von ihren Plätzen auf, wie die Fliegen, die die Schatten des Waldes besiedeln. Vorsichtig legt sie ihre Hand auf die Spitze des ersten Korbes. Ein paar lassen sich darauf nieder, summen fort, lassen sich wieder nieder und ziehen den sanften Hauch ihrer Flügel über ihre Haut, flüstern über ihre Finger.

Ganz am Anfang hatten sie ihr Angst eingejagt. Als Lisbet das erste Mal in ihr neues Zuhause kam, fand sie, der Bienenhof sähe aus wie ein Friedhof, die Körbe wie Grabsteine. Aber während ihrer dritten Schwangerschaft, als Henne vielleicht ihre Traurigkeit, ihre Bedürftigkeit spürte, nahm er sie mit zu den Bienen, zog ihr das dicke Baumwollgewand und die Maske aus Weidengeflecht an, die er nie brauchte. In jenem Sommer war es kühler, aber sie konnte trotzdem kaum atmen, kaum sehen.

»Ich werde dir eine vorstellen, und dann stellst du dich ihr vor, damit sie wissen, dass wir eine Familie sind.«

Sie verdrehte die Augen bei dem Gedanken, dass die Bienen so etwas verstehen könnten, aber sie war unter der Maske verborgen. Er ging zum nächstgelegenen Korb und hob den leichten Weidenkegel an. Eine kleine, schnelle Gestalt peitschte durch ihr Blickfeld, in Stücke zerteilt von dem Gitter vor ihren Augen. Darunter befand sich der Bienenstock, ein quadratischer Block aus ausgehöhltem Holz, und aus den Lamellen an der Vorderseite drängten weitere Bienen heraus.

»Bleib einfach ruhig«, sagte Henne. Seine Stimme war so leise wie die der Bienen. »Atme ganz normal weiter.«

Sie wollte sagen, dass es unter der Maske, unter der Sonne schwierig war, aber stattdessen tat sie, was er ihr sagte.

»Atme hier heraus«, sagte er und berührte sie direkt unter den Brüsten, wo ihr Bauch gerade zu wachsen begann. Seine Hand war heiß und nah und groß. Sie hatte das Gefühl, sich darunter aufzulösen wie Honig in Wasser.

Als er die Klammern öffnete, ließen sich Bienen auf seinen Händen nieder, aber er bewegte sich langsam, im Takt seines Atems. Sie achtete auf Anzeichen von Schwarmstimmung, aber es war, wie er gesagt hatte: Sie nahmen überhaupt keine Notiz von ihm. Er hob die Wabe heraus, die vor Honig und kostbarem Wachs troff.

»Es ist noch nicht genug«, sagte er. »Aber in ein paar Tagen wird es so weit sein. Dann musst du die Bienen wegbürsten, etwa so …« Er fuhr mit einem Finger bündig über die Waben, wobei die Bienen auf seinen bloßen Fingern landeten und wieder abflogen, landeten und schließlich in den Bienenstock zurückkehrten. »Und dann nimmst du die Wabe, die drinnen sitzt.«

Henne setzte die Wabe wieder ein. Er schloss die Klammern und hob das Korbgeflecht wieder über den Bienenstock.

»Jetzt bist du dran. Schön langsam.«

Henne fasste sie um die Taille. Sie spürte seinen Atem im Nacken, seinen Herzschlag zwischen ihren Schulterblättern, und verband ihren Atem mit seinem. Sie würde es perfekt machen, das nahm sie sich vor. Sie würde ihm Grund geben, stolz auf sie zu sein.

Sie hob den Kegel an und ging langsam zur Rückseite des Bienenkorbs, bewegte die Hände in den viel zu großen Handschuhen. Selbst durch das Gitter des Weidengeflechts hindurch sah sie die Bienen goldfarben und schwarz und solide. Sie öffnete die fingernagelgroßen Verschlüsse und biss sich auf die Lippe, um sich daran zu erinnern, langsam und genau zu arbeiten, ja nicht das hölzerne Teilstück fallen zu lassen, das in ihre Hände glitt.

Die verschiedenen Arbeitsschritte brachten sie in direkte Verbindung mit dem Innenleben des Bienenstocks. Er sah aus wie ein kranker Körper, die bösartigen Klumpen schwarzer Bienen waren wie gequälte Wucherungen. Der süßliche Geruch von Honig und Wachs stieg ihr in die Nase. Mehrere Bienen landeten auf dem Geflecht der Maske, und sie stellte sich vor, wie sie mit ihren Stacheln in ihre Augenlider stießen und sie anschwellen ließen wie bei dem Mann, von dem Henne ihr einmal erzählt hatte.

Ein dunkler Schatten glitt vor ihrem Gesicht entlang,

und sie brauchte einen Moment, um zu erkennen, dass es Hennes Hand war, die die dort versammelten Bienen beiseitefegte.

»Sie mögen deinen Puls, Schatz. Wir werden noch eine richtige Bienenzüchterin aus dir machen.«

Er hatte recht gehabt. Jetzt fällt es ihr so leicht wie atmen, leichter, als ihren zu Mann zu berühren. Sie mag keine gute Ehefrau sein, keine gute Tochter, keine Mutter für lebendige Kinder, aber dies hier kann sie. Die Bienen tanzen um ihre Hände herum, ihr Summen ist lauter als ihr Herzschlag.

Sie wischt sie sich sanft von der Haut, hebt den Korb langsam an und dreht ihn so, dass die Waben zum Vorschein kommen, schwarz vor lauter Bienen. Sie schwenkt die Schale mit dem Rosmarinrauch wie ein Priester in der Kirche, und die Bienen fliegen aus den Waben auf wie ein Gebet zum Himmel.

Sie wedelt ein paar Nachzüglerinnen weg und holt die goldene Tafel heraus. Wie immer ist sie erstaunt über die Leichtigkeit, mit der sie ihr in die Hände fällt. Durch die Hitze angeregt, verströmt die Wabe ihren üppigen Duft. Henne sagt, die Tatsache, dass die Bienen sie so großzügig beschenkten und ihnen so wenig Mühe machten, sei der Beweis dafür, dass sie Gottes Werk täten, aber Lisbet möchte gerne glauben, dass die Bienen es anderen nicht so leicht machen würden.

Sie atmet tief ein, als sie den ersten Wabenkamm in ihren Eimer legt, und summt leise vor sich hin, während die Bienen sie umkreisen, sich niederlassen und wieder wegfliegen. Sie bricht einen zweiten und dritten ab, sieht nach möglicherweise im Eimer gefangenen Bienen und lässt sie in den Bienenstock zurückkehren. Die restlichen Wabenkämme rührt sie nicht an, damit die Bienen ihre Arbeit wieder aufnehmen können, und geht zum nächsten Stock.

Als sie den Hof verlässt, ist alles so, wie sie es vorgefunden hat. Sie summt noch immer vor sich hin, für das Baby, während sie zu der Presse geht, die im Arbeitsschuppen steht. Sie ist nicht so vornehm wie die Maschinen, die sie im Kloster haben, wo Gegengewichte die dicken Eichenplatten heben und senken, aber Lisbet kommt gut damit zurecht. Sie richtet den Bottich unter der Presse aus, prüft, ob das feine Netz unter der untersten Platte liegt, und legt die Wabenkämme auf das Holz.

Sie stützt sich mit dem Ellbogen an dem Regal ab, das Henne zu diesem Zweck aufgestellt hat, hebt die andere Platte auf die Waben und zieht die Klammer fest, sodass das Wachs knackt und am Rande herausquillt. Sie bricht eine Ecke ab und wickelt sie in Wachspapier. Das Baby schiebt eine Schulter oder einen Fuß vor, und sie legt ihre Hand darauf. Vor einem halben Jahrzehnt war sie schon hier, als all dies neu für sie war und sie ihr drittes Kind in sich trug. Jahre, so eng und dicht aufeinandergefaltet wie Tuch, sind vergangen.

Der Honig tropft, dann fließt er, jagt durch die Rillen des Netzes, und sie wartet eine Weile, zählt die Herzschläge, bis er sich zu einem gleichmäßigen Strom verdichtet. Sie zieht die Klammer noch einmal fest, nimmt den rauchenden Rosmarin und geht nach draußen, schweren Herzens, aber ohne sich umzudrehen.

»Lisbet?« Die Stimme ist Lisbet nur allzu vertraut und versetzt ihren Magen in eine Schaukelbewegung, die so unerträglich ist wie ein verfaulter Zahn.

»Herr Plater.«

»Immer noch bei der Arbeit, wie ich sehe«, sagt Plater

und streicht sich das Wams glatt. »Kommt Henne voran auf seiner Reise?«

»So bald kommt Ihr uns wieder besuchen. Kann ich Euch helfen?«

Sie bittet ihn nicht herein. Sie lässt ihn in der Sonne stehen. Schon jetzt schwitzt er: Der Schweiß läuft ihm über die Wangen und in den Kragen hinein. Sein Gesicht wirkt seltsam haarlos. Sein Atem riecht süß nach Gewürznelken und Minze. Er lächelt breiter, und Lisbet widersteht dem Drang, ihn zu schubsen, zu treten, ihm Gewalt anzutun, diesem Mann, der alles bedroht, was sie haben.

»Du kommst direkt zur Sache, so wie dein Mann das zu tun pflegt.«

Sie wartet.

»Er wird die Tänzerinnen wohl verpasst haben«, sagt er. »Hast du sie gesehen?«

Sie gewährt ihm ein kurzes Nicken.

»Meine Frau hat dergleichen erwähnt. Die Einundzwanzig wollen, dass die Sache schnell geklärt wird. Sie haben einen Notrat einberufen, und sowohl Ärzte als auch Geistliche sind sich über die Heilung in diesen Fällen einig. Sie haben ein Hochamt angeordnet und die Stadt von Huren und Landstreichern geräumt, Bühnen gebaut und starke Männer bestellt, die mit den Erkrankten tanzen sollen.«

»Ja«, sagt Lisbet, und man hört ihrer Stimme die Missbilligung an. »Sie gehen grob mit ihnen um.«

»Sie müssen sie ermüden«, sagt Plater. »Sie haben auch Musikanten bestellt.«

»Das weiß ich alles«, erwidert Lisbet.

»Du hast mich nicht ausreden lassen.« Er hält inne, als wolle er Lisbet dazu herausfordern, noch etwas zu sagen. Als er sich davon überzeugt hat, dass sie nichts dergleichen tut, fährt er fort. »Ihr werdet diese Musikanten beherbergen. Einen, vielleicht auch zwei.« Er hebt eine Hand, um ihre Entgegnung zu unterdrücken, noch bevor sie ihr über die Lippen gekommen ist. »Ihr seid nicht die Einzigen. Alle, die hier in der Gegend Schulden haben, müssen ihren freien Platz zur Verfügung stellen.«

»Wir haben aber keinen.«

»Natürlich habt ihr welchen, dein Mann ist ja nicht da.« Er verschränkt die Arme und legt den Kopf schief. »Ihr werdet sicher froh über die Gesellschaft sein, drei Frauen ganz allein, ohne einen Mann, der sie beschützt.«

»Wir brauchen keinen Schutz.«

Plater schnalzt mit der Zunge, als rufe er einen Hund zur Ordnung. »Aber Lisbet, du weißt doch, dass wir in gefährlichen Zeiten leben. Die Sünder sind aus der Stadt vertrieben worden, wohin sollen sie jetzt gehen?« Er blickt an den Bienenkörben vorbei in den Wald, und Lisbet kann nicht anders, als seinem Blick zu folgen. Die Bäume verschwimmen zu einer schwarzen Masse. »Es wird dabei helfen, euer Ansehen bei Kirche und Rat zu heben.«

»Wir brauchen keine Hilfe«, blafft Lisbet. »Wir sind Kirchgänger und Almosenspender.«

»Eure Bienen ernähren sich von den Wildblumen des Klosters, und trotzdem wollt ihr euren Anteil am Gewinn nicht abgeben.«

Jetzt ist Lisbet innerlich extrem aufgewühlt. »Das ist eine Angelegenheit für das Gericht in Heidelberg.«

»Vergiss nicht, wessen Gott diese Gerichte unterstehen. Die Musikanten werden morgen hier sein.«

»Haben wir denn keine Wahl?«

Plater schreitet bereits zu seinem Pferd, die rauen Hände in die Seidentaschen gesteckt. Fluh jault auf und springt ihm aus dem Weg.

Lisbet richtet sich auf und kehrt ins Haus zurück. Sophey sitzt am Tisch, den Kopf in die knorrigen Hände gestützt.

»Diese Hitze«, murmelt sie. »Wann hört das endlich auf?«

Lisbet wartet, bis Sophey ihr Haar zurückgestrichen und sich den Schweiß von den Schläfen gewischt hat. Ihre Schwiegermutter starrt sie mit ihren schwarzen Augen an, die dunklen Ringe darunter sind riesig.

»Plater war hier.«

»Jetzt gerade?« Sophey erhebt sich mit knackenden Knien. In ihren Augen steht Mordlust geschrieben.

»Er ist schon wieder weg«, sagt Lisbet. »Aber er hat uns eine Nachricht überbracht.«

»Neues aus Heidelberg?«

»Nein, aus der Stadt, von den Einundzwanzig und der Kirche.«

»Das ist doch ein und dasselbe«, knurrt Sophey. Sie ist der Meinung, dass der Klerus zu sehr mit dem Rat verwoben ist. Dass es eine saubere Trennung geben muss, damit die Priester rein bleiben. »Was wollen sie denn noch von uns?«

Lisbet erzählt von den Plänen des Rates, vom Säubern der Stadt, von den Bühnen und den Musikanten. Sophey zuckt zusammen vor Schreck.

»Du hättest mich rufen sollen.«

»Er ließ sich nicht davon abbringen.«

»Das werden wir ja noch sehen«, sagt sie. »Ich fahre jetzt in die Stadt. Hast du etwas Wachs gerichtet?«

»Im Arbeitsschuppen. Wo ist Nethe?«

»Agnethe betet und darf nicht gestört werden.«

Als Sophey weg ist, holt Lisbet die eingewickelte Wabenecke aus der Tasche und klopft an Nethes Tür.

»Nethe?«

Sie drückt ihr Ohr an das Holz, hört Gemurmel.

»Ich habe dir etwas mitgebracht.«

Nethe betet einfach weiter.

»Willst du mit mir spazieren gehen? Wir könnten zu dem Baum gehen.«

Lisbet stellt die Honigwabe neben der Tür ab.

Die Neugier stößt ihr so sauer auf, dass sie daran ersticken könnte. Selbst nachdem sie zum Tanzbaum und zurück gelaufen ist, ist beides noch da: die Neugier und die Honigwabe.

Auch in den nächsten Tagen hält Nethes Frömmigkeit an. Lisbet sieht sie nicht und hört sie nicht. Nur nachts, wenn sie ihr Ohr an die Tür von Nethes Kammer drückt, kann sie das Flüstern und die Inbrunst von Nethes betender Stimme vernehmen.

Ida bewegt sich gegen den Strom der Kirchgänger. Zwischen ihren Augenbrauen hat sich eine Falte gebildet. Plater ist nicht in der Kirche, er ist wegen der Aufregung in der Stadt vorübergehend nicht zu Hause, und Ida sieht gut aus, direkt erholt. Lisbet öffnet den Mund, um sie zu begrüßen, aber Ida spricht nicht zu ihr, sondern zu ihrer Schwägerin.

»Geht es dir gut?« Ida tritt näher an Nethe heran, und Nethe weicht zurück. Es sieht aus, als würden sie miteinander tanzen. Nethe war erst an diesem Vormittag aus ihrer Kammer gekommen, hohlwangig und stinkend, und hatte sich in dem Trog gewaschen, der für die Hunde gedacht ist. Es fühlt sich an, als wäre der Stein, den Lisbet in der Woche zuvor abgetragen zu haben glaubte, wieder erhärtet. Nethe ist wieder zu Agnethe, der Büßerin, der Fremden geworden.

»Ja«, sagt Nethe. Ihr vorspringendes Kinn erinnert stark an Hennes. Die Spannung rauscht in Lisbets Ohren. Idas Hand macht eine Bewegung, so klein und spontan, dass man sie beim Blinzeln übersehen hätte.

Nethe dreht sich um und schreitet zur Tür, und zu Lisbets Überraschung eilt Ida ihr nach. Lisbet hebt eine Augenbraue und sieht Sophey an, aber ihre Schwiegermutter folgt ihnen bereits. Lisbet bleibt einen Moment stehen, ganz so, als wäre sie in einem Netz gefangen. Sie ist völlig verwirrt. Warum läuft Ida Nethe nach? Sie stapft hinter den anderen her, hinaus ins gleißende Licht.

Was auch immer die Frauen zueinander gesagt haben, Sophey hat es unterbunden. Sie steht zwischen ihnen, fest im Boden verankert wie ein Zaun. Auf Nethes blassen Wangen sind rote Flecke zu sehen, und Ida zupft aufgeregt an einem eingebildeten losen Faden in ihrem makellosen Ärmel.

»Wie töricht ihr seid«, faucht Sophey. »Gott verdamme euch beide.«

»Glaubst du etwa, das wüsste ich nicht?«, sagt Nethe mit einem wütenden Glanz in den Augen. Sie schnauft, als hätte sie einen Wettlauf hinter sich. »Was meinst du, wofür ich letzte Woche gebetet habe?«

»Was ist denn hier los?«, fragt Lisbet in Idas Richtung.

»Geh jetzt bitte zu deiner Almosenverteilung, Ida«, sagt Sophey mit ihrer bewährten Mischung aus Gehässigkeit und Höflichkeit.

»Ich …«

»Sofort.«

Ida gehorcht, unterwürfig wie eine Tochter, und macht

sich auf den Weg zum Wagen. Lisbet will ihrer Freundin hinterherlaufen, aber da klopft ihr jemand unsanft auf die Schulter. »Wiler?«

»Ja«, sagt Lisbet verwirrt und dreht sich um. Furmann blickt sie mit distanziertem Interesse an.

»Ihr seid für die Almosen zuständig, zusammen mit Ida Plater?«

»Jawohl, das ist sie«, erwidert Sophey mit einem Zwischending aus Ehrerbietung und Trotz gegenüber den Wohlhabenden. »Können wir Euch helfen, Herr?«

»Ich habe mehrere Kannen Bier anzubieten.« Er deutet auf sein Pferd und seinen überdachten Wagen mit eisernen Speichen und glatten Ledersitzen. »In Zeiten wie diesen ist es mir ein Vergnügen zu helfen.«

»Sehr freundlich von Euch«, sagt Sophey, obwohl sie es genauso gut weiß wie Lisbet: Männer wie er betrachten jede Großzügigkeit als Anzahlung für Gottes Gunst auf Erden oder im Himmel. »Dann laden wir sie jetzt auf Idas Wagen.«

»Das schafft Ihr nie«, spottet er. »Was ist mit Euch?«

Nethe steht hinter ihnen. Trotz ihres einwöchigen, selbst auferlegten Fastens wirkt sie so stark, dass es niemandem entgehen kann.

»Ja«, sagt sie. »Natürlich.«

Sie folgt ihm, wuchtet die schweren Tonkrüge von einem Fuhrwerk zum anderen, während er zusieht und ihr gelegentlich Ratschläge erteilt. Als sie fertig ist und Lisbet sich neben Ida auf den Wagen schwingen will, schnalzt Furmann missbilligend mit der Zunge. »Nein, nein, ich will diese Kannen zurückhaben. Ihr werdet das Bier in andere Gefäße umfüllen müssen, was auch immer die Leute parat haben. Schafft Ihr das? Oder Ihr?« Er schaut zwischen der schwangeren Lisbet und der schlanken Ida hin und her und dann wieder zu Nethe. »Ihr müsst mitfahren.«

Die vier Frauen zucken zusammen, als hätte er eine Peitsche hervorgeholt.

»Das ist unmöglich, Herr«, wendet Sophey ein. »Agnethe wird auf dem Hof gebraucht.«

»Das ist doch ein Kinderspiel für ein Weib dieser Größe.« Er wischt ihre Bedenken einfach beiseite. »Und bei dem Wahnsinn, der gerade in der Luft liegt, wollt Ihr sie doch sicherlich schützen.« Er zeigt auf Lisbets Bauch, und Lisbets Verstand trübt sich ein vor lauter Scham und Wut. »Es sind insgesamt sechzehn Kannen. Zählt sie vor dem Umschütten und danach, ja?«

Hätten sie es mit jemand anderem zu tun, würde Sophey ihm die Stirn bieten. Doch nun ist sie gezwungen, sich auf die Zunge zu beißen. Nethe, die aussieht, als ginge sie in den Tod, klettert neben Ida auf den Wagen. Ida sitzt mit geradem Rücken da und starrt vor sich hin.

Furmann schwingt sich mühsam auf seinen edlen Hengst. »Sagt Eurem Mann doch bitte, von wem diese Spende stammt, ja?« Ida nickt knapp und lässt die Zügel schnalzen.

Sophey hält sich so lange zurück, bis Furmann vom Kirchhof reitet, und drückt sich dann die Fäuste gegen die Augen.

»Schwachkopf!«, zischt sie, und Lisbet weiß nicht, ob es ihr, Furmann oder Sophey selbst gilt. Bevor Lisbet etwas erwidern kann, läuft ihre Schwiegermutter los, Richtung Hof.

Lisbet versucht erst gar nicht, sie einzuholen, denn der Wortwechsel hat ihren Körper in Aufruhr versetzt. Sie läuft in den Wald hinein. Auf dem Weg zum Tanzbaum muss sie den Fluss überqueren, der durch die Hitze zu einem Bach geschrumpft ist. Das Wasser ist so warm, dass sie sich beim

Hindurchwaten unwohl fühlt, der Geruch ist brackig wie Nethes Atem. Die Haut an ihrem Handgelenk ist blau von ihrem Blut, die Adern sind geschwollen.

Sie steigt aus dem Wasser und versucht zu begreifen, was sie gerade erlebt hat.

Sie weiß, dass sie Jugendfreunde waren: Henne und Nethe Wiler, Ida Metz, Alef Plater. Aber diese Bande waren bereits zerrissen, bevor Lisbet ankam. Manchmal fragt sie sich, ob Henne und Ida zueinandergefunden hätten und Alef für Nethe übrig geblieben wäre, wenn sie nicht gesündigt hätte und weggeschickt worden wäre. Doch diese hübsche Aufteilung wurde von Nethes Abreise und, wie alles andere auch, von Lisbets Ankunft vereitelt. Lisbet trat in den Raum, den Nethe zuvor eingenommen hatte, in ihren Schatten.

Aber was Lisbet vor der Kirche sah, waren nicht die Überbleibsel von Freundschaft, sondern von Feindschaft, zumindest aufseiten Nethes. Welchen Grund sollte sie haben, Ida zu hassen – welchen Grund sollte überhaupt irgendjemand dafür haben?

Der Vorfall erinnert Lisbet daran, dass die Zeit vor ihrer Ankunft eine große Leere ist, die sich jetzt wie eine Verschwörung anfühlt: der bewusste Versuch, sie zu verwirren, sie unwissend zu halten.

Sie sucht das Ufer ab, konzentriert sich auf diese kleine Aufgabe, um ihre Verwirrung für einen Moment zu vergessen. Sie wählt einen glatten Kieselstein mit einem dünnen Band aus Quarz aus und geht durch den murmelnden Wald zum Tanzbaum. Als sie die Lichtung betritt, schnüffelt sie wie ein Hund, um die Witterung nach Eindringlingen aufzunehmen. Aber die Andenken sind alle noch da, die Bänder hängen noch, die Plattform ist leer.

Lisbet legt den Kieselstein am Fuß des Stammes ab. Er ist warm von ihrer Hand, und sie schließt einen Moment die Augen, verleiht ihm den Puls ihres Blutes, bevor sie ihn loslässt.

Sophey enthält sich jeglicher Bemerkung über Lisbets verspätetes Eintreffen. Mit einem Winken verlangt sie den Eimer mit Honig, den Lisbet dem Bottich abgetrotzt hat. Ihr Gesichtsausdruck macht deutlich, dass sie keine Diskussion wünscht, und sie horcht auf jedes Geräusch von draußen, in Erwartung von Agnethes Rückkehr. Sie verbringen den Nachmittag damit, Hennes und Lisbets Kammer auszufegen und die Fensterläden weit zu öffnen, in der Hoffnung, dass sich die Luft ein wenig erfrischt.

Trotz all ihrer Stacheligkeit gibt Sophey niemandem Anlass, sie eine schlechte Gastgeberin zu nennen. Sie backt ein Brot mit dem letzten feinen Mehl von Mathias, mischt frischen Honig in den Teig. Sie bittet Lisbet, zwei Bienenwachskerzen von der Bestellung zurückzuhalten, und stellt die Kerzen aus Talg auf ein hohes Regal, wo man sie nicht sieht.

Als es dämmert, stellt Lisbet gerade Wasser für die Bienen bereit. Da hört sie Stimmen: Nethe und Ida sind vom Almosenausteilen zurückgekehrt. Sie macht sich auf den Weg zur Straße, meint, einen Streit zu vernehmen. Lisbet zieht sich in den Schatten der Bienenkörbe zurück und sieht, wie Idas Pferd an ihrer Grundstücksgrenze zum Stehen kommt, wie Nethe mit rotem Gesicht vom hohen Wagen steigt und Ida hinter ihr her stolpert, wobei ihr die Tränen über das bleiche Gesicht laufen.

»Agnethe, ich schwöre dir bei all meinen Söhnen …«

»Sprich in meiner Gegenwart nicht über deine Söhne«, faucht Agnethe. »Oder über alles, was du hast.«

»Ich bitte dich«, sagt Ida. »Ich hatte keine andere Wahl. Glaub mir doch.«

»Doch, du hattest eine andere Wahl. Glaub ja nicht, dass deine Ehe dich rettet. Es gibt kein Heilmittel dagegen.«

»Dann soll es so sein«, sagt Ida. »Lass mich wenigstens versuchen, es wiedergutzumachen.«

Dann ergreift sie Nethes Hand, und Nethe zuckt zusammen, weicht aber nicht zurück. Selbst im schwachen Licht glaubt Lisbet, Nethes Unentschlossenheit zu sehen.

»Agnethe!« Sopheys Stimme ist wie eine Schraubzwinge. Die Tür springt krachend auf.

Nethe entreißt Ida ihre Hand und geht schnell ins Haus und an ihrer Mutter vorbei, die die Tür hinter ihnen zuschlägt. Ida steht fassungslos da, die Handflächen nach oben gekehrt. Lisbet tritt aus dem Gebüsch hervor und öffnet das Tor.

»Ida ...«

Ihre Freundin zuckt zusammen und hält sich die Hand vor den Mund. »Versteckst du dich etwa, Lisbet?«

»Ist alles in Ordnung?«

Ida lacht tonlos. Lisbet geht näher auf sie zu, damit sie Ida im schwachen Schein des letzten Lichts betrachten kann, streckt die Hand aus, um die Tränen von den Wangen ihrer Freundin zu wischen. Ida weicht zurück und presst die Handballen gegen ihre Schläfen, als wolle sie sich den Schädel zerdrücken. »Es ist zu heiß.«

Lisbet wird von Idas Kratzbürstigkeit aus dem Konzept gebracht. »Was ist denn passiert?«

Ida lässt die Schultern fallen. »Es ist alles zu viel.«

Lisbet beißt sich in die Wange. »Du willst es mir also nicht sagen?«

»Ich kann nicht«, sagt Ida schlicht. Lisbet wartet voller Hoffnung, aber als Ida wieder spricht, klingt ihre Stimme klarer, direkter. »Sie sind wie eine Armee. Anscheinend tanzt nun jede Frau in Straßburg. Die Musikanten müssen rund um die Uhr spielen.«

»Glaubst du, es wird funktionieren?«, fragt Lisbet.

»Es wird ein Ende nehmen, so oder so.« Ida sieht sie mit großen veilchenblauen Augen an. »Bin ich ein guter Mensch, Lisbet?«

Lisbet umarmt sie. »Du bist die beste Frau, die ich kenne. Was hat Nethe zu dir gesagt?«

Idas Hand erschlafft in ihrer. Sie zieht sie zurück, geht zum Wagen. »Viel Glück mit deinen Musikanten, Lisbet.«

8

Es sind zwei. Der eine ist groß, blond und blass wie ein Weizenhalm. Der andere ist klein, breit und dunkel. Ein Türke. Er spricht für sie beide.

»Ich bin Eren.« Er legt eine schlanke Hand auf seine Tunika. »Und das ist Frederich.« Er hat eine weiche, leicht singende Stimme.

Sophey nickt knapp, blickt auf einen Punkt links von ihm, und Lisbet fragt sich, ob sie jemals zuvor einem Türken so nahe gewesen ist.

»Ich heiße Sophey Wiler.« Sie deutet auf Lisbet. »Dies ist Lisbet, meine Schwiegertochter.« Sie deutet auf Nethe. »Das ist meine Tochter, Agnethe.«

Eren nickt zur Begrüßung, und Frederich macht eine tiefe Verbeugung.

»Wir danken für Eure Gastfreundschaft.« Frederich sieht aus, als verkneife er sich ein Lachen. »Wir sind froh, einen Ort zu haben, an dem wir uns ausruhen können, bevor wir morgen in die Stadt gehen.«

»Bist du ein Trommler?«, fragt Nethe. Sie deutet auf das über ein Holz gespannte Fell, das an Frederichs Hüfte festgezurrt ist.

»Nein, ich spiele Flöte.«

»Er macht Witze«, sagt Eren und stupst seinen Begleiter in die Rippen. »Sprecht nicht mit ihm, er ist ein Narr.« In seiner Stimme liegt brüderliche Zuneigung.

»Ich zeige euch euer Quartier«, sagt Sophey und zieht Nethe zurück. Lisbet bemerkt, dass sie den Kopf beim Reden hochhält und nur Frederich anspricht. Eren scheint es nicht zu bemerken, oder vielleicht ist er auch darin geübt, es nicht zu bemerken. Er beugt sich zu Ulf hinunter, der ihn an den Beinen anstupst, und Fluh, die nicht übersehen werden will, stürzt herbei und knabbert an seinen Fingern.

Sophey tritt den Hund zur Seite, und Fluh wimmert, täuscht eine Verletzung vor und hebt ihre Pfote. »Hier entlang.«

Sie folgen ihr schweigend, aber Eren bückt sich und streichelt Fluh, bevor er eintritt.

»Ein Türke«, sagt Nethe, sobald sie außer Hörweite sind.

»Ich habe selber Augen im Kopf.«

»Das ist eine Beleidigung«, sagt Sophey, die wieder aus der Küche kommt. Sie blinzelt in die grelle Sonne. »Ein Ungläubiger.« Sophey schnappt sich den Besen, der bei der Tür steht, und fegt imaginären Dreck von den Stiefeln der Männer. »Wenn es Ärger gibt, fliegen sie raus, päpstlicher Erlass hin oder her.«

»Ich glaube, wir werden nicht viel von ihnen sehen«, sagt Lisbet. »Hatten sie nicht gesagt, dass sie morgen anfangen? Und sie spielen, bis es dunkel wird. Wir werden dann schon im Bett sein.«

»Musikanten. Was für ein törichter Plan. Diese Mediziner.«

Ihr Genörgel verstummt, als von drinnen das Knarren eines Bodenbrettes zu hören ist. Der Große, Frederich, steht am Tisch. Ohne seine Trommel am Gürtel wirkt er noch schmaler.

»Könnten wir etwas zum Abendessen bekommen? Wir sind den ganzen Tag unterwegs gewesen.«

Sophey drückt Nethe den Besen in die Hand und geht hinein, um sich um ihre Gäste zu kümmern.

In den ersten Tagen prägen die Musikanten das Haus ungefähr so sehr wie die Spinnen darin. Man findet nur Spuren von ihnen: Krümel, die nicht vom Tisch gefegt wurden, Schatten, die sich unter der Tür bewegen.

Lisbet schafft es, ihre Anwesenheit wegzuwischen wie Spinnweben; die Bienen und die Tatsache, dass sie sich die Schlafkammer mit Nethe teilen muss, beunruhigen sie mehr. Nethes fieberhaftes Beten hat aufgehört, und sie isst inzwischen bei jeder Mahlzeit mit, aber da ist immer noch eine Unruhe in ihr, die Lisbets eigene Unruhe steigen lässt. Die Distanz zwischen ihnen ist unverändert, und die Mauern um Nethe herum sind noch höher geworden, seit Lisbet ihren Austausch mit Ida mitbekommen hat. Es ist zwar lächerlich, aber Lisbet fühlt sich betrogen, weil Nethe sie nicht ein einziges Mal gefragt hat, ob sie gemeinsam zum Tanzbaum gehen wollen. Es ist ganz so, als hätte sie diesen heiligen Ort für Nethe geöffnet, um ihn zertrampelt zurückzubekommen.

Sophey leidet am meisten unter den Fremden. Die Falten in ihrem Gesicht haben sich tiefer eingegraben, die Schatten unter ihren Augen ziehen sich bis zu den Wangen hin.

»Ich hoffe, sie erwarten nicht, dass wir ihre Wäsche waschen«, zischt sie, während sie die Teller der Männer mit einer Rosshaarbürste schrubbt und zwischendurch das Wasser wechselt. »Ich werde sie nicht anfassen.«

Lisbet weiß, dass sie an die Geschichten von den Türken denkt, die aus der Sklaverei entkommen sind und ihre Herren ermordet haben. Aber Eren ist kein Sklave, und Lisbet ist sich sicher, dass er nicht bösartig ist, nachdem sie gesehen hat, wie er mit den Hunden umgeht. Aber sie weiß auch, dass ein Mann einen Hund streicheln und eine Frau schlagen kann.

In der Kirche gehen Geschichten um: Die Wälder seien voll von unerwünschten Personen, die die Einundzwanzig aus der Stadt entfernt hätten. Die Ziegen von Furmann seien gestohlen und in der Nacht in den Wald getrieben worden, und man habe frische Dämme entdeckt, Flüsse, die neue Wege zwischen den Bäumen gefunden hätten. Am Tanzbaum, der durch den sumpfigen Boden und die Entfernung zur Stadt geschützt ist, sieht Lisbet keine Spuren von ihnen, obwohl sie sich mittlerweile angewöhnt hat, nur mittags dorthin zu gehen, ganz so, als würde die Hitze die Übeltäter abhalten.

In der dritten Nacht nach Ankunft der Musikanten ruft Nethe ihren Namen. Lisbet liegt still da und wartet. Sie schließt die Augen, als Nethe sich im Bett bewegt, kann ihren Atem riechen, als Nethe sich über sie beugt. Dann hebt sich die Last, als sie sich aufrichtet, und bevor Lisbet sich darüber klar geworden ist, was sie tun soll, schleicht Nethe aus der Kammer.

Lisbet lauscht aufmerksam. Nethe geht durch das Haus, zur Tür hin. Die Hunde geben keinen Laut von sich. Lisbet zögert einen Moment lang. Sie tastet nach der Haarlocke, aber sie befindet sich nicht mehr in Nethes Kissen. Dann steht sie auf. Barfuß folgt sie Nethe und zuckt zusammen, als die Tür der Schlafkammer knarrt. Nethe hat die Tür zum Hof mit dem Besen festgeklemmt, das Mondlicht fällt auf den

Tisch. Das Brot steht unangetastet da: Die Musikanten sind noch nicht zurück.

Ulf steckt seine lange Nase durch den Türspalt. Lisbet schleicht zu ihm hinüber, legt ihre Hand auf seine Schnauze und schiebt ihn sanft zurück. Er leckt lange, raue Bahnen über ihre Handfläche. Seine Zunge ist trocken wie Sand. Lisbet nimmt den Eimer, geht damit nach draußen und füllt den Trog für die Hunde nach. Suchend blickt sie sich um. Die Nacht ist drückend warm, doch das Himmelszelt ist klar, die Sterne prangen hell am Firmament. Eine Gestalt kommt um die Mauer herum.

»Nethe«, zischt sie und merkt schon beim Aussprechen des Namens, dass sie es nicht ist. Die Person ist zu klein, und als sie eine Hand zum Gruß hebt, sieht Lisbet, dass es Eren ist.

Lisbet streicht mit den Händen über ihren Körper: Sie trägt ihr Nachthemd, eine alte Tunika, die keineswegs anstößig, aber am Kragen und an den Ärmelbündchen ausgefranst ist, mit einem Riss unter der rechten Achselhöhle, der drahtiges schwarzes Haar freilegt.

In seiner Hand glimmt etwas. Eine Pfeife, die süßen Rauch verströmt. Eren ist stehen geblieben, und Ulf geht ihm entgegen. Sein alter Schwanz knarrt hin und her wie ein verrostetes Scharnier. Lisbet wird klar, wie sie aussehen muss mit ihrem geschwollenen Körper, und so senkt sie den Kopf und geht zurück ins Haus. Sie weiß, dass Eren so anständig ist und eine Weile wartet, um ihr Zeit zu geben, ins Bett zu gehen und die Begegnung zu vermeiden. Doch sie zündet eine Bienenwachskerze an, nimmt ein Messer zur Hand und schneidet das Brot auf. Das Baby bewegt sich in ihr, füllt ihre Kehle mit Säure an, und sie braucht etwas, um es zu beruhigen.

Der Spielmann öffnet die Tür und legt dabei den Besen beiseite. Auf der Schwelle hält er inne und registriert ihre Anwesenheit. Mit dem Mondlicht im Rücken wirkt er wie aus dem Schatten geschnitten. Sie deutet auf den Stuhl ihr gegenüber, legt eine Scheibe Brot und ein Stück Wabe auf einen Teller, schiebt ihn zu ihm hinüber. Der Honig tropft auf die Holzplatte.

Er nickt dankbar und holt ein verschnürtes Bündel von seinem Rücken: sein Instrument, vermutet sie, obwohl sie so eins noch nie gesehen hat. Eine Trommel, die kennt sie. Eine Flöte auch. Aber dieses Ding hat eine Schale und einen Hals und darüber gespannte Saiten. Die Schale ist gelb angemalt, und sie denkt an ihren Baum, dessen Bänder sich farbenfroh von dem Grün abheben.

Eren stellt das Instrument auf den Tisch neben seinen Teller. Die Saiten klimpern als Antwort, ein leises Summen geht von ihnen aus. Er zuckt zusammen und streckt die Hand aus, um sie zu beruhigen, während er die andere Hand entschuldigend hebt. Seine Fingernägel sind weiß, die Halbmonde glatt auf seiner dunklen Haut, aber als er seine Hand umdreht, entdeckt sie die Schwielen auf seinen Fingerspitzen.

Sie starrt ihn an, erhebt sich, um eine Tasse zu holen, und stellt sie vor ihm ab. Er nickt dankend und neigt den Kopf zum Gebet. Lisbet wusste nicht, dass Osmanen beten. Sie setzt sich zu ihm und beobachtet ihn dann aus dem Augenwinkel, während sie essen.

Seine Schultern sind schmal, aber sein Körper ist breit. Dadurch stehen seine Arme vom Körper ab, fast so, als würde ihn jemand unter den Achseln hochheben. Sein Gesicht ist lang, seine Augenbrauen sind dick und so schwarz wie sein Haar und sein Bart. Seine Haut ist dunkel wie das Holz des

Tisches. Seine Hand ruht ruhig und graziös auf seinem Becher, während die andere das Brot an die Lippen führt.

Sie wagt einen Blick in sein Gesicht. Sein Bart ist kürzer geschnitten als der von Henne oder ihrem Vater und gewährt freie Sicht auf ein gerades Kinn, hohe Wangenknochen und hohle Wangen. Der Schnurrbart ist voller als der eines Elsässers und kräuselt sich um seine Lippen. Sie studiert den Mann wie einen Bienenstock, bis er von seinem leeren Teller aufschaut und lächelt. Seine Zähne sind sehr gerade.

»Danke«, murmelt er, und Lisbet zuckt mit den Schultern und erklärt, sie habe nur das Brot geschnitten und den Met eingeschenkt. »Liege ich damit richtig, dass Ihr die Bienenzüchterin seid?«

Sie nickt. »Zusammen mit meinem Mann.« Sie spricht sehr leise, aber er hört sie.

»Heinrich Wiler, ein Mann mit Geschäftssinn«, sagt er und lächelt wieder über ihre Überraschung. »Frederich hat sich in der Stadt nach Euch erkundigt.«

»Nach mir?«

Er deutet auf den Raum. »Nach den Wilers. Müller Metz ist sehr angetan von Euch.«

Sie entspannt sich ein wenig, legt die Hände auf den Bauch, während das Brot ihren Magen beruhigt. »Wir sind treue Kunden. Wo ist …«

»Frederich ist noch in der Stadt. Mein Freund ist ein Nachtschwärmer. Genau wie Ihr, scheint mir.«

»Ich konnte nicht schlafen.« Es fühlt sich an wie eine intime Information, aber sie gibt sie gerne heraus.

»Meine Mutter war genauso, als sie mit meinen Schwestern schwanger war.« Mit dem Kopf deutet er auf ihren Bauch. »Aber damals war es nicht so heiß.«

»Ist die Stadt …« Sie sucht nach einem Wort, und er wartet geduldig, beeilt sich nicht, es zu erraten, wie Henne es tun würde. Sie will fragen, ob sie sich verändert hat, aber er kennt ja den ursprünglichen Zustand nicht.

»Sieht man viele Tänzerinnen?«, fragt sie schließlich.

Seine Hand zittert leicht. Das hätte sie nicht bemerkt, wenn nicht ein Tropfen Met aus seinem Becher über seine feinen Finger geflossen wäre. In ihrem Kopf macht sich die absurde Vorstellung breit, ihn mit dem Mund aufzufangen. Doch sie nimmt selbst einen Schluck Met. Er ist aus dem Honig ihres Lieblingsbienenstocks, den mit den Tanzbaumbienen, hergestellt.

»Die Zünfte sind überlaufen«, sagt er und schluckt. »Sie haben eine weitere Bühne bei der Tischlerzunft eröffnet, und auf den Straßen wird noch mehr getanzt. Man spricht vom Bau einer Kapelle in Zabern.«

»Eine weitere Bühne?« Lisbet runzelt die Stirn.

»Ja«, sagt Eren heftig. »So etwas habe ich noch nie gesehen. Sie tanzen, bis sie umfallen, dann beleben die Aufseher sie mit Bier und verdünntem Wein, und sie tanzen weiter.«

Dann herrscht Schweigen. Sie fragt sich, ob er gerade die Bilder davon im Kopf hat, genau wie sie. Es ist einfach, die Bühnen zu verdoppeln und dann noch einmal, bis die Welt nur noch aus Frauen mit strähnigem Haar besteht, die Arme ausgestreckt, die Füße aufgerissen und blutig. Sie drückt auf ihren Bauch.

»Hast du schon mal für Tänzerinnen gespielt?«

»Ja, bei Festen und Feiern. Für Tänzerinnen wie diese, die sich immer weiter drehen und nicht aufhören wollen?« Er schüttelt den Kopf. Seine braunen Augen glänzen im Kerzenlicht, das seine Wimpern hervorhebt und sie als verzerrte Schatten auf seine Stirn wirft. »Niemals.«

»Aber es wird funktionieren«, sagt sie. »Das haben die Einundzwanzig so beschlossen.«

»Nun, sie glauben daran, dass es funktionieren wird.«

»Du etwa nicht?«

»Ihr interessiert Euch sehr dafür, was ich denke.« Seine Stimme ist sanft, sein Gesichtsausdruck ernst. Seine Hände ruhen auf dem Tisch. Das Brotmesser ist nur eine Fingerlänge von seinem Daumen entfernt. Lisbet fragt sich kurz, ob sie Angst vor ihm haben sollte.

»Ich sollte zu Bett gehen. *Elinize sağlık.*«

Sie starrt ihn an, und er wiederholt den Satz.

»Gesundheit für Eure Hände.« Er deutet auf den Laib. »Für das Essen.« Sie schaut auf ihre geschwollenen Fingerknöchel hinunter, auf die Stelle, an der eine Biene vor Schreck zustach. Nethes frisch vernarbte Hände blicken ihr durch die Dunkelheit entgegen.

»Ich meine, danke«, sagt er. »Das könnt Ihr zudecken. Ich bezweifle, dass Frederich heute Abend noch zurückkommt.«

Er erhebt sich, und sie steht mit ihm auf, eine Angewohnheit, die ihr von ihrem Vater anerzogen wurde, der nie einen Türken ertragen hätte. Sie will nicht, dass Eren schon geht, dass er sie in ihrer Erschöpfung allein lässt.

»Wo ist er denn? Dein Freund?«

Sie will, dass er es ausspricht: dass Frederich sich trotz des Verbots der Kirche in einem Bordell befindet, dass er vielleicht in diesem Moment mit einer Frau schläft, seine Trommlerhände so fest in ihr Fleisch drückt, dass sie blaue Flecken hinterlassen. Ein Brennen der Begierde durchfährt sie, und sie errötet vor Schreck. Dieser Teil von ihr hat in letzter Zeit brachgelegen, manchmal kam sie sich vor wie glatt poliertes Holz.

Eren sieht sie an, und ein leichtes Runzeln legt sich auf seine Stirn. »Gute Nacht, Lisbet Wiler.«

Er geht an ihr vorbei und betritt ihre und Hennes Kammer. Sie kann ihn anhand der Geräusche verfolgen, so gut kennt sie den Weg, das Knarren jeder Diele, das Kratzen der Tür auf den unebenen Dielenbrettern. Sein Tritt ist jedoch ungewohnt, weicher als Hennes gleichmäßige, schwere Schritte. Aber er schleicht nicht, so wie sie. Er geht einfach geschmeidiger.

Er hat sein Instrument auf dem Tisch liegen lassen. Sie hat vergessen, ihn danach zu fragen, was es ist. Sie tippt eine Saite an, und es ertönt ein weiteres tonloses Summen. Sie bringt sie zum Schweigen, genau wie er es getan hat. Das Holz ist abgenutzt und fühlt sich warm an unter ihren Fingern. Wieder denkt sie an ihre Baumbühne und an Nethe, die sie aufgeweckt hat. Ist sie jetzt im Wald, in der Stadt?

Sie seufzt auf und dehnt ihren Rücken. Der Met hat sie und das Kind beruhigt, und sie erhebt sich, um zu Bett zu gehen. Doch zuvor wickelt sie das Brot in ein Tuch ein und klemmt die Tür wieder mit dem Besen fest, damit Nethe leicht ins Haus und ins Bett gelangen kann.

9

Am folgenden Morgen kommt Nethe kaum aus dem Bett, ihr Gesicht ist verkniffen vor Müdigkeit. Sie ist erst kurz vor dem Morgengrauen zurückgekehrt.

Lisbet bringt ihr einen Becher Met und eine Kräuterkompresse, die Nethe sich an die Stirn drückt. Das Getränk schiebt sie weg.

»Was soll das alles?«, fragt Nethe. Ihr Haar sieht jetzt borstenartig aus und wächst in geraden, dicken Büscheln, sodass die Narben fast verdeckt sind.

»Das ist bloß Mitleid«, sagt Lisbet, aber als Nethe eine Augenbraue hochzieht, setzt sie sich auf die Bettkante. »Wo warst du heute Nacht?«

Nethes Lippen zucken. »Spazieren.«

»Wo denn?«

»Nun, wo kann man hier spazieren gehen?«

»Alleine?«

»Du bist wie meine Mutter«, bemerkt Nethe und wirft das Laken zurück. »Du stellst nur Fragen und kümmerst dich nicht um die Antworten, du willst nur deine Neugier stillen.«

Sie macht sich daran, das Bett abzuziehen, und Lisbet hilft ihr dabei. »Das stimmt nicht«, widerspricht Lisbet. Aber vielleicht ist doch ein Hauch Wahrheit dabei. »Wie war's in der Stadt?«

»Woher soll ich das wissen?«

»Von deinem Besuch bei Ida«, sagt Lisbet und runzelt die Stirn.

»Ja.« Wieder zucken Nethes Lippen – diesmal ist Lisbet sich beinahe sicher, dass es ein Lächeln ist. »Ja, natürlich.«

»Und?«

»So etwas habe ich noch nie gesehen. Die Frauen tanzen so geschmeidig, und die Bühnen sind so hoch, dass sie zu schweben scheinen. Durch die Musik kommt man sich vor wie in der Kirche.« Lisbet schnaubt ungläubig, doch Nethe schießt zurück. »Wenn ein Baum eine Kirche sein kann, warum nicht auch eine Zunft?«

»Pass bloß auf«, warnt Lisbet. Sie packt die Laken zusammen und stapft nach draußen zu Eimer und Lauge. Wie kann Nethe es nur wagen? Die Stiche an Lisbets Fingern pochen, als sie die Wäsche einweicht und mit dem Bleuelholz bearbeitet.

Dann wirft sie ein Laken auf das Mangelbrett und fährt so kräftig mit dem Holz darüber, dass ihr Rock nass wird. Immer wieder schleudert sie das Laken hoch, legt es wieder auf das Brett und bearbeitet es, bis es kaum noch feucht ist. Sie genießt den Schmerz im Kreuz, die zunehmende Schwere in den Armen, den heißen Schweiß hinter den Ohren. Der Griff des Mangelholzes bleibt mal an ihrer Hüfte, mal an ihrem Bauch hängen.

»Ihr geht ja wie ein Dämon mit dieser Mangel um.«

Lisbet schnappt nach Luft und richtet sich auf, weil sie befürchtet, Plater sei zurückgekehrt. Aber diesmal ist es Frederich. Er lehnt an der Hauswand, seine langen Gliedmaßen erinnern an die einer Grille. Er zeigt ein Grinsen, das sein Gesicht leicht schief aussehen lässt, was ihm allerdings ganz gut steht.

Sie streicht sich die Hände an ihrem Kleid trocken, wohl wissend, dass die Lauge die Farbe zerstört und hässliche Spuren hinterlässt, aber das ist ihr egal. »Guten Morgen, Frederich. So bald bist du schon wieder zurück?«

Er stößt sich von der Wand ab und kommt geschmeidig näher heran. »So bald? Ich bin doch kaum hier gewesen, Frau Lisbet.« Ihre Wangen verfärben sich, und er rückt noch näher an sie heran. »Die Stadt hat viele Reize. Aber auch Euer Hof hat natürlich welche.«

Frederich gähnt, ohne sich den Mund zuzuhalten, und Lisbet denkt an ihre Mutter, die einst ihre Hand über Lisbets breite Lippen legte. Der Teufel kommt nämlich durch den Mund herein und muss ferngehalten werden. Ein Mund, so hat Lisbet schon früh festgestellt, ist von Natur aus doppelzüngig. Es hilft nicht, dass ihrer groß ist und ihre Lippen sich öffnen, wenn sie denkt oder schläft. Lisbet versucht, das zu unterbinden, hält ihre Zunge im hinteren Teil ihres Mundes fest, aber sie scheint über einen eigenen Willen zu verfügen.

Frederich hat keine solchen Skrupel – sie kann jede Lücke in seinen Zahnreihen erkennen. Lisbet erschaudert, sucht nach einem anderen Thema. »Hast du deine Trommel verloren?« Sie deutet auf seine Hüfte.

»Ja, und meine Würde. Das eine ist leichter zu ersetzen.«

»Möchtest du etwas zu essen?«, fragt sie. »Wir haben Brot und Honig …«

Er winkt ab. »Nein, ich brauche nur Schlaf. Das Einzige, was die Stadt nicht bieten kann.«

Seine Ungeschliffenheit erschreckt und erfreut sie gleichzeitig. Sie richtet sich auf und schiebt ihren Bauch vor, um etwas Abstand zwischen ihnen zu schaffen. »Du weißt ja, wo das Bett steht.«

Sein Grinsen wird breiter. »Ja, das weiß ich. Es ist Euer Bett, nicht wahr?«

»Und das meines Mannes«, erwidert sie und sammelt die fast trockenen Laken ein. Sie müssen an der Luft bleiben, damit sie nicht steif werden. Zum hundertsten Mal in diesem Sommer wünscht sie sich den Hauch einer Brise. »Träum gut, Frederich.«

Sie geht zur Wäscheleine, in dem Wissen, dass er sie beobachtet, und dreht sich erst um, als sie die Küchentür zufallen hört. Die Hitze sticht sie in die Schlüsselbeine. Es war dumm von ihr, so mit dem Trommler zu sprechen. Aber ihr Bauch schützt sie. Sie umfasst ihn, staunt über seine Größe und seine genauen Proportionen: rund wie ein Planet oder ein Stück Obst, ganz exakt. Ein Teil von ihr und doch etwas Eigenständiges.

Aus dem Inneren des Hauses hört sie ein Schnauben. Nethe hat sich also wieder erholt. Abermals ertönt ihr Lachen. Lisbet geht zur Tür und drückt ihr Ohr dagegen. Sie hört Frederichs undeutliche Stimme, dann die Antwort von Nethe. Ist das die Erklärung für Nethes Müdigkeit und Frederichs Abwesenheit? Ihre Wangen erröten bei dieser Vorstellung. Waren sie letzte Nacht etwa zusammen?

Der Gedanke ist faszinierend, direkt gefährlich. Er passt zu Lisbets Theorie über ein uneheliches Baby und Nethes Verbannung wegen eines solchen Vergehens. Es wäre töricht von ihr, erneut eine Strafe dafür zu riskieren.

Lisbet seufzt, rafft die Laken zusammen. Sie begehrt Henne immer noch, will ihn jetzt, in diesem Augenblick, obwohl er meilenweit entfernt in Heidelberg ist. Aber er würde sie nicht berühren, selbst wenn er neben ihr läge. Nicht mit dem Baby in ihr. Sie denkt daran, in den Arbeitsschuppen zu gehen und einen Finger in sich hineinzuschieben. Sie hat fast vergessen, dass dieser Teil von ihr existiert, aber jetzt, ganz plötzlich, scheint sie nur noch daraus zu bestehen, und es quält sie so sehr, dass es beinahe wehtut.

Ulf trottet auf sie zu und stößt seine Nase in ihre Handfläche. Das holt sie zurück in die Wirklichkeit. Sie wischt sich die Hand ab, krault ihm die Ohren.

»Du dummer Hund.«

»Kennt Ihr einen Mann namens Plater?«

Lisbet ist erschöpft, der verdunkelte Rückzugsraum der Küche fühlt sich gut an. Ihre wunden Hände sind klebrig vom Honig, sie hat Wachs unter den Nägeln, das sie mit einem Schälmesser herauspult. Nethe und Sophey haben sich schon vor Stunden zu Bett begeben, aber Lisbet ertappt sich dabei, dass sie trotz ihrer Müdigkeit in der Küche bleibt. Jetzt ist Eren mit einem Tontopf zurückgekehrt, dem der Duft von Fenchel und Fleisch entströmt. Sie lässt sich ihm gegenüber nieder und merkt plötzlich, dass sie Hunger hat, als er ihr leicht besorgt die Frage stellt.

»Ja, leider.«

»Ich dachte mir schon, dass es kein gutes Verhältnis ist«, sagt Eren. »Ich soll Euch einen Gruß ausrichten.«

»Und was noch?«, fragt Lisbet. Ihr Magen verkrampft sich.

»Nichts«, entgegnet Eren beschwichtigend. »Er sagte, er entschuldige sich für die Gäste, die er Euch geschickt habe.«

Er sagt es leichthin, aber Lisbet weiß, was er meint. »Er ist ein Rohling«, sagt Lisbet. »Hör nicht auf das, was er sagt.«

»Er hat uns zu Euch geschickt?«, fragt Eren und hebt den Deckel des Tontopfes an. Er geht nur schwer ab, der Teig klebt daran fest.

»Baeckeoffe?«, sagt sie verwundert und beugt sich so weit vor, wie es ihr Bauch zulässt, um den feinen Duft aufzunehmen. »Hat Sophey dir ein paar Reste gegeben?«

»Das ist von Mathias Metz«, sagt Eren und schiebt ihr den Topf zu. Das Gericht ist dick und braun wie Schlamm, und die weißen Knochen stehen aus dem Fleisch heraus. »Er scheint sich sehr um Euch alle zu kümmern.«

»Er ist der Vater meiner besten Freundin«, erklärt Lisbet und tunkt eine Brotkante hinein. »Sie ist mit Plater verheiratet.«

Der Eintopf ist noch warm, kommt direkt aus dem Bäckerofen, und sie spürt, wie sich erneut Schweiß auf ihrer Oberlippe bildet. Sie hält sich eine Hand vor den Mund und wischt ihn weg. Dann schiebt sie den Tontopf zu ihm zurück.

»Du musst davon probieren.«

»Es ist nicht für mich gedacht«, widerspricht er.

»Bitte setz dich zu mir«, sagt Lisbet. »Ich kann das nicht alleine essen.«

Er neigt den Kopf und tunkt ein Stück Brot in den Eintopf. Er ist ein ordentlicher Esser. Das war ihr schon vorher aufgefallen, aber jetzt, da sie ein Gericht vor sich haben, das so schwierig zu essen ist, wird es noch offensichtlicher. Er hat keine Krümel im Bart und keine Spritzer auf dem Hemd. Er taucht das Brot wieder ein, und sie macht es ihm nach. Erstaunlicherweise ist das Schweigen zwischen ihnen kein bisschen belastend. Ihr fällt auf, dass sein Handgelenk von Adern durchzogen ist.

Er bemerkt, dass sie ihn ansieht, und legt seine Hand in den

Schoß. »Verzeihung, ich bin nicht gerade geschickt mit Nadel und Faden.«

Sie runzelt die Stirn. »Das meinte ich nicht ...«

Er hält seinen Arm hoch und zeigt den kleinen Riss, der vom Rand des Bündchens aus etwa einen Zentimeter nach oben reicht. Der Riss ist mit einem unordentlichen Faden geschlossen, der zu dick für das Gewebe ist und inzwischen größere Löcher gerissen hat. »Manchmal bleiben die Saiten daran hängen«, sagt er. »Wenn ich spiele.«

»Was ist das denn eigentlich?« Sie deutet auf das Saiteninstrument.

»Eine Laute. Sie gehörte einst meinem Vater. Sie ist ein wenig zu breit für meine Handspanne, daher der zerrissene Ärmel. Aber wenn ich die Ärmel hochkrempele, klemme ich mir die Haut ein.«

Er schiebt das Bündchen hoch, und sie sieht darunter Narben, die so blass sind wie die Nähte auf seinem Hemd dunkel, ein Echo in entgegengesetzten Farben. Schwarze Haare ziehen sich über seinen Unterarm. Plötzlich hört sie ihren eigenen Herzschlag und zwingt sich zu einem Lachen.

»Ich muss das für dich flicken, sonst reißt der Stoff bald.«

»Ich würde nicht wagen, Euch darum zu bitten ...«

»Das tue ich gern«, sagt sie. »Es macht mir keine Mühe.«

»Jetzt gleich?«, fragt er, und obwohl sie das gar nicht vorgehabt hatte, nickt sie.

Er geht in die Kammer, um das Hemd zu wechseln, und sie lauscht dem schlafenden Haus. Der Wald ist stumm, denn die Nacht ist wieder windstill. Sie streicht sich die Krümel vom Rock. Der Duft des Eintopfs ist betörend, sie möchte den Tontopf am liebsten an die Lippen heben und das Essen nach Katzenart auflecken.

»Hier.« Er steht in einem etwas dunkleren Hemd da, noch abgetragener als jenes, das er ihr hinhält, dünn wie Haut. Sie nimmt es ihm ab – es ist noch warm von seinem Körper – und geht hinüber zu dem Regal, in dem die Kiste mit Nadeln, Garn und Flicken steht. Sie wählt den hellsten Faden – einst hat sie ihn für Hennes Hochzeitshemd gesponnen – und eine Knochennadel, fein wie ein Haar.

Als sie an den Tisch zurückkehrt, hat Eren den Topf wieder mit dem Deckel verschlossen und ihn neben das Feuer gestellt, damit der Eintopf weiter ziehen kann und sein Geschmack sich noch verstärkt. Lisbet fragt sich, wer ihm solche Dinge beigebracht hat, wer ihm das Nähen beigebracht hat. Henne würde es nie einfallen, eine solche Fähigkeit zu erlernen.

Während sie mit der Arbeit beginnt und zuerst seine Stiche mit dem scharfen Ende der Spindel auftrennt, beobachtet sie ihn aus den Augenwinkeln. Er hat seine Laute auf dem Schoß und fährt mit den Fingern darüber, als wolle er spielen, die Hände schweben knapp über den Saiten. Der Abstand bleibt konstant, schmerzt. Hat er eine Frau, die ihm gezeigt hat, wie man ausbessert?

Sie nimmt das Hemd, schlägt die zerrissenen Ränder vorsichtig um und näht sie zusammen. Seine Lippen bewegen sich, seine Augen sind halb geschlossen. Er ist weit weg von ihr und diesem Zimmer, in der Musik und dem Lied, irgendwo, wohin sie ihm nicht folgen kann. Sie beginnt, die neuen Nähte mit einem Stich auszufüllen, den ihre Mutter ihr beigebracht hat, fein wie ein Flüstern. Einmal quer, wieder quer, dann längs und noch einmal längs, um das Gewebe des Stoffes nachzubilden. Ihre Finger erinnern sich an die Bewegung und agieren wie von selbst, ähnlich wie er, und beide spielen einen altbekannten Rhythmus. Sie verknotet den Faden verdeckt, damit die Naht dicht an seiner Haut liegt und ihn nicht stört.

»Das ging aber schnell«, sagt er, als sie ihm das geflickte Hemd hinhält. »Ihr seid wirklich geschickt, Frau Lisbet.«

»Einfach Lisbet«, sagt sie.

»Danke.« Er nimmt es und hält es gegen das Kerzenlicht, sodass die Stiche wie Adern durchscheinen. »Das ist ja wie neu!« Verlegen wegen des Kompliments senkt sie den Kopf, wickelt den restlichen Faden zurück auf die Spindel und denkt daran, dass Sophey bemerken wird, dass etwas fehlt, und wahrscheinlich danach fragen wird. Was soll Lisbet ihr antworten? Dass sie mit dem Türken zusammen am Tisch saß und sie sich über Mathias' Geschenk hermachten, dass er ihr sein Hemd gab, noch warm von seinem Körper?

»Bedroht er dich?« Er beobachtet sie genau. »Ich meine Plater?«

»Er bedroht alles, was wir haben.« Eren runzelt die Stirn und sie deutet auf die Umgebung, auf das Haus, den Hof. »Den Hof, die Bienen. In den schlechten Jahren haben wir uns bei der Kirche verschuldet, wie die meisten im Elsass. Wir haben unsere Schulden zurückbezahlt, aber sie wollen das Zehnfache und außerdem unsere Bienenkörbe.«

Er nickt langsam. »So war es auch bei uns.«

»Bei deiner Familie?«

»Bei mir und meiner Frau, ja.«

Sie wartet, aber er sagt nichts weiter.

»Wenn Plater dir Ärger macht, könnte ich ihm Angst einjagen, wenn du es wünschst.«

»Du?« Lisbet kann ein Lachen nicht unterdrücken.

»O ja.« Eren schlägt einen tieferen Ton an. »Weißt du

nicht, dass wir Türken Dämonen sind, mit Herzen so schwarz wie unsere Haut?«

Sie lacht wieder, die Nadel liegt warm in ihrer Hand. Er hat die Augenbrauen nach unten gezogen, die Lippen zu einem schmalen Strich verengt. Das Kerzenlicht teilt sein Gesicht in Licht und Schatten. Dann lehnt er sich zurück, reibt sich mit den schlanken Fingern über die Augen, als wolle er seinen Ausdruck fortwischen.

»Du glaubst es nicht?«, fragt er, wieder er selbst.

Lisbet schüttelt den Kopf, lässt die Nadel in die Schachtel fallen und steht auf, um sie wegzulegen.

»In Straßburg ist man allein auf sich gestellt«, sagt Eren. Er schiebt sein dichtes Haar dorthin zurück, wo es sich um sein Ohr kräuselt. Die Haut darunter ist rot und aufgeschürft.

»Hat dich jemand geschlagen?«

Er winkt ab. »Nicht so schlimm. Aber du hast keine Angst vor mir?«

»Mein Vater hatte Arbeiter.«

»Sklaven?«, fragt Eren.

»Arbeiter. Sie waren wie du.«

»Musikanten?« In seiner Stimme liegt eine gewisse Anspannung.

»Nein, Osmanen.«

Er nimmt einen Schluck Bier. Das Schweigen wird nun unangenehm, aber dann setzt er seinen Becher sanft ab. »Müsst ihr Plater geben, was er verlangt?«

»Na, hier geht es ja lustig zu.«

Die Tür ist aufgestoßen worden, und sie hat es nicht bemerkt. Frederich steht gähnend auf der Schwelle, die wiedergefundene Trommel am Gürtel, und hinter ihm prangt der Mond groß und weiß wie eine geschälte Zwiebel am Himmel.

Sie hat bis tief in die Nacht mit Eren zusammengesessen und auch das nicht bemerkt.

»Irgendetwas riecht gut hier«, murmelt Frederich, tritt an den wieder verschlossenen Topf heran und wippt auf den Fersen auf und ab.

»Du bist betrunken«, sagt Eren nachsichtig. »Ins Bett mit dir.«

»Ich bin völlig blau, lieber Freund«, sagt Frederich ein wenig zu laut, und Lisbet bedeutet ihm, seine Stimme zu senken.

»Er spielt den Narren«, sagt Eren, nimmt einen Stuhl und stellt ihn hinter Frederich. Der Trommler lässt sich mit einem Röcheln darauf niedersinken, und der Stuhl knarrt wie alte Knochen.

Frederich hält den Finger an die Lippen und zieht die knochigen Schultern hoch. Er wirkt wie ein ungezogenes Kind. Er greift nach dem Topf, doch Eren schlägt ihm spielerisch auf die Hand und legt ihm stattdessen eine Scheibe Brot hinein. Frederich kaut gehorsam, greift in seine Tasche und zeigt Lisbet einen zerknitterten, versiegelten Brief.

»Für Euch«, sagt er und versprüht dabei Krümel. Der Brief erinnert sie an den Erlass von Plater. Sie nimmt ihn nur widerwillig an, doch dann erkennt sie Hennes stumpfe, verkrampfte Handschrift.

Ihr Mann hält den Federkiel für gewöhnlich wie ein Kind, die rosafarbene Zunge zwischen den Zähnen, ein Runzeln auf der sonnengebräunten Stirn. Diese Art, sich zu konzentrieren, bereitet ihr immer Unbehagen. Auch im Bett, wenn er dunkel und riesenhaft auf ihr liegt, sieht sie im Moment seiner Erlösung immer das Glitzern seines feuchten Mundes, seine Zunge, herausgestreckt wie ein Wurm, der aus der frisch umgegrabenen Erde eines Grabes gekrochen ist.

»Der ist von Eurem Mann«, sagt Frederich wieder zu laut. »Der Müller hat ihn mir gegeben.«

Eren legt seine Hand auf den Arm seines Freundes, dunkle, schlanke Finger, die Frederichs Schulter umschließen. Frederich schnaubt und wiederholt seine Worte in übertriebenem Flüsterton.

Frederich streckt den Arm aus, aber gerade, als ihre Fingerspitzen das brüchige gelbe Pergament berühren, zieht er den Brief wieder weg. Er macht ein Spiel daraus, und Lisbet spürt, wie sich ihre Wangen verfärben.

Eren nimmt Frederich den Brief aus der Hand und reicht ihn an sie weiter. Das Pergament ist körperwarm, weil es in Frederichs Tunika gesteckt hat, und sie fährt mit den Fingern über den Falz. Die Qualität ist schlecht, es hat noch Riefen vom Abziehen. Sie starrt stumm auf die Formen, von denen sie weiß, dass es Worte sind, aber sie kann nicht einmal ihren Namen lesen. Sie kennt nur den von Henne.

»Möchtest du zum Lesen allein sein, Lisbet?« Eren sieht sie an. Seine dunklen Augen wirken groß im Kerzenlicht, und das Lächeln ist aus seinem Bart verschwunden. Sie erwidert seinen Blick und wünscht sich, sie wäre wieder mit ihm allein. Sie schüttelt den Kopf.

Frederich rülpst. »Ich bitte um Verzeihung.«

Er erhebt sich, manövriert mit der Geschicklichkeit eines erfahrenen Betrunkenen vorsichtig um den Tisch herum und geht gebückt durch die Tür.

»Ich hoffe, es sind gute Nachrichten«, sagt Eren.

»Ich kann nicht lesen. Sophey kennt sich aus mit Briefen.«

»Wenn du magst, lese ich ihn dir vor.« Sie blickt überrascht zu ihm auf. Etwas in seinem Gesicht zuckt. »Auch wo ich herkomme, kann man lesen.«

»Ja, natürlich, verzeih bitte.« Ihre Wangen sind wieder warm geworden, und sie drückt ihre feuchten Fingerspitzen darauf.

»Es gibt nichts zu verzeihen.«

»Ist das üblich? Für einen Musikanten, meine ich.«

Eren schüttelt langsam den Kopf und sagt freundlich: »Frederich hat ein Händchen für Rhythmus, aber sonst nicht viel.«

»Warum hat Mathias Metz ihm dann den Brief gegeben?«

»Weil er ihn mir nicht geben wollte«, antwortet Eren. In seiner Stimme ist keine Spur von Selbstmitleid. »Mir kann man Baeckeoffe anvertrauen, aber keine Geheimnisse. Wenn du möchtest, dass ich ihn dir vorlese, werde ich weder Frederich noch sonst jemandem sagen, was drinsteht.«

Sie schaut wieder auf das Pergament hinunter und legt es auf den Tisch zwischen ihnen.

»Vielleicht ist es ja etwas Unanständiges?«

Lisbet beißt sich in die Wange, um nicht laut loszulachen. Der Gedanke, dass Henne ihr einen Liebesbrief geschrieben hat, wäre ihr nun wirklich nicht in den Sinn gekommen.

»Ich bin mir sicher, dass nichts Derartiges in dem Brief steht. Meine Schwiegermutter hätte ihn mir ja vorlesen müssen.«

Eren erbricht das dunkle Wachssiegel. Der Ring, den Henne von seinem Vater geerbt hat und den er am kleinen Finger trägt, hat einen Abdruck darin hinterlassen. Eren legt die beiden Hälften des Siegels auf den Tisch, damit es ganz aussieht. Sie hat noch nie einen Mann getroffen, der so sorgfältig ist wie er.

Das Pergament knackt, als er es entrollt, und selbst von ihrem Platz aus kann Lisbet den Geruch wahrnehmen, einen animalischen Geruch, der sich wie eine Wolke durch das Zimmer ausbreitet. Sie deckt das Brot zu, und Eren beginnt zu lesen.

»Liebe Lisbet …« Sie richtet den Blick auf das abgedeckte Brot, presst die Hände unter den Bauch. Erens Stimme wird tiefer und nimmt ein Brummen an, das sie sowohl fühlt als auch hört. »Ich hoffe, dem Kind geht es gut. Ich hoffe, Mutter und Agnethe sind auch wohlauf. Meine Reise nach Heidelberg verlief ohne Zwischenfälle, da die Straße erst vor Kurzem repariert wurde und am Rand fast überall Häuser stehen. Hier gibt es eine Universität, und ich war nicht der einzige Reisende auf dem Weg nach Norden. Ich befand mich in der Gesellschaft von Händlern und Geistlichen, Männern Gottes. Da war auch eine große Anzahl von Mauren, aber sie haben keinen Ärger gemacht.

Heidelberg ist größer als Straßburg. Und doch hat unsere Stadt hier einen gewissen Ruf. Man sagt, es herrsche eine Tanzwut, und die ganze Stadt sei verrückt geworden. Ich hoffe, du hältst meinen Jungen davon fern und gehst nicht in den Wald.

Heidelberg hat fünf Kirchen und eine Universität. Ich habe eine Unterkunft im Norden neben dem Pferdemarkt gefunden, und jeden Tag gehe ich mit meiner Bitte zu den Geistlichen. Ich werde noch mindestens eine Woche bleiben.

Dies wird wahrscheinlich mein einziger Brief sein, aber du kannst sicher sein, dass ich wohlbehalten nach Hause komme, noch bevor mein Junge geboren ist. Henne.«

Lisbet blickt auf. »Ist das alles?«

»Das ist alles.« Eren legt das Pergament auf den Tisch.

»Entschuldige mich, ich muss …«

Sie steht auf und stürmt durch die Tür auf den Hof hinaus.

Ulf folgt ihr. Lisbet hört Eren leise rufen, aber sie ignoriert ihn. Sie spürt etwas Heißes und Scharfes in der Brust und unter den Augenlidern.

Was hatte sie erwartet? Was hatte sie sich erhofft? Sicherheit für die Bienen, im besten Fall. Und wenigstens ein liebevolles Wort an sie. Doch alles, was ihr in den Ohren klingt, während sie an der flatternden Stille der Hühner und dem unaufhörlichen Summen der Bienenkörbe vorbeigeht, ist *mein Junge, mein Junge, mein Junge.*

Hat er das schon immer gesagt? Mein Junge? Nein, hat er nicht, zu keinem der anderen Kinder. Er konnte keine Liebe für sie empfinden, versieht dieses Kind nur deswegen mit einer solchen Anrede, weil es länger durchgehalten hat als die anderen. Lisbet dagegen hat sie alle geliebt, sie waren alle die ihren und sind es noch immer. Sie allein betete unablässig für ihr Überleben, weinte bei den Abschieden, bettelte Henne um seinen Samen an, bis sie sich wie eine gewöhnliche Hure fühlte, aber nicht halb so begehrt. *Mein Junge.* Nein, es ist ihr Junge, genau wie die anderen, ihre Jungen und ihre Mädchen, ihre Kinder. Sie hat nicht dafür so oft geblutet und sich erniedrigt, dass Henne seinen Besitzanspruch nun geltend macht, zumal seine Hingabe so spärlich und spät kommt.

Sie geht in den Wald, denn Henne hat es verboten. Das Mondlicht ist so hell wie die Sonne, und die Schatten spenden Kühle. Die Erleichterung ist so köstlich wie frisches Wasser, das durch ihre Kehle fließt.

Sie biegt in den Wald ab, weg von jedem bekannten Weg. Ulf zögert, er war ein Stück vorausgelaufen und hört jetzt, wie sie den Weg verlässt. Aber natürlich folgt er ihr, sein Schwanz hebt sich und schlägt gegen ihren Rock, als er an ihr vorbeigeht. *Mein Junge, mein Junge, mein Junge*. Die Äste zerren an ihren Kleidern, Zweige schieben sich unter ihre Sohlen und verfangen sich in ihren Holzschuhen, aber sie geht weiter, bis ihr Herz die Worte in ihrem Inneren übertönt, und sie keucht. Sie rennt, das merkt sie jetzt, und dann bleibt sie stehen, weil sie spürt, wie sich das Baby in ihr bewegt.

Sie schlingt die Arme um den Bauch und beugt sich ein Stück vor, flüstert eine Entschuldigung. Aber in der plötzlichen Stille versteht sie, dass sich etwas verändert hat. Ulf knurrt. Und weiter vorne sind Stimmen zu hören. Ein Mann und ein Mann und zwei Frauen. Jetzt, im hellen Mondlicht, kann sie sie sehen – es sind vier, ihre Haare sehen aus wie Strohdächer, und sie stehen so dicht beieinander, dass sie eine Person sein könnten.

Sie stolpert zurück, und der Wald nimmt sie schnell auf, lässt sie wie eine Münze in der Tasche verschwinden, aber das Geräusch, das sie in ihrer Eile macht, lässt die Leute aufhorchen.

Sie riecht den Rauch, er kommt von dem armseligen Feuer, das nicht zum Wärmen, sondern zum Kochen dient. Der Geruch von etwas Gefangenem und Aufgespießtem hängt in der Luft. Sie erspäht es durch das Dickicht der Körper: ein Hase, ein kleiner Fuchs oder ein großes Eichhörnchen, dessen Innereien je nach Rotation schwarz und rot und roh und verbrannt aussehen. Und dann ein neuer Schreck: Ulf behauptet sich immer noch, stellt seinen langen, dünnen Körper zwischen sie und die Leute und knurrt die ganze Zeit.

Sie flüstern, und einer kommt näher, den Arm nach dem Hund ausgestreckt, als wolle er ihn streicheln. Doch aus seinem Gürtel zieht er eine rostige Klinge, stumpf und fleckig. Ulf bellt einmal, zweimal, und Lisbet zuckt zusammen. Der

Mann kommt noch näher, und sie muss sich bewegen, aber ihre Füße sind im Waldboden versunken, in den vertrockneten und toten Dingen, die die Erde überziehen wie ein Teppich, und sie wird zusehen, wie diese Männer und Frauen Ulf töten, und sie wird nichts tun, denn in ihrer Brust schlägt das Herz einer Verräterin, und sie muss sich bewegen, muss schreien, muss sich brüllend zwischen den dummen, kostbaren Hund und diese verzweifelten, hungernden Menschen werfen.

»Lisbet!«

Woher kennen sie ihren Namen? Die Angst löst ihre Stimme, und sie keucht auf. Der Mann stürzt sich auf Ulf, aber der Hund, mit einem Mal wachsam und reaktionsschnell, rast an Lisbet vorbei, noch immer knurrend.

»Scheiße«, ruft der Mann, und seine Aufmerksamkeit richtet sich nun auf Lisbet, die ihr Versteck aufgeben musste. »He, du da …«

Er winkt sie mit dem Messer näher zu sich heran. Doch in dem Moment, in dem sie Schritte hinter sich hört, verliert sie völlig den Verstand. Sie haben sie umzingelt, und sie und der Hund werden sich am Spieß drehen, nachdem sie ihr zuvor den Bauch aufgeschlitzt und das Baby herausgeholt haben.

Doch dann erkennt sie Erens Stimme, die ihren Namen ruft. Der Mann flucht und zieht sich zu seinen Begleitern zurück. Sie stellen sich wieder vor das Feuer, ihre Körper verschmelzen miteinander. Als sie sich ins Gespräch vertiefen, folgt Lisbet dem Hund, und der Geruch des Fleisches und des Rauches wird wieder von dem trockenen Wald aufgesaugt.

»Lisbet!«

Eren tritt aus dem Schatten hervor, Ulf umkreist ihn aufgeregt.

Frederich, den Lisbet neben ihm entdeckt, sieht aus, als schlafe er im Stehen. »Gott sei Dank«, murmelt er, reibt sich den Arm und schiebt den Lederriemen der Trommel auf seine schlanke Schulter. Ein Ring glitzert an seinem kleinen Finger. »Lisbet, heute Nacht wollte ich mir eigentlich eine Pause von den Mondscheinwanderungen nehmen. Ich gehe jetzt zurück ins Bett.«

Eren sieht sie unverwandt an, die Locken seines schwarzen Haares schimmern bläulich im Mondlicht. Er ballt die Hände und lockert sie dann, ganz so, als müsse er sich beherrschen, nicht zuzuschlagen.

»Was hast du dir bloß dabei gedacht? Warum bist du in den Wald gegangen?«

Er spricht leise, und sie rückt durch die Bäume näher an ihn heran, um ihn besser zu verstehen.

»Ich wollte spazieren gehen. Das Baby war unruhig.« Sein Schweigen scheint sich auszudehnen, Augen zu bekommen und sie anzustarren. Sie schürzt die Lippen. »Ich gehe spazieren, wenn es mir Spaß macht.«

»Weißt du denn nicht, was in diesen Wäldern vorgeht?«

Plotzlich kehrt ihre Angst zurück.

»Lisbet, bitte. Ich bin nicht dein Herr, aber ich bitte dich, nicht hierherzukommen, schon gar nicht im Dunkeln und abseits des Weges. Ich beobachte jedes Mal seltsame Leute hier, wenn ich spät aus der Stadt komme. Ich kann mich nur mit einem Messer bewegen.« Er zeigt ihr den knöchernen Griff, den er an der Hüfte trägt. »Und es gehen wilde Geschichten um. Was die einen zum Tanzen bringt, macht die anderen gefährlich. Die Wundärzte sprechen von heißem

Blut und angeschwollenen Gehirnen. Es wirft die Menschen aus dem Gleichgewicht. Das sind nicht gerade die Leute, die man so spät in der Nacht treffen möchte. Selbst am Tage sind das finstere Gesellen.«

»Ich musste …« Sie schluckt. »Ich musste ein bisschen laufen.«

»Aber nicht allein. Wenn du erlaubst, begleite ich dich. Ich kann vor oder hinter dir gehen, weit genug entfernt, damit es nicht so aussieht, als gehörten wir zusammen. Wir brauchen nicht miteinander zu sprechen. Wenn du unbedingt im Dunkeln herumspazieren musst, werde ich mit dir gehen.«

Sie streckt den Arm aus. Die Nacht hat ihren Verstand so getrübt, wie sie es auch bei Frederich getan hat. Ihre Hand streicht zufällig über den groben Stoff seines Hemdes. Es duftet wie Pilze, die frisch aus der Erde geschossen sind. »Wenn du nicht zu müde bist, vielleicht.«

Sein Bart zuckt, und sie lächelt als Antwort. Es ist einfach unpassend, direkt unmöglich, und doch werden sie es tun.

Ohne ein weiteres Wort machen sie sich auf den Weg nach Hause, und als Lisbet auf geschwollenen Füßen zu Nethes Bett hinüberschleicht, findet sie es leer vor.

Einhundertunddreiundsechzig tanzen

Ihren ersten Tanz besuchte Edith Bucer wegen eines Jungen. Jan Drescher. Er hatte sehr lange, helle Wimpern, kräftige Waden und ein schläfriges, breites Lächeln. Zum ersten Mal seit ihrer ersten Blutung trug sie ihr Haar offen, steckte sich Hainveilchen hinter die Ohren und band sie sich um die Handgelenke. Ihre Brüder hänselten sie und nannten sie eine Hure, aber ihre Mutter erlaubte ihr, auszugehen.

Die Trommeln und Pfeifen waren laut und lebendig, fast so, als ertönten sie in einer Halle und nicht auf dem freien Feld. Das Feuer züngelte höher als Jans Schultern und schnitt einen Teppich aus Erde aus dem frostigen Boden heraus. Edith ging in einem weiten Bogen um die Tänzer herum und blieb nahe bei Jans Gruppe stehen. Jan Drescher reichte ihr einen Becher mit Bier, das stärker war als jedes andere, das sie bisher getrunken hatte. Es wärmte sie mehr als das Feuer, und Jan schlang einen langen, muskulösen Arm um ihre Taille und zog sie zu nah an sich heran, drehte sie zu schnell. Sie schrie vor lauter Lust und Angst, und das Weiße seiner Augen glitzerte im Licht. Der nächste Tanz lief genauso, und der übernächste auch. Er tanzte wie ein Besessener, und er forderte sie immer wieder auf.

Bevor sie heiraten konnten, beschloss er, sein Glück in der Stadt zu versuchen. Sie war schwanger und verliebt und folgte ihm nur zu gerne. Er brachte sie und das Baby in einer Kammer in einem Haus in einer engen Straße nahe dem Gefängnis unter. Ihr gefiel einiges nicht: der Geruch des Flusses, die Geräusche vom Schafschlachthof, die Tatsachen, dass es keine Fensterläden gab und dass das Baby jeden Morgen nach Luft schnappte. Aber Jan wollte bleiben. Er ging ohne sie tanzen, sie roch den Rauch und den Schweiß an ihm, aber er ließ sie nicht fort, er tanzte nicht mehr mit ihr und küsste ihr Kind nicht.

Eines Morgens sind die Lippen des Babys blau, und Jan sagt, es sei zu spät für den Wundarzt. Sie weiß, dass das stimmt, fleht ihn aber trotzdem an, ihr die letzte Münze zu geben. Doch er hat keine. Er hat alles Geld versoffen und vertanzt. Sie schreit und weint und trägt ihr Baby zu den Stufen des Münsters, betet für die kleine Seele, die davonschwebt wie eine weiße Feder. Ediths Herz bricht unter dem Gewicht all ihrer Liebe, und der Schmerz ist zu groß, um ihn zu ertragen.

Als sie die Musik hört, glaubt sie, es seien Engel, die ihr Kind abholen und in den Himmel bringen. Sie folgt ihr und sieht viele Frauen, vereint in einem kakofonischen Aufruhr, und sie weiß, sie gleichen ihr, sie sind wie sie. Bei einem Tanz lernten sie einen Jungen kennen und trugen Hainveilchen im Haar. Sie liebten ihre Kinder, und ihre Kinder starben, und jetzt fangen sie wieder von vorne an. Sie schiebt sich zwischen sie, ihr Kind an die Brust gedrückt, und tanzt sich in die Vergangenheit zurück.

10

Es hat den Reiz der Grenzüberschreitung, als Lisbet am folgenden Abend wartet, bis Sophey und Nethe schlafen, und sich dann mit einer Fackel nach draußen schleicht. Während sie schwitzend im Hof steht, erklingen Misstöne von Erens Lautensaiten. Im Schein des Feuers wirkt er direkt grau unter seinem schwarzen Bart. Seine Haut ist so schmutzig von Schweiß und Staub, dass er sich in den Dreck legen könnte und mit ihm verschmelzen würde.

»Verzeih mir«, sagt er, als er neben ihr steht, und das Herz wird ihr schwer. Er wird es natürlich nicht tun. Der Gedanke ist absurd. Sie zuckt bereits mit den Schultern, als wäre es belanglos, doch dann nimmt er sein Instrument von der Schulter und reicht es ihr. Es ist leichter, als es aussieht, hohl und angefüllt mit Luft.

»Kann ich etwas Wasser und eine Schüssel haben?«

Er will sich bloß waschen, bevor sie aufbrechen! Sie ist erleichtert.

»Ich werde zum Brunnen gehen«, sagt sie.

»Wir kommen doch daran vorbei?«

»Natürlich.«

»Der heutige Tag war ... nun, das Brunnenwasser wird mir guttun.«

Sie fragt sich, wie sein Tag verlaufen ist, was er gesehen hat, was in der Stadt vorgeht. Wahrscheinlich fühlt es sich an, als würde man jeden Tag durch die Hölle gehen. »Wir können auch zum Fluss hinunter, der ist ein Stück weiter weg. Dort ist das Wasser kühler.«

»Wenn die Flüsse erfrischender sind, solltet ihr eure Brunnen tiefer bohren«, lächelt er. »Würdest du das bitte hineinbringen? Ich möchte den Boden nicht schmutzig machen.«

»Natürlich.« Vorsichtig trägt sie das Instrument hinein. Die Tür zu ihrer und Hennes Kammer steht einen Spalt offen, und als sie auf der Schwelle steht, zögert sie kurz.

Die Fensterläden sind geschlossen, und das offensichtlich schon seit Tagen, vielleicht seit der Ankunft der Musikanten eine Woche zuvor. Die Luft bleibt ihr in der Kehle stecken: Da ist ein ungewohnter Schweißgeruch, süßlich und scharf. Die Laken auf dem Bett sind ungemacht. Der Strohboden ist schmutzig. Sie weiß, dass Frederich der Verursacher sein muss, da er mit seinen Stiefeln nicht gut aufpasst.

Dort, auf dem Boden, schläft Eren also. Ein Wams ist um das dünne Kissen gewickelt, das Laken ist zurückgeschlagen, damit es auslüften kann. Sie legt die Laute darauf, dann überlegt sie es sich anders und deponiert sie auf dem Schemel, auf dem viele Kleider aufgehäuft sind. Falls Frederich nach Hause torkelt, soll er nicht darüber stolpern.

Sie bleibt einen Moment lang in der Mitte der Kammer stehen, wartet darauf, dass irgendein Gefühl sie überkommt. Schuldgefühle, weil sie Erens Gesellschaft so genießt. Angst davor, dass jemand dies bemerken wird. Sehnsucht nach Henne. Das ist die Kammer, die sie seit ihrer Heirat miteinander geteilt haben, wo er ihr alle ihre Babys gemacht hat. Doch da ist nichts. Sie zieht die Tür hinter sich zu.

Eren nimmt die Fackel, obwohl sie sie eigentlich nicht brauchen, denn der Mond scheint so hell wie in der Nacht zuvor. Sie versucht zu verdrängen, wie die Zähne der Hungernden im Mondlicht blitzten, wie die Klinge und ihre schmutzigen Fingernägel leuchteten, als sie nach Ulf griffen. Sie ruft den Hund zu sich, tippt ihn mit ihrem Knie an, ist froh über sein schweres Gewicht an ihrer Seite. Eren ist so still, als wäre er überhaupt nicht da, und sie zieht sich in die Sicherheit ihres Schweigens zurück.

Sie blickt nicht zurück, obwohl sie es gerne tun würde, obwohl sie sich danach sehnt, sein Gesicht im hellen Mondschein zu betrachten. Sie könnte sie mit geschlossenen Augen zum Fluss führen, doch an der Gabelung, an der der Weg zum Tanzbaum abgeht, zögert sie.

»Alles in Ordnung?« Er bleibt dicht hinter ihr stehen, und sie spürt, wie sein Atem ihren Nacken streift, sanft wie ein Bienenflügel, bevor er sein Gleichgewicht wiederfindet und einen Schritt zurücktritt.

Am Fluss ist niemand außer ihnen, doch Lisbet entdeckt zum ersten Mal Anzeichen dafür, dass sich dort jemand aufgehalten haben könnte – einen frisch aufgewühlten Flecken Erde und weiße Pilzstängel, so glatt abgebrochen wie Knochen, sowie Asche in der Mitte der Lichtung. Sie erschaudert. Eren geht mit Ulf zu dem verbrannten Holz hinüber und streicht mit der Hand darüber.

»Kalt«, sagt er, und ihre Hände entspannen sich.

In der Hocke bewegt er sich vorwärts und beugt sich zum Wasser hinunter, wäscht sich den Staub ab. Vor lauter Erleichterung seufzt er hörbar auf und lässt die Schultern sinken. Er streicht sich mit den Händen über das Haar, das ihm in langen Strähnen über den Rücken fällt. Sie wendet sich ab und betrachtet den Wald, während Ulf hechelnd zu ihren Füßen liegt.

»Das tut gut«, sagt Eren und setzt sich in den Schneidersitz. Er hat wieder seine gewohnte Farbe, seine Haut glänzt und sein Bart trieft. »Der Fluss in der Stadt ist verstopft. Den Gestank riecht man kilometerweit. Manchmal …« Er bricht ab, und sie errät den Grund für sein Zögern.

»Das ist schon in Ordnung«, sagt sie. »Ich will es wissen.«

Er nickt. »Manchmal halten die Väter oder Söhne der Betroffenen die Tänzerinnen fest, aber dann schlagen sie nur noch wilder um sich.«

Lisbets inneres Gleichgewicht verschiebt sich. Der Geruch des Flusses wird stärker, und die Vergangenheit holt sie ein: Sie fühlt die weiche Haut unter den Fingern ihres Kindes, klamm und kühl. »Erzähl mir lieber etwas anderes.«

Eren streichelt Ulf über den schmalen Rücken und tropft dabei auf den Hund. Ulf legt den Kopf auf seine Pfoten, zuckt mit den Augenbrauen und sieht Eren andächtig an.

»Etwas anderes?«

Sofort kommt sie sich dumm vor, aber Eren verdreht nicht die Augen und schweigt auch nicht, so wie Henne es tun würde. Stattdessen hört er auf, Ulf zu streicheln, und stützt sich auf seinen Händen ab. »Warum erzählst du mir nicht etwas?«

»Ich weiß nur, was andere mir erzählen.«

»Das stimmt nicht«, sagt er. »Erzähl mir von deinem Leben hier, deinem Leben davor.«

Felder, denkt sie, *Brüder und eine kranke Mutter. Unruhe. Sehnsucht.*

»Das Leben hier hat sich in letzter Zeit sehr verändert«, sagt sie. »Jahrelang war es immer gleich, Heinrich, Sophey und ich und die Bienen. Agnethe ist erst vor Kurzem zurückgekehrt.«

»Von wo denn?«

»Aus den Bergen«

»Natürlich ist mir ihr Haar aufgefallen. Aber das betrifft sie. Was ist mit dir?«

Lisbet fühlt sich wie ein Kind, das bei einer einfachen Rechenaufgabe versagt. Sie addiert eins und eins, und die Antwort ist eine Leerstelle. Was hat sie schon zu erzählen?

»Was ist mit den Bienen?«, fragt er. »Das sind faszinierende Geschöpfe. Wie pflegst du sie?«

Sie nimmt seine Vorlage dankend auf. Er hört ihr zu, mit demselben verschleierten Blick, mit dem er dagesessen hatte, als sie sein Hemd flickte. Doch nun lauscht er nicht der leisen Musik, sondern ihr, und sie erzählt ihm von den Bienen. Dass sie andere Bienen tanzend zu neuen Blumen führen, dass die Königin den Bienenstock nur verlässt, wenn er beschädigt ist, dass der Honig von Bienenstock zu Bienenstock und von Wabe zu Wabe unterschiedlich schmeckt, dass sie wie ein dichter Nebel schwärmen und einen Menschen töten können. Dass sie keine Handschuhe mehr braucht, wenn sie sich um sie kümmert, dass ihr Gift ihr nur noch wenig ausmacht. Dass sie jetzt weiß, wie man richtig atmet und den eigenen Herzschlag verlangsamt, sodass die Bewegungen des Körpers wie durch Wasser erscheinen, und dass die Bienen auf diese Weise beruhigt werden.

»Das klingt, als würdest du sie lieben«, sagt er, aber seine Stimme ist ernst, darin liegt nicht der Hauch eines Scherzes, und sie flüstert: »Ja, ja, genau so ist es.«

»Ich bin genauso, was meine Laute angeht, obwohl sie nicht lebt«, sagt er. »Sie lebt, wenn ich sie halte, und dann werde auch ich ganz lebendig. Ich kann es nicht besser ausdrücken als mit diesen Worten.«

Lisbet lehnt sich mit dem Rücken an den Felsen und fasst sich an den Bauch. »Wie bist du zum Spielen gekommen?«

»Durch meinen Vater«, sagt er und zieht die Knie an die Brust wie ein Junge. »Mit der Laute hat er anfangs unseren Lebensunterhalt bestritten. Wir kamen aus Konstantinopel, als ich noch ein Junge war. Ich kann mich kaum an die Stadt erinnern, nur an die Musik. Die hat mein Vater hierher mitgebracht.«

»Hast du Brüder?«

»Schwestern. Fünf leben noch. Alle sind verheiratet und wohnen woanders. Eine ist zurück nach Konstantinopel gezogen, aber die anderen leben hier.«

»In Straßburg?«

»Wir sind in Straßburg nicht willkommen. An anderen Orten ist es nicht so schlimm.«

»Und deine Frau?«

Er schaut auf seine Hände, spreizt die schlanken Finger. Beim Ausatmen schließt er sie und sagt: »Sie ist tot.«

»Das tut mir leid.« Sie wartet, weil sie denkt, dass er vielleicht noch mehr sagt, aber das Schweigen wird zu etwas Düsterem, darum bricht sie es. »Spielst du für die Tänzerinnen? Die Musik deines Vaters?«

»Auf keinen Fall«, erwidert er. »Diese Art von Musik wollen sie nicht hören. Arabismus ist ein Verbrechen in Straßburg.«

»Warum bleibst du dann noch hier?«

»Warum denn nicht?« Da ist Wut, die auflodert wie eine Flamme, und dann ist sie wieder weg.

»Ich wollte nicht …«

Er zuckt mit den Schultern. »Wo sollte ich denn hin? Ich lebe im Elsass, seit ich sprechen kann. Hier ist es nicht einfach, aber dort wäre es auch nicht einfach. Ich beherrsche nur ein paar Worte.«

»*Elinize sağlık*«, sagt sie unsicher.

»Das hast du dir gemerkt?«

»Na ja, mehr schlecht als recht.«

»Nein, das ist gut«, sagt er. »Obwohl ich es wahrscheinlich falsch ausspreche. Als wir hierherkamen, lehrten mich meine Eltern, euren Dialekt zu sprechen, und schickten mich zur Schule, um schreiben zu lernen. Meine Mutter fand aber, das sei Verschwendung für einen Musikanten. Ihr Vater war Wundarzt.«

»Warum sind sie hierhergekommen?«

»Um ein besseres Leben zu suchen«, sagt er. »Ist das nicht immer der Grund dafür, irgendwo anders hinzugehen? Ist dein Mann nicht deshalb nach Heidelberg gegangen?«

»Bei mir nicht«, sagt sie. »Ich bin wegen Henne hierhergekommen.«

Sie merkt zu spät, dass es so klingt, als meine sie, ihre Ehe sei nichts Erstrebenswertes gewesen, aber der verräterische Gedanke steht nun im Raum. Sie widerruft ihn nicht. Sie ist noch nie aus eigenem Antrieb irgendwo gewesen, immer nur auf Geheiß anderer.

»Von wo?«

»Aus dem Süden. Mein Vater war Bauer.«

»Und deine Mutter?«

»Tot«, sagt sie und fühlt sich wie eine Deserteurin. Aber Eren hat sie aufgeschreckt mit seiner Fragerei und seinem offensichtlich echten Interesse an ihren Antworten. Seine Aufmerksamkeit ist ihr unangenehm, sie versucht, das Thema zu wechseln.

»Warst du schon einmal außerhalb des Elsass?«

»Ja«, sagt er. »Vor dem Ruf hierher waren Frederich und ich im Königreich Frankreich.«

Sie rümpft die Nase, als er den Trommler erwähnt, und Eren gluckst leise. »Du schätzt ihn falsch ein.«

»Er scheint mir etwas …« Sie blickt in die Bäume, als befände sich dort das Wort, nach dem sie sucht. »Grob.«

»Er hat einen ganz weichen Kern. Und er hat schwere Zeiten hinter sich. Wir kümmern uns umeinander. Wir sind jetzt alles, was wir haben.«

»Er ist nicht verheiratet?«

Eren lacht leise auf. »Nein.«

»Er sieht doch recht gut aus.«

»Er hat nicht das richtige Temperament.«

»Es gibt alle möglichen Frauen«, sagt sie. »Ich bin mir sicher, dass eine existiert, die zu ihm passt.«

»Wenn du vorhast, ihn mit deiner Schwägerin zu verkuppeln …«

Jetzt ist Lisbet an der Reihe, zu lachen. »Das klingt nach einer guten Partie!«

»Bist du denn eine gute Partie?«

»Ich bin schon verheiratet.« Lächelnd klopft sie sich auf den Bauch.

»Du und dein Heinrich, ihr passt gut zusammen.«

Lisbet knabbert an der Innenseite ihrer Wange. Sie weiß nicht, was sie ihm antworten soll. Nicht einmal mit Ida spricht sie über solche Dinge.

Eren schüttelt kurz den Kopf. »Es tut mir leid, da spricht

wohl Frederich aus mir. Normalerweise bin ich nicht so direkt, aber …«

Er fährt mit den Fingern durchs Wasser, und Lisbet versteht. Auch sie spürt es: Zwischen ihnen herrscht eine besondere Art von Sicherheit. So war es auch mit Ida, als sie sich zum ersten Mal in der Kirche trafen, beide blass von der morgendlichen Übelkeit ihrer ersten Schwangerschaft. Sie erkannten sich sofort als Sinnesschwestern. Das macht sie mutig.

»Du und deine Frau, habt ihr gut zueinander gepasst?«

Er rollt den Kopf auf den Schultern, in einer flüssigen Bewegung, die Lisbet nicht ohne Knacken und Knirschen nachmachen kann. »Ja. Wir waren jung und heirateten, bevor unsere Eltern es wollten. Aber wir kannten uns, vom ersten Augenblick an. Es war einfach, sie zu lieben. Sie starb bei der Geburt unseres Kindes.«

Lisbet legt eine schützende Hand auf ihren Bauch, und das Baby bewegt sich, drückt dagegen. Erst jetzt fällt ihr auf, dass er ihren Zustand nicht ein einziges Mal erwähnt hat, obwohl das alles ist, was andere Leute in letzter Zeit von ihr wahrzunehmen scheinen. Aber er schaut nicht auf ihren Bauch und fragt auch nicht nach dem Baby. Er unterhält sich mit ihr über sie beide. Wie verwirrend.

»Habe ich etwas Falsches gesagt?«

»Nein. Es ist alles bestens. Wie hat sie geheißen?«

»Aysel.«

»Das ist ein schöner Name.«

»Er bedeutet Mondstrahl, das Licht, das vom Mond kommt.«

Ein Kloß breitet sich in Lisbets Hals aus. Eine tote Frau, ein totes Kind, eine ganz gewöhnliche Geschichte. Ist er deshalb so nett zu ihr? Ja, natürlich. Es hat überhaupt nichts mit ihr zu tun, mit Lisbet. Sie steht für jede Frau, die ein Baby in sich trägt.

Sie taucht ihre Hände in den Fluss. Das Wasser plätschert über ihre Handgelenke und beruhigt ihr heißes Blut.

Und dann hört sie ein Lachen. Es ist nicht Erens, doch es klingt so vertraut, dass ihr der Atem stockt. Sie richtet sich auf, prüft, ob Eren in Sichtweite ist, und sieht, dass er die Fackel gelöscht hat und seine Hand bereits auf dem Griff seines Messers liegt. Ulf steht auf und bellt, legt aber nicht sein übliches Wachhundknurren an den Tag. Bevor Lisbet ihn zurückpfeifen kann, ist er auf und davon.

Das Lachen verstummt, und Nethes überraschter Schrei weht herüber.

»Ulf? Platz!«

Lisbet macht Eren ein Zeichen, dass er sich verstecken soll, aber nicht, weil es Nethe ist. Lisbet verkriecht sich ins Unterholz, ist dankbar für ihr dunkles Tuch, aber wiederum nicht wegen Nethe. Es geht ihr eher um diejenige, die hinter Nethe aus dem Dickicht kommt, während Ulf ihr gehorsam um die Füße streicht. Es ist Ida.

Lisbet fühlt sich wie ein Kind, das Verstecken spielt. Wie damals hat sie denselben sauren Geschmack im Mund, dieselbe Angst vor Entdeckung, als Ida und Nethe in ihren langen Röcken ans Ufer kommen und Ulf um sie herumschnüffelt.

»Hallo?«, ruft Ida unsicher. Sie schauen sich um, aber Lisbets Versteck ist gut. Lisbet kann Eren überhaupt nicht ausmachen, sieht nur Dunkelheit zwischen den Bäumen.

»Er ist wohl ausgebüxt.« Nethe zuckt mit den Schultern. »Ulf, nach Haus!«

Sie pfeift dünn, so wie Lisbet es ihr beigebracht hat, und Ulf stürmt Richtung Hof, in der Hoffnung, dort einen saftigen Knochen zu bekommen.

»Komm«, sagt Nethe und zerrt an Idas Hand. »Hier entlang geht's schneller.«

Nethe stopft ihren Rock in den Bund ihrer Leibwäsche, und zu ihrem Entsetzen beobachtet Lisbet, wie Ida dasselbe tut und Nethe quer durch den Fluss folgt, auf das gegenüberliegende Ufer klettert und kurz darauf außer Sichtweite ist.

Wie eine Erscheinung taucht Eren zwischen den Bäumen auf. Das Messer liegt noch immer in seiner Hand, und das Glitzern des Messers fällt Lisbet direkt in die Augen. Blinzelnd steht sie da, sieht ihrer Freundin und ihrer Schwägerin nach und hört Eren kaum.

»Mit wem war deine Schwägerin denn da zusammen?«

Aber Lisbet hebt schon ihren eigenen Rock hoch, achtet nicht auf Eren, auf ihre nackten, von Staub und Schweiß verschmierten Beine, auf die glatten Flusssteine, während sie den trägen Fluss durchquert und hinter Ida und Nethe herstolpert.

»Lisbet?«, murmelt er, aber Lisbet benimmt sich wie ein Hund und schnüffelt den Frauen hinterher. Sie gehen nach Westen, parallel zur Kirche, in Richtung der Hauptstraße in die Stadt. Es ist töricht, mit einem Musikanten im Schlepptau Nethe und Ida durch den gefährlichen Wald hinterherzustaksen, aber sie muss sich davon überzeugen, dass sie sie wirklich zusammen gesehen hat, lachend und Händchen haltend wie die alten Freundinnen, die sie einst waren.

Eren holt sie ein. »Lisbet«, sagt er wieder. »Wo willst du hin?«

»In die Stadt.«

»Jetzt? Zu Fuß?«

Sie sieht keinen Grund, auf seine Fragen einzugehen. Ihr schneller Schritt ist Antwort genug. Ihr dreht sich der Kopf, als wäre sie betrunken, aber sie fühlt sich leicht und schnell, und sie kommt rasch voran. Die Bäume werden lichter, und die Geräusche der Straße erreichen sie, Trommeln, Pfeifen und Rufe. Die Nacht ist davon erfüllt, es fühlt sich an wie ein Festtag, wie damals bei den Tänzen auf den Feldern ihres Vaters.

Blinzelnd kommt Lisbet in einem Chaos aus Feuer und Menschen an: so viele Leute, die herumlaufen und lachen und rauchen und singen! Der lichte Teil des Waldes, dort, wo er auf die Straße trifft, ist voller Trubel, als wäre er ein Hafen oder ein anderer Ort der Ankunft. Sie tritt aus dem ruhigen Meer des Waldes in dieses Menschengewühl ein.

Sie dreht sich nicht um, um sich zu vergewissern, dass Eren noch bei ihr ist. Sie weiß ganz einfach, dass er in der Nähe ist, und dieser Gedanke ermutigt sie trotz des seltsamen Anblicks. Der Geruch von gebratenem Fleisch hängt in der Luft, der Staub von der sonnenverbrannten Straße wirbelt herum. Überall sind Menschen.

Sie mustert die Gesichter, als sie sich auf den Weg zur Stadtgrenze macht, aber da ist keine Ida, keine Nethe, kein Mathias oder Plater – niemand, den sie kennt. Sie ist hier genauso fremd wie alle anderen. Niemand beobachtet sie, niemand nimmt überhaupt Notiz von ihr, und mit einem wohligen Schauder wird ihr klar, dass sie völlig anonym ist an diesem Ort. Sie ist nicht interessant für diese Reisenden, die von den Tänzerinnen hergelockt wurden.

»Lisbet«, sagt Eren und reißt sie aus ihren Gedanken. »Es ist zu laut hier, und es ist spät …«

Sie gerät in Hörweite eines Predigers, der die Verdammnis für alle Anwesenden beschwört.

»… und am Tag der Abrechnung wird euch das Blut in den Adern kochen, und Seine Rache wird eure Seele völlig zu Recht in die Hölle schleudern …«

Die Menge, die er um sich geschart hat, spottet über seine Warnungen, und obwohl sie wahr sind, obwohl sie alle verdammt sind und Gott keinen von ihnen verschonen wird, und sie am allerwenigsten, ist Lisbet der Meinung, dass sie sich gerade nicht darum kümmern kann. Sie muss Nethe und Ida finden, muss sie aus diesem Gewühl, aus diesem dunklen und schaurigen Rummel herausholen. Eren streckt erneut die Hand nach ihr aus. Als wäre die Zeit auf einen Punkt verengt, sieht sie seine schlanken Finger und sein flehendes Gesicht, und dann kommt das Kügelchen Spucke angeflogen, dick und gelb wie eine Biene, feuerhell und glänzend, und landet auf seiner bärtigen Wange. Einen Moment später folgt ein Schlag, unüberlegt und flüchtig. Sie taumelt, als wäre sie es, die getroffen wurde, aber Eren wirkt so teilnahmslos, dass es nur an seiner lebenslangen Übung liegen kann.

Der Angreifer stolpert vorbei, zischt Obszönitäten, und seine Kameraden lachen. Lisbet öffnet den Mund, aber Eren schüttelt den Kopf, und sie begnügt sich damit, dem Mann einen harten Stoß zu versetzen, sodass er in den Staub fliegt.

Er ist sofort wieder auf den Beinen, und dann ist es nicht Lisbet, auf die er losgeht, sondern Eren. Der Mann schubst Eren heftig gegen einen seiner Gefährten, der ihn unmittelbar wieder zurückstößt. Die Farben sind nun rot und höllisch, ihr Körper ist dick und aufgedunsen vor Hitze und Blut, sowohl ihres als auch das des Babys.

»Schluss damit«, sagt Lisbet schwach, aber natürlich hört niemand auf sie. Eren lässt sich zwischen den betrunkenen Schlägern hin und her treiben, hält das Gleichgewicht, als würden sie ihn in einem Freudentanz herumwirbeln.

»Hört auf«, sagt sie noch einmal, und als sie sich zwischen sie stellt, tun sie es wirklich. Die Männer ziehen ab, und Lisbets Herz flattert vor Erleichterung. Sie sieht Eren an, und der schaut mit unverhohlener Wut zurück.

»Es tut mir leid«, sagt sie verlegen.

Er schüttelt einmal den Kopf, eine scharfe und schneidende Geste. »Bitte erspar mir deine Verteidigung, Lisbet.«

Jetzt hat sie es zerbrochen, das fragile Verhältnis, das sie aufgebaut hatten. Sie taumelt ein wenig und spürt, wie Eren sie unter der Achselhöhle packt. In ihrer Brust kribbelt es vor Scham: Sie weiß, dass sie schweißnass ist und dass seine schlanken Finger das sehr wohl spüren werden. Er wird angewidert sein von ihr.

Von hinten ertönt ein Warnruf, und die Menge teilt sich, um einem offenen Wagen den Weg über die überfüllte Straße frei zu machen. Sie hat Ida und Nethe vergessen, sie hat sich selbst vergessen.

»Sollen wir wieder gehen?«, fragt Eren.

Lisbet richtet sich auf, obwohl es ihr große Mühe bereitet, und dann ist sie so groß wie er. Seine Wimpern sind lang wie die von Ida und streifen seine Wange, dort über dem Bart, wo die Haut apfelglatt ist wie abgenutztes Holz.

»Es geht mir gut.«

Ihre Achselhöhle ist gereizt, dort, wo er sie gehalten hat. Sie spürt, wie ihr Puls dort pocht, die Röte steigt in ihr empor. Henne mochte das, Flecken wie Trittsteine, die ihren Hals hinaufhüpften, wenn sie zusammen im Bett lagen. Er presste seine Lippen auf jeden einzelnen und biss sie genüsslich ins Ohrläppchen.

Sie wendet sich ab. »Wenn du müde bist, kannst du gehen. Ich muss meine Freundin suchen.«

»Deine Schwägerin?«

»Ida!«, blafft sie. »Sie ist mit Nethe zusammen.«

Sie benimmt sich wie eine Närrin und unhöflich dazu, aber nun hat sich Scham unter ihre Angst gemischt. Sie will nicht umsonst den ganzen Weg hierhergekommen sein und ihm das alles zugemutet haben.

Er seufzt, und sie weiß, dass er ihrer überdrüssig ist. Sie wünscht sich, er würde gehen, möchte in dieser gesichtslosen Menschenmenge zurückgelassen werden und etwas von der Unbekümmertheit einfangen, die sie noch Minuten zuvor verspürt hat. Aber er verlässt sie nicht. Als ein Karren vorbeifährt, auf dessen Ladefläche sich Säcke und Menschen stapeln, hebt er sie hinauf, mit einer Leichtigkeit, als wäre sie ein Kind. Dann springt er selbst hinauf und setzt sich auf den Rand, sodass seine Füße fast in ihrem Schoß liegen.

Der Mann, der den Karren und seine Ladung beaufsichtigt, streckt die Handfläche aus. Eren sucht in seiner Tasche nach einer Münze, aber Lisbet findet ein staubiges Stück Wabe, das an der Innenseite ihrer Schürze klebt. Mit leuchtenden Augen nimmt der Mann es entgegen. Lisbet deckt sich den Bauch zu und lässt sich von der Bewegung des Karrens, der über die zerfurchte Straße fährt, in die Entspannung wiegen. Sie legt den Kopf zurück, betrachtet den riesigen, mit Sternen übersäten Himmel über sich. In der unmittelbaren Nähe sieht sie Erens Kinn, die Unterseite seines Halses und seinen Herzschlag, der wie ein seltsamer

Strom im Schwarz seines Bartes pulsiert. Sie starrt so lange darauf, bis sie miteinander verschmelzen, die Nacht und Eren, und sie nicht mehr weiß, wo das eine endet und das andere beginnt.

Sie wendet den Blick erst ab, als die Stadtmauern auftauchen und das Trommeln ertönt.

Eine Stille scheint sich über alles andere zu legen, sodass nur noch dieses Geräusch zu hören ist, rhythmisch und irgendwie unanständig. Lisbet weiß instinktiv, dass es nicht von der Hand eines Trommlers stammt. Selbst wenn es tausend Fredericks gäbe, würden sie nicht so klingen.

»Bist du dir sicher?«, fragt Eren, und als sie zögert, schüttelt er wieder den Kopf. »Wir können noch immer umkehren.«

Aber nun ist sie schon so weit gekommen, hat ihn in Gefahr gebracht, ist Ida und Nethe in dieses Spektakel hinein gefolgt, jetzt muss sie die beiden einfach finden. Sie rutscht vom Karren hinunter, landet unbeholfen auf dem Boden und wendet sich dem Geräusch zu.

»Ich will es sehen.«

Der Karren hat sie zum Pferdemarkt gebracht, und die hohen Mauern hallen von dem Lärm wider. Lisbet spürt ihn in den Füßen und im Becken. Der Eingang ist verstopft mit Menschen, aber wenn sie Ida und Nethe finden will, hat sie hier die besten Chancen. Die ganze Nacht, die ganze Welt scheint auf den Eingang der Zunft ausgerichtet zu sein, auf diesen erdverbundenen und gleichzeitig unirdischen Klang.

Jetzt geht Eren voran und bahnt sich einen Weg hinein. Lisbet bleibt dicht hinter ihm, das trockene Stroh knackt unter ihren Füßen. Die Bühne ist hoch und breit und bietet den Zuschauern nur einen schmalen Rand, auf dem sie stehen, johlen, schreien und beten können. Und dort oben stehen die Tänzerinnen.

Mindestens hundert Frauen sind auf dem mit Segeltuch bespannten Holz zusammengepfercht, ihre Füße schlagen einen festen Rhythmus, der so laut und endlos ist, als würde sich ein Sturm zusammenbrauen. Sie drehen sich und wirbeln und springen, und jede von ihnen schwitzt, glänzt und strahlt.

Eren bedeutet Lisbet, dort zu bleiben, wo sie steht, nämlich in den Ställen, wo normalerweise die Zuchtstuten untergebracht sind, und signalisiert ihr, dass er die Menge durchkämmen wird. Sie nickt und kann den Blick kaum von den Tänzerinnen abwenden. Es ist anders als beim letzten Mal, als die alten Frauen von starken Männern herumgewirbelt wurden. Es gibt überhaupt keine Männer auf der Bühne, nicht einmal Musikanten – wo sollte bei so vielen tanzenden Frauen noch Platz sein? Lisbet stellt fest, dass sie nur Frauenstimmen hört, laut und kreischend. Es ist, als befände sie sich inmitten eines Schwarms Kobolde oder Hexen. Noch nie hat sie Frauen in so großer Anzahl gehört oder gesehen. Ihre Kleider rutschen ihnen von den Schultern, aber die Stimmung ist nicht mehr so anzüglich wie beim letzten Mal. Hier im Dunkeln, im Schein der Fackeln und in einer Dunstwolke aus Pferd und Schweiß, wirken sie himmlisch, direkt göttlich, beleckt vom goldenen Schimmer des Feuers.

Zwei Tänzerinnen gehen auseinander, und in der Mitte der Bühne erblickt Lisbet eine Frau, die eine andere herumwirbelt, ihre Hände liegen eng um die Hüften der Partnerin. Lisbet stockt der Atem.

Es sind Nethe und Ida. Lisbet bohrt ihre Nägel in das Holz der Stallwand, bis sie splittern. Die Tänzerinnen verschwimmen in einem Schwall, verschlucken die Frauen wieder, und

Lisbet klettert auf die Stalltür, legt den Bauch auf dem Tor ab. Von hier aus kann sie gerade noch Nethes kurzes Haar ausmachen. Sie wirft den Kopf mit einem Freudenschrei zurück, überragt alle anderen mindestens um Haupteslänge.

»Keine Spur von …«, beginnt Eren, der neben ihr auftaucht, aber sie bringt ihn mit einer Geste zum Schweigen und deutet in die Menge. Wieder trennen sich die Tänzerinnen, und wieder erscheinen ihre Freundin und ihre Schwägerin, die durch ihre besondere Verbundenheit auffallen. Es ist klar, dass sie sich nicht in einer Manie befinden, nicht im Griff einer göttlichen Hingabe. Sie sehen aus wie immer, zwei Frauen, die sich wild umeinander drehen und sich umarmen.

Am Eingang entsteht ein Tumult. Viele Männer drängen in das ohnehin schon luftarme Gewölbe der Zunft und schwingen lange Eisenhaken. Die starken Männer der Einundzwanzig. Und an ihrer Spitze, unausweichlich wie ein Albtraum, steht der kupferhaarige Plater, die Eisenstange in seiner rauen Hand haltend. Lisbets Kehle schnürt sich zu. Wenn er Ida entdeckt …

Lisbet senkt den Kopf und eilt in Richtung Bühne. Jetzt liegt kein goldener Glanz mehr über dem Raum, nur der Gestank von Scheiße und dem Schweiß erschöpfter Frauen; und ihre Schwägerin und ihre beste Freundin, die verrückt oder dumm oder beides sind, machen sich mitsamt des ganzen traurigen Anblicks zum Gespött. Eren ist zu langsam, um Lisbet zu folgen. Sie hört seinen Schrei, als befände sie sich unter Wasser. Sie schiebt sich vor die Welle der hereinströmenden Männer und steigt die hölzerne Treppe hinauf. Die Stufen knarren und schwanken mit der Bewegung der Tänzerinnen; es fühlt sich an, als hätte sie den sicheren Hafen verlassen und das Deck eines Schiffes betreten.

Als sie sich gefangen hat, stolpert sie weiter, in die Mitte der Tänzerinnen hinein. Hier sind die Geräusche von außen leiser, und eine Art atmendes Schweigen fügt sich zu einem Rhythmus zusammen, fast so, als wäre sie wieder im Bauch ihrer Mutter und lauschte einem Herzschlag, der genauso gut der eines Gottes sein könnte. Wie sich ihr Baby in diesem Moment fühlen muss! Es hat keinen Bedarf nach irgendetwas, das außerhalb ihres eigenen Körpers liegt. Das ist in gewisser Weise tröstlich und überwältigend, und als sie an den Frauen vorbeigeht, begreift sie plötzlich, dass dies keine Manie ist. Da ist etwas Hochfliegendes, Hoffnungsvolles: eine Art Hingabe. Vielleicht kann man es Transzendenz nennen.

Ein Schrei ertönt von den Stufen her, und durch die pulsierenden Körper hindurch sieht Lisbet, wie die Männer die Bühne betreten und mit den Haken bereits zustechen und -stoßen. Plater legt seine ganze Kraft in einen Hieb, und als er sich bückt, entdeckt Lisbet einen Jungen neben ihm, der kleiner ist als der Haken, den er in der Hand hält. Es ist Daniel, der Sohn der Lehmanns, und sein Gesicht leuchtet so hell, dass sie erschrickt.

Sie drängt sich weiter nach vorne, bis sie neben Nethe und Ida steht. Die Frauen sind so vertieft ineinander, dass sie weder die Männer noch die immer lauter werdenden Rufe oder gar Lisbet selbst bemerken. Da packt Lisbet Nethe an der Schulter und rüttelt sie kräftig durch.

Nethe reißt sich los und blinzelt Lisbet an, als hätte sie sie aus einem Traum geweckt. Ihr Gesicht ist gerötet und nass, ihr Blick verschleiert, und durch den Stoff ihres Kleides spürt Lisbet, wie sich ihre Schulter strafft und ihre Atemzüge immer angestrengter werden.

Lisbet, formt sie stumm mit den Lippen, und Ida, die ihr Gleichgewicht wiedererlangt hat, nachdem Nethe sie plötzlich aus der Umarmung geschleudert hat, stimmt in ihr Erstaunen, ihre wachsende Beunruhigung ein. Lisbet spürt, wie ein gerechter Zorn in ihr wächst, und schüttelt Ida.

»Schau«, ruft Lisbet und gestikuliert. »Dein Ehemann.«

Nethe flucht, ihre Augen sind plötzlich leer vor Angst, während Idas Augen hell und panisch werden. Nethe nimmt Lisbets Handgelenk in eine verschwitzte Handfläche und Idas in die andere und zieht sie beide in den hinteren Teil des Zunftsaals.

An diesem Bühnenrand gibt es keine Treppe, aber Nethe rafft ihren Rock und springt hinunter in die Menge, geschmeidig wie eine Katze. Die Zuschauer weichen vor ihr zurück, als sei sie ansteckend, und johlen, als sie Ida an der Taille packt, genau wie kurz zuvor, als sie miteinander tanzten, und sie wie ein Kind herunterhebt. Die beiden Frauen sehen sich an, und in Lisbets Magen kribbelt es.

»Lisbet!« Das ist Eren, der neben Nethe steht und seine Hände nach ihr ausstreckt. Ohne nachzudenken, wirft sich Lisbet nach vorne, und er fängt sie auf, wobei ihr Bauch dabei seine Brust streift. Vorsichtig stellt er sie auf den Boden. Die vier nehmen sich an den Händen, als hätten sie es so geplant, als wären sie spielende Kinder, die jeden Moment ein Lied anstimmen werden.

Erens Hand ist schwielig und trocken, Nethes männlich und stark, beide rutschen in Lisbets schwitzenden Fingern herum, sodass sie ihren Griff verstärken muss. Bildet sie es sich bloß ein, dass Eren den Druck erwidert?

Als sie aus der Zunft ausbrechen, wendet sich Lisbet dorthin um, wo Plater und seine Männer und der Lehmann'sche

Junge mit ihren glitzernden Haken durch die Tänzerinnen jagen. Daniel dreht sich um die eigene Achse und lacht, als wäre der Haken seine Partnerin. Dann bleiben seine Augen an Lisbet hängen. Sie senkt den Kopf und atmet keuchend die abgestandene Nachtluft ein, während Eren sie aus der Zunft fortzieht, immer weiter weg, bis das Trommeln vieler Füße vom Tumult der Straßen verschluckt wird.

11

Als sie schließlich auf der Hauptstraße sind, lässt Eren Lisbets Hand los. Sie greift einen Augenblick ins Leere, ehe sie ihrerseits Nethes Hand fallen lässt und sich die beiden Frauen vornimmt.

»Was in Teufels Namen habt ihr da gemacht?«, zischt sie. Sie spürt ein Seitenstechen, das im Rhythmus des Atems stärker und schwächer wird. Nethe steht mit gesenktem Kopf da, wie ein gezüchtigtes Kind, doch Ida tritt mit geröteten Wangen auf Lisbet zu.

»Nicht hier, Lisbet«, sagt sie. »Das ist zu nah beim Marktstand meines Vaters. Wir müssen weiter weggehen.«

»Ihr seid ja noch törichter, als …«

»Nicht hier«, wiederholt Ida. »Bitte.«

»Komm«, sagt Eren leise, und seinetwegen lässt Lisbet, die Schmerzen im ganzen Körper verspürt, sich von den anderen die Straße entlanggeleiten, bis sie schließlich in den Schatten der Bäume treten können, dort, wo sie eine Stunde zuvor ins Gewühl der Nachtschwärmer eingetaucht sind. In stummem Einvernehmen stiehlt das seltsame Grüppchen sich davon, bis der Wald es verschluckt hat und alle Geräusche der Straße verklungen sind.

Lisbet sinkt auf einem umgestürzten Baum nieder, den vor

langer Zeit ein Sturm niedergestreckt und dabei dessen verrottendes Mark freigelegt hat. Der Stamm fühlt sich spröde und weich an. Sie fährt mit den Fingernägeln durch die Pilze, die an ihm entlangwachsen, und ihr erdiger Geruch steigt ihr in die Nase und legt sich über die Ausdünstung von Schweiß, Kerzen und saurem Atem.

»Geht es dir gut, Lisbet?«

Unter Idas Gewicht sinkt der Baumstamm ein wenig tiefer. Ihre Miene kann Lisbet, ohne sie anzuschauen, an ihrem Tonfall ablesen: verzagt, die schiefen Vorderzähne auf die volle Unterlippe gepresst. Zudem bekommt sie mit, dass Ida etwas Herbes und Starkes getrunken hat.

Lisbet bringt es nicht über sich, ihre Freundin anzublicken – denn dann wird sie auf sie einschlagen oder in Tränen ausbrechen, und beides will sie nicht. Sie spürt, wie die Aufmerksamkeit der anderen sich auf sie richtet, und fragt sich, was für ein Bild sie abgibt, wie sie da so über den eigenen Bauch gebeugt dasitzt und ihr ganzer Körper auf und ab wogt.

Sie konzentriert sich auf den Atem, damit er sich verlangsamt und tiefer hinabreicht, bis hin zum Baby und zu ihrem Herzen, damit sie beide ruhiger werden können. Als ihr Puls schließlich nicht mehr rast und der Umriss des Babys an ihrem Rock erkennbar ist, hat sie sich so weit gesammelt, dass sie aufsehen kann.

Idas Blick ist von Trunkenheit getrübt. Lisbet sieht sie forschend an. Ihr wird klar: Die Frau, die sie so gut zu kennen glaubte, ist eine Fremde für sie. Die ganze Zeit hat Ida diese gefährlichen nächtlichen Ausflüge vor ihr geheim gehalten, und nicht nur das. Durch den Treuebruch steigt ein stechender Geschmack in Lisbets Rachen auf. Idas Blick ist ängstlich und sorgenvoll. Er gibt Lisbet ein Gefühl von Macht. Sie funkelt Ida an: »Nun?«

»Nethe und ich waren Freundinnen, das weißt du.«

»Aber das war doch vorbei«, sagt Lisbet und forscht in Idas Gesicht nach der Lüge, die jetzt bestimmt gleich folgen wird. »Mir hast du gesagt, dir liegt nichts an ihr.«

»Ich wünschte, so wäre es.«

»Wir haben darum gebetet, dass es so ist«, sagt Nethe ein wenig zu laut, und in Idas Gesicht graben sich noch tiefere Furchen.

»Warum?«, will Lisbet wissen. »Was ist zwischen euch geschehen?«

»Müssen wir das vor dem Türken bereden?«, sagt Nethe, und Lisbet starrt sie zornig an. Sie bemerkt, dass auch Nethes Blick verschwommen ist, auch wenn sie das besser verbirgt als die zarte Ida. Sie sind also beide betrunken.

»Im Augenblick ist er sicher ein gnädigerer Zeuge als ich«, sagt Lisbet kühl.

Gelächter dringt durch die Bäume: ein Mann und eine Frau auf der Suche nach einem Platz, wo sie es miteinander treiben können. Lisbet stemmt sich unter größter Anstrengung von dem Baumstamm hoch und versucht, ihre Würde zu wahren, als ihr Bauch sie aus dem Gleichgewicht bringt. Das Gelächter geht in rhythmisches Keuchen, das Klatschen von Fleisch auf Fleisch über.

Eren gibt ihnen mit Gesten zu verstehen, dass sie sich in Richtung Fluss bewegen sollten. Als sie losgehen, entfährt Ida zu Lisbets Erstaunen ein leises Kichern, das sie mit der Hand zu unterdrücken versucht. Nethe stimmt ein, während das Stöhnen von fern durchs Dunkel tönt.

»Ida«, zischt Lisbet, »Agnethe. Lasst das sein.«

Doch jetzt lachen beide Frauen lauthals, die Hände um die Hüften der anderen geschlungen. Zwar sind sie schon außer Hörweite des Paars, doch in Lisbet wallen Wut und Scham auf.

»Ihr seid wie kleine Kinder«, fährt sie sie an.

»Es ist schon in Ordnung, Lisbet«, sagt Eren, doch auch seine gedämpfte Stimme vermag sie nicht zu besänftigen. Mit glühendem Nacken beschleunigt sie ihren Schritt, zieht ihren Rock hoch, um den Fluss zu durchwaten, und stapft voran. Sie will weg von ihnen und ihre Ruhe haben, vor den Fragen, die sie quälen, und vor den beiden Frauen.

Lisbet hört ihr Gelächter und Erens Rufe und weiß, es macht ihm Sorge, dass sie so voranstürmt, doch das ist ihr gleichgültig. Fast im Laufschritt eilt sie über den morastigen Grund, hört Idas Kreischen, während der Schlamm um ihre Zehen schmatzt, hört Nethe ebenso wie Eren ihren Namen rufen. Doch sie bleibt nicht stehen, verlangsamt ihren Schritt auch nicht, damit sie aufschließen können, sondern eilt zwischen den stummen Bäumen dahin, bis sie ihre Brombeerhecke erreicht und die Dornenranken beiseite- und hinter sich schiebt.

Am Stamm des Tanzbaums sinkt sie nieder und drückt sich die Handballen so fest gegen die Augen, dass sie Sterne sieht. Ihr Inneres ist ein Gewirr aus Farben und Feuer, und zwischen ihren Beinen spürt sie ein Pochen, ganz wie das Ächzen des Paars, wie das Stampfen von Frauenfüßen auf Holzplanken.

»Lisbet?«

Das ist Nethes Stimme, die jetzt nüchtern klingt. Und sie ist ganz nah. Lisbet öffnet die Augen. In ihrer Wut hat sie vergessen, dass Nethe diesen Ort ja kennt, dass sie weiß, wie sie durch das Brombeergestrüpp kommt. Jetzt steht ihre Schwägerin vor ihr und schaut sie an, neben ihr Ida, die schwankend und mit offenem Mund nach oben auf die Bänder starrt, und hinter ihr Eren, der den Blick über den mit Andenken übersäten Boden schweifen lässt.

»Fort mit euch«, sagt Lisbet, aber so leise, dass Nethe das zum Anlass nimmt, noch einen Schritt näher zu treten.

»Du solltest nicht rennen«, sagt Nethe. »Nicht, wenn deine Zeit so nah ist.«

»Dann solltest du mir vielleicht keinen Grund dafür geben«, faucht Lisbet. »Dich nicht wie eine Hure aufführen, eine Schwachsinnige. Du, und Ida ebenso.«

»Und du?«, sagt Nethe hitzig. »In der Nacht mit einem Türken unterwegs? Welchen Grund kannst du denn dafür nennen?«

»Ich bin es, die hier die Fragen stellt!«, ruft Lisbet. Sie klingt wie ein trotziges Kind, kann sich aber nicht bezähmen. Warum hat sie die drei hierhergeführt, an den einen Ort, an dem sie und ihre Kinder sicher und für sich sein können?

Ida lässt sich auf die Knie nieder und rutscht auf Lisbet zu, sodass diese erneut ihren alkoholgeschwängerten Atem riecht. »Wo sind wir hier, Lisbet?«

Lisbet spürt, dass ihr die Tränen kommen. Sie ist unendlich müde, sie glüht, sie fühlt eine bleierne Schwere in sich. Sie will, dass Ida sie im Arm hält.

»Das ist ihr Baum«, sagt Nethe. Ihre Stimme ist nicht mehr ganz so schneidend. »Für ihre ...«

»Nein«, sagt Lisbet. »Was fällt dir ein!«

Nethe lässt sich nicht beirren: »Du bist es, die uns hergeführt hat.«

»Habe ich euch etwa gesagt, ihr sollt mir folgen?«

»Wofür?«, fragt Ida und zeigt auf die Plattform. »Dein Baum? Was ist das?«

Lisbet blafft sie an: »Ich glaube kaum, dass es deinem Mann recht wäre, wenn du das wüsstest.«

»Seit wann kümmert es dich, was mein Mann denkt?«, erwidert Ida und klingt mit einem Mal ernst. »Und seit wann, denkst du, kümmert es mich?«

Lisbet holt tief Luft und spürt ein Beben in Rachen und Rippen. »Es ist ein Tanzbaum. Ein heidnischer Ort.«

»Und was hängt da?«

»Das sind Bänder. Ich habe sie dort angebracht. Für … die, die ich verloren habe.«

»Für deine Babys?«

Lisbet blickt zu den Bändern aus Stoff hinauf, zum sternenübersäten, von Ästen zerteilten Himmel, und nickt. Idas Hand stiehlt sich zurück in die ihre. Sie hat nichts von ihrer sonstigen Kühle, ist klebrig wie die eines fiebernden Kindes.

»Vergib uns, Lisbet«, sagt Ida. »Sei nicht böse.«

Lisbet fehlt die Kraft, an ihrem Zorn festzuhalten. Sie stößt einen tiefen Seufzer aus und drückt die Hand der Freundin.

»Warum warst du dort?«, fragt Lisbet. »Mit ihr. Warum hast du getanzt?«

Ida senkt ihr spitzes Kinn. »Um zu verschwinden.«

Lisbet schnaubt. »Du denkst, du wärst verschwunden? Wo ihr euch so aufgeführt habt?«

»Wir waren nur zwei unter vielen«, sagt Ida.

»Dein Mann ist der Vollstrecker des Rates. Und sie ist die Büßerin. Denkt ihr, ihr könntet unerkannt bleiben?«

»Ich habe angenommen, mein Mann wäre anderswo«, sagt Ida. »Ich dachte, ich weiß, mit wem er zusammenkommt und wo er sich aufhält.«

»Jedenfalls weiß er sehr gut über dich Bescheid. Um es klar zu sagen: Es war für alle offenkundig, dass ihr nur so tut, als wärt ihr von der Tanzwut befallen. Ich konnte das sehr wohl sehen, ebenso wie Eren. Auch Plater hätte es gesehen, wenn er euch nachgeschnüffelt hätte, und soweit ich weiß, hat er genau das getan. Jeder Narr konnte es sehen. Ihr wart zwei betrunkene Frauen, die sich im Kreis drehten wie auf dem Tanzboden und nicht den Eindruck machten, sie wären von einer Seuche befallen. Das war bestenfalls eine Dummheit und schlimmstenfalls gotteslästerlich.«

»Uns ist gleichgültig, wie du darüber urteilst«, sagt Nethe.

»Ihr selbst seid aber anscheinend gar nicht fähig, eure Lage richtig einzuschätzen«, erwidert Lisbet. »Und warum wart ihr zusammen dort? Ich dachte, eure Freundschaft ist zerbrochen. Ich habe ja gesehen, wie ihr euch nach dem Almosengeben gestritten habt.«

»Das ist jetzt schon lange her«, sagt Nethe vorsichtig. »Und die Tänzerinnen … sie sind für uns eine Chance.«

»Eine Chance wofür?«

»Für einen Neuanfang, eine Art Rettung.«

Lisbet neigt den Kopf nach hinten gegen den Baumstamm, sodass Nethe nicht an ihrem Blick abzulesen vermag, dass sie versteht. »Ihr tut aber nur so. Das ist kein Spiel.«

»Das ist wahr«, sagt Eren, und die Köpfe aller drei Frauen drehen sich zu ihm, dorthin, wo er zwischen den Brombeerranken am Rand der Lichtung steht. Lisbet hatte völlig vergessen, dass er da ist. »Einige Frauen tanzen, bis sie tot umfallen oder bis ihre Füße angeschwollen und voller Blut sind oder …«

Er blickt zu Lisbet hin, die sich zittrig fühlt und die Finger enger um Idas Hand schließt. Sie versucht, sich fester im Jetzt zu verankern.

»Verzeihung«, sagt Eren. »Ich wollte euch nur deutlich machen, wie gefährlich das ist, was du da tust, Agnethe.«

Nethe schnaubt: »Ich brauche keinen Rat von einem Türken.«

»Mag sein«, sagt Eren. »Sieh ihn aber als den Rat eines Musikanten, der mit eigenen Augen gesehen hat, was bei dieser Tanzwut wirklich geschieht. Der gesehen hat, wie Betrügerinnen aus der Menge herausgeholt, wie ihnen zur Strafe die Fußsohlen mit heißen Kohlen versengt werden. Es heißt, man wird sie ertränken, falls es noch mehr werden.«

»Mit Strafen kenne ich mich aus«, sagt Nethe.

»Plater war dort«, ergänzt Lisbet, und der Name brennt ihr in der Kehle wie bitterer Gallensaft. »Was wäre geschehen, wenn er euch gesehen hätte? Hennes Reise nach Heidelberg wäre dann vergebens. Sie würden euch brandmarken und die Bienen beschlagnahmen. Ihr wisst doch, sie warten darauf, dass sich auch nur der kleinste Vorwand dafür ergibt.«

Nethe fällt in sich zusammen. Die Veränderung ist sichtbar, die Schultern sinken herab. »Wir wollten nur einen Ort haben, wo wir sicher sind, wo wir untertauchen können.«

»Das Gedränge dort ist kein guter Ort dafür«, sagt Eren, sanfter, als ihr gebührt.

»Aber warum müsst ihr das denn verbergen?«, fragt Lisbet. »Henne wäre doch sicher froh über eure Freundschaft.«

»Es war Henne, der sie uns verboten hat«, erwidert Nethe.

»Das kann ich nicht glauben«, sagt Lisbet. »Unsere hat er unterstützt.« Sie drückt Idas Hand, doch Ida zieht sie weg und schlingt die dünnen Arme um die Beine. Tränen stehen in ihren Augen.

»Ich hätte es nicht zulassen dürfen«, sagt sie. »Jetzt sehe

ich, wie grausam das war, Agnethe. Aber einander nah zu sein war alles, was ich hatte. Verstehst du?«

»Was soll sie verstehen?«, will Lisbet wissen. »Du sprichst in Rätseln.« Sie nimmt Agnethe ins Visier. »Ihr zwei. Sagt mir, was da zwischen euch ist. Und sag mir, warum du weggeschickt wurdest.«

Doch Ida bleibt stumm, und Nethe entzieht sich wieder in ihre undurchdringliche Reglosigkeit. Der Zorn, der Lisbet nun packt, ist so heftig, dass er sie frösteln macht. Sie gräbt die Finger in den Boden, um Halt zu finden.

»Du sprichst von Rettung, von Erlösung. Du hast sieben Jahre im Schweigen verbracht, und jetzt johlst und grölst du inmitten von Besessenen. Hörst du dir selbst eigentlich zu, Nethe? Denn ich, ich höre dir zu, und ich kann dir sagen, dass du eine Närrin bist.«

Nethe rührt sich nicht, Ida gibt ein leises Ächzen von sich.

»Sag mir, warum ihr getanzt habt. Sag mir, warum sie dich weggeschickt haben.«

Wieder ein Schweigen, das Lisbet sich nicht bieten lassen will.

»Sag es mir! Warum machst du den Mund nicht auf? Warum werde ich nicht eingeweiht, warum denkt ihr die ganze Zeit, ich bin es nicht wert?«

Lisbet nimmt einen Erdklumpen in die Hand und schleudert ihn mit aller Kraft auf Nethe. Zu spät nimmt sie wahr, wie schwer er ist und dass darin der Kieselstein steckt, den sie wegen des Quarzbandes ausgesucht hat. Er trifft Nethe mit Wucht über dem Auge. Ida springt auf und versucht das Blut abzufangen, das von Nethes Augenbraue herunterrinnt. Sie muss sich recken, um ihren Ärmel auf die Wunde drücken zu können.

Auf den Aufprall hat Nethe kaum reagiert, doch jetzt nimmt sie Idas freie Hand und formt sie zu einer Schale. Sie schmiegt ihre Wange in die offene Handfläche und sucht dabei Lisbets Blick. Die Bewegung ist eingespielt und schlicht wie ein Kuss.

Lisbet braucht einen Augenblick, bis sie begreift. Doch dann sieht sie, wie Ida Nethe anblickt und ihr Gesicht dabei vor Liebe so sehr leuchtet, dass es sich ungehörig anfühlt, dabei zuzuschauen. Es ist dasselbe Strahlen wie zuvor beim Tanzen, das Lisbet aber nur für Zügellosigkeit hielt, für Berauschtheit. Wobei dieser Blick durchaus auch etwas Zügelloses hat, denn was er besagt, das darf nicht sein.

Lisbet hat das Gefühl, in einen Abgrund zu stürzen. Sie senkt den Kopf und hält beide Arme fest an die Seiten gepresst.

In der dunklen Mulde, die ihr Rock bildet, sieht Lisbet Schattenbilder durch Nebel huschen und müht sich, sie auseinanderzuhalten. Die blonde Haarlocke, weich und geheimnisvoll. Eine Sünde von solcher Schwere, dass sie mit Verbannung bestraft wird. Die Blicke, die eigentümliche Energie zwischen den beiden, bis zu jenem Tag, da Nethe Ida in die Armenviertel begleitete. Nethes nächtliche Abwesenheit. Lisbet kaut auf ihrer Zunge herum. Sie ist bestürzt angesichts von finsterer, alles verschlingender Sünde, aber auch tieftraurig, weil Ida ihr nie etwas gesagt hat.

Sie blickt auf.

»Ihr seid verdammt«, sagt sie leise, obgleich sie am liebsten schreien würde. *Ihr habt mich angelogen. Ihr habt mich angelogen.* »Euch wird der Teufel holen.«

Ein ersticktes Wimmern dringt aus Idas Kehle.

»Lass das sein«, sagt Nethe.

»Deshalb haben sie euch voneinander abgesondert«, sagt Lisbet, die Hand auf dem Bauch. Mögen sie denken, sie sei eine im Glauben gefestigte, starke Frau und nicht etwa verängstigt, allein, verwirrt, verloren. »Ihr seid Sünderinnen der schlimmsten Art. Unreine, schändliche, widernatürliche Sodomitinnen.«

Ida zuckt zusammen, doch Nethe hält Lisbets wütendem Blick stand. »Das sind Mutters Worte. Platers Worte.«

»Es sind Gottes Worte«, sagt Lisbet gereizt.

»Deine jedenfalls nicht«, sagt Nethe. Ihr tropft Blut von der Augenbraue auf die Wange, doch sie wischt es nicht ab. »In Wahrheit glaubst du nicht daran. Dieser Ort ist der Beweis.« Sie deutet auf den Baum, die Bänder.

»Das ist etwas anderes«, sagt Lisbet, doch heftige Angst wallt ihr auf. »Was ihr tut, ist eine der schlimmsten Sünden.«

»Denkst du, wir wissen das nicht?«, sagt Nethe. Sie löst sich aus ihrer Reglosigkeit und bricht in ein wildes Lachen aus, das nicht fröhlich, sondern voller Zorn ist. »Wenn es nach der Kirche geht, sind wir alle verloren. Ich und Ida, du und deine Babys …«

»Nethe!«, ruft Ida, aber Nethe lässt sich nicht beirren.

»Warum tanzen diese Frauen denn, was denkst du? Weil es auf Erden keine Möglichkeit gibt, gerettet zu werden. Du und Mutter, ihr habt es mir oft genug gesagt: Straßburg taumelt der Hölle entgegen. Und am schlimmsten trifft es uns Frauen. Wir werden zu Gebärmaschinen gemacht oder in die Verbannung geschickt, und immer, *immer* sind wir es, die geächtet und verdammt werden. Beten kann uns nicht helfen, und die Priester wollen uns nicht helfen. Deine Babys wurden nie gesegnet, also sind sie unrettbar verloren. Das ist nicht richtig so, das ist ein widernatürlicher Akt – und nicht das hier.« Sie schlägt sich gegen die Brust. »Ist das nicht der Grund, warum du zu deinem Schicksalsbaum kommst? Um einen Ort zu haben, wo du Trost und so etwas wie Frieden finden kannst? Denn du findest sonst keinen Frieden, Lisbet – ist es nicht so?«

Das kann Lisbet nicht abstreiten. Ihr Herz pocht wie wild, angesichts all der Heimlichkeiten und Lügen, die jetzt ans Licht kommen – und doch übt der Baum, wie die Hände einer Mutter, seine kühlende, beruhigende Wirkung auf sie aus.

»Auch ich finde keinen«, stößt Nethe hervor. Auf ihren Lippen zeigen sich Speichelflecken. »Als Kind habe ich ihn weder in der Kirche gefunden noch in den Pflichten, die mir auferlegt wurden. Ich habe ihn auch nicht gefunden, als ich in der Stille des Klosters meine Seele erforscht und meinen Rücken gepeitscht habe, bis das Blut floss. Nicht im Münster, wo meine Buße eigentlich ihren Abschluss finden sollte. Dort habe ich inbrünstiger als je zuvor um etwas gebetet, das ich ersehne – Seelenfrieden. Geborgenheit. Doch ich kann das nirgendwo finden, außer bei dieser Frau.«

»Nethe«, fleht Ida. »Bitte, du gehst zu weit.«

»Sie will es wissen, also soll sie es auch wissen«, sagt Nethe, die auf und ab läuft wie ein eingesperrter Bär. »Wir lieben einander, seit wir Kinder waren. Das ist nicht einfach Wollust, nichts daran ist absonderlich. Es ist Liebe, so stark und natürlich wie die Erde unter unseren Füßen. Wir planten unser Leben so, dass diese Liebe einen Platz darin haben konnte. Ida würde Henne heiraten, ich würde Alef Plater heiraten, und so hätten wir alle beisammen sein können.«

»Ihr habt aber doch nicht geglaubt, dass das gut gehen kann? Wo doch euer ganzes Leben eine Lüge gewesen wäre?«

»Es wäre besser gewesen, als ohne einander zu leben«, sagt Ida leise. »Ich habe Henne nicht geliebt, Lisbet. Du brauchst nicht eifersüchtig zu sein.«

Lisbet schnaubt. Sie ist nicht eifersüchtig, sie ist einfach nur entgeistert, fassungslos, dass sie sich ein Leben erträumten, das auf einer solchen Torheit gründete.

»Doch Plater ist uns auf die Spur gekommen«, sagt Nethe. »Vor sieben Jahren, hier im Wald. Er und Henne haben uns gesehen.«

»Henne?« Lisbet versucht sich zu fangen. »Er weiß es?«

»Er weiß davon, und er sah zu, wie Alef auf mich einschlug«, sagt Nethe. Da ist nicht nur Grimm in ihrer Stimme. Es klingt auch ein Staunen darüber an, dass ihr Bruder zu so etwas imstande war, und Traurigkeit. »Er hat zugelassen, dass Plater mich beinahe totgeprügelt hat. Er hat zugesehen …«

»Nein«, sagt Ida. »Sie braucht nicht alles zu wissen.«

»Doch«, sagt Nethe. »Sie soll wissen, wen sie da geheiratet hat.«

Die beiden starren einander an. Lisbet spürt, wie Nethe allmählich einzulenken beginnt. Doch sie will nicht geschont werden. »Ja, ich will es wissen.«

Nethe holt tief Luft. »Henne hat zugesehen. Er hat nichts versucht, um Alef zurückzuhalten, auch als er mich bewusstlos schlug. Vielleicht hat er Alef ja von Schlimmerem abgehalten, aber dass er untätig blieb, werde ich ihm nicht vergeben. Und dann ließ er zu, dass Alef mich vor die Wahl stellte: Entweder ich heiratete ihn, oder ich würde in die Berge verbannt. Er war erst vor Kurzem in die Dienste der Einundzwanzig getreten, doch ihre Macht ließ sein Herz schon versteinern.«

»Er hat auch mich vor die Wahl gestellt«, sagt Ida, kaum

hörbar. »Nethe hatte sich für die Verbannung entschieden, und ich hätte dieselbe Strafe, in einem anderen Kloster, wählen können. Darum ging es bei unserem Streit, Lisbet. Ich war feige. Ich entschied mich, zu bleiben.«

»Es war falsch, dich feige zu nennen«, sagt Nethe bedrückt. »Du bist die Tapferste von uns allen, weil du eine solche Ehe ertragen hast.« Sie wendet sich Lisbet zu. »Plater hat mir das genommen, was ich am meisten liebte, und es an sich gefesselt. Er wusste, das würde mir größeren Schmerz zufügen als alle Schläge und als die Verbannung. Ida ist wegen ihres Vaters geblieben, das ist mir jetzt klar. Plater hätte Mathias der Willkür der Einundzwanzig und ihren Steuern ausgeliefert. Ihrem Vater zuliebe hat Ida eine Ehe ohne Liebe und voller Grausamkeit auf sich genommen.«

»Mein Leben war nicht völlig ohne Liebe«, sagt Ida. »Denn ich hatte meine Kinder, die wohlbehalten auf die Welt kamen. Und ich hatte dich zur Freundin, Lisbet.«

Lisbet hat das Gefühl, dass sie sich immer mehr von der wirklichen Welt löst und in einen dunklen Abgrund sinkt, der sich durch all die Enthüllungen vor ihr auftut. Idas Ehe war als Strafe gedacht. Jedes Kind als eine Buße. Und Lisbet glaubte, Ida sei vom Leben reich gesegnet.

Nethes Gesicht glüht vor Wut. Sie scheint vergessen zu haben, dass Eren am Rand der Lichtung steht und dass jedes Wort, das sie sagt, sie tiefer in die Verdammnis zieht. »In all diesen Jahren habe ich mich in jedem Augenblick bemüht, Ida wie eine alte Haut abzustreifen und mich selbst auszutilgen, damit ich all das vergessen kann, was sie in mir zur Entfaltung gebracht hat. Ich habe mir Wunden beigebracht, um sie mit dem Blut wie eine Krankheit aus mir auszutreiben. Ich dachte, das sei mir gelungen, und hielt es für eine Sünde, sie zu lieben. Doch seit dem Moment meiner Rückkehr habe ich in allen Dingen ihre Güte gespürt, vom Brot der ersten Mahlzeit bis zu der Freundlichkeit, mit der sie mir in der Kirche begegnete. Ich konnte sie ebenso wenig vergessen, wie ich mich selbst vergessen kann, Lisbet. Also habe ich es nicht länger versucht.«

Sie wirkt hochgewachsener als je zuvor und scheint den gesamten Raum der Lichtung einzunehmen, wie ein mächtiger, fest verwurzelter Baum. »Wenn es uns zu Sünderinnen macht, dann soll es so sein. Ich glaube aber, du weißt, dass vieles auf dieser Welt sich nicht einfach als Sünde abtun lässt. Deshalb bist du hierhergekommen, an diesen heidnischen Ort, den die Kirche verteufeln würde, und hast ihn geheiligt. Und ich glaube, deshalb bist du mit einem Türken unterwegs, der für den schlimmsten Feind der Christenheit steht.«

Lisbet sieht zu Eren hinüber, der mit gesenktem Blick im Schatten kauert, so reglos, als sei er zu Stein geworden.

Nethe geht nicht länger auf und ab. Mit wogender Brust sagt sie: »Ich denke, du weißt, was ich meine.«

»Es darf nicht sein«, krächzt Lisbet. »Ihr dürft das nicht tun.«

»Wir sind keusch«, sagt Ida leise. Lisbet seufzt beklommen. »Glaub mir. Ich weiß, welches Risiko wir eingehen, wenn man uns auch nur zusammen sieht, doch unsere Liebe ist keusch, Lisbet. Das ist das Beste, was wir tun können. Ich kann ohne sie nicht sein.«

Sie lässt den Tränen nun freien Lauf, und von Lisbets Entschlossenheit, die bereits zu schwinden begann, bleibt nichts mehr übrig. »Nicht weinen«, sagt sie. »Ach, Ida, warum hast du mir nichts gesagt?«

»Weil es allen Grund gab, Angst zu haben. Wenn Alef

herausbekommen hätte, dass du es weißt …« Sie schüttelt sich. »Ich wollte nicht, dass du lügen musst wie wir.«

»Aber wenn ihr wirklich keusch seid, dann ist das Freundschaft. Dafür können sie euch doch nicht verurteilen.«

»Natürlich können sie das«, sagt Ida. »Alef wird es niemals glauben. Er wird mir den Hals umdrehen und damit nicht einmal gegen das Gesetz verstoßen. Wobei er natürlich niemandem erzählen wird, dass ihm Hörner aufgesetzt wurden.«

Nun schüttelt es Lisbet. Sie weiß, Plater würde nicht zögern, ihnen allen Gewalt anzutun. Ihr geht auf, wie abgründig die Strafe ist, die er Ida auferlegt hat: Dass sie sein Eigen ist, ist Folter. Er hat die Frau, die er heiraten wollte, in die Stille geschickt und die Frau, die sie liebte, in einer Vorhölle gefangen gehalten.

Lisbet streicht ihrer Freundin über den Arm. »Was sollen denn deine Kinder denken, wenn das ans Licht kommt?«

»Ida hat auch ihr eigenes Leben«, sagt Nethe. »Sie ist nicht nur Ehefrau, nicht nur Mutter.«

»Ich will damit nicht sagen …« Lisbet presst sich die Handballen gegen die Schläfen. »Wir drehen uns doch im Kreis. Ich kann nur sagen, dass das nicht weitergehen darf. Das Tanzen, wo alle euch sehen können.«

»Ich weiß«, sagt Ida kaum hörbar. »Wir beide wissen das. Aber wohin sollen wir sonst gehen?«

Die Worte kommen über Lisbets Lippen, ehe sie sie noch aufhalten kann.

»Hierher«, sagt sie. »Wenn es wahr ist, dass ihr keusch und nur Freundinnen seid.«

Ida blinzelt ihre Tränen weg und nickt. »Ja, Lisbet. Ich schwöre es.«

»Dann können wir hier zusammenkommen.«

Es folgt staunendes Schweigen. Lisbet kann selbst nicht glauben, dass sie das gesagt hat.

»Bist du dir sicher?« Nethes Stimme ist heiser vor Aufregung.

Lisbet nickt bedächtig. »Ihr braucht einen sicheren Ort. Ich werde nicht zulassen, dass ihr entdeckt werdet. Und es ist ja auch ein Tanzbaum.«

Nethe stößt einen Freudenschrei aus, und Ida beginnt zu strahlen.

»Ihr dürft aber nichts anfassen und müsst den Zugang mit Brombeerranken verdecken. Und ihr dürft keiner Seele etwas davon verraten.«

Während sie das sagt, blickt sie Nethe an und weiß: Sie versteht, dass es nicht nur um den Baum, sondern auch um Eren geht. Nethe nickt und streckt Lisbet ihre narbenbedeckte Hand entgegen, um ihr auf die Beine zu helfen.

Nethe reicht ihr den Kieselstein. Lisbet legt ihn behutsam an seinen Platz unter den Bändern zurück und sieht zu ihnen hoch, wo sie im leichten Wind schwingen, über ihnen die blinden Sterne. Durch ihre Geheimnisse sind sie jetzt so eng miteinander verbunden wie Wurzeln mit dem Erdboden.

Zweihundertneunundzwanzig tanzen

Dorit sühnt schon ihr ganzes Leben lang. Mutter und Vater haben ihr und ihren Geschwistern das Bußetun einst eingeschärft. Die Geschwister, die überlebt haben, sind jetzt in Klostern verwahrt, doch Dorit hat ein höheres Ziel. Sie kann sich nicht hinter hohen Mauern verkriechen und in Gebete ergehen. Ihre Berufung ist, wie ein Schweißhund der Spur des Unheils zu folgen und, in der Hoffnung auf Erlösung, ihren Geist und ihren Körper als Opfer darzubringen.

Und so hat ihr Weg sie nach Straßburg geführt. Die Lage dort ist verzweifelt, wie in vielen Städten, und schlimmer als in den meisten. Seit der Komet das Jahrhundert verflucht hat, ist Straßburg zunehmend als von Teufeln heimgesucht verrufen. Dorit hat ihre schärfste Schere eingepackt und sammelt die Asche ihrer nächtlichen Feuerstellen. Sie macht ihre Zähne stumpf, indem sie mit Stöcken daran herumfeilt, und isst nur rohe Pilze und Gras. Ihr Bauch schwillt auf, sie wäscht sich nicht, und so trifft sie stinkend und triumphierend in der Stadt ein.

Sie ist nicht die Einzige, die es hierherzieht. Die Landstraße ist voller Männer und Frauen, deren Rücken von Geißeln zerfurcht ist, der Kopf geschoren, Gesicht und Brust mit Asche beschmiert, alle mit einem Rosenkranz in der Hand und betend. Hier wird sie über ihre üblichen Bußübungen hinausgehen müssen. Sie verkauft ihre letzten Zähne und lässt sie sich ziehen, ohne vorher auch nur ein Schlückchen Branntwein anzunehmen. Den Verband, den sie angeboten bekommt, schlägt sie aus und lässt das Blut einfach in den durstigen Dreck hinuntertropfen. Mit der Münze geht sie in eine Schenke und bezahlt drei Frauen dafür, dass sie mit ihr aufbrechen. Sie zucken mit den Schultern und sagen, dass sie sich die Tanzenden ohnehin anschauen wollten.

Dorit folgt ihnen. Es sind Huren, das sieht sie an ihrer Kleidung und ihrem Auftreten, an der Lässigkeit, mit der ihre Körper sich durch die Straßen bewegen. Solche Leichtigkeit war Dorit nie gegeben. Ihr Körper ist der Ort, an dem alle ihre irdischen Sünden und auch die aller anderen geahndet werden, und sie ist stolz auf ihr Leiden. Doch diesen Frauen zuzusehen versetzt ihr einen Stich.

Sie gehen zum Pferdemarkt, wo weit und breit kein Pferd in Sicht ist. Stattdessen eine Bühne, auf die die Frauen steigen, um sich zwischen jene zu mischen, die dort tanzen. Doch während klar ist, dass die drei nur vorgaukeln, sie seien vom Tanzfieber befallen, trifft das auf die meisten anderen nicht zu. Dorit kennt den glasigen Blick, die wahre Entrücktheit, die sich bei einer Trance einstellt. Einen solchen Zustand hat sie bisher nur zweimal erreicht, durch grässlichste Schmerzen, und die kostbare Erinnerung daran lässt ihre Wade an der Stelle jucken, wo sie sich damals die Haut abgehobelt hat.

Dorit drängt sich zwischen die anderen. Viele sind offenbar zum ersten Mal in den Bann des Göttlichen geraten. Sie werden sich rasch aufreiben und dann verlöschen wie eine Kerze im Wind. Sie sieht, wie eine Frau zusammenbricht, einmal, zweimal krampft, die Augen nach oben verdreht, weiß wie gepellte Eier. Ihr Ausatmen ist ein lang gezogener Seufzer, und als die anderen wieder und wieder über sie hinwegtrampeln, zuckt sie nicht zusammen. Sie ist tot.

Es dauert eine Weile, bis außer Dorit auch andere es bemerken. Dann wird die Tänzerin, die Handgelenke schlaff wie die Hälse erdrosselter Tauben, über die Köpfe der Menge hinweg fortgetragen, zur Armengrube.

Dorit lächelt, das mürbe Zahnfleisch entblößend, und beginnt sich im Kreis zu drehen. Dies ist ein guter Ort für Martyrien. Sie wird ihnen zeigen, wie das geht. Sie wird sie lehren, wie wahre Buße aussieht.

12

Schon so früh auf?«

Ohne ihr gestärktes weißes Kopftuch sieht Sophey eingeschrumpft und zerbrechlich aus wie ein Säugling. Ein zahnender Säugling, denkt Lisbet, nicht ohne Mitgefühl, während sie Sophey betrachtet, die in die Küche gehumpelt kommt, die Hand an der Wange, die um einen entzündeten Zahn angeschwollen und gerötet ist. Die Haare kleben ihr in dünnen Strähnen an der Stirn, hinter den Ohren sind sie flaumig wie das Gefieder eines Huhns. Die Kopfhaut scheint durch, und Lisbet denkt an Theorien, die in der Stadt kursieren und von denen Eren berichtet hat, von Hitze im Blut und Hirnschwellungen, und fragt sich, ob wohl das Gehirn ihrer Schwiegermutter von innen gegen die Schädeldecke drückt.

Die Haut um Lisbets Augen ist gespannt und bienenflügeldünn. Obwohl ihr vor Müdigkeit alles wehtat, hat sie in der Nacht kein Auge zugemacht. Das Baby trat wieder und wieder und ließ ihren Brustkorb erzittern, bis ihr nichts übrig blieb, als aufzustehen und sich um die Bienen zu kümmern, in der Hoffnung, ihr Summen werde nicht nur das Kind, sondern auch ihre dahinrasenden Gedanken beruhigen.

»Was ist mit dir?« Sopheys dunkler Blick bohrt sich in Lisbets Bauch. »Ist es Hennes Junge?«

Lisbet schüttelt den Kopf und streicht ihr Haar zurück. Sophey kneift die Augen zusammen. »Deine Hände sind schmutzig.«

Lisbet verschränkt sie in ihrem Schoß. Sie hat sie zwar ausgiebig geschrubbt, doch unter den Fingernägeln steckt noch immer Dreck von dem Erdklumpen, den sie auf Nethe geschleudert hat. Heute kommt ihr das, was gestern war, unwirklich wie ein Traum vor, doch da, unter ihren Fingernägeln, ist der Beweis dafür, dass es geschehen ist.

Auf dem Weg nach Hause war Eren einige Schritte hinter ihnen zurückgeblieben, und Nethe, noch immer angesäuselt, hielt den Blick auf ihre Füße gerichtet und setzte ihre Schritte sehr vorsichtig. Lisbet fragte sie, ob ihr denn wirklich klar war, was ihnen drohte, wenn Plater ihnen auf die Spur käme.

Nethe war stehen geblieben, und ihr Blick war von solchem Ernst und glich dem von Henne so sehr, dass es Lisbet schauderte.

»Verstümmelung«, hatte sie gesagt. »Ertränktwerden.« Dann richtete sie den Blick wieder auf den Pfad und ging weiter.

Lisbet sieht ihre Schwiegermutter nun an, die ihr nach all den gemeinsamen Jahren immer noch ganz fremd ist. Sie wissen sehr wenig voneinander.

»Schrecklich siehst du aus«, sagt Sophey.

Lisbet hält ihrem Blick stand. Ihr brennen die Augen vor Erschöpfung. Sophey saugt an ihrem Zahn, spuckt Blut hinaus auf den Hof und nimmt ihr Kopftuch, um es sich mit raschen, eingeübten Bewegungen umzubinden. Nun ist sie wieder sie selbst, unangreifbar.

»Ist frisches Wasser da?«, fragt sie. »Und hast du nach den Bienen gesehen?«

Lisbet nickt. Der Kopf lastet ihr schwer auf dem Hals, die Zunge ist trocken.

»Dann geh zu Bett«, sagt Sophey barsch. Lisbet blinzelt sie erstaunt an. »In diesem Zustand bist du zu nichts gut. Stumm, mit stumpfen Augen. Zurück ins Bett, und weck meine Tochter.«

Lisbet steht widerspruchslos auf, es knackt in ihren Knien.

»Es wird sich geben«, sagt Sophey. »Wenn Henne wieder da ist.«

Lisbet räuspert sich und bringt endlich ein Wort heraus: »Ja.«

Sophey hat also ihr Schweigen und ihre Mattigkeit als Zeichen dafür gedeutet, dass sie Henne vermisst und sich nach ihm sehnt. Doch nach all dem, was sie letzte Nacht am Tanzbaum erfahren hat, würde Lisbet Henne am liebsten niemals wiedersehen. Wie konnte er zulassen, dass seine eigene Schwester geprügelt und verbannt wurde, dass Ida eine Zwangsheirat einging, ohne dass er sich schützend vor die beiden stellte? Lisbet mustert Sophey und fragt sich, wie viel sie davon weiß. Ihre offenkundige Abneigung gegenüber Ida, ihr Bemühen darum, sie von ihrer Tochter fernzuhalten – kann Lisbet sie danach fragen?

Sophey äfft mit einer Grimasse Lisbets prüfenden Blick nach. »Willst du hier Wurzeln schlagen?«

Nein, sagt sich Lisbet. Sie fragt besser nicht.

Nethe liegt über das Bett ausgebreitet, mit weit offenem Mund, ganz wie Henne, wenn er schläft.

»Nethe«, sagt Lisbet, und als sie sich nicht rührt, zwickt sie sie in die Schulter. »Agnethe.«

Ein Lächeln tritt auf Nethes Gesicht, und sie dreht die Wange so, dass sie auf Lisbets Hand ruht. Lisbet zieht die Hand sogleich weg, und Nethe öffnet die Augen.

»Nethe, deine Mutter braucht dich.«

Nethe ächzt, und Lisbet bekommt einen nach saurem Bier riechenden Luftschwall ab. »Ich bin müde.«

»Nicht so müde wie ich«, sagt Lisbet. »Sie will, dass du aufstehst.«

»Kann sie das nicht mit dir erledigen? Sag ihr, ich habe Kopfschmerzen.«

»Die hast du ganz bestimmt«, sagt Lisbet. »Sie hat mich zurück ins Bett geschickt.«

»Du meintest das ernst, nicht wahr?«, sagt Nethe, ohne sich zu rühren.

»Was denn?«

»Das mit dem Tanzbaum«, sagt Nethe. »Wir können da wirklich hingehen?«

Lisbet wünscht sich, sie hätte das nicht gesagt und all das von letzter Nacht wäre nicht geschehen.

»Heute Abend?«, fragt Nethe.

»Wenn ich keinen Schlaf bekomme, geht das nicht.«

»Ich kann den Baum auch ohne dich finden«, sagt Nethe.

»Und ich kann Sophey aufwecken.«

Nethe starrt sie an, doch ihr Blick ist nicht so intensiv wie sonst, weil das Bier noch nachwirkt. »Nein, das wirst du nicht tun.«

»Nein«, räumt Lisbet ein. »Wenn du mich jetzt aber nicht schlafen lässt, wird Sophey ihre Tochter erschlagen vorfinden, und ihre Schwiegertochter wird am Galgen enden.«

Nethe lacht. »Du hast eine lebhafte Fantasie, Lisbet.«

»Düster wie die Hölle.«

Als Lisbet erwacht, ist sie durcheinander. Sie kann sich an keine Träume erinnern, nur daran, dass sie auf hoher See war, auf einem Boot, das sich mit den dahinrollenden Wogen hob und senkte. Ihre Schenkel fühlen sich klebrig an, und da die Fensterläden geschlossen sind, kann sie nicht erkennen, warum das so ist. Sie nestelt an ihrem Unterkleid herum, zieht es hoch und reibt mit den Händen an den Beinen entlang. Sie hält eine Hand an die Nase und glaubt schon zu wissen, dass die Finger blutig sind und nach Eisen riechen – doch nein. Sie leckt am Zeigefinger. Salz. Es ist nur Schweiß.

Sie lässt sich wieder auf das Bett fallen. Nach und nach schlägt das Herz langsamer, und sie legt eine Hand auf ihren Bauch. *Du bist noch da, noch da. Mein Junge.*

Sie stemmt sich hoch. In der Kammer ist es unerträglich heiß. Ihr Haar klebt ihr in dicken Strähnen am Rücken, an der Stirn. Bestimmt stinkt sie so übel wie Nethe. Hat Sophey gemerkt, dass Nethe getrunken hatte? Bislang dachte Lisbet immer, dass ihre Schwiegermutter alles sieht und alles mitbekommt, doch jetzt geht ihr auf, dass Sophey nur eine Frau ist, die viel gelitten hat und der es wie allen anderen vor der Verdammnis graut, der ihr hochgeschätzter Geiler sie alle und insbesondere Sünderinnen wie Agnethe verfallen sah.

Sie horcht, doch es ist still. Keine schnarchenden Musikanten, keine Sophey, die in der Küche herumklappert. Die Augen fallen ihr zu. Sie könnte einfach weiterschlafen. Und das sollte sie auch, falls Nethe darauf besteht, dass sie heute Abend den Tanzbaum aufsuchen.

Als sie schon wegdämmert, ist ein Schrei zu hören. Aus welcher Entfernung er kommt, kann sie nicht erkennen. Sie setzt sich wieder auf und horcht. Noch ein Schrei, wütend oder verängstigt, erst dann bellen die Hunde. Lisbet müht sich auf die Beine.

Im Hof ist es dämmrig. Sie hat also den ganzen Tag geschlafen. Hühner stieben vor ihr auseinander, als sie auf den Tumult zueilt. Um in Laufschritt zu verfallen, ist ihr Körper noch nicht wach genug. Nach dem Schlafen fühlt der Bauch sich stets schwer an. Als sie bei den Bienenkörben ankommt, ringt sie nach Luft. Was sie vor sich sieht, verschlägt ihr vollends den Atem.

Zunächst einmal ergibt das alles keinen Sinn. Die Hunde rasen wie wild im Kreis um den Zaun herum, der die Bienenstöcke umgibt. Sophey steht am Waldrand und schwingt kreischend ihre Harke. Nethe ist nicht zu sehen, doch aus dem Wald dringt ein Brüllen, das klingt, als wirke sie bei einer Treibjagd mit. Und zwischen ihnen, zwischen Lisbet und Sophey und zwischen Sophey und Nethe, ist die Luft trübe, gesättigt von Bienen.

Lisbets Rippen scheinen ihr jetzt mit jedem Atemzug in die Lunge zu schneiden. Der heftige Schmerz macht ihr klar, dass sie nicht träumt. Sie versucht sich zu sammeln, fasst sich an die Oberarme und kneift sich, um die Panik von sich fernzuhalten.

»Nicht schreien«, ruft sie in einem melodischen Tonfall, als singe sie ein Kinderlied. »Nicht schreien, Sophey, Nethe. Nicht schreien.«

Sophey kann sie nicht hören. Lisbet blickt zum Himmel. Die Bienen wogen über alles hinweg, machen mit ihrem Wabern in der stickigen Luft die Hitze sichtbar. Doch sie bilden kein Ganzes. Sie kann zwischen ihnen den dämmernden Himmel und Wolkenfetzen sehen, kann sehen, dass noch kein Mond da ist, noch keine Sterne. Sie sind kein Schwarm.

Doch was auch immer ihre Schwägerin und ihre Schwiegermutter in Aufruhr versetzt hat, das hat auch die Bienen aufgeschreckt, und durch das Herumschreien wird die Lage nur noch gefährlicher.

Vor allem muss sie sich jetzt um die Hunde kümmern. Sie werden wahrscheinlich die ersten Angriffsziele der Bienen sein. Sie pfeift sie zu sich. Ulf gehorcht sofort, und Fluh schließt sich an, als sie ihn zu Lisbets Füßen sitzen sieht. Lisbet nimmt den kleineren Hund hoch, der jault und kläfft, führt Ulf zur Küche, wirft ihm Fluh hinterher und schließt die Tür.

Sie blickt zum Arbeitsschuppen hinüber. Sie könnte ihr Baumwollgewand, ihre Gittermaske und das Netz holen. Zuvor aber muss sie dafür sorgen, dass der Lärm aufhört und die Lage sich entspannt, damit die Bienen ruhiger werden.

»Lisbet?« Da steht Frederich, mit offenem Mund, die Trommel an der Hüfte. Die Augen sind gerötet, er kommt gerade aus der Stadt zurück.

»Sei ganz still«, summt Lisbet. Die Trommel hat sie auf eine Idee gebracht. »Wo ist Eren?«

»Im Bett, glaube ich …«

»Psst. Hol ihn«, sagt sie im selben honigsüß einschmeichelnden Ton. Dass sie und Eren, nur durch eine Wand getrennt, schlafend dalagen und sonst keine lebendige Seele im Haus war, lässt sie erbeben. »Und seine Laute.«

Frederich nickt und eilt zum Haus. Lisbet zuckt zusammen, weil ihm dabei die Trommel gegen die Hüfte prallt, doch die Bienen sind nach wie vor nur eine umherwogende Flut, sie bilden keinen Schwarm. Nethe hat aufgehört zu schreien oder ist tiefer in den Wald gegangen und außer Hörweite. Lisbet nähert sich Sophey.

»Nicht schreien«, sagt sie im Gehen, immer wieder, bis

Sophey sich schließlich zu ihr hindreht. Die angeschwollene Wange ist purpurrot, das Gesicht glüht vor Zorn.

»Ein Dieb!«, sagt sie. »Schau!«

»Nicht schreien«, sagt Lisbet noch einmal und hebt langsam die Hände über den Kopf. Sophey verstummt, die Gesichtsfarbe hellt sich auf. Sie senkt ihre Harke.

»Was sollen wir tun?« Sie spricht die Worte nicht aus, sondern formt sie nur mit den Lippen. Lisbet lässt die Arme wieder sinken.

»Bleib da stehen.«

Sie geht so langsam, wie sie nur kann, auf den Schuppen zu. Nun sieht sie, worauf Sophey gezeigt hat. Die umgekippten Kegel von zwei aufeinandergeworfenen Bienenkörben und daneben: nichts, was noch einem Bienenstock ähnelt. Nur Trümmer. Sie zwingt sich, den Blick abzuwenden und sich an dem Durcheinander vorbei auf Eren zuzubewegen, der nun mit seiner Laute dasteht, Frederich an seiner Seite.

Sie bedeutet ihm mit Gesten, dass er spielen soll. Er zieht die Augenbrauen hoch. *Bist du sicher?*

Von ihren Lippen kann er die Worte *Langsam, sanft* ablesen.

Er nimmt die Laute vor die Körpermitte, wo Lisbet bei sich ihr Kind trägt, und drückt das Instrument behutsam an sich, als wolle er es wiegen. Er beginnt zu spielen.

Die Schönheit der Klänge berührt Lisbet tief im Inneren. Sie hat diese Weise noch nie gehört, und doch ist sie ihr ganz und gar vertraut, so als habe sie ihr jemand vorgesungen, als sie schlief. Sie blickt auf die Bienen, die wie durch ein Wunder noch immer nicht schwärmen, obwohl zwei Völkern ihr Zuhause entrissen wurde. Nun, da Eren ihnen vorspielt, kann sie es wagen, sich kurz von ihnen abzuwenden.

Im schwülen Inneren des beengten Arbeitsschuppens geht ihr Atem tiefer. Der Duft des Wachses umschmeichelt ihre Nase. Sie nimmt die Maske, das Baumwollgewand und das Netz. Nach wie vor bewegt sie sich langsam, obgleich sie hier nicht gesehen werden kann, und versucht ihren Herzschlag dem Rhythmus von Erens Musik anzugleichen, damit die Bienen sie, wenn sie sich ihnen nähert, als bloße Ausweitung der Musik erleben, als fleischgewordenen Klang, der ihnen wohltut und sie besänftigt.

Sie tupft sich ein wenig Honig aus den zerstörten Bienenstöcken auf die Handgelenke. Es sind ältere Stöcke, einst von Hennes Vater angelegt. Ihr Honig ist hellgolden und riecht nach Wald. Sie nimmt eine der flachen Bienenschalen, füllt sie mit Talg und gibt einen Würfel Wachs hinein, um den Geruch abzumildern. Dann entfacht sie eine Glut mithilfe des Feuersteins an der Wand, und als sie nach draußen tritt, zupft sie Rosmarin von dem Busch vor dem Schuppen und streut ihn in die Flamme, sodass duftender Rauch von der Schale aufsteigt.

Sophey kommt mit vorsichtigen Schritten zu ihr hin und nimmt die Schale in ihre steifen Finger, als sei das ein Tanz, den sie zusammen eingeübt haben und bei dem sie sich im Einklang mit Erens Melodien bewegen. Die alte Frau richtet sich auf und führt Lisbet beherzt mitten durch die Bienenstöcke hindurch, ganz so, als schritten sie beim Hochamt in einer Prozession durchs Münster und ließen Weihrauch aufsteigen.

Die Bienen, von der Musik bereits besänftigt, taumeln tiefer herab und breiten sich wie ein Netz über sie, während Lisbet das ihre anhebt und mit ihrer Arbeit beginnt. Die Musik klingt einen Moment lang zögerlich, so als würden

Erens Finger, als er die Frauen in die Bienen eintauchen sieht, ins Stolpern geraten, doch er hat sich sogleich wieder gefangen.

Lisbet greift ordnend in das Gewirr der Bienen ein und lenkt sie dorthin, wo sie zuvor wohnten, hin zu ihren Stöcken. Aus dem Augenwinkel sieht sie eine Gestalt aus dem Wald treten. Nethe ist aber klug genug, dort stehen zu bleiben und keine Fragen zu stellen.

Es vergeht viel Zeit, doch Lisbet hat ihre Schläfrigkeit nun vollends abgeschüttelt und arbeitet, als habe sie für diesen Augenblick ein ganzes Leben lang geübt, ein Leben, das bislang voller Niedergang, Unheil und Blut war und nun aus nichts als Musik, Schönheit und Bienen besteht. Ihre Schwiegermutter schreitet vor ihr dahin und salbt den Weg mit Rauch. Lisbet spürt etwas von der Macht in sich, die einem Priester zukommen mag, weist allen Tieren ihren Platz zu, nimmt Panik und Verwirrung von ihnen und gibt ihnen Frieden. Die ihres Zuhauses beraubten Bienen ballen sich zu einer Säule, die über den zerstörten Stöcken steht.

»Was jetzt?«, raunt Sophey und bewegt dabei kaum die Lippen. Lisbet weiß, dass sie für die Bienen nichts weiter tun können. Sie haben keine Bienenkörbe übrig, und es stehen keine vorgefertigten Stöcke bereit. Selbst wenn sie verfügbar wären, würden die Bienen sie nicht sogleich annehmen. Lisbet legt das Netz beiseite und lässt sich neben dem ersten Stock vorsichtig auf die Knie sinken. Sie sucht die Trümmer ab. Aus den Waben, deren makellose Zellen und Kammern zerborsten sind, rinnt Honig über ihre Finger. Schließlich findet sie sie. Die Bienenkönigin ist fast so groß wie ihr Daumen. Ihre Flügel sind gebrochen und kleben an den Überresten ihrer Kammer fest. Aus ihr ist alles hervorgegangen. Ohne sie sind die Bienen verloren. Sie zerdrückt sie mit den Fingernägeln, vollzieht den Gnadenakt so zügig wie möglich.

Weinen ist jetzt unnütz, doch als sie sich dem anderen Bienenstock zuwendet, spürt sie dennoch ein Brennen in den Augen. Hier kann sie die Königin zunächst nicht finden. Sie richtet den Blick nach oben und versucht ihren massigen Körper inmitten ihrer Untertanen auszumachen. Vergeblich.

»Lisbet …«, setzt Sophey an, doch Lisbet schüttelt den Kopf.

Sie hebt den Stock an, um die Unterseite abzusuchen, geht die vollkommen geformten Waben durch, prüft die papiernen Wände, die so fein und filigran sind, dass kein Mensch sie so anfertigen könnte, bis sie sie schließlich findet. Sie ist eingeschlossen hinter einer zerknitterten Hülse aus Wachs.

Mit gewaltigem Summen erhebt sich die Königin aus den Überresten ihres Stocks. Sie taumelt gegen Lisbets Wange. Sie spürt, wie ihr Flügel, leicht wie Spinnweben, sie streift. Dann fliegt sie höher, und ihr Volk nimmt sie in sich auf. Die Bienen steigen mit ihr empor, als sei sie ein aus Luft gefertigter Anker und als seien Leinen, die sie am Boden hielten, mit einem Mal gekappt worden. Sie folgen ihr in den Wald.

13

Zu fünft sitzen sie in benommenem Schweigen um den sauber gewischten Tisch. Frederich blickt Lisbet nahezu ehrfürchtig an, Nethe atmet hörbar, und Eren hat die feingliedrigen Hände auf dem Holz ausgebreitet. Sophey hat Lisbet den guten Stuhl überlassen, der stabil auf vier Beinen steht, eine Geste des Respekts, die sonst ihrem Sohn vorbehalten ist.

Lisbet fällt es schwer, nichts zu sagen, und noch schwerer, still dazusitzen. Sie versucht, nicht mit dem Bein zu wippen, und empfindet ein Kribbeln auf der Haut. Voller Stolz spürt sie ihr Herz kräftig schlagen und ihren Atem strömen.

»Erstaunlich«, sagt Frederich schließlich. »Höchst beeindruckend. Bist du eine Hexe, Lisbet?«

»Fred«, zischt Eren. »Red kein dummes Zeug.«

Lisbet blickt Eren an, der zwischen Nethe und dem Trommler sitzt. Ihr kommt es vor, als strahle er dieselbe Energie aus wie sie selbst, dasselbe Triumphgefühl. Die Laute liegt auf dem Tisch, zwischen den Bechern mit Dunkelbier, das Sophey ihnen allen eingeschenkt hat. Sie lächelte sogar, als sie Eren seinen Becher reichte, und zuckte nicht zurück, als ihre Hände sich dabei streiften. Nur Nethe hat noch keinen Schluck genommen, sie wurde bleich, als sie das Bier roch.

»Was ist geschehen?«, fragt Lisbet nun. »Wer hat das getan?«

»Ein Junge«, sagt Sophey. »Nethe hat ihn gesehen.«

Nethe nickt. »Er hat die Waben an sich genommen.«

»Und eine Spur der Verwüstung hinterlassen«, sagt Sophey. »Ebenso viele Waben, wie er mitgenommen hat, hat er auch einfach liegen lassen, und kaputt gemacht hat er noch mehr.«

»Ein Junge?«, fragt Lisbet beunruhigt. »Wie sah er aus?«

Nethe zuckt die Schultern. »Ein Junge eben. Dunkles Haar, mager. In dem Alter sehen sie doch alle gleich aus.«

»Dunkles Haar«, wiederholt Lisbet. »Wie groß? So?«

»So ungefähr.«

»Blaue Augen? Weit auseinanderstehend? Bleiche Haut?«

»Wie gesagt«, gibt Nethe ungeduldig zurück. »Solche Kinder gibt's viele. Er hatte aber eine ziemlich große Klappe. Schien zu denken, dass es sein gutes Recht ist, hier aufzukreuzen.«

Lisbet lässt sich gegen die Stuhllehne sinken. Eine Befürchtung nagt an ihr, ein Verdacht.

»Was hast du?« Sophey mustert sie aufmerksam. »Was weißt du darüber?«

»Nichts«, antwortet Lisbet ein wenig zu schnell. Es stimmt, dass sie nichts weiß, aber sie hat eine Ahnung.

»Einer von euren Rotzlöffeln aus den Armenvierteln?«, setzt Sophey nach, und Lisbet zuckt zusammen, weil sie ins Schwarze getroffen hat.

Lisbet denkt an den Jungen an Platers Seite, der einen Eisenhaken schwang und sie dort bei der Zunft mit Eren sah. Der vielleicht auch Ida und Nethe tanzen sah.

Daniel Lehmann.

Seine Familie ist sicherlich zutiefst verzweifelt. Wie Nethe gesagt hat, glaubte er offenbar, im Recht zu sein, als er die

Waben stahl. Dachte er womöglich, dass er sie alle mit dem, was er gesehen hat, in der Hand hat und davon ausgehen kann, dass sie Stillschweigen bewahren? Sie hofft, dass dem nicht so ist. Falls es aber so sein sollte, hat Nethe eine solche Art von Übereinkunft bereits unmöglich gemacht, ehe sie getroffen wurde.

»Bedürftige gibt es viele«, sagt Lisbet mit so viel Bestimmtheit, wie sie aufbringen kann. »Seit die Tanzwut begonnen hat, haben die Einundzwanzig die Hälfte der Stadt auf die Straße getrieben.«

»Das stimmt«, sagt Eren. Sophey vermeidet es, ihn anzublicken. So weit reicht ihre neu entdeckte Duldsamkeit gegenüber dem Türken dann doch nicht. »Alle Tavernen wurden geschlossen, ebenso die Herbergen.«

»Fast alle«, feixt Frederich. An einem Zucken in Erens Oberkörper ist abzulesen, dass er seinem Kameraden unterm Tisch einen Tritt gegen das Schienbein versetzt.

Sophey lässt ihre Wange, die von Minute zu Minute weiter anzuschwellen scheint, auf ihrer Hand ruhen. »Wir werden Schutz brauchen«, sagt sie. »Einen besseren, als diese nutzlosen Hunde uns bieten können. Sie haben erst angefangen zu bellen, als du einen Schrei ausgestoßen hast, Nethe.«

»Schutz?«, sagt Nethe. »Wie soll der aussehen?«

»Männer«, sagt Sophey, und Frederich wirft sich in die Brust. »Starke Männer.« Frederich sinkt in sich zusammen.

»Dir ist klar, dass das dann Platers Männer wären?«, fragt Lisbet, ohne den Abscheu in ihrer Stimme unterdrücken zu können. »Er hat sämtliche Büttel der Stadt unter sich.«

»Was auch immer notwendig ist.« Sophey zuckt die Schultern. »Einen weiteren Diebstahl darf es einfach nicht geben.«

»Plater unterstützt einen solchen Diebstahl doch!«, sagt Lisbet aufgebracht. »War das nicht Zweck seines Briefs? Was soll denn Henne denken, wenn …«

»Er soll dir dankbar sein können, dass du seiner Mutter Respekt erweist«, sagt Sophey. Von Milde und Güte ist jetzt nichts mehr zu spüren. »Ich will morgen zum Wundarzt, damit er mir diesen Zahn zieht. Dann werde ich mit Plater reden.«

Sie stemmt sich energisch von ihrem Stuhl hoch und stapft aus der Küche.

Frederich schnaubt geräuschvoll. »Trommler sind kräftig, müsst ihr wissen.«

»Das ist nicht die Zeit für Scherze«, fährt Eren ihn an.

»Nein«, gähnt Frederich. »Aber die Zeit zum Schlafen. Ich hatte einen ziemlich anstrengenden Tag.«

»Davon will niemand hier etwas hören«, sagt Eren. Er beobachtet Lisbet, die das Gefühl hat, ihr Gesicht werde unter seiner Aufmerksamkeit ganz heiß.

»Wie charmant«, sagt Frederich ungerührt. »Gute Nacht, holde Weiblichkeit, gute Nacht, Gebieterin der Bienen.« Er macht eine spielerische Verbeugung vor Lisbet und wendet sich dann an Eren. »Pass auf dich auf, mein Freund. Die Stadt bietet ein noch betrüblicheres Schauspiel als zuvor. Ich beneide dich nicht darum, dass du nachts an der Reihe bist.«

Er schreitet pfeifend durchs Haus und schließt die Tür ein wenig zu laut hinter sich. Über diese Angewohnheit von Männern hat Lisbet sich stets gewundert. Sie kennt sie von ihren Brüdern wie auch von Henne. Sie bewegen sich so laut, so ungeniert durch die Welt, ohne einen Gedanken darauf zu verschwenden, wer sie hört oder ob sie womöglich jemanden stören. Doch Eren ist anders. Er scheint wie sie und die meisten Frauen in der Lage zu sein, so still dazusitzen, dass er seine Anwesenheit vergessen macht.

Lisbet blickt von ihm zu Nethe und merkt, dass ihre Schwägerin sie anstarrt.

»Jetzt?«

Lisbet seufzt. Die heimliche Zusammenkunft. Wegen der Bienen hat sie gar nicht mehr daran gedacht. »Jetzt gleich?«

»Ich habe Ida gesagt, dass wir uns nach Einbruch der Dämmerung am Fluss treffen. Dort wird sie warten.«

Lisbet schüttelt den Kopf. Es passt so gar nicht zu dem Bild, das sie von Ida hat, dass ihre Freundin ihre schlafenden Kinder zurücklässt und den dunklen Wald durchquert, um eine Frau zu treffen, die sie vor Kurzem noch zu verabscheuen schien. Doch sie hat vieles über Ida erfahren, was sie bislang nicht ahnte.

»Kein Grund zur Sorge. Mutter nimmt Mohn, wegen des Zahns«, sagt Nethe. Sie erhebt sich und streicht mit der Hand durch ihr kurzes Haar. »Sie schläft vermutlich schon.«

»Bist du müde, Lisbet?«, fragt Eren sanft.

Sie begreift, dass er ihr zur Seite springen will, doch in Wahrheit ärgert sie die Frage. Hat er denn nicht gesehen, was sie vollbracht hat, wozu sie imstande ist? Vielleicht hat Frederich ja recht – vielleicht ist es eine Art Hexerei, weiße Magie, die eine gute Sache, die sie der Welt zu geben hat. *Gebieterin der Bienen.*

Und ein Teil von ihr will zum Baum gehen, will die Bänder ihrer Babys anblicken und ihnen sagen, was ihre Mutter zuwege gebracht hat, wie sie die Bienen beschworen hat, ihnen ihren Rhythmus vorgegeben hat, so mühelos, wie Eren auf seiner Laute spielt. Wie viele Male hat sie sich weinend dorthin auf den Weg gemacht? Wäre es nicht gut, ihren Triumph zu den Babys zu tragen?

»Nein, ich bin nicht müde«, sagt sie. »Ich komme mit, Nethe.«

Nethe lässt einen kleinen Jubelruf hören. Sie packt die Flasche mit dem restlichen Bier und das übrige Brot in einen Beutel, so wie sie es für Henne taten, ehe er nach Heidelberg aufbrach.

»Wird es Sophey nicht auffallen, wenn die Sachen nicht mehr da sind?«

»Das können wir auf den Trommler schieben«, sagt Nethe.

»Besser hat er es auch nicht verdient«, sagt Eren amüsiert, und auch Lisbet kann sich ein Lächeln nicht verkneifen.

»Soll ich euch begleiten?«, fragt er. »In den nächsten Stunden werde ich in der Stadt nicht gebraucht. Ich bin vielleicht kein starker Mann, aber ich habe mein Messer.«

»Dein Messer interessiert mich nicht«, sagt Nethe, deren Stimmung sich zusehends hebt. »Aber nimm deine Laute mit, dann kannst du uns etwas spielen, das nicht Bienen, sondern Frauen anspricht.«

»Nethe«, sagt Lisbet warnend. »Du vergisst dich.«

»Ja«, sagt Nethe mit blitzenden Augen, »genau darum geht es auch.«

Lisbet hat nicht vergessen, wie sie das erste Mal in der Dunkelheit zum Tanzbaum unterwegs war, mit einem Kind in ihrem Bauch. Wie sie spürte, dass seine Fasern und Fäden sich zu lösen begannen, wie das zarte Gebilde auseinanderfiel. Doch sie verbietet es sich, bei dem Gedanken zu verweilen und eine Verbindung von damals zu dem jetzigen Kind herzustellen. Heute Nacht, nimmt sie sich vor, wird sie, wenn sie auf sündigem

Pfad durch den Wald schleicht, all die traurigen Geschehnisse und alle ihre Verfehlungen vergessen. Nethes Leichtfertigkeit ist ansteckend, Lisbet fühlt sie auf sich übergreifen.

Die Saiten von Erens Laute, die er sich auf den Rücken geschnürt hat wie einen Bogen, klirren leise im Takt seiner Schritte. Sie spürt ihn hinter sich, doch er lässt so viel Abstand, dass sie von ihm nichts als das dissonante Klimpern hört. Sie haben keine Fackel, aber ein Schlagfeuerzeug und ein Bündel Kerzen dabei, das Sophey, da war Nethe sich sicher, nicht vermissen wird, und so tasten sie sich durch die Stille des Waldes voran. Sie haben allen Grund, sich zu ängstigen, und vielleicht ist das der Widerhaken, der in Lisbets Entzücken und Hochgefühl steckt und dies umso köstlicher macht.

Ida ist schon am Flussufer, eine kleine, schmale Gestalt, umkränzt vom Schein ihrer Fackel. Zwar rennt Nethe auf sie zu, doch Ida schließt Lisbet als Erste in die Arme, fester und länger als sonst. Lisbet versteht die Bitte um Vergebung und nimmt sie an.

Lisbet geht durch die Bäume voran. Sie hört, wie Nethe Ida von dem Diebstahl erzählt, von der Zähmung der Bienen durch Lisbet, und freut sich an Idas staunenden Ausrufen.

Sie fühlt sich unantastbar, getragen vom Erleben, von den Bienen eingehüllt zu sein, zu spüren, wie der Panzer der Königin zwischen ihren Fingern aufspringt. Die sorgenvollen Gedanken an Daniel Lehmann und Plater sind vergessen. Die Brombeerranken teilen sich, der Schein von Idas Fackel füllt die Lichtung. Da ist ihr Tanzbaum, da sind die Bänder ihrer Babys. Frieden kehrt in ihr ein.

Nethe juchzt, lässt Ida los und dreht sich mit ausgebreiteten Armen im Kreis, ganz so, als sei sie wieder betrunken.

»Können wir da hoch?«, fragt sie und zeigt auf die Plattform. Lisbet nickt und beäugt Nethes Füße, die einigen der sorgsam angeordneten Andenken gefährlich nahe kommen.

»Sie ist solide genug«, sagt sie.

»Geht das für dich mit der Leiter?«, fragt Eren. Er steht jetzt an ihrer Seite. Sie glaubt die Wärme seines Körpers zu spüren. Statt einer Antwort geht sie voraus zur Leiter, die recht planlos zusammengezimmert, aber stabil ist, und beginnt hochzusteigen. Tatsächlich hat sie das noch nie versucht, wenn sie so kugelrund war, und es war dabei auch noch nie so dunkel. Doch sie will es ihm zeigen. Keuchend tappt sie quer über die Plattform, winkt zu ihm hinunter und lacht auf, als sie seine erstaunte Miene sieht.

Nethe und Ida folgen ihr sogleich, und Eren kommt langsam nach, bis sie sich mit übereinandergeschlagenen Beinen gegenübersitzen, ähnlich wie zuvor, in sprachlosem Staunen, zusammen mit Sophey und Frederich am Tisch. Dann bricht Ida in Lachen aus. Nethe stimmt ein und zieht die Bierflasche aus dem Beutel. Ihr Unwohlsein ist offenbar vergessen.

»Hast du das wirklich selbst gebaut?«, fragt Nethe, wischt sich den Mund ab und gibt die Flasche an Ida weiter.

Lisbet nickt. »Die Bretter und Seile und alles andere habe ich aus einer der Hütten geholt, die tiefer im Wald liegen.« Eren runzelt die Stirn, und Lisbet erklärt: »Da gibt es verlassene Hütten, in denen einst Heiden, Rebellen und andere wohnten.«

»Die Geschichte dieses Waldes ist voller Geheimnisse«, sagt Nethe und macht sich daran, die Kerzen auf der Plattform zu verteilen.

Eren schüttelt den Kopf. »Ich kann kaum glauben, dass du das gebaut hast.«

»Hab's nur ausgebessert«, sagt Lisbet. Sie lässt sich das Bier geben, weil ihr mit den Händen sonst gerade nichts zu tun bleibt. »Als meine Eltern noch Kinder waren, gab es viele Tanzbäume. Dieser hier war ein wenig mitgenommen, aber die Stützpfosten waren gut erhalten. Deshalb war es einfach – fünf Bretter über die Äste legen und sie dann festnageln.« Sie lacht über sein wenig schmeichelhaftes Staunen. »Es gab eine Zeit, da war ich jung und stark und hatte einen flachen Bauch.«

»Stark war sie schon immer«, sagt Ida und streckt die Hand wieder nach der Flasche aus. Lisbet reicht sie weiter, ohne daraus getrunken zu haben. »Als Henne sie uns vorstellte, kam sie mir schmächtig vor, wie eine Gerstengarbe im Wind, leicht zu brechen. Aber sie ist nicht einmal umgeknickt, trotz allem, was ihr widerfahren ist.«

Zu ihrem Unmut stellt Lisbet fest, dass sie einen Kloß im Hals hat. Ida irrt sich aber. Sie wurde gebrochen und ist umgeknickt, wieder und wieder. Sie blickt nach oben zu den Bändern, die schlaff in den Zweigen hängen.

Ida schiebt ihre schmale Hand in Lisbets. »Du bist ein Wunder, Lisbet. Nethe hat mir erzählt, wie du die Bienen gezähmt hast.«

»Hat sie auch von dem Diebstahl berichtet?«

»Natürlich«, sagt Ida und runzelt die Stirn. »Es ist traurig, dass viele Menschen in solchem Elend leben und so bedürftig sind.«

Lisbet holt tief Luft. Sie will Ida von ihrer Ahnung, ihrem Verdacht erzählen, dass es Daniel war, der vielleicht jetzt gerade Plater Bericht erstattet und Verderben über sie alle bringt. Doch Ida dreht sich weg und nimmt wieder die Bierflasche an sich.

Nethe mustert Eren. »Es überrascht mich, dass du mitgekommen bist. Ist es für einen Türken üblich, dass er sich mit Sodomitinnen abgibt?«

»Nethe«, sagt Lisbet warnend.

»Vielleicht nicht«, erwidert Eren gelassen. »Aber für einen Musikanten ist es nichts Ungewöhnliches.«

Lisbet kann ein Lächeln nicht unterdrücken. Einem Mann mit so viel Humor ist sie noch nie begegnet. Henne ist niemals belustigt, er hat den Hang seiner Mutter geerbt, tadelnd dreinzuschauen, wenn andere fröhlich sind. Und die Grausamkeit, mit der er Nethe verraten hat – woher mag sie rühren?

»Ich wusste es«, sagt Nethe. »Der Trommler, nicht wahr?«

Eren senkt den Kopf und streicht über die Saiten seiner Laute. Lisbet spürt ein Ziehen im Bauch.

»Frederich? Er ist …«

Sie kommt sich einfältig wie ein Neugeborenes vor. Ganz so, als führten alle um sie herum ein Leben, von dem sie nicht das Geringste wusste, als sprächen sie eine Geheimsprache.

»Er liebt einen Wächter«, sagt Eren. »Beim Gefängnis.«

Lisbet spürt, wie ihr das Blut in die Wangen steigt, und sie verabscheut das, sie verabscheut ihre Naivität.

»Ha!«, sagt Nethe. »Seht ihr, wenn man nur weiß, wo man hinschauen muss, findet man uns überall. Auch unter den Dienstmännern der Einundzwanzig. Selbst im Kloster habe ich mir bei manchen der Schwestern so meine Gedanken gemacht. Aber«, sie streckt die Hand aus, als wolle sie Ida beruhigen, »ich war nicht interessiert.«

»Nethe«, sagt Ida leise. »Bitte.«

»So tugendhaft, unsere Ida. Ich glaube, jetzt ist es Zeit für einen Tanz«, sagt Nethe und klatscht in die Hände. »Spiel für uns.«

»Nethe«, knurrt Lisbet.

»Ich bitte um Verzeihung«, sagt Nethe, steht auf und verneigt sich wie ein Mann. Ida kichert, Lisbet blickt sie erstaunt an. Was ist nur in diese Frauen gefahren? Wenn sie beieinander sind, scheinen sie nicht mehr bei Sinnen zu sein.

»Bitte, guter Türke, spiel uns auf.«

Lisbet blickt entschuldigend zu Eren, doch er nimmt einfach seine Laute zur Hand. Dieses Mal spielt er kein subtil vielschichtiges Stück, sondern ein munteres, belebendes. Nethe hilft Ida hoch, und bald stampfen die beiden johlend umher und stellen, da die Plattform dabei vibriert und schwankt, Lisbets Vertrauen in ihr Werk auf die Probe. Ohne eine Pause einzulegen, zünden sie die Kerzen an, in deren Widerschein Augen und Zähne funkeln und glitzern.

Lisbet fühlt sich fehl am Platz und lehnt sich, um ihnen mehr Raum zu lassen, gegen den Baumstamm. Nethe übernimmt wieder die Männerrolle und schwingt Ida unter dem Dach der Baumkronen wild hin und her. Für Lisbet war das hier stets ein Ort der Stille, eine Art Kirche, wie Nethe sogleich erkannt hat. Doch nun erfüllt die Musik die Baumkuppel, lässt die Zweige erbeben und bringt die Blätter zum Schimmern, und ihr leuchtet völlig ein, warum die Heiden sich solche Orte geschaffen haben.

Eren wechselt nahtlos zu einer anderen Weise, und die Frauen tanzen und tanzen, die Röcke gerafft, sodass die bloßen Füße und Waden zu sehen sind. Schließlich bittet Ida Eren um ein langsameres Stück. Er beginnt ein Dreschlied zu spielen, mit einer vertrauten und gleichmäßig dahinströmenden Melodie. Keuchend streckt Ida Lisbet die Hand hin.

»Ach komm, so alt bist du doch nicht.«

Lisbet rollt mit den Augen und ergreift die Hand, doch erst als Nethe ihr auch die ihre anbietet, können die beiden sie hochziehen. Die drei Frauen nehmen sich an den Händen und drehen sich tanzend im Kreis. Eren sitzt außerhalb, hat ihre Schritte im Blick und lenkt und untermalt sie mit seiner Musik. Lisbet schließt die Augen und lässt sich von Ida und Nethe leiten. Ihr dreht sich der Kopf, bis sie sich sicher ist, dass sie gleich fallen und sich selbst und dem Baby wehtun wird, dass sie vom Baum herabstürzen wird, wenn sie nicht die Augen öffnet und das Kreisen durchbricht. Doch sie lässt sich weiter herumwirbeln, Runde um Runde, bis die Musik aufhört.

Die Frauen halten sich weiter an den Händen gefasst und blicken einander an, bis Ida die beiden anderen zu sich heranzieht. Lisbet spürt, wie sich Arme um sie legen und wie ihr Bauch, hart wie ein Obststein, von ihren drei Körpern umschlossen ist. Als sie selbst ihre Arme um die beiden legt, spürt sie Idas weiche Wange an der ihren. Sie schwingen zusammen hin und her und spüren dabei den Herzschlag der anderen. Lisbet kommt es vor, als könne sie auf ewig so bleiben, gemeinsam atmend mit jenen Frauen, in diesem Augenblick verharrend, in dem sie nichts begreift und zugleich alles begreift, was da zwischen ihnen geschieht.

Doch dann löst Ida sich von ihr, und Lisbet kippt zur Seite zu Nethe hin, die fest und stark wie ihr Bruder dasteht und ihr lachend behilflich ist, sich wieder auf der Plattform niederzulassen.

»Wer so munter umherhüpft, braucht keine berauschenden Getränke«, sagt Nethe, als Ida sich keuchend auf die Knie sinken lässt.

»Ich muss Wasser trinken«, sagt Ida. »Es ist zu heiß.«

»Die Hitze hört Tag und Nacht nicht auf«, sagt Nethe und nimmt noch einen kräftigen Schluck aus der Flasche. »Wasser hilft da wenig.«

»Trotzdem«, sagt Ida. »Ich muss jetzt zum Fluss.«

Nethe verdreht die Augen und zieht Ida wieder hoch auf die Beine. »Du warst schon immer ein wenig verweichlicht.«

»Nehmt die Flasche mit«, sagt Lisbet. »Auch ich wäre froh über ein wenig Wasser.«

»Du kommst nicht mit?«, fragt Ida und blickt von Lisbet hinüber zu Eren. Lisbet merkt, wie sie errötet.

»Ich werde mich weiter wegsetzen«, sagt Eren, »und mich nicht rühren, bis ihr wieder da seid.«

Ida zögert noch immer, und Lisbet weiß, wie die Situation auf sie wirkt. Eren ist nicht nur ein Mann: Er ist ein Türke, ein Fremder, ein fahrender Musikant. Er verkörpert all das Schlimme aus sämtlichen Schauergeschichten, die sie je zu hören bekommen haben. Doch schließlich siegt der Durst, und Ida lässt sich, die Flasche in der Hand, von Nethe davonführen.

Lisbet war zuvor schon allein mit Eren, doch heute Abend ist das etwas anderes, an diesem Ort, von dem sie glaubte, sie werde ihn niemals mit einer Menschenseele teilen. Ihr Mut schwindet, und sie hält den Blick auf den Himmel gerichtet, in den die Äste des Baumes wie Streben eines Gewölbes ragen. Eren scheint nichts dagegen zu haben, dass sie schweigen, und nimmt wieder seine Laute zur Hand.

Diesmal spielt er etwas Anmutiges und Verhaltenes, das melancholischer klingt als die Weise, mit der er die Bienen besänftigte. Es ist eine Wehklage, der die Schärfe genommen ist, und doch unverkennbar ein Trauerlied. Lisbet schließt wieder die Augen und lehnt sich gegen den Baumstamm.

Sie lässt die Gedanken schweifen. Erinnerungen steigen in ihr auf. Sie denkt an das erste Kind, das sie in sich trug, und an das zweite. Sie kommen zu ihr, alle ihre Kinder, tauchen eines nach dem anderen aus der Musik hervor wie Geister: Körper aus Licht, Seelen aus Gold. Was Pater Hansen in der Kirche predigte, hat sie nie geglaubt: dass ein Kind, das er nicht segne, ehe es sterbe, der Verdammnis nicht entrinnen werde. Doch hier an diesem Ort spürt sie, weiß sie, dass das nicht sein kann. Jedes von ihnen wird in Erinnerung gehalten, jedes wird gewürdigt. Und so werden sie alle errettet.

Als Eren zu spielen aufhört, öffnet sie die Augen. Er erwidert ihren Blick. Er weiß, was in ihr vor sich geht. Dieses Empfinden ist so überwältigend, dass es ihr den Atem verschlägt. Sie beugt sich, wie ein Schilfrohr zum Wasser, zu ihm hin, mit geöffneten Lippen, und schließt die Augen.

»Lisbet …«

Statt seinen Lippen auf ihren: eine Hand auf ihrer Schulter. Statt einer innigen Umarmung: ein sanftes Wegschieben. Ihre Wangen beginnen zu glühen. Sie kann ihm nicht in die Augen schauen.

Wankend richtet sie sich auf. »Es ist Zeit zu … ich muss …«

Sie ignoriert sein leises Rufen und steigt die Leiter hinab, ihr Bauch stößt dabei an die Sprossen. Als sie hört, dass er wieder zu spielen beginnt, weiß sie, dass er ihr nicht folgt. Sie schmäht sich selbst mit jedem Schimpfwort, das ihr in den Sinn kommt, und Peinlichkeit und Scham dröhnen in ihrem Kopf wie Trommelschläge.

Sie sagt sich, dass ihr Verstand nur einen Moment lang ausgesetzt hat, doch sie weiß, dass das eine Lüge ist. Wenn er ihren Kuss erwidert hätte – sie schüttelt den Kopf, um den

Gedanken loszuwerden. Es ist doch offenkundig, dass er das niemals tun würde. Sie ist verheiratet, sie ist alt, sie trägt das Kind eines anderen Mannes in sich.

Lisbets Mund ist ausgetrocknet, ihr ganzer Körper schmerzt. Sie wird sich jetzt zum Fluss aufmachen, um sich Nethe und Ida anzuschließen, und im Gehen diese seltsamen Regungen abstreifen, die sie durchströmen. Solange er so tun kann, als sei nichts passiert, kann sie das auch.

Ihre Augen haben sich nun ganz an die Dunkelheit gewöhnt. Während sie durch den Wald eilt, versucht sie, ihre Gedanken und Empfindungen einzuhegen und zu ordnen, um sie tief in ihrem Inneren zu verschließen. Sie bäumen sich auf wie schimmernde Fische, die in einem Netz zappeln, und sie drückt sie wieder nach unten.

Als sie dem Fluss näher kommt, erblickt sie zwischen den Bäumen kleine Feuer, um die Gruppen von Menschen sitzen, und vernimmt Murmeln und kurzes Auflachen. Sie denkt daran, wie der hungrige Mann mit dem rostigen Messer auf sie zukam, und gibt sich alle Mühe, unbemerkt an ihnen vorbeizukommen. Sie setzt ihre Schritte langsam und mit Bedacht. Ihr Herzschlag beschleunigt sich. Doch diese Leute sind anders als jene, denen sie im Wald begegnete, als sie mit Ulf unterwegs war. Mit ihren Verordnungen haben die Einundzwanzig auch Familien in den Wald getrieben, und die sind ebenso auf der Hut wie Lisbet selbst. Im Feuerschein sieht sie Kindergesichter und, auf übereinandergestapelte Kleider gebettet, schlummernde Babys mit kleinen gespitzten Mündern.

Sie hält sich im Schatten und bahnt sich ihren Weg durch dichtes Unterholz, in das die Familien nicht vorgedrungen sind. Zum Fluss hin wird der Boden morastiger, und das Ufer ist von angespülten Ästen übersät. Sie ist so sehr darauf bedacht, unsichtbar zu bleiben, dass sie die Geräusche, die sie vernimmt, nicht zuzuordnen vermag und zunächst für das Rufen einer Eule oder das Bellen eines Fuchses hält. Doch als sie eine Stelle am Ufer erreicht, wo sie manches Mal, durch Farngestrüpp geschützt vor fremden Blicken, ein Bad genommen hat, sieht sie dort klar und deutlich etwas, das nicht sein darf.

Ida sitzt auf einem großen, verrottenden Baumstamm, auf dem Lisbet manchmal ihre Kleidung trocknet. Einst fand sie hier ein ertrunkenes Reh, das ans Ufer gespült worden war, der kleine braune Körper weich und aufgequollen. Dieses Reh kommt ihr jetzt in den Sinn, als sie Ida vor sich sieht, deren Zunge lüstern zwischen den Zähnen glitzert. Der Kopf ist nach hinten geneigt, die bleichen Schenkel sind gespreizt, die Arme ausgebreitet. Der Mund steht weit offen, und auf ihrem Gesicht liegt ein Ausdruck von solcher Hingabe, dass Lisbet sich dafür schämt, Zeugin dieser Szene zu sein, noch ehe sie Nethe dort knien sieht, den golden schimmernden Kopf zwischen Idas Beinen.

Einen Augenblick später sind Lisbets letzte Zweifel an dem, was da geschieht, verflogen. Ida gibt erneut ein klagendes, animalisches Stöhnen von sich und packt Nethe mit der Hand am Nacken, um sie kraftvoll zu sich hochzuziehen. Sie beugt sich vor, um Nethes Lippen zu finden, und sie küssen sich. Nethe kniet im Schlamm. Um ihre Hüfte schlingen sich, als bleiche Klammern, die den Rock zusammenhalten, Idas Beine, ihre Hände sind in Nethes Rücken gekrallt.

Lisbet sollte sich bemerkbar machen. Sie sollte rufen oder schreien, auf sie einschlagen angesichts ihrer Sünde, ihrer

Torheit. Doch sie bringt kein Wort heraus und kann nichts tun, als unbeholfen und mit klopfendem Herzen rückwärts ins Dunkel zu stolpern. Dann sieht sie plötzlich, wie sich hinter den Frauen etwas bewegt.

Da ist noch jemand, der die beiden beobachtet. Eine Gestalt mit aufgedunsenem, abscheulichem Gesicht kauert dort, die verwachsenen Finger um einen Eisenhaken geklammert. Neben ihr zeichnet sich eine größere Gestalt ab. Als seien Wasserspeier von den Mauern des Münsters herabgestiegen – der Teufel und sein Helfershelfer, gekommen, um ihre Seelen zu holen.

»Ida!«, ruft sie. »Agnethe!«

Doch es ist zu spät. Noch während die Frauen sich voneinander lösen, eilen die zwei Gestalten durch den Morast herbei. Nicht Teufel und Dämon, aber dennoch unheildrohend. Als sie vor Ida und Nethe stehen, sieht Lisbet, um wen es sich handelt. Vom Bienengift sind Daniels Wangen wund und blutig, die Augen tränen ihm, und die mageren Finger sind angeschwollen. Hinter ihm, unversehrt, aber noch grauenerregender, steht Plater. Sein Gesicht leuchtet triumphierend, als er Ida an den Haaren packt und sie vom Baumstamm wegreißt.

»Hure!«, schreit er. »Sodomitin, Ketzerin!«

Aus Nethes Kehle dringt ein tiefes Grollen, und sie erhebt die Faust gegen Plater. Ida schreit auf: »Fort, Nethe, bitte!«

Plater steht Auge in Auge mit Agnethe und knurrt: »Hexe.« In seiner verzerrten Miene mischt sich Hass mit Verlangen. »Ich hätte dich totprügeln sollen.«

»So nah wie damals wirst du mir niemals kommen, Alef.« Nethe ist so groß wie er, so wutentbrannt wie er. »Lass sie gehen. Sie will nichts von dir wissen, genauso wenig wie ich.«

»Agnethe«, ächzt Ida. »Geh.«

»Schnell, Junge«, sagt Plater, der Ida immer noch an den Haaren gepackt hält. »Schlitz ihr den Bauch auf.«

Daniel hält denselben Haken in der Hand, mit dem er die Tänzerinnen auf der Bühne bei der Zunft auseinandertrieb. Die Augen schießen in seinem kläglich verquollenen Gesicht hin und her, Lisbet kann sehen, wie er mit sich ringt. Er wird das doch nicht tun? So schnell kann er sicherlich nicht zum Ungeheuer geworden sein – das kann erst geschehen, wenn er das Mannesalter erreicht hat. Sein Zögern ist der Impuls, der sie in Bewegung setzt. Schnell eilt sie zu Nethe hin und stellt sich zwischen sie und Daniel.

»Tu es!«, kreischt Plater.

»Daniel«, sagt sie. »Lass es sein. Du kannst es nicht ungeschehen machen.«

Sein Atem geht mühsam – er hat wohl eine Biene verschluckt, deren Stachel in seinem Hals steckt. Sie hört sein Röcheln und will ihn am liebsten in den Arm nehmen.

»Jetzt, Junge!«, befiehlt Plater. Doch Daniels Röcheln wird lauter, die aufgedunsenen Augenlider sinken nach unten. Lisbet tritt zu ihm hin und stößt den Haken zur Seite.

»Alles ist gut, Daniel«, sagt sie im selben Ton, mit dem sie die Bienen beruhigte, nachdem er deren Stöcke verwüstet hatte. Einen Augenblick lang hat sie den Eindruck, er werde zulassen, dass sie ihn in die Arme schließt, doch dann brüllt Plater auf und kommt näher. Er zieht Ida mit, die vor Schmerz kreischt. Daraufhin hebt Daniel seinen Haken an, so als sei er eine Marionette, deren Hand an einem Faden emporgezogen wird. Lisbet dreht sich um und schiebt Nethe mit aller Kraft von sich weg.

»Geh«, zischt sie mit bebender Brust. »Geh!«

Nethes Gesicht ist zu einem stummen Schrei verzerrt. Sie ist von einer Wut und zugleich von einer Hoffnungslosigkeit erfüllt, wie Lisbet sie noch bei keinem Wesen gesehen hat.

»Ich passe auf sie auf«, sagt Lisbet. »Geh, sonst ist alles umsonst.«

Da spürt sie einen Stoß gegen die Schulter. Plater drängt sie beiseite, sie verliert das Gleichgewicht und fällt gegen den Baumstamm. Er packt Daniels Haken. Ida ruft Nethe erneut zu, sie solle die Flucht ergreifen.

Keuchend und mit verzweifelter Miene rafft Nethe ihren Rock hoch. Ohne sich noch einmal umzublicken, stürmt sie in den Wald davon.

Idas Hände umschließen das Handgelenk ihres Ehemanns. Es ist, das zeigt die Art und Weise, in der sie sich geschlagen gibt, nicht das erste Mal, dass er so grob mit ihr umspringt. Lisbet kniet sich neben ihre Freundin und versucht sie freizubekommen. Ida wimmert.

»Dich im Stich zu lassen fällt ihr ja sehr leicht«, sagt Plater höhnisch, doch ihm zittert die Stimme. »Du Hündin. Du Hure.«

»Bitte lasst von ihr ab!«, fleht Lisbet ihn an.

»Das geht dich nichts an, Lisbet«, faucht Plater. »Wie fühlt sich das an, Ida? Zu sehen, dass sie dich erneut deinem Schicksal überlässt?«

»Lasst sie los!«, sagt Lisbet und versucht, etwas von der nackten Wut in sich zu wecken, die sie auf Nethes Gesicht gesehen hat.

»Lisbet«, sagt Ida kaum hörbar. »Das Baby.«

»Ja«, sagt Plater. »Wir wollen ja keinen weiteren Abgang riskieren, nicht wahr?«

Die Glut von Lisbets Hass auf ihn ist so verzehrend, als

stehe sie auf einem Scheiterhaufen und fühle die Flammen gegen ihre Wangen züngeln. Am liebsten würde sie ihm Daniels Haken entreißen, ihn tief in seine Eingeweide stoßen und ihn dann drehen und drehen.

Aus den Bäumen um sie herum dringt ein Murmeln. Lisbet blickt auf. Menschen treten aus den Schatten: Frauen und Kinder, alte Männer, die sich auf im Wald aufgelesene Stöcke stützen. Die Familien, die aus der Stadt vertrieben wurden. Alle Gestalten vom selben Hunger gezeichnet, die Augen weit aufgerissen. Sie kennt niemanden. Doch dazwischen entdeckt sie ein Gesicht, das ihr vertraut ist.

Eren. Lisbet kommen beinahe die Tränen vor Erleichterung. Sie sieht, dass er sich zwischen den anderen einen Weg zu ihr hin bahnen will, schüttelt aber fast unmerklich den Kopf. *Nein.*

Angesichts der Zuschauer beschließt Plater, sein Vorgehen zu ändern. Er zerrt Ida auf die Beine, lässt ihre Haare los und packt sie am Oberarm.

»Wo bringt Ihr sie hin?«, fragt Lisbet, ermutigt von der Anwesenheit der Umstehenden.

»Halte dich da heraus«, sagt er.

»Habt Ihr vor, sie umzubringen?«, fragt sie laut und vernehmlich. »Wir alle haben Euch gesehen.«

»Ich bin ein Vertreter des Rates. Unser Gericht muss über diese Sache befinden.«

»Was hat sie denn getan?«, will einer der Zuschauer wissen.

»Sie hat vorgegeben, vom Tanzfieber befallen zu sein«, sagt Plater. »Sie wird, wie viele andere auch, wegen Gotteslästerung belangt werden.«

»Er lügt!«, ruft Lisbet. »Sie hat sich nichts zuschulden kommen lassen.«

»Du willst also einen Meineid schwören?«, sagt Plater, doch Lisbet schert sich nicht darum. Um Ida zu retten, würde sie alles sagen.

»Ich schwöre es, beim Leben meines Kindes …«

»Was auch immer das wert sein mag«, höhnt Plater.

Ihr stockt der Atem.

»Frau Lisbet?« Daniels Stimme klingt hauchdünn. Er streckt ihr flehend die Hand hin. »Soll ich Euch nach Hause begleiten?«

»Komm mir nicht zu nahe«, faucht sie. »Ich bedaure jeden Augenblick, in dem ich dir Güte erwiesen habe. Der Teufel soll dich holen.«

Plater zerrt Ida weg, nicht in Richtung Mühle, sondern in Richtung Stadt. Lisbet will ihnen folgen, doch Ida blickt über die Schulter zurück und sagt: »Geh nach Hause, Lisbet. Bitte.«

Das Baby in ihr ist ruhig. Als die Leute verschwunden sind und unendlich viel Zeit vergangen scheint, glaubt sie allein zu sein, doch da hört sie Erens Stimme, spürt seine Hand sachte an ihrer Schulter, mit demselben milden Druck, mit dem er sie zuvor weggeschoben hat.

Doch jetzt dreht sie sich zu ihm hin und sinkt in seine Arme, und er lässt es geschehen. Sie vergräbt ihr Gesicht tief in sein Gewand und schluchzt und klagt, bis ihre Kehle wund ist. Hinter den zusammengekniffenen Augenlidern steigen im Dunkel Bilder davon auf, wie sie ihre Mutter, deren Taschen voller Steine sind, aus dem Fluss zieht, wie sie sie in den Armen hält, ihre geliebte, verrückte Mutter, die sich ertränkt hat. Da ist wieder dasselbe Empfinden, dass alles in Scherben geht, dass alles dem sicheren Untergang geweiht ist.

Zu glauben, sie könne in Frieden leben und auch nur ein geliebter Mensch könne gerettet werden, war entsetzlich einfältig. Das Ende der Welt ist gekommen, und sie kann nichts tun, als zuzusehen, wie sie zerfällt.

Dreihundertundfünfzehn tanzen

Sie ist nur gekommen, um zu gaffen. Trude ruft sich das in Erinnerung, als sie neben der Bühne steht, doch seit sie die Frau mit dem offenen schwarzen Haar erspäht hat, ist sie sich nicht mehr so sicher.

Natürlich hat sie schon im Wahn befangene Menschen gesehen. Der Priester, ihre Mutter, ihre Brüder – sie hatten unterschiedliche Wörter für das, was ihr Vater war, aber sie waren sich einig, dass das nicht von außen kam. Es war nicht wie die Pocken, wie ein gespaltener Schädel. Es kam aus seinem Inneren.

Wahnsinnig war eines dieser Wörter, das schlimmste. Trude erinnert sich an die Geschichte von Greiger, der, vom Antoniusfeuer befallen, glaubte zu spüren, wie Brandeisen seine Haut versengten, und schließlich versuchte, sie sich abzuziehen. In den Städten gab es stets eine große Zahl von Wahnsinnigen, und wenn sie in tiefem Gram versanken oder in wütende Raserei verfielen, glichen sie wilden Tieren.

Papas Wahnsinn war anders. Nicht laut und meistens auch nicht beängstigend. Da war eine stille Leere, wie in einem verlassenen Nest. Vielleicht war er auch ein Vogel, der vom Ast gestoßen worden war und nun zuckend auf dem Boden lag und sein Leben aushauchte. Er hatte Schmerzen, so wie Greiger, und war von Gram und Wut erfüllt wie jene beklagenswerten Gestalten in der Stadt, doch er ertrug das alles lautlos. Seine Glieder waren schwer davon, deshalb der schlurfende Gang und die Schwäche in den Armen. Wenn er vor ihr lag und sie ihn waschen wollte, musste Trude ihn von einer Seite auf die andere wälzen. Nachdem Trude geboren war, lagen er und ihre Mutter nie mehr beieinander. Er hatte seine Pritsche beim Feuer, und Trude schlief bei Mutter.

Am Ende half nichts mehr, er bekam nur noch Essig und Mohn, und sie beteten für ihn. Solange es noch Hoffnung gegeben hatte, hatten sie Reliquien im Feuer erhitzt und ihm auf Schläfen und Fußknöchel gepresst. Trude fertigte ein Amulett aus Kot und Hasenfell und legte es ihm unters Kissen. Die Fliegen machten sich darüber her, und bald fiel es auseinander. Mutter pilgerte mit ihnen sogar zum ausgegrabenen Kometen, der auf einem Altar in Ensisheim ausgestellt war. Er hatte die Größe der ineinander verschränkten Hände eines Mannes. Der im Gebet gefalteten Hände Papas. Es war eine weite Reise, die sie nicht würden wiederholen können. Als sie wieder zu Hause waren, verschränkte sie ihre Hände und legte sie in die ihres Papas, damit er den gottgesandten Kometen in Erinnerung bewahren konnte.

Niemand war Trude so lieb wie ihr Papa. Der Mutter oder ihren Brüdern sagte sie nichts davon, weil sie ihn zu hassen schienen. Sie sagte es nicht einmal ihm, doch sie hofft, dass er es wusste.

Seit seinem Tod ist sie verloren. Doch da oben auf der Bühne tanzt eine Frau, die Papas graue Augen hat, und Trude kann nicht anders, als ihre Nähe zu suchen. Sie geht zu ihr, stellt sich neben sie hin und versucht, ihre Hände in die der Frau zu legen, doch diese ist mit den Gedanken weit fort. Das ist nicht ihr Papa, natürlich nicht. Und ihr Gesicht ist auch nicht von seinem Schmerz gezeichnet: Die grauen Augen sind vor Seligkeit geweitet. Aus den Gesichtern all dieser Frauen spricht Entzücken, nicht Kummer. Wie würde es sich anfühlen, denkt Trude, wenn sie ihre Traurigkeit losließe und sie in ein Leuchten verwandelte?

Trude sagt ihrem Papa, dass sie ihn liebt. Sie ruft es laut und beginnt zu tanzen.

14

Als Lisbet erwacht, fühlt ihre Zunge sich geschwollen an. Sie greift neben sich, aber natürlich ist Nethe nicht da. Eine Flut von Erinnerungen an die letzte Nacht bricht über Lisbet herein, und sie muss sich anstrengen, um nicht darin zu versinken. Das Baby tritt. Und gleich noch einmal. Sie muss jetzt, für sie beide, etwas trinken und etwas essen.

Ihre Gesichtshaut spannt. Sie hört einen Mann und eine Frau reden. Es ist Sophey, aber nicht Eren. Nicht Henne. Und, Dank sei dem Herrn, nicht Plater. Sie hört Kinderlachen. Lisbet schleppt sich zur Tür, öffnet sie. Ihre Hände fühlen sich an wie etwas, das nicht zu ihr gehört, wie Anhängsel, die an die Handgelenke gebunden sind.

Am Tisch sitzen Sophey und Mathias. Sie haben die knotigen Hände ineinanderverschlungen, die Gesichter sind tränenfeucht. Mathias hat ein Tuchbündel auf dem Schoß.

Sophey blickt zu ihr hoch. Um den verrottenden Zahn herum ist die Wange so stark angeschwollen, als sei sie mit Watte ausgestopft. Die Tür hinter den beiden steht offen. Ulf liegt auf der Schwelle, und draußen sieht Lisbet Kinder hinter Fluh herrennen, Ilse mit ihren kupferroten Haaren und ihre Brüder. Das Tuchbündel regt sich, es ist Idas jüngster Sohn Rolf. Fluh jagt nun im grellen Sonnenlicht hinter einer

Fliege oder Biene her, und die Kinder juchzen und klatschen in die Hände.

Lisbet kann nur ein paar wenige Stunden geschlafen haben. *Gut.* Dann bleibt wohl noch genügend Zeit.

»Lisbet«, krächzt Sophey. Ihre Stimme klingt durch die angeschwollene Backe so dumpf, wie Lisbets Zunge sich anfühlt. »Kann das denn wirklich sein?«

Lisbet gießt sich ein wenig Bier ein. Sie muss achtgeben, damit sie den Becher nicht umstößt oder ihn zu fest oder zu locker mit den Fingern umschließt. Durch das lauwarme Nass, das sie in einem Schluck hinuntertrinkt, löst sich die Zunge vom Gaumen.

»Mathias sagt, sie haben Ida ins Gefängnis gebracht. Agnethe ist auf der Flucht und versteckt sich im Wald, wie eine Rebellin.« Sophey gibt ein hohl klingendes Lachen von sich, dabei sprüht Blut aus ihrem Mund auf den makellos sauberen Tisch. Sie macht keine Anstalten, es wegzuwischen, und der Blick von Mathias wirkt so leer und abwesend, dass ihm, so vermutet Lisbet, auch die Blutspritzer auf ihren ineinander verschlungenen Händen nicht auffallen. »Der Türke sagt, er hat dich im Wald gefunden, wo du ganz entrückt umhergewandert bist.«

»Eren?«, fragt Lisbet.

»Wie gesagt, der Türke«, gibt Sophey mit durchdringendem Blick zurück.

»Wo ist er?«

»Er und der Trommler sind in der Stadt. Er sagt, er hat gesehen, wie Ida in Gewahrsam genommen wurde. Ist das wirklich wahr?«

»Ja«, sagt Lisbet. »Plater hat sie gefangen gesetzt.«

»Hast du sie denn zusammen gesehen? Agnethe und Ida?«

Lisbet zögert. Es war umsichtig von Eren, zu behaupten, dass er sie im Wald aufgegriffen hat, doch sie ist noch benebelt und weiß nicht, wie viel sie Sophey erzählen kann. Mathias lässt Sopheys Hand los und sinkt verzweifelt auf dem Tisch nieder. Der Säugling schreit auf, und Lisbet eilt zu seiner Rettung herbei. Vorsichtig zieht sie Rolf zwischen dem schluchzenden Mann und der harten Tischkante hervor.

»Mein Gott, mein Gott«, jammert Mathias. »Sie sind verloren. Sie sind dem Tod geweiht.«

Rolfs rosafarbene Lider flattern, als er die Augen öffnet. Lisbet versucht ihn zu beruhigen, indem sie ihn in ihren Armen schaukelt, wie sie es bei Ida gesehen hat. Er blickt sie an, holt tief Luft, und ein süß riechender Luftschwall streift sie. Dann schließt er wieder die Augen. Ihre Brüste beginnen zu schmerzen. Sie spürt, wie er sich entspannt und ihr eigener Körper sich daraufhin anspannt.

»Nein«, sagt sie. »Wir sollten zum Gefängnis gehen. Es wird überfüllt sein mit Frauen, die so getan haben, als wären sie von der Tanzwut befallen, mit Taschendieben und anderen. Sie werden dort froh sein, wenn sie Ida loswerden. Sie wissen ja nicht, dass sie …«

Sie bringt den Satz nicht zu Ende, weil sie kein Wort für das hat, was Ida ist. Die Wörter, die Plater ihr am Flussufer an den Kopf geworfen hat, will sie nicht aussprechen. Ida ist eine Mutter, sie ist Nethes Geliebte, sie ist die beste Freundin, die Lisbet sich nur vorstellen kann.

»Sie wissen ja nicht, aus welchem Grund sie dort ist«, fährt sie fort. »Wir können ihnen etwas geben, damit sie sie freilassen. Ihr könnt ihnen etwas geben. Wir müssen sie nach Hause holen.«

Sie blickt auf Rolf, der schlafend und schwer in ihren Armen ruht. Sie wird nicht zulassen, dass er ohne Mutter aufwachsen muss.

»Bildest du dir wirklich ein, du kannst sie freibekommen?«, fragt Sophey halb spottend, halb schluchzend. »Sie werden dir nicht zuhören. Gegen Plater kommst du nicht an, wenn er das eigene Eheweib beschuldigt. Was denkst du denn, was deine Stimme da zählen wird?«

»Dann sollen wir also nur flennend hier herumsitzen?«, faucht Lisbet und erschreckt damit Rolf, der sogleich losschreit. »Und zulassen, dass er Rache an ihnen übt wie schon einmal?«

»Du weißt es also?«, sagt Sophey.

»Ja, aber nicht, weil du mich eingeweiht hättest«, erwidert Lisbet.

»Dann weißt du, dass sie schwer gesündigt haben«, sagt Sophey. Mathias stöhnt, sein Kopf ruht noch immer auf dem Tisch. »Wir werden uns dem Urteil des Gerichts beugen müssen.«

»Das Gericht besteht aus Männern wie Plater«, ruft Lisbet, um Rolfs Kreischen zu übertönen. Ilse blickt schüchtern zur Tür herein. Sie ist Ida so sehr aus dem Gesicht geschnitten, dass die Ähnlichkeit Lisbet schmerzt. Sie hält Ilse das Baby hin und sieht, wie wohlgeübt das Mädchen darin ist, den Bruder im Arm zu wiegen.

»Dort ist Milch«, sagt Lisbet. »Und Honig. Geh in die Kammer, um ihn zu füttern.«

Ilse eilt, den roten Schopf folgsam gesenkt, mit Rolf davon.

»Er wird nicht davor zurückschrecken«, sagt Lisbet, »den eigenen Kindern die Mutter zu rauben, weil sie ungehorsam war. Nicht gegenüber Gott. Gegenüber ihm. Plater tut, als wären er und Gott ein und dasselbe.«

»Das ist Gotteslästerung!«, fährt Sophey sie an und bekreuzigt sich.

»Ja, Gotteslästerung. Aber er ist es, der Gott lästert!«, ruft Lisbet. »Er ist kein Diener Gottes. Ihm geht es nur um sich selbst.«

»Ein Grund mehr, dass wir dort nichts ausrichten werden.«

»Versuch es doch wenigstens. Wenn du nicht willst, gehe ich allein hin.«

Lisbet dreht sich um und geht an Ulf vorbei nach draußen. Der Hund will ihr folgen, doch sie macht ihm klar, dass er bleiben soll, wo er ist. Die Jungen unterbrechen ihr Spiel nicht, um zu sehen, was sie tut. Sie sind ganz in ihrer eigenen Welt. Fluh saust zwischen ihnen umher. Endlich tummeln sich Kinder in ihrem Hof, doch sie schenkt ihnen keine Beachtung.

Mathias' Pferdewagen steht neben dem Arbeitsschuppen. Er ist besser in Schuss als der ihre, und auf der Ladefläche liegt säckeweise frisch gemahlenes Mehl. In Lisbets Kopf reift ein Plan heran. Sie wird zum Gefängnis gehen und sämtliches Mehl und sämtliches Wachs anbieten. Sie wird alles anbieten, wenn man ihr dafür nur Ida zurückgäbe.

Jemand zerrt an ihrem Ärmel. Ein Geruch von Essig und Fäulnis.

»Es hat keinen Zweck.« Sopheys Stimme ist voller Trauer. Lisbets Ärger verfliegt, als sie in das Gesicht der alten Frau blickt. Es ist von einem grotesk aussehenden Tuch eingerahmt, das Druck auf den entzündeten Zahn ausüben soll.

»Ich muss es aber versuchen.«

Sophey seufzt und packt die Zügel des Pferdes. »Mathias passt auf die Kinder auf. Mach du das Pferd los. Meine Finger kommen mit den Knoten nicht zurecht.«

Selbst am helllichten Tag hat der Weg zur Stadt etwas von einem Albtraum. Sie erreichen eine Stelle, wo es nicht weitergeht, weil die vielen Karren und Menschen allesamt stehen bleiben. Lisbet lehnt sich vorsichtig zur Seite und erspäht Hilde Lehmann, die mit rußverschmiertem Gesicht und ausgestreckter Hand im Gewühl hin und her hastet. Hilde sieht sie und schlängelt sich zu ihr durch.

»Habt Ihr Münzen?«

»Nein«, sagt Sophey. Lisbet durchsucht ihre Taschen.

»Wo ist Daniel?«, fragt sie.

»War seit gestern Abend nicht zu Hause«, sagt Hilde und deutet auf den Menschenauflauf weiter vorne. »Meine Mutter tanzt.«

Lisbet richtet sich auf dem Karren auf und sieht dort, wo Hilde hingezeigt hat, eine staubbedeckte Frau umherhüpfen. Die alte Lehmann. Neben ihr steht ihr Mann, der überaus laut weint und klagt, doch Lisbet kann im hellen Licht des frühen Morgens keine Tränen auf seinen Wangen ausmachen. Er streckt den vorbeikommenden Gaffern bettelnd die Hände entgegen.

»Sind die Musikanten noch bei Euch?«, will Hilde wissen. »Wenn ja, könnten sie ja spielen, während meine Mutter tanzt, und wir könnten ihnen etwas von dem Geld abgeben.«

Lisbet schüttelt ungehalten den Kopf. »Sag deiner Mutter, sie muss damit aufhören. Wenn die Kirche merkt, dass sie nur so tut …«

»Daniel arbeitet jetzt für die Kirche«, sagt Hilde kühl. »Er geht mit dem Haken zwischen die Tänzerinnen.«

»Ich …« Fast hätte Lisbet gesagt: Ich weiß.

»Habt Ihr etwas für mich?«

»Nicht viel.« Lisbet gibt ihr ein kleines Geldstück, und

Hilde schnappt es sich und rennt zum nächsten Karren weiter. Stückchen für Stückchen geht es vorwärts, vorbei an der alten Lehmann, die nun ein anzügliches Schütteln zur Schau stellt, das ihr Publikum johlen lässt. Peinlich berührt wendet Lisbet den Blick ab.

Als sie sich dem Pferdemarkt nähern, lässt Sophey die Zügel schnalzen und lenkt das Maultier um die Schaulustigen herum, in einem weiten Bogen Richtung Gefängnis. Als sie am offenen Tor der Zunft der Schmiede vorbeifahren, sieht Lisbet drinnen die Frauen auf der Bühne kreisen. Von der Ruhe, die sie in den zwei Nächten zuvor auszustrahlen schienen, ist jetzt nichts mehr zu spüren: Im Tageslicht wirken sie nur ausgemergelt und verhärmt. Sie schlurfen dahin wie alte Klepper auf dem Weg zum Schindanger.

An Sopheys Kieferbewegungen unter dem Kopftuch sieht Lisbet, dass sie auf der geschwollenen Wange herumkaut. Hin und wieder spuckt sie das Blut, das sich dabei ansammelt, auf den Boden. Lisbet denkt, dass sie ihre Schwiegermutter die ganze Zeit falsch eingeschätzt hat. Sophey war nicht gleichgültig, sondern verängstigt. Sie ist noch immer verängstigt, und doch ist sie hier an Lisbets Seite und bahnt sich ihren Weg durchs Getümmel.

Das Gefängnis wurde am Stadtrand beim Flussufer erbaut, und so folgen sie der Gasse, die entlang der Stadtmauer verläuft. An jeder Ecke sind Musikanten zu hören und gelegentlich auch Kirchenglocken, die Segen spenden sollen. Lisbet fragt sich, wie man bei all dem Lärm jemals ein Auge zutun soll. Das Baby bewegt sich in ihr, und sie stellt sich vor, wie es die Arme hebt und auf die Klänge der Musik reagiert, die allen Menschen von Geburt an und schon davor vertraut zu sein scheinen.

Sie erreichen die Gerberzunft und stoßen auch hier auf großes Gedränge. Am Eingang der Zunft steht eine Bühne, auf der Lisbet Frederich erspäht. Breitbeinig steht er da mit seiner Trommel. Die gewaltigen Schläge dröhnen ihr in den Ohren und lassen das Baby erzittern. Sie sieht ihn das erste Mal, seit sie weiß, dass er Männer liebt, und sie ist heilfroh, dass er da ist. Sie holt tief Luft und zerrt an Sopheys Arm, damit sie den Karren zum Halten bringt.

»Warte. Einen Augenblick.«

Sie steigt ab, noch ehe der Karren ganz zum Halten kommt. Sophey ruft ihr etwas hinterher. Lisbet hört es nicht. Sie schirmt ihren Bauch mit den Ellbogen ab und steuert, getragen von der dahinströmenden Menge, auf die Bühne zu. Dort angekommen, muss sie jedoch, um nicht vom Gedränge weitergeschoben zu werden, zur Seite hin ausweichen und sich unter der Bühne auf den Boden kauern.

Der Geruch von frisch geschlagenem Holz und von Pisse dringt ihr in die Nase. Als sie nach oben blickt, rieselt von einem stampfenden Fuß Dreck auf ihr Gesicht. Sie klammert sich an eine Holzstrebe über ihr, als sei diese ein Floß, und hangelt sich daran entlang, bis sie wieder hervorkommt und nun direkt vor der Bühne steht.

Frederich hält mit grimmiger Miene den Blick zum Himmel gerichtet und lässt die Handflächen auf die Fellmembran prallen.

»Frederich!«, ruft Lisbet. »Frederich!«

Die eigenen Trommelschläge machen ihn taub. Sie reckt sich und klopft so fest, wie sie kann, gegen sein Fußgelenk. Er weicht zurück, und als er sie vor der Bühne sieht, weiten sich seine Augen. Er geht in die Hocke, sodass ihre Gesichter auf gleicher Höhe sind. »Was tust du denn hier?«

»Du musst mit uns kommen«, sagt sie. »Zum Gefängnis.«

Er runzelt die Stirn. »Warum?«

»Ich weiß, du hast dort einen Geliebten«, sagt sie. Sein Gesicht verschließt sich, und er beginnt sich aufzurichten.

»Nein!«, ruft Lisbet und zerrt mit solcher Kraft an ihm, dass er auf die Knie fällt und die Trommel scheppernd neben ihm aufschlägt. »Darum geht es mir nicht. Ich will dort nur meine Freundin sehen.«

»Ida, ja«, sagt er. Der Ernst in seiner Stimme macht ihr deutlich, dass er von Eren erfahren hat, was vorgefallen ist. Sie ist froh, denn sie könnte wohl nicht darüber sprechen, ohne in Tränen auszubrechen.

»Er wird dir nicht helfen können«, sagt Frederich. »Er ist nur ein Wächter.«

»Bitte«, sagt Lisbet. »Bitte komm mit mir. Wenn du an ihrer Stelle wärst …«

Frederichs Blick signalisiert, dass sie sich in Acht nehmen soll.

»Das soll doch keine Drohung sein«, beeilt Lisbet sich hinzuzufügen. »Ich will nur sagen, würdest du denn nicht wollen, dass es jemand wenigstens versucht?«

Es arbeitet in Frederichs Kiefer. Er blickt auf die Musikanten um ihn herum, die beim Zunfthaus der Gerber spielen und im Takt dazu stampfen, während sich vor ihren Augen Frauen zu Tode tanzen. »Es wird nichts dabei herauskommen.«

»Bitte.«

Er seufzt, zieht den Halteriemen der Trommel über den Kopf und reicht sie einem der Fidler. Der legt sein Instrument auf den Boden und schiebt den Kopf durch den Trommelriemen. Ohne Fragen zu stellen und ohne zu zögern, trommelt er los. Frederich rümpft die Nase.

»Kein Rhythmusgefühl«, sagt er, als er von der Bühne herunterspringt. Lisbet führt ihn zu Sophey, die wartend auf dem Karren sitzt. Hinter ihr hat sich eine Schlange von Fuhrwerken gebildet, Männer schimpfen auf sie ein. Doch sie sitzt gleichmütig da, während die Menge an ihr vorbeiströmt wie ein Fluss um einen Felsblock.

»Hübsche Haube, Sophey«, sagt Frederich, die Augen auf das um ihren Kopf gewickelte Tuch gerichtet, und klettert auf die Mehlsäcke. Lisbet zieht sich auf den Platz neben Sophey hoch, die sich zu ihr herüberlehnt und zischt: »Der Trommler?«

»Schnell«, sagt Lisbet. Sophey schnalzt mit der Zunge, was wohl nicht nur dem Maultier, sondern auch Lisbet gilt.

Die Mauern des Gefängnisses ragen steil aus dem Rhein empor. Neben ihnen führt ein morastiger Uferstreifen zu einem hölzernen Steg, an dem Boote anlegen. Das ist auch der Ort, wo Verurteilte im braunen Wasser ertränkt werden. Flussaufwärts ergießen sich aus dem Schafschlachthof Eingeweide und Blut auf das verfärbte Ufer. Als sie die Brücke überqueren, sieht Lisbet in den winzigen vergitterten Fenstern der Felswand weiße Hände wie Kapitulationsfahnen flattern.

Vor dem Haupttor hat sich eine Schlange von Menschen in verschiedenen Zuständen der Not und des Elends gebildet. Eine Frau, den bloßen Kopf der prallen Sonne ausgesetzt, zerreißt wehklagend ihre Kleider. Zwei magere Kinder klammern sich an ihren Rock und verlagern zitternd das Gewicht von einem nackten Fuß auf den anderen. Die Pflastersteine hier sind in gutem Zustand und speichern die Hitze wie glühende Kohlen. Lisbet steigt vom Karren hinunter und durchsucht ihre Taschen, doch sie sind leer. Sie hat Hilde ihre letzte Münze gegeben. Frederich tritt neben sie und Sophey, die ebenfalls abgestiegen ist.

»Das ist Peter«, sagt er und deutet nach vorn, wo die Schlange anfängt. Lisbet reckt den Hals und sieht einen Wächter vor dem Haupttor stehen. »Er mag mich nicht, aber wenn wir ihm etwas geben, wird er uns hineinlassen. Was könnt ihr ihm bieten?«

»Mehl«, sagt Lisbet und zeigt auf den Karren. »Und reichlich Honig, zu Hause auf dem Hof.«

»Bier wäre ihm lieber«, sagt Frederich, »aber ich werde sehen, was ich erreichen kann. Wie heißt sie mit vollem Namen?«

»Ida Ilse Plater«, sagt Lisbet. Sie versucht das Geheul der Frau und den Anblick ihrer hungernden Kinder auszublenden. »Man hat sie festgenommen ...«

»Heute Morgen, ja.«

Frederich schlendert auf den Wächter zu. Auf seine unbekümmerte Art bahnt er sich den Weg durch die Menge, so als habe er jedes Recht dazu, sich vorzudrängen, obwohl klar ist, dass andere seit Stunden auf der sengend heißen Straße warten. Sophey stupst Lisbet unsanft in die Rippen.

»Kennt er ihn?«

»Ja.«

»Er war wohl schon mal da drin, wie?«

»Es ist nicht so, wie du denkst«, sagt Lisbet und denkt: *Es ist schlimmer.*

Sophey schnieft und richtet den Blick auf die Frau mit den zwei zitternden Kindern. Sie tritt auf sie zu und löst den Knoten des Tuchs, das sie um den Kopf gewickelt hat. Lisbet sieht sie zusammenzucken, als der lindernde Druck von der Wange genommen wird. Sophey reißt das Tuch in vier gleich große Streifen.

Staunend sieht Lisbet zu, wie Sophey Wiler sich vor den zwei Kindern – ob es Mädchen oder Jungen sind, ist nicht zu erkennen – auf das glühend heiße Pflaster kniet. Sie gibt ihnen zu verstehen, dass sie ihr die schmutzigen Hände auf die Schulter legen sollen, damit sie die Füße der beiden einen nach dem anderen anheben und umwickeln kann. Die Mutter bekommt von alldem nichts mit. Auf den gequälten Gesichtern der Kinder breitet sich Erleichterung aus. Die Tuchstreifen bilden nun eine Schutzschicht zwischen ihren Füßen und dem sengendem Boden. Sophey richtet sich auf und setzt sich wieder an Lisbets Seite.

Lisbet muss sich anstrengen, um sie nicht anzustarren und den Blick stattdessen auf Frederich zu richten, der die Aufmerksamkeit des Wächters gerade gestikulierend auf ihren Karren lenkt.

»Das war gütig von dir«, sagt Lisbet, ohne Sophey anzuschauen.

»Ich weiß, du hältst mich für herzenskalt, Lisbet«, knurrt Sophey. »Aber ich bin wie du aus Fleisch und Blut. Ich liebe meine Tochter. Und ich liebe die Frau, die sie liebt. Schau mich nicht so an, als hättest du erwartet, dass ich ein Ungeheuer bin. Ich verabscheue die Sünde, die sie begangen haben, und ich finde es schrecklich, dass wir jetzt hier sind. Aber ich habe Ida und Nethe immer innig geliebt, und es tut weh, dass das nichts geändert hat. Dass sie so töricht waren und damit weitergemacht haben.«

Lisbet muss darauf nicht antworten, weil Frederich sie nun winkend zu sich ruft. Sophey schiebt die Schultern zurück und zieht Lisbet hinter sich her durch die Menge.

»Zwei Sack Mehl«, sagt Frederich. »So kommt Lisbet hinein. Karl musst du dann selbst finden.«

»Karl?«, sagt Lisbet im selben Augenblick, in dem Sophey »Zwei?« sagt.

Sophey wendet sich direkt an den Wächter: »Zwei Sack Mehl also.« Ihre geschwollene, von Pockennarben übersäte Wange glänzt in der Sonne. »Dann gehen wir auch zu zweit hinein.«

Peter seufzt. Er ist klein und stämmig, wie Eren. Sein Gesicht ist feuerrot von der Hitze. »So war das aber nicht abgemacht.«

»Gibt es denn offizielle Regeln für eine solche Vereinbarung?«, sagt Sophey und fixiert ihn mit ihrem charakteristischen finsteren Blick.

Peter tritt von einem Fuß auf den anderen. Ihm ist heiß, ihm ist langweilig. Lisbet weiß, dass er einlenken wird, noch ehe er »In Ordnung« sagt.

»Gut«, sagt Sophey. Sie wendet sich an Frederich, der sich, so ernst die Lage auch sein mag, nach wie vor durchaus zu amüsieren scheint. »Wie finden wir Karl?«

»Er ist blond, hat einen Bart«, sagt Frederich. »So groß wie ich, braune Augen. Gebt ihm das hier.« Er zieht seinen Siegelring vom Mittelfinger ab. »Er wird sehen, dass das mein Ring ist. Er wird euch helfen, so gut er kann.«

»Danke«, sagt Lisbet. Sie nimmt den Ring, umschließt die Hände des Trommlers und wiederholt, weil sonst nichts zu sagen bleiben: »Danke.«

Frederich zuckt mit den Achseln. »Ich kann euch nichts versprechen. Jedenfalls gebe ich solange auf den Karren acht.«

Peter klopft zweimal an das schwere Holztor. Auf Kopfhöhe schwingt ein kleines Fenster auf, und Peter verhandelt murmelnd mit der Wache auf der anderen Seite. Das Tor öffnet sich ohne das leiseste Knarren und gibt den Blick auf einen ungepflasterten Innenhof frei. Lisbet wird flau im Magen, doch Sophey packt sie an der Hand und zieht sie ohne zu zögern hinter sich her durch das Gefängnistor.

15

Frederichs Ring in Lisbets Hand fühlt sich ebenso heiß an wie Sopheys Finger, die ihre andere Hand umschließen. Sie haben sich bislang nie die Hände gereicht, und Lisbet staunt, wie einfach das geht, ganz so, als halte sie die Hand ihrer eigenen Mutter. Sie blickt sich um, sieht auf die hohen Mauern, die aus dem gleißend hellen Himmel ein Geviert wie aus blauem Tuch herausschneiden. Irgendwo hier ist Ida. Aus den Fenstergittern, von denen Hemden und Unterkleider herabhängen, recken sich Hände. Einen Augenblick lang verschwimmt das Bild vor Lisbets Augen, und sie ist wieder beim Tanzbaum und sieht unter dem von Ästen zerteilten Himmel die Bänder im Wind schwingen. In ihr stellt sich dasselbe Empfinden ein, nämlich, dass sie eine Schwelle überquert hat und nun in einer völlig anderen Welt ist. Doch diese hier fühlt sich ganz anders an: Hier herrschen äußerste Verlassenheit, tiefste Schwermut.

»Ist er das?«

Lisbet folgt Sopheys Finger mit dem Blick und sieht, dass dort, an einem zweiten Tor, ein Mann steht, der Frederichs Beschreibung entspricht, neben einem anderen Wächter, der an einem breiten Tisch sitzt, zurückgelehnt in seinem Stuhl und vor sich ein Register. Ein vor ihm stehender alter Mann stützt sich mit der einen Hand auf dem Tisch ab und hat die andere in einer flehenden Geste ausgestreckt.

»Ich denke, ja.«

Sophey strafft die Schultern und geht voran. »Karl?«

Der stehende Wächter blinzelt zu ihr herunter. Das Gesicht ist schmal wie das eines Frettchens, die Wangen sind gerötet. Lisbet stellt sich vor, wie er bei Frederich liegt und den Kopf nach hinten wirft, wie sie es bei Ida gesehen hat. Warum steht er hier, vor dem Gefängnistor, und Ida ist dahinter eingesperrt? Selbst wenn Männer sündigen, sind sie noch im Vorteil.

Lisbet hält ihm die Handfläche hin, auf der der Ring liegt. Der sitzende Wächter blickt neugierig herüber, doch Karl schließt mit seiner behandschuhten Hand Lisbets Hand zu einer Faust. Seine Augen sind plötzlich angstvoll geweitet. Er packt Lisbet am Arm und zieht sie weg vom Tisch in Richtung des verriegelten Tors.

»Wer hat dich geschickt?«

»Frederich«, flüstert sie zurück. Sie merkt, wie der andere Wächter den alten Mann ausblendet und die Ohren spitzt.

»Kenne ich nicht.«

»Natürlich kennst du ihn«, sagt Sophey, und Lisbet fährt zusammen. Sie hat ihrer Schwiegermutter nichts von dem erzählt, was sie vorhat, und doch scheint Sophey schon zu wissen, worum es geht. Sie steckt heute voller Überraschungen. »Und du brauchst keine Angst vor uns zu haben. Wir bitten dich um einen Gefallen.«

Karls Augen schießen zwischen ihnen hin und her. Er ist noch immer argwöhnisch. »Wer seid ihr?«

»Ich bin Sophey Wiler, bei der er untergebracht ist.« Sophey spitzt die Lippen. »Wobei er nicht oft da ist.«

»Wir sind wegen Ida Plater hier«, sagt Lisbet. »Sie ist meine Freundin. Wir wollen sie sehen.«

»Plater … das Weib des Ratsbediensteten?«, fragt Karl mit ernster Miene.

»Genau die«, erwidert Lisbet erwartungsvoll. »Bitte sag uns, wo ist sie?«

»Sie ist noch hier«, sagt er vorsichtig. Er hält Lisbets Faust noch immer fest, doch jetzt blickt er darauf hinab und öffnet ihre Finger behutsam.

»Ja, das wissen wir schon, dass sie hier ist«, sagt Sophey unwirsch.

Karl hält den Blick auf den Ring gerichtet. »Aber nicht mehr lange.«

Lisbets Magen zieht sich zusammen. »Kommt sie frei?«

Der Wächter tritt von einem Fuß auf den anderen. »Nein.« Er zögert und blickt auf Lisbets Bauch. »Ich weiß nicht, ob …«

»Was auch immer du zu sagen hast, sie kommt damit zurecht«, sagt Sophey. »Sprich es aus.«

Karl blickt Lisbet nun direkt an. Seine Augen sind braun, wie Frederich sagte, und freundlich und traurig.

»Das Urteil über sie ist gefällt.«

»So schnell?« Sophey zittert die Stimme. »Wie kann das sein?«

»Es gibt jetzt viele Schnellverfahren«, sagt Karl, ohne den Blick von Lisbets Gesicht abzuwenden. »Die Tanzplage hat viele Betrügerinnen und Fremde in die Stadt gezogen. Die Urteile werden in rascher Folge verhängt, weil im Gefängnis nicht für alle Angeklagten Platz wäre.«

»Und wo wird sie dann hingebracht?«, fragt Sophey.

Karl setzt ein paarmal an, ehe er sagt: »Es tut mir leid. Die Strafe steht fest. Sie soll ertränkt werden. Heute.«

Der Boden scheint unter Lisbet nachzugeben. Anscheinend ist das Blut aus ihrem Gesicht gewichen, denn Karl stützt sie unterm Arm, und Sophey umfasst ihre Hüfte. Doch Lisbet ist es leid, für schwach gehalten zu werden. Sie schiebt sie weg.

»Ich will sie sehen.«

»Das geht nicht …«

Lisbet hält den Ring hoch. »Ja, das darf alles nicht sein. Und es darf auch nicht sein, dass Ida wegen derselben Sünde, die auch in dir steckt, zum Tod durch Ertränken verurteilt wird.«

Karl starrt sie an. »Sie hat vorgetäuscht, sie wäre von der Tanzwut befallen.«

»Sie liebt eine Frau.«

Karl erbleicht und gibt ihr zu verstehen, dass sie still sein soll. Doch sie lässt sich nicht beirren.

»Sie ist noch da drin, und du hast die Schlüssel. Es ist also möglich, dass ich sie sehe. Und du wirst das für mich möglich machen, auch wenn es zutiefst verwerflich ist. Du wirst mich zu meiner Freundin führen.«

Sie blicken einander lange in die Augen. Er hat Angst: Lisbet sieht es an den bebenden Nasenflügeln, an den Wangen, die jetzt einen noch tieferen Rotton angenommen haben. Doch er nimmt Frederichs Ring und schiebt ihn sich auf den Finger. »Komm mit.«

Sie treten in den düsteren Korridor und nehmen nicht die Holztreppe, die in einen der Türme hinaufführt, sondern steigen hinab in den Keller. Lisbet versucht den Mut zu bewahren, den sie sich draußen abgerungen hat. Sie muss stark sein, wenn sie Ida sieht. Sie darf ihre Angst nicht zeigen.

Mit einer Ausrede hat Karl seinen Kameraden zufriedengestellt, der eine anzügliche Bemerkung machte und dabei Lisbet anglotzte. Zweifellos denkt er, dass Lisbet Karl unter Druck setzen kann, weil sie sein uneheliches Kind im Leib trägt.

Unten erwartet sie ein Gang, der mit Talglampen erleuchtet ist. Ihr strenger Geruch überlagert andere, schlimmere. Sie kommen an Zellentüren vorbei, aus deren Gitterfenstern ein Gewirr von Stimmen herausdringt. Als sie weitergehen, werden die Liedfetzen und Rufe rasch abgedämpft. Karl nimmt eine Lampe aus ihrer Halterung, und sie gelangen zu einer Steintreppe, die offenbar in das Felsgestein des Flussufers gehauen wurde. Lisbet stellt sich vor, wie neben ihnen, nur von den Mauern abgehalten, der Rhein vorbeiströmt und wie ihr das faulige braune Wasser in Nase und Rachen dringt.

Nein.

Der Boden, zu dem sie hinabsteigen, besteht aus gestampfter Erde. Hier ist es kühler und ganz still. Nur Karls flackernde Talglampe spendet Licht. Es riecht auch anders, nicht mehr nach Pisse und Schweiß, sondern nach abgestandenem Schmutzwasser. Außerhalb des Lampenscheins wuselt etwas herum.

»Sie wurde von den anderen abgesondert«, sagt Karl. »Auf Anweisung Platers.«

»Er behandelt das eigene Weib wie Ungeziefer«, faucht Sophey.

»Vielleicht ist es aber besser so. Es ist ruhiger hier, und sie muss den Platz mit niemandem teilen. Wie ihr seht, sind wir völlig überbelegt. Das hier war zuvor ein Lagerraum.« Er bleibt vor einer weiteren Holztür stehen. Sie ist niedrig und breit, hat die Abmessungen eines Fasses. »Wir sind da.«

»Dann schließ auf«, sagt Sophey.

»Das kann ich nicht«, sagt er und zeigt auf das große, rostige Schloss. »Nur Plater hat einen Schlüssel.«

»Warum hast du das nicht gleich gesagt?«

»Ihr denkt doch nicht, ihr könnt sie hier herausholen?«, meint Karl. »Und ihr habt mich nur darum gebeten, sie zu sehen.«

»Und das können wir jetzt nicht.« Sophey deutet auf die Tür. Karl hält die Lampe näher an den Boden. Da ist eine Lücke, eine gute Handspanne hoch, wo das Wasser, als der Keller überflutet war, das Holz hat verrotten und abbröckeln lassen.

Lisbet kniet sich hin. Der Boden ist kühler als alles, was sie in den vergangenen Monaten an ihrer Haut gespürt hat. Sie schmiegt die Wange in den Schmutz, der Geruch des Flusses erfüllt ihre Nase. Sie kann nichts erkennen, doch dann stellt Karl die Talglampe unten gegen die Wand, und das Licht strömt unter der Tür hindurch.

Lisbet sieht Stroh, davonhuschende Ratten. Und dann einen Fuß, nackt und verdreckt.

»Ida?«

Aus dem Dunkel dringt ein Aufseufzen, und mit einem Mal ist ihr Gesicht zu sehen, das näher kommt, wie aus dem Schlund einer Höhle.

»Lisbet? Bist du es wirklich?« Die Haare, an denen ihr Mann Ida hinter sich hergezerrt hat, sind zerzaust, die Stirn ist voller blauer Flecken. »Als ich deine Stimme hörte, dachte ich, das ist ein Traum. Ach, Lisbet!« Sie streckt die Hand nach draußen, und Lisbet schiebt die ihre unter der Tür hindurch, wobei ihr Ärmel sich im morschen Holz verfängt.

Sie halten einander fest. Ida rückt so nahe an die Tür heran, wie es nur geht, und gleicht ihre Position an die Lisbets an, sodass sie von Angesicht zu Angesicht daliegen. Idas Atem riecht muffig, die Augen sind tief eingefallen. Doch sie trägt keine Fesseln und wirkt, abgesehen von den Blutergüssen, unversehrt.

»Wie bist du hereingekommen?«, fragt sie mit bangem Blick. »Weiß mein Mann, dass du hier bist?«

»Nein«, sagt Lisbet, um Ida zu beruhigen, obgleich sie in Wahrheit keinen Gedanken daran verschwendet hat, wo Plater jetzt sein könnte. »Uns kann nichts geschehen.«

Ida lacht schluchzend.

»Du weißt, wie ich es meine«, sagt Lisbet. »Niemand wird uns hier stören.«

»Oh, Lisbet.« Ida rückt noch näher heran, sodass ihre Nasen sich beinahe berühren. »Ich bin froh, dass du da bist. Wo sind die Kinder?«

»Bei Mathias, auf unserem Hof«, sagt Lisbet.

»Es geht ihnen gut«, fügt Sophey energisch hinzu. »Deine Ilse kümmert sich sehr gut um Rolf.«

»Bist du das, Sophey?«

»Ja, natürlich.«

»Danke, dass du gekommen bist.«

»Aber sicher.« Sopheys Stimme klingt heiser.

»Ilse ist wie eine kleine Mutter.« Ida weint, doch zugleich lächelt sie. »Sie kann dir helfen, wenn dein Kind kommt.«

»Sei still!«, sagt Lisbet. »Du wirst mir helfen.«

»Weißt du es denn nicht? Dass sie mich ...«

»Bitte.« Tränen verschließen Lisbets Kehle, doch sie schluckt sie hinunter. »Wir werden einen Ausweg finden.«

Idas leises Lachen rührt Lisbet so sehr an, dass sie am liebsten aufheulen und an ihren Kleidern herumzerren würde, wie jene Frau draußen vor dem Gefängnistor. »Hör mir zu. Du musst auf dich achtgeben. Du solltest nicht hier unten im Dreck liegen.«

»Ich möchte gerade nirgendwo sonst sein.«

Ida drückt ihre Hand fester, und Lisbet schließt die Augen. Sie könnten auch auf der Plattform des Tanzbaums sein, umfangen von seinen Zweigen, geborgen in der Nacht. Sie liegen schweigend da, atmen im selben Rhythmus. Dann spricht Ida.

»Sorg dafür, dass mein Vater nicht dabei zusehen wird.« Lisbet will sie unterbrechen, doch Ida fixiert sie mit ernstem Blick. »Mein Vater nicht, meine Kinder nicht. Auch du nicht.«

»Ich werde nirgendwohin gehen«, sagt Lisbet.

Doch Ida fährt fort, als hätte sie sie nicht gehört, und fragt: »Sie haben Nethe noch nicht gefunden?«

»So ist es.«

»Dann ist sie in Sicherheit«, sagt Ida. »Wenn sie entkommt, dann ist das hier nicht vergebens.«

»Sie dürfen das nicht tun.« Lisbet bricht nun doch die Stimme. »Ich werde das nicht zulassen.«

»Ich habe keine Angst«, sagt Ida.

»Es muss doch etwas geben, das wir tun können.«

»Du weißt, wir können nichts tun. Mir bleibt nichts anderes, als erhobenen Hauptes in den Tod zu gehen. Und dir bleibt nichts, als weiterzuleben. Du lebst weiter, und es muss ein glückliches Leben sein, Lisbet. Wenn du lebst und wenn du glücklich bist, hast du sie bezwungen.« Sie gibt ein schrilles kurzes Lachen von sich. Lisbet weiß, dass sie lügt, dass sie Todesangst hat. »Ich kenne keinen Menschen, der unglücklicher ist als mein Mann. Er und ich liebten dieselbe Frau, und nur ich wurde wiedergeliebt. Nie war er für jemanden der

Mittelpunkt des Lebens. Nie hat er jemandem viel bedeutet, und das hat ihn grausam gemacht. Denn Grausamkeit ist etwas, das wenigstens sein Inneres berührt. Ich habe drei Jahre voller Freude erlebt, und das ist mehr, als den meisten Menschen vergönnt ist. Das wird genügen müssen.« Sie drückt Lisbets Hand so fest, dass es wehtut, doch Lisbet würde sie für nichts auf der Welt wegziehen wollen. »Du hast noch ein Leben vor dir, mit deinem Kind. Bring es wohlbehalten zur Welt.«

»Ja«, sagt Lisbet nur. Sie kann die Tränen nicht mehr zurückhalten. Zum ersten Mal glaubt sie es, glaubt das alles. Dass ihr Kind wohlbehalten auf die Welt kommen wird. Und dass Ida im Wasser sterben wird. Dass ihr das Schlimmste in ihrem Leben bevorsteht und das Schönste.

»Lisbet«, sagt Karl sanft. »Es wird Zeit. Es gibt nur eine Möglichkeit, wie wir wieder nach draußen kommen. Sonst erwischen sie uns.«

»Nein« sagt Lisbet, und Panik steigt in ihr auf. »Das darf nicht sein, das ist nicht richtig!«

Karl ist anzumerken, dass auch ihm dies alles nahegeht. Er greift in die Tasche und zieht einen kleinen Stoffbeutel hervor. »Das ist Mohn. Genug, um …« Er bringt es nicht über die Lippen, doch sie wissen alle, was gemeint ist. Er wiegt den Beutel in der Hand. Genug zum Sterben. Er legt ihn unter die Tür, zwischen Ida und Lisbet. »Nimm alles. Es hilft gegen die Schmerzen.«

»Danke«, sagt Ida leise. »Und jetzt geht.«

»Nein«, ruft Lisbet.

»Geh«, sagt Ida. Sie greift unter der Tür durch und wischt Lisbet die Tränen ab. »Geh, und du wirst leben, Lisbet. Für uns beide.«

Dann entschwindet sie, mit dem Beutel voll Mohn, ins Dunkel, ganz so, als sei sie nie da gewesen.

Lisbet ruft ihr hinterher, doch Sophey und Karl ziehen sie auf die Füße. Sie ist wieder im Schilf am Flussufer, sie ist wieder Kind. Ihre Brüder lösen ihre Finger von einem erkalteten Körper ab. Und wie damals kämpft sie nicht dagegen an, spürt nur, wie sie einen Teil ihrer selbst zurücklässt, wie etwas nachgibt und ein Riss durch ihre Seele geht.

16

Lisbet hat schon einmal eine Hinrichtung gesehen, als ein Rebell gehängt wurde. Der Mann hatte eine Kirche betreten und einen Pfarrer niedergestochen, den Namen »Joß Fritz« gerufen und den Kaiser zur Hölle gewünscht. Am Galgen wiederholte er seinen Appell, die Menge grölte. In dem Moment, wo er am Strang baumelte, hatte Lisbet die Augen geschlossen, das Gesicht in der Seite des Vaters vergraben.

Sie hat schon einmal eine Ertrunkene gesehen. Ihre Mutter hatte bereits einen ganzen Tag im Wasser gelegen, als sie sie gefunden hatte, die Haut grün, der Blick leer. Lisbet war nicht in der Lage gewesen, ihr in die Augen zu sehen, konnte ihr lediglich die Arme um den Körper schlingen. Doch jetzt ist sie fest entschlossen, zuzuschauen, genauso mutig zu sein wie Ida.

Sie steht neben Frederich und Sophey am Ufer vor dem Gefängnis. Der Gestank des Flusses wabert zwischen ihnen und der Plattform, von der aus Ida ertränkt werden wird. Sie ist von einem buschigen, ungenutzten Uferstreifen neben dem Gefängnis zugänglich und wird von einer Brücke überragt, während die klapprigen Bretterbuden daneben immer kleiner werden und an zur Nahrungssuche hinauswatende Reiher erinnern.

Hinter ihnen ist sogar eine Bühne aufgebaut, auf der an die fünfzig Frauen tanzen, wie Vieh von einem niedrigen Zaun eingehegt. Die Menge ist still, und die Musikanten spielen träge vor sich hin, was sich aber keineswegs auf die Leidenschaft der Tänzerinnen auswirkt. Das Spektakel büßt durch seine Vertrautheit nichts von seiner Eindringlichkeit ein: Lisbet kann nicht anders, als sich umzudrehen und zu gaffen.

Die ganze Bühne ist aus Holz gefertigt, wie im Zunfthaus der Schmiede – sie kann sehen, wo die Streben zum Vorschein kommen und sich in die Erde bohren –, abgedeckt von einer Art Tuch, das Falten wirft und sich aufbauscht. Die Bühne ist so hoch, dass Lisbet lediglich Köpfe und Schultern sehen kann, hin und wieder einen hochgeworfenen Arm.

Plötzlich kommt es zu einem Gerangel, als zwei Tänzerinnen sich ineinander verfangen, die gespreizten Finger sich in verfilztem Haar verheddern. Eine der Tänzerinnen, eine Frau in einer fleckigen grauen Tunika, stöhnt auf. In ihren Mundwinkeln sammelt sich Speichel, in den Falten ihrer Wangen Blut, und der ganze Kopf ist puterrot von der Sonne. Jäh trennt sie ein Eisenhaken von der anderen Tänzerin, ihr ergrauendes Haar wird ihr in einem Büschel vom Kopf gerissen, woraufhin noch mehr Blut aus ihrer fleckigen Kopfhaut hervorquillt.

Lisbet wird ganz schwindlig: Das Haarbüschel bleibt an einer anderen herumwirbelnden Hand hängen, die es in die Zuschauermenge schleudert. Jemand reckt es als Trophäe in die Höhe. Sophey packt sie zu fest am Arm.

»Da kommen sie.«

Neun von ihnen nähern sich dem Ufer, flankiert von Wachen. Neun Frauen, an den Taillen aneinandergebunden, treten mit gesenkten Köpfen durch das Gefängnistor. Während sich die Menge versammelt, verliest eine Wache ihre Vergehen, da die Einundzwanzig darauf erpicht sind, ein Exempel zu statuieren. Drei Huren, zwei Diebinnen, vier Schwindlerinnen. Sie sind nahe genug, dass Lisbet Idas goldenes Haar erkennen kann. Sie ist die Dritte von hinten, nur eine unter vielen. Hinter dem Zug geht Plater. Lisbet ist froh, dass er elend aussieht, das Gesicht eingefallen. Soll er bereuen, was er in Gang gesetzt hat. Soll er die Last tragen, bis sie ihn zermalmt.

Den Frauen wird befohlen, stehen zu bleiben und sich umzudrehen. Lisbet sieht jede einzelne an, fest entschlossen, sich sämtliche Gesichter einzuprägen. Die Musikanten spielen weiter, die Tänzerinnen tanzen weiter. Alles geht weiter, auch als die Wachen beginnen, die Frauen vor sich her zu schubsen.

Ein Gefühl von Unwirklichkeit überkommt und beklemmt Lisbet. Es kann nicht sein, kann einfach nicht sein. Doch dort ist sie, die Freundin, mit der Lisbet gelacht und Geheimnisse geteilt hat, die ihr, mit Leichtigkeit und ohne Vorbehalt, Brot gegeben und Freundlichkeit geschenkt hat, und Liebe, die so rein war, dass sie durch sie hindurchschien. Es kann hier nicht zu Ende gehen, in diesem dreckigen Fluss, wo verzweifelte Mütter ihre Babys ertränken, damit sie andere hungrige Mäuler besser stopfen können. Sophey nimmt sie bei der Hand.

Einen Augenblick lang glaubt Lisbet, sie wolle sie trösten. Doch dann zerrt sie an ihr, und Lisbet sieht, dass Sophey überhaupt nicht zu den aneinandergebundenen Frauen blickt, sondern zu der Bühne hinter ihnen. In jede Falte, jede Pockennarbe ihres geschwollenen Gesichts hat sich Entsetzen eingeätzt.

Lisbet folgt ihrem Blick und sieht, wie sich eine vertraute Gestalt auf die Bühne hochzieht.

Es ist Nethe, die Wangen zerkratzt, das Kleid zerrissen, das Gesicht wild und wütend. Sie steht an der Rampe, breitbeinig, als wollte sie Wurzeln schlagen. Ehe Lisbet irgendetwas davon verarbeiten kann, öffnet Nethe den Mund und schreit.

Es könnte »Ida« heißen. Es könnte »nein« heißen. Lisbet kann das Wort nicht ausmachen – da ist nur diese ungeheure Wucht des markerschütternden Schreis, ein Laut, der aus einer dunklen, bodenlosen Tiefe emporgestiegen ist. Er schneidet durch das Stampfen der Füße und veranlasst die Spielleute, ihre Instrumente niederzulegen und Nethe anzustarren.

Jemand lacht unsicher, und dann schreit Nethe erneut. Der Schrei erfasst die aneinandergebundenen Frauen, schürt ihre Aufmerksamkeit und legt sich wie eine Schlinge um Platers Hals. Lisbet sieht sein Zähnefletschen, seinen Wink an die nächstbeste Wache, die sich loslöst und der Brücke zustrebt. Sie sieht, wie Ida vor Schreck den Mund aufreißt, voller Verzweiflung.

Plater befiehlt den Wachen, die Frauen vor sich her zu stoßen. Erneut gibt Nethe diesen unmenschlichen, kehligen Laut von sich. Sie stampft mit den Füßen auf die Bühne, krümmt sich vor Anstrengung.

»Mein Gott«, sagt Frederich.

Die Wachen wirken unsicher, ängstlich – keiner bewegt sich. Noch ein Schrei, der diesmal ein Echo hat, und noch einer. Die tanzenden Frauen drängen sich enger um Nethe zusammen, wirbeln weiterhin umher und stampfen mit den Füßen. Die Härchen auf Lisbets Armen stellen sich auf.

Die Wache, die Plater zu Nethe losbeordert hat, erreicht die Bühne, unternimmt jedoch keinen Versuch, Nethe festzunehmen. Sie strömt eine Energie aus, die so intensiv und leuchtend ist wie ein Blitz: Lisbet schmerzen regelrecht die

Zähne. Als Nethe das nächste Mal den Mund öffnet, hat es den Anschein, als steckten hundert Stimmen in ihrer Kehle und kämen wie Heuschrecken herausgeflogen. Sämtliche Frauen auf der Bühne schreien mit einer und mit vielen Stimmen, eine physische, instinktive Kraft. Sie scheinen besessen, voller gerechtem, zügellosem Zorn.

Die Menge um sie herum wogt unruhig hin und her, einige Männer brüllen los, rufen die eine oder andere der Verurteilten beim Namen.

»Beatrix!« »Claire!« »Helene!« Neben ihr ruft Sophey: »Ida!«

Während allerhand Zuschauer vom Ufer fortstürzen und auf die Brücke drängen, kommt dort Unruhe auf. Lisbet sieht sie: dunkle Kleider, angespannte Mienen, als warteten sie nur auf ein Signal. Manch einer prescht durch die Menge und über den Fluss auf die aneinandergebundenen Frauen zu.

Jetzt brüllt auch Plater – Lisbet sieht, wie sich die knorrigen Sehnenstränge an seinem Hals verkrampfen. Doch er wird von den Schreien der Tänzerinnen übertönt, die wie die Rufe und Antworten eines Chors ineinander übergehen. Die Wachen am Rand des Wassers weichen zurück, während das Ufer von einer Gruppe Männer gestürmt wird. Lisbet sieht ein Messer aufblitzen.

»Rebellen?«, ruft Frederich, doch Lisbet ist sich nicht sicher. Sie sehen aus wie Racheengel, wie Söldner. Die Männer schließen sich um die Frauen, ziehen sie weg. Die Wachen, abgestoßen von der Hysterie, zerstreuen sich. Lisbet hält Frederichs und auch Sopheys Hand umklammert, während sie immer näher an den Fluss gedrückt werden. Unverwandt richtet sie ihre Blicke auf Idas helles Haar, derweil diese in die Menge gezogen, von ihr wieder aufgenommen wird.

»Sie befreien sie!« Frederichs Augen glühen vor Freude. »Sie haben sie, sieh doch mal, Lisbet.«

Als wenn Lisbet wegsehen könnte. Mit offenem Mund beobachtet sie, wie die Frauen – die Gesichter benommen, die Glieder schlaff herabhängend, als wären sie bereits ertrunken – in die Höhe gehoben und wie Puppen über die Brücke getragen werden. Sie verliert Ida, ihren blonden Kopf, aus dem Blick.

»Wo ist sie?«, ruft Lisbet, deren Stimme in dem Lärm untergeht. Sie wirbelt herum, sucht sie und sieht dann, wie die Frauen zu den Tänzerinnen auf die Bühne gehoben werden. Die Menge bricht in kollektiven Jubel aus, in ein Triumphgeheul, während einer der Männer mit einem Messer zwischen ihnen hindurchgeht und die Seile, mit denen sie aneinandergebunden sind, durchtrennt.

Ida kommt neben Nethe zu stehen. Das zerschnittene Seil baumelt von ihrer Taille. Nethe hat aufgehört zu schreien, ist jedoch unter den Tänzerinnen und stampft mit den Füßen. Es ist zu spät, denkt Lisbet. Nethe ist bereits ganz woanders, merkt überhaupt nicht, dass Ida neben ihr steht.

»Vorsicht!«, warnt Frederich, während die Menge um die Bühne wogt, Lisbet fast von den Füßen holt und alle drei dorthin drängt, wo die Musikanten sitzen, still und unsicher. Jemand stimmt, an sie gewandt, einen Gesang an, und sie nehmen ihre Instrumente in die Hand und beginnen zu spielen. Um sie herum fängt die Menge, angespornt durch ihren Akt des Ungehorsams, wie wild zu tanzen an. Die Atmosphäre ist fiebrig, bedrohlich, berauschend. Lisbet blickt zu Ida und Nethe hoch über ihr auf der Bühne empor.

Idas Pupillen sind riesig und schwarz, von Mohn erweitert. Benommen blickt sie um sich. Doch dann sieht sie Nethe an, die neben ihr tanzt, und ein verträumtes Lächeln umspielt ihren Mund. Sie nimmt ihre Geliebte bei der Hand und schließt sich ihrer Trance an.

Männer wie Frauen strömen auf die Bühne, und Lisbet verliert die beiden erneut aus den Augen, doch dann sind sie wieder da, genau wie an dem Abend im Zunfthaus, und sie wirbeln und wirbeln umher, als wären sie ganz allein auf der Welt. Lisbet wird von Angst gepackt.

Als Mädchen ritt sie ein Pferd ohne Sattel. Es war lediglich eine alte, lahme Mähre, deren entzündete Knie so dick wie Seemannsknoten waren, deren Fell verschorft war und durchgewetzt wie ein altes Tuch. Sie liebte das Pferd, und immer, wenn ihre Mutter schlief und es auf dem Feld nicht gebraucht wurde, ritt sie auf ihm. Vom Geschirr befreit, galoppierte es wie ein Fohlen. Eines Tages setzte es über eine Hecke und ließ sie zurück: Als sie stürzte, hatte sie genau das gleiche Gefühl, spürte, wie die Luft plötzlich schnell und kühl wurde. Spürte die Gewissheit, dass es wehtun würde. Trotz des Lärms hört Lisbet lediglich ein Surren, wie von Fliegen an faulem Fleisch.

»Alles Schwindel!«, bellt Plater. Lisbet sieht, dass er auf die Bühne der Spielleute geklettert ist und seinen Eisenhaken in Richtung der Tänzerinnen schwingt. Die Menge buht und spuckt, und er duckt sich, um einer Trippe auszuweichen, die jemand auf ihn geworfen hat. Er kommt nicht an die Frauen heran, wagt es nicht, von der Plattform hinabzusteigen. »Betrügerinnen!«

Lisbet weiß jedoch, dass Ida und Nethe keine Schwindlerinnen sind. Aus ihnen schimmert etwas Jenseitiges, etwas Göttliches. Sie bewegen sich, als bestünden sie aus Federn, jeder ihrer Finger hebt sich leicht, wie von einer unsichtbaren Energie angestoßen, und ihre Gesichter sind glatt. Ihre Augen sind wie im Schlaf sanft geschlossen, die Lider, von perlmuttfarbenem Rosa, glänzen von Schweiß, Tränen oder Weihwasser. Nur ihre Füße nehmen ihnen etwas von ihrem engelhaften Aussehen, wie sie rhythmisch aufstampfen, umherwirbeln, sich drehen und wenden, abtauchen. Ihre Körper schweben in einem Lufttanz, in perfektem Takt, sie bewegen sich mit einer einzigartigen Klarheit.

Direkt vor der Bühne hält Lisbet mit einem Ruck inne, hier ist das Gedränge am dichtesten, die Leute streiten sich darum, wer nach den Füßen der Tänzerinnen greifen darf, manche halten Fläschchen hoch, um ihren Schweiß und ihr Blut aufzufangen. Lisbet möchte weder Nethe noch Ida anfassen, die jetzt in Reichweite sind, möchte nicht ihre perfekten Pendelbewegungen unterbrechen. Sie möchte auf die Knie sinken und die beiden beobachten, bis sie die Plattform leer, ihren Geist leer, ihre Körper in die Flucht getanzt haben.

Nethe hatte Frieden gesucht, und dort, mitten in dem Chaos, mit Ida an ihrer Seite, scheint sie ihn gefunden zu haben.

Doch jetzt stößt Sophey sie grob beiseite. »Nethe«, stöhnt sie. »Ida. Agnethe, nein.«

Sie steigt die Treppe empor, drängt sich zwischen den Tänzerinnen hindurch und zerrt Nethes in den Himmel flatternden Arm herunter. Nethes Augenlider zucken: Es wirkt, als schliefe sie und würde vor der Zeit geweckt. Aber sie hört nicht auf zu tanzen. Sie stößt sich von ihrer Mutter fort, doch Sophey hält die Hände ausgestreckt und wedelt mit den Armen, als wollte sie Hühner in den Stall scheuchen, und dabei kommen beide nahe, zu nahe, an den Rand der Bühne, wo die Männer mit ihren Stöcken stehen.

»Vorsicht«, ruft Lisbet, vergeblich. Die Menge johlt geschlossen, als Nethe vom Rand abrutscht und Ida ihr dichtauf folgt. Nethes Lider springen auf. Ihr ganzer Körper verwandelt sich, ihr Tanz ist jetzt nicht mehr zögerlich und leicht, sondern schwer und schnell, bis sie sich auf den Leib schlägt und ihre Gelenke wie Äste knacken. Neben ihr fängt auch Ida an zu zucken, die Augen rollen zurück in die Höhlen. Frederich fasst nach ihr, und Lisbet greift nach ihren Beinen.

»Hilf uns«, ruft Lisbet, und Sophey tritt hinzu, drückt Nethes Schultern nach unten.

Lisbet rückt näher an Ida heran, erinnert sich dunkel, dass da irgendetwas mit den Zungen war, dass man aufpassen muss, dass sie nicht nach hinten rutschen und man erstickt, aber sie kann weder in Idas Mund greifen noch ihre Zuckungen unterbinden.

Lisbet liegt quer über Ida, deren Bauch sich zu weich anfühlt, um ihr Gewicht auszuhalten, überlegt, ob Babys darin zerquetscht werden können. Sie hört ein Knacken, ein Knirschen. Lisbet konzentriert sich darauf, eine Erlösung zu sein. Sie ist ein Steinbrocken, ein Felsblock, schwer, uralt und reglos.

»Ida«, murmelt sie, während Idas Hand freikommt und herumfuchtelt. »Ida, sch, sch.«

Doch Ida stöhnt jetzt, weint, ihr Atem ist schal und stinkt nach Mohn. Ihre Augen sind weit aufgerissen, und die ganze Ruhe, die Gelassenheit, mit der sie dem Tod ins Angesicht gesehen hatte, ist verschwunden.

»Hebt sie zurück auf die Bühne«, sagt eine Frau, die sie beobachtet. »Sie muss tanzen.«

»Das werden wir nicht tun«, ruft Sophey, die Stimme heiser vor Angst.

Jetzt kommen die Wachen, und Plater brüllt Befehle, um die Situation erneut unter Kontrolle zu bekommen. Er sucht die Menge ab, hat sie noch nicht entdeckt.

»Sie müssen auf die Bühne oder zum Schrein«, sagt die Frau. »Sonst werden sie mitgenommen.«

»Dann zum Schrein«, sagt Frederich und schnappt sich Nethe mit einer gewaltigen Anstrengung. Sophey und Lisbet folgen ihm mit Ida, deren Beine abwechselnd hüpfen und schleifen.

Sie erreichen den Karren und legen die Frauen auf die verbliebenen Mehlsäcke, wickeln sie wie Wachs ein und binden sie sanft mit Seilen fest. Sie bewegen sich noch immer, auf die eingeschränkte Art, die ihnen möglich ist, rhythmisch, zum unentrinnbaren Klang der Trommeln. Es ist unschicklich, und sogar Lisbets Wangen werden rot, als Nethe den Kopf nach hinten wirft und wie in Ekstase stöhnt, die gleichen Töne, die sie in der Nacht zuvor Ida entlockt hatte.

»Meins auch!« Hinter ihnen steht ein Mann und hält ein zuckendes Mädchen im Arm, jünger als Nethe, kaum älter als ein Kind. An seiner Schulter zaudert ein Spiegelbild des Mädchens, eine Frau mit tiefen Sorgenfalten auf der Stirn und einer grauen Strähne an der Schläfe.

»Wir können zahlen«, sagt sie. »Bitte.«

Sophey nickt schon, bevor dieses Angebot ausgesprochen ist, und bedeutet ihnen mit stumpfem Blick, das Mädchen neben Nethe zu legen. Frederich und der Vater des Kindes binden den sich windenden Leib sanft fest, der Mann hat Tränen in den Augen. Lisbet wendet den Blick ab.

»Wirst du hier sicher sein?«, fragt Sophey, während die Eltern neben sie klettern. »Sagst du es Mathias?«

»Mohn.« Lisbet kann kaum sprechen. Kann Sophey sie verstehen? Ihr Kopf ist voll vom Rauschen des Wassers oder des Windes, voll von allem und von gar nichts. Sie schläft doch sicher gerade? Das ist doch sicher alles ein Traum?

»Ich werde dafür sorgen, Sophey«, sagt Frederich, und die Bäuerin wartet nicht länger. Ohne ein weiteres Abschiedswort ruckt sie an den Zügeln. Auf der Ladefläche des Karrens wiegen sich Nethe und Ida noch immer neben dem Kind. Lisbet und Frederich stehen da und sehen ihm nach, bis er ein Spielzeug ist, ein Pünktchen, und dann fährt er um die Ecke und ist verschwunden.

17

Frederich führt Lisbet von der Menge fort, die jetzt, da die Wachen sich einen Weg auf die Bühne bahnen, fast in Aufruhr gerät, und geht mit ihr geradewegs durch ein schmales Tor in der Stadtmauer. Sie befinden sich nun auf der entgegengesetzten Seite der Stadt, weit weg von allem, was sie kennt, doch Frederich scheint sich dort gut zurechtzufinden. Sie bekommt kaum mit, wie er verschwindet und mit einer Kanne Bier wieder auftaucht. Auch einen Mann mit einem Karren hat er dabei.

Lisbet nimmt ein paar kräftige Schlucke, dann hilft er, sie auf den Karren zu hieven. Während der Fahrt blickt sie in den Himmel, während sie scheinbar stundenlang entlang der Mauern kutschieren, bis sie schließlich merkt, dass die Bäume immer dichter werden – es ist der Wald, sie sind auf dem Weg nach Hause.

Derweil durchkämmt sie ihre Erinnerungen, die alle von Ungläubigkeit, von hektischer Verzweiflung durchzogen sind. Wieder hat sie dieses Gefühl zu schweben, sich von ihrem Körper loszulösen und in der Luft zu stehen. Ida festgebunden an der Taille, die Augen schwarz vor Mohn. Nethe, wie sie mit der Stimme von hundert Tänzerinnen schreit. Die Menge, die alles übertönt, Plater und seine Wachen hinter sich lässt. Sopheys Gesicht, als sie das Maultier in Richtung Schrein lenkt, während sich ihre Tochter und deren Liebhaberin auf der Ladefläche des Karrens hin und her werfen. Alles, was sie im Kopf behalten muss, ist dies: Ida ist nicht ertrunken. Ida lebt noch.

Lisbets Gedanken wandern weiter, folgen dem Karren, der Nethe und Ida fortbringt. Bis zum Schrein des Sankt Veit sind es zwei Tagesritte, durch dichten Wald, der bald schon zu den Berghängen hinaufreicht. Am Weg werden sich verzweifelte Familien drängen, die ihre Töchter, Frauen und Mütter zur Quelle bringen, um sie in dem heiligen Wasser zu waschen und von ihrer hemmungslosen Hingabe zu erlösen.

Doch warum würden sie zurückkehren wollen? Zurück in diese erdgebundene, ausgedörrte Gegend, diesen endlosen Sommer, wo jeder Pfarrer ihre Verdammnis predigt, wo ihre Männer sie an den Haaren daherschleifen und sie ihre Kinder ertränken müssen, um ihnen ein qualvolles Verhungern zu ersparen?

»Lisbet? Du bist zu Hause.«

Frederich klingt sanft, anders als sonst. Der Karren ist zum Stehen gekommen, und er hilft ihr hinunter, entlässt den Kutscher mit einem Wort des Dankes. Lisbet fragt sich vage, ob der Mann auch zu Frederichs Liebhabern gehört, ob jedes Gesicht, das sie sieht, ein dunkles Geheimnis birgt, das von der Kirche missbilligt wird. Ihr eigenes Herz hat ebenfalls gesündigt, in jener Nacht mit Eren im Tanzbaum. Sie sind alle dem Tode geweiht.

»Lisbet?« Sie blinzelt. Mathias steht dort im Hof, beobachtet sie aus wässrigen Augen, während sich seine Enkelin an sein Hemd klammert. »Was ist passiert?«

Frederich geht an ihr vorbei, begrüßt den Müller herzlich. »Bitte, Mathias, ich werde es erklären.«

Mathias nickt und schiebt Ilse sanft nach vorn. »Bring sie rein, mein kleiner Liebling.«

Ilses Hand ist so weich wie die ihrer Mutter und nur unmerklich kleiner. Wie ein gehorsames Kind folgt Lisbet dem Mädchen und lässt sich zum Tisch führen, lässt sich Brot und Milch geben. Ilse beobachtet sie mit großen Augen.

»Wo sind deine Brüder?«, fragt Lisbet.

»Im Bett.«

»Bist du denn nicht müde?« Das Mädchen zögert. »Na los. Geh. Du kannst jetzt auch schlafen.«

»Wo ist Mutter?«

Lisbets trockene Zunge bewegt sich in ihrem Mund. »Sie ist in Sicherheit. Geh schlafen. Es ist spät.«

Gehorsam geht Ilse in Nethes Kammer. Als sie die Tür aufstößt, kann Lisbet einen flüchtigen Blick auf die im Bett zusammengerollten Jungen und auf das Baby auf seinem Wiegenbrett auf dem Fußboden erhaschen. Ilse kniet neben ihm nieder und zieht die Decken zurecht. Die Tür schwingt zu.

Nach einer längeren Weile kommen Mathias und Frederich hinein. Mathias' Gesicht ist tränennass, wortlos ergreift er Lisbets Hand.

»Es wird sich alles finden«, sagt sie und möchte es selbst gern glauben. Zitternd tätschelt Mathias sie.

»Danke«, sagt er. »Danke, dass du bei ihr warst.«

»Ich liebe sie«, erwidert Lisbet.

»Und sie liebt dich.« Er schluckt. »Können wir hierbleiben? Ich kann mit den Kindern nicht dorthin zurück. Nicht, wenn er …«

Vor lauter Wut, vor lauter Angst versagt seine Stimme.

Lisbet braucht nicht zu fragen, wen Mathias meint. »Natürlich.«

»Wird er ihr nachstellen?«

»Er hat uns nicht gesehen«, sagt Lisbet. Das allein ist ihr ein Trost. »Es ist so viel gleichzeitig passiert. Sophey hat sie unbemerkt weggeführt.«

Mathias holt bebend Luft. »Ich weiß nicht, was geschieht, wenn ...«

»Denk nicht weiter über morgen nach. Wir können jetzt nichts anderes tun als warten.«

Mathias unterdrückt ein Gähnen. »Ich kann neben dem Baby auf dem Boden schlafen.«

»Sei doch nicht albern. Nimm Sopheys Bett. Da entlang.«

»Gott segne dich.« Mathias sieht völlig abgekämpft aus, ganz grau vor Erschöpfung. Er hievt sich hoch und verschwindet. Frederich lässt sich neben Lisbet fallen.

»Kann ich dir etwas bringen?«, fragt sie.

Frederich lacht gequält und schluchzt auf. Sie weiß nicht, was sie tun soll, während der Trommler mit bebenden Schultern den Kopf in den Händen vergräbt. Lisbet streckt die Hand nach ihm aus, tätschelt ihm den Arm.

»Es tut mir leid«, sagt er mit belegter Stimme. »Man vergisst es nur so leicht. Wie sehr wir gehasst werden, wie wenig die anderen verstehen.« Er blickt zu ihr auf. »Aber du verstehst es doch, nicht wahr?«

»Ich bin nicht ...« Lisbet ist nervös, verwirrt. »Ich bin nicht wie du.«

Frederichs Gesicht bekommt einen harten Ausdruck. »Das meinte ich nicht.« Er holt Luft. »Ich meinte, du weißt, wie es ist, wenn man ohne Hoffnung auf Sicherheit liebt. Deine Babys ...«

Lisbets Kehle schließt sich, ihre Stimme klingt erstickt. »Woher weißt du das?«

»Du darfst nicht denken, dass er dein Vertrauen missbraucht hat«, murmelt Frederich. »Aber Eren sagte, du hättest Kinder verloren. Ich hatte einen unbedachten Scherz gemacht, und er hat mich nur berichtigt. Er meinte, du wüsstest, was Tapferkeit ist. Über die Grenzen hinaus zu lieben, die andere für richtig erachten, erfordert Mut. Darin ähneln wir uns.«

»Ja.« Lisbet streckt den Arm aus und drückt ihm die Hand. »Das stimmt.«

»Frederich?«

Da ist er. Lisbet könnte weinen, als sie ihn sieht. Eren steht in der Tür, hinter ihm das schnell schwindende Licht. Frederich erhebt sich und geht zu seinem Freund. Eren umarmt ihn wie einen Bruder, bedeutet ihm, still zu sein, sieht Lisbet stirnrunzelnd an. Sie schüttelt den Kopf. Sie hat keine Ahnung, wie sie es auch nur ansatzweise erklären sollte.

»Gehen wir nach draußen«, sagt sie schließlich. »Idas Kinder schlafen.«

Sie sitzen in der Abenddämmerung, Ulf und Fluh kommen herbeigetrottet, um sich neben Eren zu setzen, während Frederich und Lisbet die Ereignisse des Tages Revue passieren lassen, sich die Geschichte wie ein Stück glühende Kohle zuspielen, wobei keiner der beiden bereit ist, mehr als einige wenige Sätze über das Grauen, die Seltsamkeit des Geschehens zu sagen. Als sie fertig sind, sitzen sie lange schweigend da. Lisbet betrachtet Erens Gestalt in der Dunkelheit. Sie möchte sich an ihn lehnen, spüren, wie sich seine klar umrissene Figur an sie schmiegt, ihren Körper wie ein Tuch über den seinen legen.

»Es tut mir leid«, sagt er mit seiner beruhigend tiefen Stimme. »Wenn ich gewusst hätte …«

»Was hättest du denn tun können? Wir haben getan, was wir konnten.«

»Natürlich«, sagt er beschwichtigend. »Ich meine nur … Ich wünschte, ich könnte etwas tun.«

Lisbet nickt. Der Himmel über ihren Köpfen ist von dem gleichen Dunkelblau wie die Prellung auf Idas Stirn, wie Nethes Augen. Sie will die beiden hier zu Hause haben. Doch was erwartet sie? Plater, wütender denn je. Es würde sie nicht überraschen, wenn er ihnen am Schrein auflauerte und sie dort ertränkte.

»Und das passt zu dem, was ich heute gehört habe«, sagt Eren, die Stimme noch ernster.

»Bitte«, stöhnt Lisbet. »Nicht noch mehr Neuigkeiten. Mir platzt jetzt schon der Kopf.«

»Die Einundzwanzig haben einen neuen Plan, was die Tanzplage angeht.« Sie hört ihn schlucken. »Sie brauchen unsere Dienste nicht mehr. Tatsächlich gibt man uns die Schuld daran, dass sich die Manie verschlimmert hat.«

»Was soll das heißen?«, fragt Lisbet mit verräterisch hoher Stimme.

»Ich hörte von dem Krawall am Gefängnis. Natürlich kannte ich die näheren Umstände nicht. Einige der beteiligten Männer scheinen jedoch Rebellen gewesen zu sein, die als Spielleute verkleidet in die Stadt zurückkamen. Zumindest ist das die Geschichte, die erzählt wird.«

»Ich fand, die Musik war von minderer Qualität«, sagte Frederich in einem halbherzigen Versuch, Heiterkeit zu verbreiten.

»Was werden sie also tun?«, flüstert Lisbet.

»Man verbannt uns«, sagt Eren einfach. »Sämtliche Musikanten müssen die Stadt und ihre Umgebung noch heute Abend verlassen.«

Lisbet wird flau im Magen. »Nein«, sagt sie. »Ihr könnt nicht gehen.«

»Wir müssen«, erwidert Eren. Er kann ihr nicht in die Augen sehen. »Es ist keine Bitte.«

Frederich zieht Luft durch die Zähne. Er blickt auf seine Finger, den blassen Streifen Haut, wo sein Ring einmal saß. »Heute Abend?«

»Lass es nicht darauf ankommen«, sagt Eren. »Es sind bereits an jedem Tor Wachen stationiert. Alle Spielleute, die die Stadt nicht verlassen, werden verprügelt.«

Frederich nickt und seufzt. »Na schön.« Er sieht zu Lisbet herüber. »Deine Schwiegermutter wird froh sein, Lisbet. Ich glaube nicht, dass sie uns je mochte.«

Lisbet hat Angst, dass sie, wenn sie auch nur atmet, offen sagen wird, was sie denkt. *Ihr könnt bleiben! Bitte verlasst mich nicht.*

»Wir suchen jetzt unsere Sachen zusammen«, sagt Eren, »es sei denn, wir stören damit den Müller.«

Sie schüttelt den Kopf. Was wird sie tun, wenn er weg ist?

»Du wirst in Sicherheit sein«, sagt Eren. »Der Müller bleibt bei dir.«

»Und du?«, fragt Lisbet. Hungrig lässt sie ihren Blick über sein Kinn streifen, seine Nase, seine Lippen, versucht, sich seine Gesichtszüge einzuprägen, um sein Bild im Kopf zu bewahren. »Wo wirst du hingehen?«

Sie möchte, dass er »Nirgends« sagt. Sie möchte, dass er »Ich werde nicht gehen« sagt.

»Bitte mach dir keine Sorgen, Lisbet.«

In seiner Stimme liegt jetzt eine neue Klarheit, so klar wie kühles Wasser. Sie wartet draußen, während Frederich und er ihre Sachen zusammensammeln. Sie möchte ihre Abschiedsvorbereitungen nicht mitansehen.

Frederich ist schnell fertig und kommt nach draußen, um sie kurz zu umarmen. »Alles Gute, Lisbet. Ich hoffe, alles kommt schon bald wieder in Ordnung.«

Eren ist langsamer. Er kommt mit dem Bündel heraus, mit dem er angekommen war. Seine Schultern sind hochgezogen, und sie ist sich sicher, dass er genauso wenig darauf erpicht ist wegzugehen, wie sie darauf, ihn ziehen zu lassen. Beide sind müde. Sie könnten zusammen im Schatten der Bienenstöcke liegen und sich von den Bienen in den Schlaf lullen lassen, überlegt sie. Sie könnte aufstehen, ohne ihn zu wecken, eine Wabe herausholen und mit Honig auf den Lippen zu ihm gehen …

»Vielen Dank für deine Güte, Lisbet. Ich wünsche deiner Schwägerin und Ida Plater eine vollständige und rasche Genesung, damit sie schon bald wieder zu sich kommen.«

Er beugt sich zu Ulf und Fluh hinunter, und die beiden kommen und stupsen mit der Nase gegen seine Hand.

Das könnte das letzte Mal sein, denkt sie, das letzte Mal, dass sie ihn sieht, mit ihm spricht.

»Pass auf dich auf«, sagt er. »Bleib auf deinem Hof. Du weißt, dass die Wälder nicht sicher sind.«

»Ich gehe, wohin ich will.« Jetzt steigt Wut in ihr auf, so heiß wie die Sonne im Nacken. Er ist nicht ihr Mann, ihr Herr. Wenn er sie jetzt verlässt, ist er nicht einmal ihr Freund. Da sieht Eren sie an, die schwarze Augenbraue in einem perfekten Winkel hochgezogen. Sie möchte sie mit der Fingerspitze nachzeichnen und von dort aus eine Linie zum Ohrläppchen ziehen, zu der dünnen Haut unter dem Bart, wo sein Blut pulsiert. Sie möchte ihn betrachten und betrachten, so genau betrachten, dass sie ihn für alle Zeiten kennt, möchte, dass dieser letzte Blick ausreicht, um ihn ihr Leben lang bei sich zu haben. Sie wendet sich ab.

»Auf Wiedersehen, Lisbet.«

Lisbet geht nach drinnen und schließt die Tür, ehe er sich umdrehen kann. Sie stürzt in den stickigen Raum, zieht die Luft in vollen, keuchenden Zügen ein. So, sagt sie sich, es ist also geschehen. Er ist gegangen. Es ist geschehen.

Sie geht zu den schmutzigen Laken auf dem Bett, das sie mit Henne teilt, und schläft tief und fest, als läge sie zermalmt unter dem Felsblock, zu dem sie sich gemacht hatte, um Ida zu beschweren. Als sie aufwacht, ist sie völlig durcheinander, die Zunge pelzig. Es ist dunkel, und sie weiß nicht, ob es mitten in der Nacht ist oder kurz vor der Morgendämmerung oder irgendetwas zwischendrin.

Sie bleibt lange liegen, um ihren Bauch zusammengerollt, und erhebt sich erst, als das Baby sie nötigt, zum Nachttopf zu gehen. Wäre das Baby nicht gewesen, wäre sie nie mehr aufgestanden. Mein Junge. Alles, was sie jetzt tut, tut sie für ihn.

Vor langer Zeit, nachdem sie ihr neuntes Baby verloren hatte, dachte sie daran, zum Wundarzt zu gehen und sich etwas geben zu lassen, das sie unfruchtbar machen würde. Sie dachte daran, Henne ziehen zu lassen und einem Nonnenorden beizutreten oder zurück nach Hause zu gehen und als alte Jungfer unter ihren Brüdern zu leben oder aber in den Wald zu rennen und zu sehen, wie lange sie zwischen Bäumen und unter Rebellen leben könnte. Schon bald ließ sie diese Gedanken wieder fallen, aber als Worte, die nicht ungesagt gemacht werden können, bestehen sie fort, wie eine Liebes- oder Hasserklärung.

Mehr als alles andere braucht sie ein Kind – es ist so eine schmerzhafte, elementare, animalische Sehnsucht, dass sie nie versucht hat, sie zu verstehen. Sie hat jede Phase der Entbehrung durchgemacht. Den Hass, der mit einem derartig starken Verlangen einhergeht, dass man sich die Zähne daran stumpf machen könnte, und der dem wahren Hunger am nächsten kommt. Zeiten, wo sie sich das Herz aus der Brust hätte reißen und diese winzigen, schlaffen Leiber mit seinem Schlagen hätte füllen können, eine Höhle für ihre Liebe. Sie versteht, warum Pelikane sich die eigene Brust aufpicken und ihr Blut auf die toten Jungen tropfen lassen, warum Kuckucke Eier aus dem Nest werfen. Sie würde für dieses Kind zu Gewalt greifen. Für jedes ihrer Kinder. Sie war so oft Mutter geworden, dass sie es gar nicht mehr an zwei Händen abzählen kann. Dieses Kind muss am Leben bleiben, sie betet dafür, bis ihre Knie aufgescheuert sind und Blasen bekommen, genau so, wie sie auch für ihre Mutter gebetet hatte. Und man hat ja gesehen, wie das ausgegangen ist.

Henne findet es erbärmlich, aber hat er nicht dieses Bedürfnis in ihr geweckt? Ist es nicht sein Samen, den er in sie pflanzt, den sie aber nicht zum Wachsen bringen kann? »Was ist aus dir geworden, Lisbet?«, hat er sie einmal gefragt, als sie mit gespreizten Beinen bettelnd dalag. Aber das ist die falsche Frage. Sie ist noch überhaupt nichts geworden. Doch was würde sie nicht dafür geben.

Eine ähnliche Dringlichkeit verspürt sie gegenüber den Bienen, den Wunsch, sie zu verstehen, etwas zu besitzen, was nicht besessen werden kann. Und sogar auch – sie erlaubt es sich, diesem Gedanken in diesen trüben, ungewissen Zeiten volle Aufmerksamkeit zu schenken – für Eren. Und sie alle gehen fort.

Sie wird das Haus reinigen, alle Spuren von ihm entfernen. Um Idas Vater nicht zu stören, bewegt sie sich leise, beginnt in der Küche, schrubbt den Tisch mit Talg und Wasser und wachst ihn, fegt die alten, zerknickten Binsen, auf denen die Musikanten standen, nach draußen und legt neues Stroh über die Schrammen, die die Bänke auf dem Fußboden hinterlassen haben. Sie fegt Mehlreste auf, rückt die Stühle und Bänke zurecht, zieht den Tisch von der Wand, an die sie ihn geschoben hatten, in die Mitte. Kein Aneinandervorbeigleiten mehr, kein Sichberühren und Berührenwollen mehr.

Als Nächstes fegt sie den Flur. Draußen winseln die Hunde nach ihrem Frühstück, doch sie kann die Tür nicht aufmachen, denn solange sie es nicht tut, könnte er immer noch dort sein. Sie zu öffnen und ihn dann nicht zu sehen, wäre undenkbar.

Inzwischen ist die Luft im Haus entsetzlich, getränkt von ihrem Schweiß, und sie weiß, dass sie lüften muss, doch zuerst muss sie die Kammer, die sie und ihr Mann bewohnen, wieder voll und ganz in Besitz nehmen. Sie stupst die Tür mit dem Fuß auf und bleibt auf der Schwelle stehen. Von den Wänden müssen Stiefelspuren gewischt werden, und auf dem Bett, in dem sie noch kurz zuvor gelegen hat, liegt ein einzelnes blondes Haar. Sie reißt sich zusammen, begibt sich nicht auf Hände und Knie, sucht den Boden nicht nach Erens schwarzen Haaren ab. Sie darf nicht lüstern sein. Los, sagt sie sich, los, bring es zu Ende.

Sie fegt den Fußboden und findet eine gerissene Saite von seiner Laute, direkt an der Wand, so perfekt versteckt, dass er sie auch dort hätte hingelegt haben können, damit sie sie findet. Sie wickelt sie sich um den Finger, sieht, wie die rote Haut weiß wird, dann blassweiß, knochengelb.

Erst, als sie sich in die Fingerspitze beißen kann und nichts spürt, lässt sie sie los, worauf der Schmerz zurückschießt. Sie wirft die Saite ins Feuer, und als Idas Baby zu schreien beginnt, reißt sie endlich die Tür weit auf.

18

Als das Baby, die Hunde und die Hühner gefüttert sind, begibt sie sich zu den Bienen.

Sie beschließt, ihr Leben zu heiligen. Jetzt, wo Eren verschwunden ist, ist sie fest entschlossen, dafür zu sorgen, dass auch all ihre Gedanken an ihn verschwinden, dass der ganze Schmutz aus ihr hinausgefegt wird, damit sie für Hennes Rückkehr geläutert ist.

Die heiligen Tiere sind am Werk. Henne hatte ihr erzählt, dass sie die einzigen Kreaturen sind, die unverändert aus dem Garten Eden übrig geblieben sind, dass Eva und Adam solche Lebewesen vor ihrer Sünde gesehen und Honig aus ihren Körben gekostet hatten. Und so sieht sie sich jetzt als Heilige, als ihnen ebenbürtig. Heilige müssen leiden, und sie, hat sie nicht gelitten?

Lisbet nimmt den Rosmarinstock aus Eschenholz und beginnt, die Bienenstöcke auszuräuchern, schreitet die gesamte Fläche ab, bis die ganze Welt summt. Sie räumt die beschädigten Stöcke aus, richtet die Körbe gerade auf. Von ihrer sorgfältigen Arbeit bekommt sie Krämpfe in den Fingern. Sie arbeitet langsam, widmet sich einem Stock nach dem anderen, so wie sie es immer mit ihren Rosenkranzperlen macht, dreht die Waben mit der Hand herum, während der Wachseimer zu ihren Füßen auf dem Boden steht, führt den Honig jedes einzelnen Bienenstocks an die Lippen, sanft wie ein Gebet. Mit jedem Ausatmen stößt sie Gedanken an Eren aus, befreit sich von ihnen.

Ihre Gedanken wenden sich Henne zu. Mit ihrem frischen, furchtbaren Wissen hat sich die Gestalt ihres Mannes während seiner Abwesenheit für sie verändert. Er flattert an den Rändern, seine passive Kompaktheit ist ausgefranst. Muss sie ihn lieben, wenn er von seiner Mission in Heidelberg zurückkehrt? Wenn sie die Bienen verlieren und sie nur noch sein Weib ist – sie bremst sich. Dies wird nicht das letzte Mal sein, dass sie sich um sie kümmert. Trotz all seiner Sünden, seiner Grausamkeiten liebt auch Henne die Bienen. Liebt das Kind in ihr. Wenn sie eine gute Mutter sein soll, muss sie ihm ein gutes Weib sein. Wenn Ida es bei einem Mann wie Plater schafft, kann Lisbet zumindest so tun als ob.

Während sie arbeitet, kehrt sie den Bäumen den Rücken zu, summt tonlos vor sich hin, um ihre Nerven zu beruhigen. Den dunkelsten Honig sammelt sie in einem getrennten Topf. Daraus macht sie Met, den sie selbst braut, und es wird das Beste sein, was Henne je getrunken hat.

Der Honig hat die Farbe von Bernstein, von Gold, und obwohl sie ihre Gedanken immer und immer wieder von Eren weglenkt, denkt sie an ihn und an seine Augen, die in der Sonne bernsteinfarben geglänzt haben. Das Wachs ist weich und gibt bei ihrer Berührung nach, noch immer warm von jener Stelle, wo es mitten aus dem Herzen des Bienenstocks gerissen wurde, und die Bienen streifen über ihre Handgelenke, sanft wie Küsse. Die Welt verschwimmt vor ihren Augen. Sie möchte den Rock raffen und rennen, rennen, bis sie Eren auf der Straße oder im Wald einholt, ihm auf die Schulter tippen und dann ...

Und was dann? Sie hat genügend Fantasie dafür, besonders, seit sie Nethe und Ida am Baumstamm gesehen hat. Sie richtet sich auf, dreht sich schnell zum Waldsaum um, als wollte sie jemanden dabei erwischen, wie er sie anstarrt. Sollte sich jemand nähern, könnte sie die Bienen aufscheuchen, damit sie den Angreifer umschwärmen und totstechen. Gebieterin der Bienen!

»Frau Lisbet?«

Lisbet vergisst ihre tröstlichen Gedanken und schreit auf. Sie lässt den Eimer fallen, und eine Gestalt kommt aus dem Schatten der Bäume auf sie zu, Dunkel vor Dunkel.

»Entschuldigung, ich …«

Es dauert, bis sie sich wieder gefangen hat. Ihr Herz galoppiert, schlägt harte Hufe in ihre Brust. Die Gestalt hat sich in etwas aufgelöst, das viel kleiner und schmächtiger ist als sie. In einen Jungen.

»Frau Lisbet«, wiederholt er. »Ich bin's, Daniel Lehmann.«

»Ich weiß, dass du es bist, Daniel«, fährt sie ihn an. »Was machst du hier?«

Verlegen bückt sie sich und stellt den Eimer gerade hin, um den Honig bei seinem langsamen Vordringen in Richtung Boden aufzuhalten, richtet sich wieder auf und blickt ihm direkt ins Gesicht. Sein linkes Auge ist zugeschwollen, der Hals voller Giftflecken. Er trägt dieselben Sachen wie beim letzten Mal, als er bei Plater stand – sie sieht seine blutverschmierten Bündchen. Es dreht ihr den Magen um.

»Ich habe eine Nachricht.«

»Von wem?«

»Von meinem Herrn, Plater.«

»Was will er denn jetzt?«

»Euer Mann wurde abgewiesen.«

»Abgewiesen.« Dumpf nimmt sie wahr, wie er sich am Auge kratzt, und packt sein Handgelenk.

»In Heidelberg.«

Ihr Blut tost. *Nein!* Sie zwingt sich, fest auf beiden Beinen zu stehen, vor diesem Kind keine Schwäche zu zeigen, aber der Boden unter ihr fühlt sich weich an, fast so, als würde sie darin versinken. *Nein!*

»Die Schulden müssen in Wachs gezahlt werden«, sagt Daniel und entwindet sich ihrem Griff. »Oder die Stöcke werden Euch weggenommen. Es wird in zwei Tagen eingesammelt.«

Nie und nimmer könnte sie die Schulden in Wachs bezahlen. Das ist ein falsches Rettungsangebot. Sie müsste aus sämtlichen Stöcken die Waben herausschneiden, eine Arbeit von einer Woche, für mehrere Männer. Das wäre unmöglich. Doch sie wird vor diesem Balg nicht weinen.

Kühl sagt sie: »Sonst noch etwas?«

Daniel wirft ihr einen blitzschnellen Blick zu. »Ich wollte ihn nicht zu ihnen führen.« Er scharrt mit dem Fuß. »Er hat mich dazu gezwungen.«

»Meine Freundin sollte ertränkt werden«, sagt Lisbet und lässt es zu, dass ihre panische Angst in Wut umschlägt, die sich an dem Jungen entlädt. »Er hat dir befohlen, meine Schwester umzubringen.«

»Sie hätten nicht tanzen dürfen.«

Lisbet fragt sich, ob er das, was er am Fluss gesehen hatte, überhaupt verstanden hat. »Deine Mutter tut es.«

Er blickt zu Boden und nickt. »Nicht auf den Bühnen. Die sind geheiligt.«

»Und unsere Bienenstöcke?« Lisbet deutet auf die gerade wieder aufgerichteten Körbe. »Die bedeuten dir gar nichts?«

»Ich wollte mir nur ein kleines bisschen nehmen«, erwidert Daniel. Er kratzt sich am Hals – sie sieht, dass die Stiche nässen.

»Du hast Glück«, sagt Lisbet, deren Wut nachlässt. »Sie hätten dich töten können. Oder Nethe hätte es getan, wenn sie dich erwischt hätte.«

»Wo sind sie jetzt?«

Lisbet lacht gequält. »Wenn ich es dir sage, kann ich es auch gleich Plater auf die Nase binden. Wir sind keine Freunde, Daniel.«

Er macht ein langes Gesicht und kratzt erneut an seinen Stichen. Sie mustert den Jungen von oben bis unten. Eigentlich müsste sie ihn hassen, doch sie verspürt lediglich ein ungeheures Mitleid. Ulf schnuppert sanft an ihm, während Fluh knurrend und bellend im Kreis herumrennt, bis Lisbet einen Schuh nach ihr wirft, worauf sie sich hinlegt und daran herumnagt.

»Hast du Hunger?«

In der Küche herrscht eine Bruthitze. Da sie die Tür offen gelassen hatte, scheint die Sonne jetzt direkt in den Raum und heizt die Binsen unerträglich auf. Ilse und ihre Brüder sitzen verlegen am Tisch, starren auf das letzte Stückchen Brot.

»Habt ihr geschlafen?«

Das Mädchen nickt. Alef gähnt herzhaft.

»Wir haben Gesellschaft. Hier drinnen ist es zu heiß«, sagt Lisbet. »Kommt mit in den Schatten.«

Jetzt, da die Welt um sie herum zerfällt, kann sie wenigstens daran denken, eine gute Gastgeberin zu sein. Sie verteilen sich um den Holzstapel, dort, wo Lisbet mit Ida gesessen und Mathias' feinkörniges Mehl in der Hand gespürt hatte.

Vor Hennes Reise und Nethes Rückkehr, bevor die Frauen sich in den Straßen der Stadt zu Tode getanzt haben. Vor einer Ewigkeit.

Alef und Martin fragen Daniel, was mit seinem Gesicht passiert ist, und haben ihre helle Freude daran, die wunden Stellen zu zählen. Lisbet bringt Brot und rohen Honig und für das Baby Milch. Sie nimmt Rolf seiner Schwester ab, taucht ein sauberes Tuch in die Tasse und träufelt die Milch in seinen kleinen rosa Mund. Hungrig macht er saugende Bewegungen mit den Lippen, quäkt nach mehr. Als sie sein warmes Gewicht spürt, tut es ihr in der Seele, in den Brüsten weh. Kann es, bei alledem, wirklich sein, dass ihr eigenes Baby noch lebt, noch immer in ihr wächst? Ein tägliches Wunder, das ihr endlich widerfährt, inmitten dieser Ausweglosigkeit, dieser verfluchtesten aller Zeiten?

Sie blickt sich um, betrachtet Idas wunderschöne Kinder, betrachtet Daniel, dreckig, zerschunden und mager. Fünf Kinder, wie sie es sich immer erträumt hat. Kinder, die ihren Hof bevölkern, sich um Krusten raufen und die Hühner jagen, während in ihren Armen ein Baby schläft. Sie schluckt die Tränen hinunter.

Alef streckt die Hand nach dem letzten Tropfen Honig aus, doch Lisbet schüttelt den Kopf.

»Der ist nicht zum Essen. Der ist für Daniels Stiche«, sagte sie. Sie zieht einen Arm unter Rolf hervor, steckt einen Finger in den Honig, bedeutet Daniel, den Kopf in ihre Richtung zu beugen. Er tut es, und sie tupft ihn auf die schlimmsten Stiche. »Du darfst nicht kratzen«, sagt sie. »Das verteilt das Gift.«

Sein Zustand ist weit schlimmer, als sie geahnt hatte. Seine Handwurzelknochen beulen die bläuliche Haut wie grünblaue

Vogeleier aus, sein verschwollenes Auge strahlt Hitze aus. Als sie mit seinem Hals fertig ist, gibt sie etwas von dem rohen Honig in ihre Tasse, löst ihn im Wasser auf und gießt ihm die Mischung aufs Auge. Dort, wo ihm ein Rinnsal über die Wange hinunterläuft, leckt er es auf.

»Danke«, sagt er, und dann, den Mund voller Krümel: »Meine Schwester tanzt jetzt auch.«

»Im Ernst?«

Er nickt.

»Ich wünschte, das hätte ich gewusst«, erwidert sie, dann bremst sie sich. Sie wollte sagen, dass genügend Platz auf dem Wagen vorhanden sei. Doch das kann sie Daniel nicht anvertrauen.

»Sobald die Veitspuppe fertig ist, wird man sie alle aus der Stadt hinausführen.«

»Was für eine Puppe?«

Selbstgefällig ob seines Wissens lächelt er und nimmt noch einen Bissen Brot. »Die Einundzwanzig haben verfügt, dass eine Wachspuppe angefertigt wird. Jetzt, wo die Musikanten weg sind, muss die Tanzplage enden. Man wird die Puppe zum Schrein bringen und Sankt Veit zu Ehren verbrennen.«

Dafür also brauchen sie ihr Wachs. Sie blickt über seinen Kopf hinweg zu den so ordentlich und friedlich aufgereihten Körben, zwischen denen die Bienen summen. Jetzt muss sie sie vollständig plündern.

»Wer ist das?« Mathias steht in der Tür, blinzelt gegen das Licht. Er wirkt uralt, jede Linie in seinem Gesicht ein Schatten, das spärliche Haar vom Schlaf zerzaust. Sofort steht Ilse auf und läuft zu ihrem Großvater, zieht ihn nach draußen und bietet ihm ihren Platz an.

Doch Daniel – das Essen ist vorbei, die Wunden sind eingesalbt – erhebt sich ohne Gruß oder Dank. Er schnappt sich den letzten Rest Honig und rennt davon.

»Niemand«, sagt Lisbet. Abgesehen von ihrem Unbehagen verspürt sie Trauer. Daniel scheint völlig von Plater eingenommen zu sein – wenn sie die Mittel hätte, den Jungen seinem Einfluss zu entziehen, würde wohl kaum noch viel von ihm übrig bleiben. »Mathias, ich brauche deine Hilfe.«

»Alles, was du willst«, sagt er, die Hand auf Ilses Kopf.

»Es wartet eine Menge Arbeit auf uns.«

Es ist, als wäre sie durch ihren eigenen Schatten getreten und befände sich plötzlich auf der anderen Seite ihres Lebens. Dort rennen Kinder mit kleinen behelfsmäßigen Masken zwischen den Bienenstöcken umher, und es sind Kinder an ihrer Seite, die die Bienen kennenlernen. So viele Kinder, sie muss ein Huhn schlachten, damit sie alle zu essen haben, und Ilse zeigen, wie man es rupft und dann mit Kräutern stopft.

Das ist es, was sie an diesen beiden Tagen essen. Mathias hält das Feuer so heiß, wie er kann, während Lisbet und gelegentlich auch Ilse an den Bienenstöcken durcharbeiten, wobei Lisbet die handwerklich schwere Arbeit verrichtet, das Wachs einschmilzt, siebt und in dicke Zylinder formt, die so groß sind, dass sie und Mathias sie gerade noch tragen können. Es ist die Arbeit von vielen Männern, und sie genießt sie in vollen Zügen. Sie hält sie wach und bei Kräften, doch Lisbet ist so viel auf den Beinen, dass ihre Knöchel angeschwollen und dick wie ihre Knie sind und ihr Rücken fortwährend wehtut.

Sophey wird inzwischen am Schrein des Sankt Veit eingetroffen sein. Lisbet stellt sich vor, wie sie Nethes und Idas zerschrammte Füße wäscht, überlegt, ob sie sich wohl von dem Wagen erhoben und den ganzen Weg lang getanzt haben. Bald wird die Heiligenfigur fertig sein, Henne wird zurückkehren, die Bühnen in den Straßen werden abgebaut. Sie wird Eren vergessen.

Und auch die Angst wird vergessen sein. Im Augenblick schläft Ulf bei ihr, wenn sie überhaupt zum Schlafen kommt, liegt warm und schwer auf ihren Füßen. Sogar Fluh darf auf dem Küchenboden liegen. Die Hunde stinken, und Ulfs verfilztes Fell verfängt sich in ihren Fingern, wenn sie ihn streichelt, aber auch das ist ihr egal. Nur dann fühlt sie sich sicher. Sie träumt in den kräftigen Farben einer Prophezeiung, dass Daniel mit Plater zurückkehrt, um die Bienenstöcke abzureißen oder sie, Lisbet, schreiend mitzunehmen.

Mathias und die Kinder machen keine Anstalten zu gehen, auch nicht, als das Wachs, ordentlich in Zylindern aufgereiht, die in der Hitze leicht schwitzen, auf dem Karren festgebunden ist. Sie haben die Stöcke leer geräumt, die Bienen sind verstört und Lisbet, Ilse und Mathias erschöpft, aber es ist vollbracht. Sie hat Platers Forderung erfüllt.

Drei Männer kommen, um alles abzuholen, schleudern ihre sorgfältige Arbeit ohne jede Umsicht auf einen Haufen, der aus dem Kloster stammen muss. Er wird schon weich und sondert einen überwältigenden Honiggeruch ab.

»Ihr solltet das abdecken«, sagt sie, doch sie lachen nur.

»Wird sowieso alles eingeschmolzen«, erklärt einer.

Am Abend schlachten sie noch ein Huhn, um zu feiern, dass sie es geschafft haben. Es ist ein Luxus, für den Sophey sie zweifelsohne ausschimpfen wird, aber sie brauchen das Essen und die Belohnung, die es darstellt, ebenfalls. Langsam füllt sich die Küche mit seinem Duft, und Ulfs Augenbraue zuckt so hoffnungsvoll, dass sich Lisbet erweichen lässt, ihm eine noch nicht ganz gesäuberte Keule gibt und Fluh einen Flügel. Die Kinder sind ebenfalls erschöpft, aber stolz. Sie plappern von der Wachspresse, vergleichen ihre Bienenstiche und Narben von dem heißen Wachs, und Lisbet verspürt, während sie Rolf füttert, solch eine Zufriedenheit, dass sie laut aufseufzt.

Doch das kann nicht von Dauer sein, und das ist es auch nicht.

Am nächsten Morgen, das Fleisch ist ausgelöst und das Gerippe wird für eine Brühe im Topf ausgekocht, weiß sie in dem Moment, in dem sie das Klopfen hört, von wem es herrührt. Die Hunde springen auf und knurren.

Die Kinder und Mathias schlafen noch. Sie widersteht dem Impuls, die Türen zu ihren Schlafkammern zu versperren und das Messer, mit dem sie die letzten Karotten für die Brühe klein geschnitten hat, zu packen. Sie überlegt, ob sie so tun soll, als würde auch sie noch im Bett liegen, doch dann sagt er etwas: »Lisbet, ich kann deinen Schatten unter der Tür sehen.«

Unschlüssig verharrt sie am Riegel der Haustür. »Das Wachs wurde bereits eingesammelt.«

»Öffne die Tür.« Platers Stimme klingt einigermaßen freundlich. Sie bekommt eine Gänsehaut.

»Wozu?«

»Ich möchte meine Kinder sehen. Und tu nicht so, als wären sie nicht da. Lehmanns Bursche hat sie gesehen.«

Lisbet braust auf. »Wo sollen sie denn sonst hin? Sie wissen, dass sie zu Hause nicht sicher sind, bei dem Mann, der zugesehen hätte, wie ihre Mutter ertränkt wird.«

»Und wo ist ihre Mutter jetzt? Ist sie auch hier?« Lisbet

weiß, dass er das nicht wirklich glaubt. Sonst hätte er die Tür schon vor Tagen eingerammt. »Du weißt, dass ich mit einer Wache zurückkehren kann. Ich könnte dich wegen Entführung festnehmen lassen.«

»Ist das mein Vater?«

Lisbet zuckt zusammen. Wie auf Katzenpfoten war Ilse herangeschlichen und steht nun neben ihr.

»Ilse.« Platers Stimme ist jetzt samtweich. »Mach die Tür auf, ja?«

Unsicher blickt Ilse zu Lisbet hoch, die das Kind ansieht und sagt: »Das ist deine Entscheidung.«

»Mach die Tür auf, Mädchen.«

»Du musst nicht ...«

»Tu, was ich sage, Ilse.«

Ilse öffnet den Riegel. Sofort tritt Plater ins Haus, schiebt Lisbet beiseite und hebt seine Tochter mit einem Arm hoch. Er sieht abgekämpft aus, das rote Haar glänzt von Öl und Schweiß.

»Wo sind meine Jungen?«

»Sie schlafen noch«, erwidert Lisbet. Ihre Finger zucken. Das Messer ist in greifbarer Nähe.

»Weck sie auf.«

»Sie sind müde ...«

»Alef! Martin!« Plater stößt die Bank zur Seite. Ilse noch immer auf dem Arm haltend, hämmert er gegen die Tür. Sofort bricht Rolf in Tränen aus. Lisbet stürzt an Plater vorbei in Nethes Kammer. Alef und Martin haben zerzaustes Haar, Martins Lippen beben. Sie reißt Rolf vom Fußboden hoch, presst ihn an sich, während Plater in Richtung seiner Söhne mit den Fingern schnippt.

»Kommt. Wir gehen nach Hause.«

Lisbet wiegt Rolf hin und her. »Es geht ihnen gut hier, sie haben sich eingelebt. Ihr könntet sie wenigstens …«

Plater stellt Ilse auf den Boden und tritt ganz nahe an Lisbet heran. Sogar Rolf verstummt, als sein Schatten auf sie beide fällt. Auch die Gewürznelke in Platers Atem kann seine Alkoholfahne nicht überdecken. Er ist betrunken. Seine Augen sind blutunterlaufen, und sie fragt sich, ob er geweint hat.

»Sag mir nicht, was ich mit meinen eigenen Kindern und meinem eigenen Weib machen kann und was nicht! Sie alle sind durch meine Gnade hier.«

Einmal, zweimal schlägt er sich auf die Brust.

Mathias drängt sich in die bereits volle Kammer. »Alef. Dachte ich mir doch, dass du diesen Radau veranstaltest.«

»Halt den Mund, alter Mann«, sagt Plater verächtlich.

»Das werde ich nicht tun«, erwidert Mathias. »Ich habe die ganzen Jahre über meine Zunge im Zaum gehalten, habe zugesehen, wie du meinem Kind deine Bestrafungen zugeteilt hast, als wärst du selbst frei von Sünde. Aber du bist auch nur ein Mensch, Alef Plater. Weniger als ein Mensch. Sieh doch, wie deine eigenen Kinder sich vor dir ducken. Deine ganze Macht über sie beruht auf Angst.«

Mathias stellt sich zwischen Plater und Lisbet und zwingt den Mann so, einige Schritte zurückzutreten. »Wisse dies: Angst ist ein schwacher Halt. Sie verbindet nicht. Das hast du nie verstanden. Du hättest Ida Mitgefühl, ja sogar Liebe schenken können, doch alles, was du ihr angeboten hast, war Schmerz. Du hast sie enttäuscht, und ich werde nicht zulassen, dass du ihre Kinder ebenfalls enttäuschst.«

»Es sind meine Kinder.«

»Dann frag sie«, sagt Mathias. Er macht einen Schritt

nach vorn, und Plater tritt erneut einen zurück. »Frag sie, ob sie mit dir gehen wollen.«

»Sie werden mitkommen«, sagt Plater und wirft einen Blick nach hinten, wo die Kinder sich um Lisbets Rock drängen, wo Rolf in ihren Armen schreit. »Ilse, Alef, Martin. Los, ab nach Hause.«

Martin vergräbt sich tiefer in Lisbets Rock. Der Ausdruck in Platers Gesicht, als sich sein Sohn vor ihm zurückzieht, ist unverkennbar: Es ist Verzweiflung, völlige, abgrundtiefe Verzweiflung. Die sofort wieder durch sein typisches kaltes Lächeln verdeckt wird.

»Wozu brauche ich solche Weichlinge, solche Missgeburten? Bleibt, wenn ihr wollt, aber die Mühle, Mathias Metz, steht dir nicht länger offen. Du wirst keinen Fuß mehr auf mein Land setzen.«

Mathias' Hand beginnt zu zittern, und er hält sie hinter den Rücken, damit Plater sie nicht sehen kann. Lisbet weiß, dass die Mühle Mathias' Ein und Alles ist, dass er sie aus dem Wald herausgehackt, sie gemeinsam mit Idas Mutter Brett um Brett erbaut hat.

»Und an deiner Stelle würde ich hier auch nicht mehr so ruhig schlafen«, sagt er. »Der Tag der Abrechnung wird kommen, Lisbet Wiler.«

Jetzt tritt Lisbet vor, ermutigt durch Mathias, durch die Kinder, die sie beobachten. »Ihr bedroht mich in meinem eigenen Haus? Es ist alles abbezahlt. Ich schulde nichts mehr.«

Plater knurrt. »Du glaubst, das Wachs tilgt alles? Schulden und gestohlenen Honig obendrein?«

Lisbet packt Rolf fester. »Er ist nicht gestohlen.«

»Es ist so, wie ich es deinem Mann gesagt habe. Ihr steht im Treibsand. Nichts, was ihr habt, gehört euch.«

»Ihr lügt. Daniel hat gesagt …«

»Ist es eine Lüge, wenn ich es durchsetzen kann?« Plater schwankt. »Ihr habt euch einen mächtigen Feind gemacht. ›Wer nicht mit mir ist, der ist wider mich; und wer nicht mit mir sammelt, der zerstreut.‹ Ihr habt euch die Einundzwanzig, Gott selbst, zum Feind gemacht.«

»Ihr sprecht nicht für den Herrn«, erwidert Lisbet. »Verlasst mein Haus.«

»Mit Freuden.«

Er lässt die Tür offen. Lisbet sieht ihn fortgehen und torkelnd verschwinden. Sie fühlt sich wie ein Lamm, das von einem Wolf umkreist wird, wiegt Rolf, bis er und ihr Herz Ruhe finden. In die Stille hinein sagt Ilse: »Danke, Lisbet.«

Das Mädchen rückt wieder nah an sie heran. Idas Kinder umschlingen sie mit den Armen und halten sich mit aller Kraft an ihr fest.

Fünfhundertsiebenundachtzig tanzen

Agnethe erinnert sich daran, wie sie sich zum ersten Mal küssten. Sie waren noch so jung, dass nicht einmal etwas Schlimmes dabei war. Ein keusches Berühren der Lippen, als sie auf dem Fluss paddelten, sich an den Händen hielten, damit sie nicht fielen. Es war ein angenehmer Sommer gewesen, lieblich und mild, und Henne, Alef, Ida und sie durften jeden Abend, nachdem sie ihr Tagewerk in Haus und Hof verrichtet hatten, schon etwas früher wie Zigeuner durch die Wälder streifen. Es war der allerletzte Sommer dieser Art, denn darauf folgte das schlechte Jahr: Faustgroße Hagelsteine prasselten auf die Felder und zermalmten die Ernte, während die Bienen in ihren Stöcken erfroren.

Doch das war alles nebensächlich. Denn von dem Moment an, wo der Fluss ihr süß und voll über die Knöchel sprudelte und Idas Lippen ebenso auf den ihren ruhten, spürte Agnethe endlich, wohin sie gehörte. Ida betete so inständig um die Vergebung ihrer beider Sünden, dass sie sich die Knie wund scheuerte, und trotzdem kam sie jede Woche zu ihr, zum Bienenhof oder in den Wald, und sie küssten sich, bis ihre Lippen fast so wund waren wie Idas Knie. Agnethe konnte sich nie dazu durchringen zu beten. Sie konnte das, was sie da taten, nicht als etwas Gottloses sehen, war der Seligkeit, dem Himmel, einem Engel wie Ida noch nie so nahe gewesen.

Es war Ida, die sie zuerst berührte, ein volles Jahr nach dem ersten Kuss. Ida, die am Brunnen ihren Mund über ihren Körper nach unten wandern ließ und deren Finger eine Stelle fanden, von deren Existenz Agnethe keine Ahnung gehabt hatte. Sie drang bis in ihr Innerstes vor, und dann tat sie das Gleiche für Ida, und obwohl sie ihrem Tun nie einen Namen gaben, war es Liebe.

Natürlich würden sie trotzdem heiraten, sie Alef und Ida Henne. Sie würden zusammen Kinder großziehen, als wären sie ihre eigenen, als Brüder und Schwestern. Es war alles geplant, und erst als Alef und Henne sie im Wald überraschten, wurde ihr klar, dass alles auf Fäulnis und Sünde gebaut war. Sie sah es in Hennes Gesicht, in Alefs nackter Wut, und wenn sie irgendwelche Zweifel hatte, erteilten die beiden ihr eine Lektion. Sie sehnte sich nach Strafe, nach einer Lösung.

Die Berge hielten ein gerüttelt Maß an Strafe bereit, doch keine Lösung. Ohne Ida in ihrer Nähe fand sie keinen Frieden. Auch die Zeit bot keinen Trost. Und Gott hielt es für angebracht, sie erneut zu strafen, und diesmal noch schlimmer, indem er sie einander gab und dann ein zweites Mal trennte. Als sie Ida gefesselt am Fluss sah, verlor sie fast den Verstand. Sie tanzte, weil es um nichts in der Welt möglich war, den Schmerz zu ertragen. Sie tanzte, und ihr Verstand war eine einzige Höhle, schwarz und leer. Bis hierher, bis jetzt.

Sie wacht zwischen Ida und einer Fremden auf. Nethe hielt sie für tot, vermutete sie auf einem langen Weg zum Fegefeuer, doch das Mädchen schlägt mit den Armen um sich und stöhnt. Ida dagegen ist reglos, so reglos. Nethe ergreift ihre Hand. Wenn sie die Augen schließt, kann sie sich vorstellen, dass sie allein sind, wie früher zusammen im Schutz der Bäume liegen. Idas Augen öffnen sich, schwarz wie tiefe Löcher. Doch sie sieht sie, da ist sich Nethe sicher, und damit sie ganz sicher sein kann, küsst sie jeden ihrer Finger und flüstert Ida bei jedem einzelnen zu, dass sie sie liebt. Sie tut dies, bis die Wörter durcheinandergeraten und ihre Bedeutung verlieren, und darüber hinaus, bis sie es nur noch in Gedanken sagt.

Und obwohl Ida nicht antwortet, obwohl ihre Atemzüge langsamer werden und ihre Augen so entsetzlich schwarz sind, so furchtbar weit weg, weiß Nethe, dass sie sie hört, sie erkennt und weiß, dass es wahr ist.

19

Die Tage vor dem Fest der heiligen Maria Magdalena verbringen sie in einem Zustand gequälter Fröhlichkeit. Lisbet hat das Gefühl, ihr ganzes Leben sei zum Stillstand gekommen, während sie wartet: auf Plater, auf Henne, auf Sophey, Ida und Nethe. Noch nie hat sie ihren Bauch mit einer solch pragmatischen Einstellung getragen, die es ihr jetzt auch erlaubt, kleine Vorbereitungen für die Ankunft des Babys zu treffen: aus dem Arbeitsschuppen den Schemel für die Entbindung zu holen, sicherzustellen, dass immer saubere Tücher bereitliegen und eine Münze gerichtet ist, falls ein Wundarzt gerufen werden muss. Jeder Akt fühlt sich wie ein Triumph an, das Schüren einer winzigen Flamme in ihrem Herzen – Hoffnung, weiß glühend wie der Komet auf dem Feld ihres Vaters.

Idas Kinder sind eine willkommene Ablenkung, und mit einem Mal ist schon eine Woche vergangen, seit Lisbet ihren Tanzbaum besucht hat, und noch länger, seit sie Almosen ausgeteilt hat. Sie weiß, Ida würde sich wünschen, dass sie es wieder tut, dass sie den Bedürftigsten hilft, insbesondere an einem Festtag, wenn rundherum Überfluss herrscht und Weihrauch brennt und niemand an die Hungrigen denkt.

Sie erzählt Mathias von ihrem Plan, und er ist nicht angetan davon. Die Begegnung mit seinem Schwiegersohn hat ihn tief erschüttert, und er betrachtet jedes Übertreten der Hofgrenze als eine Aufforderung zum Streit.

»Plater kümmert sich nie um die Armenhäuser«, sagt Lisbet. »Das weißt du genauso gut wie ich.«

»Du fährst doch nicht etwa in die Stadt hinein?«

Lisbet kreuzt die Finger hinter dem Rücken. »Nein.«

Sie fühlt sich nicht wohl dabei, Mathias anzulügen, doch seine Sorgen wären schlimmer als diese eine Lüge. Sie weiß, sie wird der Versuchung nicht widerstehen können, zum Münster zu gehen und das Neueste vom Schrein in Erfahrung zu bringen, über die Tänzerinnen und über die Heiligenfigur, für die ihre Bienen alles gaben.

Mathias seufzt. »Ich gehe das Feuer schüren.«

Sie verbringen den Tag mit Backen: grobkörnige, breite Laibe, die hungrige Mägen füllen, mit Honig gesüßt. Was den Teig angeht, so hat Ilse das Talent ihrer Mutter geerbt – in den kleinen Unterarmmuskeln steckt bereits einige Kraft. Dem Einfluss ihres Vaters entzogen, sind die Jungen sanfter geworden, während ihre Schwester verwegener wird. Sie weinen nach ihrer Mutter, hängen an Lisbets Rock und füttern abwechselnd Rolf. Es ist wunderbar, sie alle in ihren neuen Rollen zu beobachten, und Lisbet hofft, dass Ida bald zurückkehrt und es mit eigenen Augen sehen kann.

Am Morgen des Festes der heiligen Maria Magdalena steht Lisbet noch vor Sonnenaufgang auf. Sie schirrt das Pferd an und macht sich, zusammen mit Ulf, auf die Fahrt in die Armenviertel – der Hund ist ihr ständiger Trost und Begleiter geworden.

Die Straße ist ruhiger als beim letzten Mal, als sie unterwegs war, wobei die vereinzelten Menschen alle dasselbe Ziel haben: die Messe im Münster. Lisbet hält in den Außenbezirken an, verteilt die Brotlaibe und wird mit halbherzigem Dank belohnt. Keine Spur von den Lehmanns, ihre Bruchbude ist mit Brettern vernagelt. Ihr fällt ein, was Daniel über Hilde gesagt hatte, und sie fragt sich, ob die wächserne Heiligenfigur die Stadt bereits verlassen hat.

»Was meinst du, Ulf?«

Sie blickt zu den Turmspitzen empor. Über ihnen steht Staub, das Sonnenlicht taucht sie in ein giftiges Gelb. Warum sollte sie Angst haben, weiter in die Stadt hinein zu fahren? Sie hat genau das gleiche Recht dort zu sein wie alle anderen auch. Plater ist nur ein Mensch unter Tausenden und an solch einem wichtigen Tag vermutlich beschäftigt.

Sie legt die Hand auf ihren Bauch. In letzter Zeit redet sie mit ihm, mit ihrem Jungen, bittet ihn, so wie andere Gott, um Antworten. Ist er denn nicht genauso ein Wunder wie Gott? Die Haut zwischen ihrem Jungen und ihren Fingern fühlt sich an wie die Trennlinie zwischen den Lebenden und den Toten: so fragil, so sehnsuchts- und angstgeladen. Sie sollte den Karren wenden, zu ihrem Hof zurückkehren, weiterwarten, auf ihn, auf seinen Vater, auf seine Tante und Großmutter und Ida.

Rastlosigkeit kitzelt ihre Waden. Ehe sie sich eines Besseren besinnen kann, lässt sie die Zügel schnalzen und folgt den nun immer größer werdenden Menschenmengen in Richtung Markt. Die Glocken läuten durch alle Tonleitern hindurch zur Messe, bringen, in Abwesenheit der Spielleute, ihre Musik zu Gehör. Sie folgt ihr wie der Pfeife eines Herrn, bis das ständig zunehmende Gewimmel dem Karren den Weg versperrt. Sie bindet das Maultier an einen Trog und geht den Rest des Weges zum Münster mit Ulf zusammen zu Fuß.

In dem Moment, in dem die Glocken verstummen, erreichen die beiden den Platz. Sie hört ihr Echo, spürt einen Druck auf dem Trommelfell, während sie das verblüffende Geschehen betrachtet. Es scheint, als wären die Zunfthäuser geräumt worden und die Tänzerinnen auf den Platz geströmt, auf dem alles begonnen hatte mit dieser einen Frau, die sich ganz allein drehte und drehte. Hunderte Frauen, deren Erschöpfung von ihnen aufsteigt wie Rauch, tanzen im Schatten des Münsters. Unmittelbar nach dem Glockengeläut herrscht eine unnatürliche Stille, bis auf schlurfende Füße und ein gelegentliches Stöhnen der Geplagten. Sie sieht Männer mit Eisenhaken, die eine Grenze zwischen den Tänzerinnen und den Zuschauern abstecken, stellt sich vor, wie sie die verzückten Frauen wie Schafe auf den Platz treiben. Aufmerksam betrachtet sie ihre Gesichter, doch Platers ist nicht darunter.

In die gespannte Stille hinein öffnen sich die Tore der Kathedrale. Drinnen lodern hundert Kerzenflammen, in deren erstaunliches Licht fünf Männer treten, wohlhabend gekleidete Bürger. Ein Gesicht erkennt Lisbet, denn sein Porträt war nach der letzten Bundschuh-Verschwörung in sämtlichen Kirchen Straßburgs ausgestellt worden, damit alle den Mann sehen konnten, der die Rebellen erhängen ließ: Sebastian Brant, Stadtsyndikus und Vorsitzender der Einundzwanzig. Platers oberster Herr. Streng in schwarzen Samt gewandet, an den Handgelenken rote Seidenschlitze, hebt er die blasse Hand in die Stille.

»Volk von Straßburg, seit Wochen kennt Ihr keinen Frieden.«

Das Wort »Frieden« trifft Lisbet wie ein Schlag. Sie denkt an Nethe, die nie Frieden kannte, es sei denn, sie war mit Ida zusammen, an ihre eigene heitere Gelassenheit am Tanzbaum. Brant irrt sich. Viele von ihnen haben ihr Leben lang keinen Frieden gekannt.

»Wir haben Priester zu Rate gezogen, Heilkundige und Wundärzte. Unser Kaiser persönlich hat unsere flehentlichen Bitten angehört. Jeden Augenblick haben wir uns bemüht, die Ordnung wiederherzustellen. Wir haben die Musikanten verbannt …«

Sie hatten sie allerdings auch hergebracht, ohne jetzt ein Wort darüber zu verlieren. Lisbet drängt das vor ihr aufsteigende Bild von Eren beiseite.

»Wir haben die Schwindlerinnen bestraft. Die Huren und Diebinnen werden aus der Stadt getrieben …«

In die Verzweiflung in den Wäldern. Erneut steigt Wut in Lisbet auf.

»Wir haben die Zunfthäuser zurückerobert. Und jetzt ist es Zeit, die ganze Stadt zurückzuerobern. Damit wird alles vorbei sein: Alle Tänzerinnen werden zum Schrein gebracht. Heute hört die Tanzplage auf, am Fest der heiligen Maria Magdalena. Jetzt läutern wir uns von diesen Wirrnissen. Gottes Augen sind auf uns gerichtet, und wir werden ihm zeigen, dass Straßburg seine Stadt ist, die allerliebste von allen, die allerheiligste.«

Lisbet lacht auf, doch das Brüllen der Menge verschluckt schon den allerersten Laut. Es ist kein einfacher Jubel, er ist mit Angst, Erleichterung, Entsetzen und Ehrfurcht vermischt. Fürs Erste tritt Brant beiseite, und die Heiligenfigur wird aus dem Münster ins Tageslicht getragen.

Bevor Lisbet sie sieht, riecht sie sie bereits, ein Geruch, der stärker ist als der Gestank von Schweiß, saurem Atem und menschlichen Exkrementen. Bienenwachs, so rein wie der höchste Ton in einem Chor. Doppelt so groß wie ein Mensch, höher als die Bühnen und süßlich stinkend ist diese Figur des Sankt Veit.

Das wächserne Ebenbild des Heiligen steht in einem Kessel, der mit Teer gestrichen wurde, damit er wie schwarzes Metall aussieht. Sein Körper ist nackt, hat grell leuchtende Brustwarzen und gebogene Rippen, und obwohl sein Gesicht vielleicht fein herausgearbeitet worden war, tropft es bereits, schmilzt in der zunehmenden Hitze, als wäre der Kessel glühend heiß und würde ihm das Fleisch von den Knochen lösen. Fast erwartet sie, dass das makellose Weiß seines Skeletts zum Vorschein kommt.

Lisbet wendet sich ab. Gewöhnlich hat der Geruch ihres Bienenwachses etwas Tröstliches für sie, doch diesmal haftet ein Makel an ihm, bekommt er aufgrund dieser grotesken Verwendung etwas Ekelerregendes. Übelkeit steigt in ihr auf, während die Heiligenfigur auf einen Scheiterhaufen aus ineinander verschränkten Balken gehoben wird. Sechs Mann sind nötig, drei auf jeder Seite, um sie hochzustemmen, und als sie die Münstertreppe hinuntergetragen wird, hinterlässt sie eine Wachsspur. Die Menge teilt sich wie ein Fluss um einen Felsen und stürzt dann wieder zurück, um die versprengten Wachstropfen mit den Fingernägeln vom Boden zu kratzen. Lisbet gerät in das Gedränge, Ulf bellt seine Panik heraus, und sie packt ihn am Nackenfell, während sie beide um die zur Schau gestellte Figur herum und hinter ihr her geschoben werden.

Die Besessenheit der Tänzerinnen erreicht einen neuen Höhepunkt: Als die Heiligenfigur näher kommt, stoßen sie schrille Schreie aus und hüpfen wild umher. Manche zerreißen ihre Kleider, entblößen Brüste, Beine, Rücken. Lisbet sieht, wie Wachen die Tänzerinnen mit ihren Eisenhaken vor sich her stoßen, sieht, wie andere Männer sie mit Stöcken prügeln, bis sie sich in eine Reihe hinter der Figur eingliedern. Manche stürzen und kommen nicht wieder hoch, werden immer und immer wieder mit Füßen getreten.

Jetzt kämpft sich Lisbet nach hinten zurück, zieht Ulf mit sich, während die Erkrankten, knurrend und jammernd, wie eine verwirrte Herde umherstolpern.

Lisbet kann sich aus der Menge lösen und sieht sich um. Die Tänzerinnen befinden sich hinter der Heiligenfigur, springen und wirbeln umher, zusammengetrieben in eine willkürliche Reihe, die sich wie eine schreckliche Schlange windet, und ihr Kopf ist Sankt Veit. Das ganze Gebilde gleitet vorüber, Hunderte von Tänzerinnen, verfolgt von Hunderten von Stadtbewohnern, die alle so wild dreinblicken und so erregt sind, dass es schwer ist, sie auseinanderzuhalten. Sie werden den ganzen Weg bis zum Schrein mitgehen.

Lisbet verharrt, bis die Straßen fast leer sind. Kinder suchen den Boden ab, der von Unrat übersät ist wie von den Überresten eines Wracks. Sie sieht Trippen, Stoffstreifen, Kopftücher – die Hinterlassenschaften einer enormen Feier, einer enormen Gräueltat. Am Fuß einer Bühnentreppe glitzert etwas. Sie klaubt es aus dem Staub. Ein schmales goldenes Armband, noch warm von der Trägerin. Lisbet lässt es wieder fallen und kämpft gegen den plötzlichen, albernen Impuls zu weinen an.

Sie kann nicht auf direktem Weg nach Hause fahren, kann diesen entsetzlichen Gestank nicht zu Idas Kindern mitnehmen. Sie muss die Stadt von sich abwaschen. Im Wald die gleiche Achtlosigkeit wie auf dem Marktplatz: Sie kommt an

Feuerresten und nestartigen Gebilden aus dreckigen Decken vorbei, doch die Leute, von denen sie am Fluss umgeben waren, sind nirgends zu sehen. Auf Schritt und Tritt erwartet sie, Plater, Daniel oder einem unbekannten Angreifer zu begegnen, doch Ulf sträubt sich nicht das Fell, er bellt nicht, und sie sieht niemanden. Vielleicht folgen sie alle der Prozession, den Tänzerinnen und der schmelzenden Heiligenfigur.

Man riecht den Fluss, ehe man ihn hört, ein sehr grüner Duft, wie von abgekratztem Moos. Sie hat immer Angst vor diesem Geruch gehabt, und nach ihrer Begegnung mit Ida, Nethe und Plater muss sie an sich halten, um nicht in die entgegengesetzte Richtung zu fliehen.

Als sich Lisbet dem gefällten Stamm nähert, läuft Ulf voraus.

Idas nach hinten geneigter Kopf. Das Stöhnen aus ihrer Kehle. Der spitze Schrei, als sich Platers Hand fester in ihr Haar krallt. Erens Mund, seine Finger auf der Laute. Lisbet möchte nicht daran denken, an nichts davon, doch der Fluss reißt sie mit sich zurück, durch all die Jahre, durch all die Verluste, bis hin zum Ursprung: dem allerersten Verlust.

Auf den Feldern entlang des Flusses in der Nähe ihres Elternhauses wuchsen keine Feldfrüchte, sondern dichtes, weiches Gras. Dort war der Komet niedergegangen und hatte dem Wasser ein neues Bett gegeben. Wenn jemand über die vernachlässigten Felder ging, während man beim Waschen war, konnte man ihn nicht kommen hören. *Nicht dass der Teufel auf lauten Sohlen geht. Auf leisen Hufen tritt er auf dich zu.* Der Teufel lebte in dem vom Kometen zerteilten Fluss. Das hatte man ihnen allen erzählt. Ihr ältester Bruder Michael hatte ihn gesehen, zwischen juwelenhellen Krötenaugen. Seinen gespaltenen, zuckenden Schwanz zwischen den glatten, unnatürlichen Ufern. Sein breites Lächeln zwischen jungem, hochgewachsenem Schilfrohr. Lisbet wendet den Blick ab, hin zu diesen Bäumen, dieser Zeit, diesem Fluss, doch alles flimmert, verblasst.

Sie können ihre Mutter nicht finden. Am Morgen war Henne gekommen, hatte um ihre Hand angehalten. Sie hatte abgelehnt, wie schon bei drei anderen zuvor, denn sie konnte ihre Mutter nicht verlassen. Und jetzt ist ihre Mutter verschwunden.

Ihre Brüder suchen in den Scheunen nach ihr, der Vater in der Stadt. Lisbet muss das Haus durchkämmen, obwohl es eindeutig leer ist. Niemand in dem Bett, in dem sie immer, von der Nase bis zu den Zehenspitzen, nebeneinanderliegen. Niemand auf dem Dachboden oder, absurderweise, versteckt in ihrem größten Topf. Sie weiß, es gibt nur einen Ort, wo sie nicht nachgesehen hat. Doch dort dürfte ihre Mutter nicht sein. Sie hasst ihn genauso wie Lisbet selbst. Darin ähneln sie sich, kennen die Gedanken der anderen.

Und deshalb, weil sie die Gedanken der anderen kennen, weiß Lisbet, dass ihre Mutter, wenn sie nicht von ihr gefunden werden will, an genau dem einen Ort sein wird.

Sie geht los, mit leeren Händen, ohne Kopfbedeckung, ohne Schuhe. In dem hohen Gras machen ihre Füße kein Geräusch. Als der Komet landete, riss er ein ganzes Feld auseinander, genau in dem Augenblick, als sie sich von ihrer Mutter losriss. Sie kennt den Weg genauso gut wie das Gesicht ihrer Mutter. Lisbet steht am Ufer, dem Höllenschlund. Sie weiß, dass es in der Hölle brodelt, doch der Fluss ist trügerisch kühl. Sie spürt, wie die Erde sie hinunterzieht, wie der Geruch von verborgenen Orten zu ihr aufsteigt.

»Mutter?«

Ihre Stimme ist dünn wie Schilf, neigt sich ins Dunkel. Irgendwo blitzt ein winziger Funken Licht auf. Der Schlund des Teufels öffnet sich. Der Glanz eines vom Wasser geschliffenen Quarzstückes. Sie möchte schreiend davonlaufen. Doch sie tritt ins Röhricht am Ufersaum.

»Mutter?«

Sie streckt die Arme nach vorn. Der Teufel streicht ihr die Haare aus der Stirn. Das Schilfrohr streicht ihr die Haare aus der Stirn. Sie tastet sich hindurch, biegt die scharfkantigen Gräser zur Seite. Das Herz schlägt ihr bis zum Hals hinauf. Sie kann nur flach atmen, das Wasser riecht so stark.

Lisbet stöhnt, klammert sich an den Stamm, genau dort, wo Ida sich an Nethe geklammert und sie geküsst hat. Sie hat es bis hierhin geschafft, jetzt muss sie es auch zu Ende führen. Da ist noch ein anderer Geruch. Der Geruch von Rosmarin und Gewürznelken. Der Geruch der Salbe, mit der sie die Füße ihrer Mutter einreibt. Er gehört zu ihr und zu ihrer Mutter, zu ihnen beiden zusammen. Lisbet sinkt im Fluss auf die Knie.

»Mutter?« Sie flüstert es. Sie kriecht, damit das Schilfrohr ihr nicht mehr gegen den Kopf streicht. Jetzt ist alles wunderbar. Und es wird noch besser, als sie den Rand des Röhrichts erreicht, dort, wo ihr Bruder den Schwanz des Teufels gesehen hatte. Sie sieht stattdessen jedoch einen Fuß, geschwollen, grünlich, kalt.

Hand über Hand zieht sie ihn aus dem tieferen Wasser zu sich heran. Außer ihrem Atem hört sie nichts. Sie schließt die Augen, damit sie nichts sehen muss, tastet sich bis zur Schulter ihrer Mutter vor, lässt die Hände über ihren Körper gleiten. Durchnässte Kleider, die Taschen von Steinbrocken ausgebeult. Dort der glatt geschorene Kopf. Hier die weichen Hände, so weich, als wären sie knochenlos. Hier ihre Brust, beklemmend regungslos. Sanft küsst sie ihre Mutter auf die Lippen, schmeckt Mohn.

Obwohl niemand dort ist, der sie hören könnte, außer vielleicht dem Teufel inmitten des wogenden Schilfrohrs, summt Lisbet ihrer Mutter etwas vor und wiegt sie, als wollte sie sie in den Schlaf versetzen. Es dauert Stunden, bis ihre Brüder daran denken, den Fluss abzusuchen, Minuten, bis sie sie nebeneinander eingerollt finden, nur wenige Sekunden, bis sie Lisbets Finger von der Hüfte ihrer Mutter losgelöst und die beiden für immer voneinander getrennt haben.

Das Baby strampelt. Lisbet ist am Ufer, an diesem Fluss. Sie riecht nach Bienenwachs, nicht nach Gewürznelken, und ihr Körper ist zu heiß. Sie muss sich abkühlen, für ihren Jungen. Sie muss mutig sein. Vorsichtig geht sie die sanfte Uferböschung hinab ins Wasser. Zum Glück ist es angenehm frisch, und sie stöhnt erleichtert auf. Schlick quillt zwischen ihre Zehen, Schilf windet sich um ihre Knöchel, erst enger, dann wieder lockerer, ein scheinbar bewusster, absichtlicher Rhythmus.

»Mutter?«

Doch ihre Mutter spricht nicht mit ihr, und zum ersten Mal versteht Lisbet es als Segen. Als sie die glatten Steine erreicht, die das eigentliche Flussbett säumen, bleibt sie stehen. Selbst ohne den Hund als Maß zu haben, weiß sie, dass sie an dieser Stelle im Fluss nach drei weiteren Schritten hüfttief im Wasser stünde. Ulf platscht an ihr vorbei, und sie schnalzt, damit er dort weggeht, doch er bringt ihr ein Stück Ast, stupst sie mit der Nase an und sieht so dümmlich aus, dass sie nachgibt und es flussabwärts wirft.

Als Ulf mit dem Stock zurückkehrt, hievt sie sich wieder ans Ufer und zupft sich einen Fetzen Flussgras von der Wade, wo es sich in ihrem dunklen Beinflaum verfangen hatte. Ulf legt den Ast vor sie hin, schüttelt sich und spritzt Wasser auf ihren Rock.

»Du dummer Hund.« Sie stößt den Stock mit den nackten Zehen weg. Dann setzt sie sich auf den gefällten Stamm und versucht, ihre stinkenden Beinlinge zurechtzuziehen. Als sie an ihren feuchten Beinen kleben bleiben, gibt sie auf. Es ist niemand da, der sie sehen könnte.

Schon bei dem Gedanken daran spürt sie ein Paar Augen auf sich. Dann ein Rascheln, das zu leise für Ulf ist. Angst schnürt ihr die Kehle zu. Jemand beobachtet sie.

Wie ein Kind möchte sie die Augen zukneifen, bis hundert zählen und den Wald verschwinden lassen. Noch immer spürt sie einen Blick, der so direkt ist, als würde sie jemand am Hals packen. Sie könnte so tun, als wüsste sie nicht, dass dort jemand ist, den Hund herbeipfeifen und sich auf den Weg nach Hause machen. Vielleicht will man ihr ja gar nichts zuleide tun. Wie an einer Puppe klammert sie sich an diesem Gedanken fest, ruft Ulf. Er kommt nicht.

Erneut packt sie eine panische Angst, und sie erhebt sich. Zu ihrer Linken ein Knacken. Ulf bellt zweimal. Dann wieder ein Knacken, doch nun ist er stumm. Lisbet lauscht, ruft den Hund. Keine Reaktion. Jetzt ist es passiert, denkt sie. Man hat ihn eingefangen.

Sie schnappt sich den Stock, den er zurückgebracht hat – die Borke blättert ab, doch das Holz ist solide, schwer –, und kriecht in die Richtung, in die Ulf gelaufen ist. Sie hört gerade genug Geräusche, um zu wissen, wohin sie sich wenden muss: ein Rascheln, ein Pfad zwischen spröden Bäumen hindurch.

Wieder und wieder hält sie inne, um zu horchen, hält den Atem an, schließt die Augen, um besser hören zu können. Es ist wie das Spiel, das sie mit ihren Brüdern gespielt hat, als ihr die Augen mit einem stinkenden Stück Sackleinen verbunden wurden und die beiden dann in die breiten Wasserrinnen zwischen den Feldern ausschwärmten und sie durch Händeklatschen herbeilockten, während sie in ihrer selbst gemachten Dunkelheit in ihre Richtung kroch.

Sie folgt den Geräuschen zu einer Gabelung zwischen den Bäumen, die sie recht gut kennt. Es ist der Pfad zum Tanzbaum, und als der scharfe Geruch des Flusses in ihrer Kehle beißt, schluckt sie trocken. Vielleicht haben die Verzweifelten ihn schließlich gefunden und dort ein Lager errichtet. Sie stellt sich vor, dass die Bänder all ihrer Babys heruntergerissen wurden und die Plattform von einem Ende zum anderen voller Leiber liegt. Wie gern würde sie Hilfe holen gehen, doch es gibt niemanden, an den sie sich wenden könnte. Sie ist völlig allein. Aber sie kann Ulf nicht seinem Schicksal überlassen. Wenn es noch nicht zu spät ist, wird sie ihnen ein Angebot machen. Sie können alles Brot von ihrem Tisch haben, allen Honig, den sie aus dem Wachs gepresst hat.

Sie geht den Pfad entlang, pfeift so hoch sie kann und sooft sie sich traut, in der Hoffnung, dass Ulf sie hört und zurückkommt. Ihre feuchten Füße scheuern in den Schuhen, und die Erfrischung, die der Fluss geboten hat, ist vergessen – an ihre Stelle sind, ausgelöst durch ihre Angst, Hitzewallungen getreten. Jetzt hört sie eine leise Stimme, und Ulf bellt wieder.

Lisbet geht schneller, kümmert sich nicht um Geräusche, rafft den Rock hoch. Sie riecht ein Feuer, der Rauch ist noch nicht zu sehen, dringt aber bereits in ihre Nase, ein sauberer Geruch von sehr trockenem Holz. Als sie den Stock fester packt, rammt sie sich einen Splitter tief in die Haut. Der Schmerz lässt Mut in ihr Blut strömen, und als sie die Lichtung erreicht, sich in den Schatten einer jungen Linde drückt und nach vorn späht, beißt sie die Zähne zusammen.

Dort brennt ein bis vor Kurzem gehütetes Feuer, blassgrauer Rauch steigt auf, und ein rostiger Teekessel kauert wie eine Kröte in der Glut, daneben ein dorthin geschleifter Baumstamm als Bank. Keine Spur von Ulf oder seinen Entführern.

Es ist leichtsinnig, die Lichtung zu betreten, ohne zu wissen, wo sie sind, doch Lisbet tut es trotzdem. Als sie die Deckung verlässt, hört sie wieder die leise Stimme, und Ulf bellt zweimal.

Sie sind auf dem Baum. Über ihr verlagert jemand das Gewicht, die Bretter knarren, und sie geht näher an den Stamm heran, sucht einen Spalt, der es ihr erlaubt, zwischen den Planken hinaufzuspähen. Jetzt bewegt sich etwas, und sie kann Ulfs Pfoten tapsen und rutschen hören, während er auf der Plattform umherläuft.

Langsam geht sie zur Leiter, hebt ihren Stock hoch, hält ihn bereit. Doch als sie die Stimme des Mannes ein drittes Mal hört, erkennt sie sie. Der Stock fällt aus ihren plötzlich schwachen Händen.

20

Eren?«

Das Knarren hört auf, und dann taucht Ulfs Kopf unter dem Plattformgeländer auf. Er bellt freudig, weicht einen Schritt zurück, schlittert Hals über Kopf die Leiter hinunter und wäre dabei fast abgestürzt, während sich Eren herunterlehnt, das Gesicht zu einem breiten Lächeln verzogen.

Lisbet erwidert es, und ihre Erleichterung ist so groß, dass sie sich von der Brust bis in alle Finger ausbreitet. Ulf hat sie erreicht und leckt ihr die Fingerspitzen, aber es ist ihr genauso unmöglich, Erens Blick auszuweichen, wie es ihr unmöglich wäre, den Lindenstamm mit ihren bloßen, geschwollenen Händen hochzuklettern.

»Es tut mir leid«, sagt Eren schließlich. »Er ist mir gefolgt. Ich habe versucht, ihn zurückzuschicken.«

Sie schüttelt den Kopf und lacht, ein abruptes Klanggewitter, das einen kleinen Vogel aus den Bäumen hinter ihr aufflattern lässt. Ihr Herz hat noch nicht die Gefahr vergessen, und das schnürt ihr die Kehle zu. Sie presst die Hand gegen den Hals, versucht, die Angst wieder zurückzudrängen. Vor ihren Augen explodieren Farben wie die der Buntglasfenster im Münster.

»Lisbet?« Eigentlich ist es unmöglich, aber Eren steht neben ihr. »Ich habe dir Angst eingejagt.«

»Nein. Ja. Ich bin froh, dass du es bist.« Ihre Stimme klingt dünn, hoch, mädchenhaft. Sie hat sich auf den Baumstamm gesetzt, um sich zu erden. Alles tanzt vor ihren Augen, und Erens braune Haut badet im goldenen Glitzern des Sonnenlichts. Sie hatte vergessen, dass die Sonne weich sein und Schönheit verleihen kann. Als sie die Hand gegen die Augen drückt, zieht sie sie, vor Schmerz zischend, gleich wieder weg.

»Du hast da einen Splitter«, sagt Eren und nimmt ihre Hand. Seine ist kühl und trocken, ein Wunder an ihrer pochend und schlüpfrig heißen Handfläche.

Sie versucht, sich darauf zu konzentrieren, seine Hände auf ihren, sieht den Splitter, wie eine zusätzliche Ader quer durch ihren fleischigen Handballen getrieben, dunkler als seine Haut auf ihrer.

Sie ist keine Memme, aber von dem Anblick wird ihr ein wenig mulmig. »Er steckt tief drin.«

Sie befühlt die Stelle mit der anderen Hand, und Eren besänftigt sie wie ein Kind.

»Ich versuche es.«

Er gießt Wasser aus dem Kessel über seine Hände, dann kniet er sich vor ihr auf den raschelnden Boden. Sie betrachtet den Wirbel in seiner Haarkrone, eine perfekte Spirale, die sich in einen Wust von schwarzen Locken und Blätterresten auflöst, auf denen er auf der Plattform gelegen haben muss. Sie erinnert sich daran, wie schockierend es gewesen war, als er ihr angeboten hatte, sie auf ihrem Weg zu begleiten. Und jetzt ist er hier vor ihr auf den Knien, seine schlanken, kühlen Hände auf ihr, der Blick aufmerksam auf ihre Haut gerichtet.

Er betastet die wunden Stellen um den Splitter herum, und als sich das Holz bewegt, beißt sie sich auf die Zunge. »Musst du die Haut aufschlitzen?«

»Vielleicht mit einer Nadel«, sagt er. »Darf ich, mit deiner Erlaubnis, eine holen?«

Doch sie möchte nicht, dass er ihre Hand loslässt, findet den Gedanken, zum Haus zurückzukehren, unerträglich. Sie schüttelt den Kopf, umklammert seine Finger fester und zuckt zusammen. Erneut widmet er seine Aufmerksamkeit ihrer Hand, beugt den Kopf so tief hinunter, dass seine Haare ihre Handfläche kitzeln.

Sein Atem ist warm und sehr nahe. Und dann ist sein Mund auf ihr, sein Bart sanft kratzend, seine Lippen ganz weich. Ehe sie richtig versteht, was gerade geschieht, zieht er die Wangen ein und saugt. Sie spürt, wie der Splitter unverändert stecken bleibt, und dann die Erlösung, als er doch aus ihrer Haut herauskommt. Er spuckt das Holz auf den Boden, und die Abwesenheit seines Mundes fühlt sich für sie an wie eine Wunde.

Als er ihr den Kessel hinhält, damit sie sich Wasser über die Hand gießen kann, blickt er sie nicht an. Es ist nur ganz wenig Blut ausgetreten, winzige edelsteinartige Tröpfchen, die sie von ihrer Haut aufleckt.

»Danke«, sagte sie schließlich, aber er sieht sie immer noch nicht an, krault Ulf jedoch hinter den Ohren. Seine Hand zittert, und ihre ist ebenfalls unsicher, als sie sie hochhält, um sie zu begutachten. Die Handfläche ist dort, wo er seine Lippen aufgepresst hat, ein wenig gerötet, der Riss, wo der Splitter eingedrungen war, winzig. Er gesellt sich zu ihren anderen klitzekleinen Hautkratern hinzu, eine neue, von ihrer Plackerei gemeißelte Topografie. In Erens Fingern wirken ihre eigenen bärenstark und klobig, aber sie ist stolz darauf, sind sie doch ein Beweis für ihre Nützlichkeit. Sie passen zu ihr.

»Entschuldigung.« Seine Stimme ist heiser. »Ich habe mir nichts dabei gedacht.«

»Nicht schlimm«, sagt sie und beobachtet seine schlanken Finger auf Ulfs verfilztem Pelz, wie er die Kletten aus dem Hundefell entfernt, so sanft an ihnen zupft wie an den Saiten einer Laute.

»Warum bist du hier?«, fragt sie schließlich. Da er sich zu dem Hund hinunterbeugt, liegt sein Gesicht im Schatten. Sie möchte, dass er sie ansieht, seinen festen, klaren Blick auf sie richtet, doch er scheint entschlossen, es nicht zu tun. »Eren?«

»Das ist jetzt meine Bleibe«, sagt er und deutet auf die Plattform.

»Im Wald?«

»Für die anderen Sittenlosen ist es gut genug.«

»Du bist nicht sittenlos«, sagt sie hitzig.

»Bitte beruhige dich. Es ist nicht gut für dich …«

»Für mich?« Es ist ein Aufschrei, den sie nicht unterdrücken kann. Plötzlich durchflutet sie glühend heiße Wut: auf alles, was sie mitangesehen, alles, was sie ertragen hat. Auf die Scham, die die Freude, ihn wiederzusehen, ausgelöst hat, darauf, dass er sie jetzt nicht einmal ansieht. »Tu nicht so, als wenn du Zuneigung zu mir empfindest. Du hast mich alleingelassen, genau wie alle anderen auch. Alle Zuneigung gilt dem, was ich austrage, und für mich ist nichts, ist niemand übrig …«

Sie wuchtet sich hoch, und das Baby in ihr bewegt sich, als hätte es sie gehört und verstanden. Eren steht ebenfalls auf, doch die Leichtigkeit von eben ist dahin. Er berührt sie nicht, hält die Arme jedoch ausgestreckt, falls sie stürzen sollte. Sie wendet sich ab, schnappt mit tiefen, keuchenden Atemzügen nach Luft.

»Ich empfinde Zuneigung zu dir, Lisbet«, sagt er schließlich. »Ich habe dich nicht alleingelassen.«

Er ist näher gekommen, so nahe, dass sie nur einen Schritt zurück machen müsste und sie stünden aneinandergedrückt zusammen.

»Ich habe aufgepasst, nachdem die Einundzwanzig uns befohlen hatten zu verschwinden«, fährt er fort. »Ich hätte mit Frederich und den anderen weggehen können, aber ich bin geblieben, um sicherzustellen, dass du außer Gefahr bist. Bis dein Mann oder deine Schwiegermutter nach Hause zurückkehren würden. Ich habe gesehen, dass Mathias und Idas Kinder noch bei dir waren. Ich gebe dir mein Wort, du warst keinen Moment allein.«

Sie dreht sich zu ihm um, ist nahe genug, um seine Wimpern zu zählen, neben seinem Mund eine kleine, vom Bart fast verborgene Narbe auszumachen. Er hat Frederich allein losziehen lassen, seinen besten Freund. Er blieb zurück, für sie.

»Verzeih mir«, sagt er. »Ich wollte dich nicht beunruhigen. Ich wollte nur, dass du sicher bist. Damit, solltest du in Gefahr schweben, Hilfe zur Stelle wäre.«

»Ich kann mir selbst helfen«, sagt sie mit schwacher Stimme.

»Das weiß ich, Lisbet.«

Küss mich, denkt sie. *Leg deine Lippen auf meine.* Doch stattdessen tritt er zurück, und sie wischt sich die letzten Tränen vom Gesicht.

»Soll ich dich nach Hause begleiten?«

»Nein«, sagt sie, zu plötzlich, zu heftig.

»Ich weiß, du kannst allein gehen.«

»Nein«, wiederholt sie, diesmal ruhiger. »Ich bleibe noch ein Weilchen, wenn ich darf. Ulf hat es sich schon bequem gemacht.«

Beide blicken auf den Hund, der auf der Seite liegt, die Zunge heraushängen lässt und leise schnarcht. Eren prustet los. »Wenn du willst.«

Zu bleiben ist so leicht wie atmen. Sie sitzen zusammen am verglimmenden Feuer und erzählen. Es gibt eine Menge zu sagen: mehr über Frederich, mehr über Nethe und Ida, mehr über die monströse Zurschaustellung des wächsernen Heiligen, der sie alle retten soll. Um die wesentlichen Fragen, die gestellt werden müssten, nämlich was er tun und wohin er als Nächstes gehen wird, machen sie einen Bogen. Lisbet will es nicht wissen. Er wird sicher nicht hierbleiben, wo die Leute vor ihm zurückweichen oder ihn sogar schlagen. Vielleicht wartet er, bis Henne zurückkehrt, und verschwindet dann, und sie wird ihn nie wiedersehen. Wie einen dahintreibenden Wolkenfetzen hält sie diesen Gedanken in einem Winkel ihres Gehirns fest.

»Meinst du, es geht vorbei?«, fragt sie.

»Das muss es«, sagt Eren. »Manien sind wie Eiterbeulen – man muss sie aufschneiden, das Gift ausdrücken und einen Umschlag anlegen, dann gehören sie der Vergangenheit an.«

»Ich verstehe etwas von Manien«, erwidert sie sanft. »Und es stimmt, dass sie vorübergehen. Manchmal nehmen sie dabei allerdings Menschen mit sich fort.«

»Weißt du das aus eigener Erfahrung?«

Sie öffnet den Mund, um zu erzählen, von Mutter und ihrem geschwollenen Fuß. Davon, wie Lisbet sie mit ihren Händen besänftigt hat, als sie in ihrem Herzen schon dafür betete, dass sie stirbt, dass sie von ihren Qualen befreit wird. Aber was, wenn er vor ihr zurückschreckt? Was, wenn er, ein Mann, der einen Sodomiten als besten Freund gelten lassen kann, der in den Augen der Kirche selbst ein Sünder ist, beschließt, dass sie allein seine Abscheu verdient, seine Ächtung?

»Meine Mutter …«, hebt sie an. »Sie hat den Verstand verloren. Sie starb, kurz bevor ich Henne geheiratet habe.«

Weil sie geahnt hat, dass Lisbet am liebsten geflohen wäre. Ein Schraubstock legt sich um ihr Herz und drückt zu. Die harte Wirklichkeit ihres Fehlers. Die harte Wirklichkeit ihres Wesens.

»Das ist ein furchtbarer Verlust.«

Alles an ihm deutet auf einen sicheren Hafen hin, in dem man sich mitteilen kann, und alles in ihr möchte es ihm erzählen. Doch das sind die dunkelsten Dinge, die tiefsten Tiefen. Sie schreckt zurück, lenkt ab.

»Und deine Mutter?«

Er erzählt ihr, dass sie drei Sprachen verstehen und lesen konnte und dass seine Schwester mit fünf Jahren am Fieber starb. Sie hatte einen Zopf so dick wie ein Seil, Augen wie seine. Dass sein Vater humpelnd aus einem Krieg zurückgekommen war, über den er nie sprach. Noch einmal fragt sie ihn nach sich selbst, als Kind, und er erzählt ihr mehr über seine Schwestern, die überlebt haben, mehr über seine Mutter, die gesungen hat, seinen Vater, der musiziert hat, und dass sie eine Zeit lang ein Bärenjunges dressiert haben, mit ihm zu tanzen, damit sie mehr Geld verlangen konnten, doch der Bär verzehrte sich nach seiner Mutter und starb.

Er erzählt ihr, dass sie ständig umherreisten, von der kleinen Stadt in die große Stadt und ins Dorf, dass er immer noch herumzieht, mit nichts als einem Hemd am Körper, der Laute seines Vaters und dem Teekessel seiner Mutter. Dass er bis zu den Hellenen gekommen war und bis nach Kopenhagen und sich keine zwei Monate glichen. Dass er das Musikmachen gelernt hat, indem er die Finger seines Vaters beobachtete. Dass sie sich kein zweites Instrument leisten konnten, weshalb er bis zum Alter von zehn Jahren auf einem Brett geübt hat, in das er Linien hineinkratzte, und gesummt hat, damit er die Musik hören konnte. Lisbet hält ihm den Stock hin, von dem sie sich den Splitter in den Handballen gerissen hatte, und er nimmt ihn lachend entgegen.

»So«, sagt er und hält ihn, wie er die Laute auf der Bühne vor den Tänzerinnen gehalten hatte. Er summt, eine schnelle, heitere Weise, und sie wippt mit den Knien und klatscht im Rhythmus dazu.

Als er fertig ist, schleudert er den Stock fort, und Ulf prescht hinterher, während Eren sich verneigt und Lisbet ihm Beifall spendet. Sie fühlt sich aufgedreht, so irrwitzig ist der Tag, der jetzt in die Nacht umschlägt.

»Und du«, sagt er und lässt sich vor ihre Füße plumpsen. »Was ist mit dir?«

»Da gibt es keine Geschichte.«

»Es gibt immer eine Geschichte.«

Lisbet spürt, wie ihre Freude sie verlässt, wie der Druck von allem, was sie durchlebt hat, auf ihr lastet. Sie will ihn loswerden, und vielleicht ist dies die einzige Möglichkeit, dies der einzige Ort und Eren der einzige Mensch, mit dem sie ihn teilen kann. Eine Beichte.

»Du hältst mich für neugierig«, sagt Eren. »Es tut mir leid.«

»Du brauchst dich nicht zu entschuldigen«, sagt sie. »Du brauchst mir überhaupt nichts zu sagen.«

»Doch. Ich will es … Ich muss es …«

Er wartet, während sie versucht, ihre Gedanken zu ordnen, sie zu durchkämmen, als würde sie Wolle kardieren.

»Du brauchst mir überhaupt …«

»Bitte«, beschwört sie ihn. »Sag jetzt nichts.«

Sie findet ihren Einsatz, den Anfang von allem. Ihren Anfang.

»Meine Kindheit war voller Verwüstungen. In der Nacht, in der ich geboren wurde, fiel ein Komet auf das östliche Feld meines Vaters, verbrannte eine Jahresernte an Korn und machte das Land für immer unfruchtbar. Ich nehme an, du hast von dem Kometen gehört – er ging in Ensisheim nieder.«

Am Rand ihres Gesichtsfeldes nimmt Lisbet sein bestätigendes Nicken wahr, aber sie hält den Blick geradeaus gerichtet, auf einen Kringel im Stamm des Tanzbaumes.

»Geiler predigte, dass es ein Omen war. Dass Gott uns alle verdammte. Meine Familie schien er ganz besonders zu verdammen. Abgesehen von dem verlorenen Feld folgten dann durch Hagel oder Sturm zerstörte Ernten. Regenfluten oder gar kein Regen. Überschwemmungen und Dürren, ein endloser Kreislauf. Je größer ich wurde, desto größer wurde auch unser Unglück. Aufstände, durch die wir unser bestes Ackerland verloren und beinahe auch meine Brüder. Rebellen hingen wie alte Laken an fast jeder Hauswand, gescheiterte Fahnen der Kapitulation. Und als ich zwölf wurde, da wurde meine Mutter dann verrückt.« Sie schluckt. Sie kann ihm nicht erzählen, wie eng sie miteinander verbunden gewesen waren, wie Lisbets Blutungen begannen und sich gleichzeitig der Verstand ihrer Mutter auflöste.

»Du sagst, eine Manie ist wie eine Eiterbeule, aber ihre war unter der Haut, in ihrem Blut. Ihre Füße schwollen an, sodass sie kaum noch laufen konnte, und der Wundarzt schnitt ihr alle Haare ab.« Die Erinnerung an diese spezielle

Grausamkeit treibt ihr brennende Tränen in die Augen. »Sie hatte wunderschöne Haare«, sagt sie ohnmächtig.

Von den anderen Heilmitteln erzählt sie ihm nichts. Der Wundarzt, den der Vater mitgebracht hatte, war jung und unerfahren, sein Gesicht, bis auf einige Bartstoppeln unter der Kinnlinie, noch glatt. Er hatte Mutter kaum untersucht, ehe er ihnen bereits eine Senftinktur verkaufte.

»Die Gebärmutter schwebt«, sagte er zum Vater. »Schlingt sich um den Hals, zieht sich über dem Herz zusammen und setzt sich unter der Kehle fest. Die Kinder füllen sie aus, beschweren sie, rücken sie wieder zurecht, aber wenn die Schwangerschaft vorbei ist, vertrauen wir auf Senf, der in den Schlund getrichtert wird, um sie zu verscheuchen, oder aber auf Naschwerk, das an die unteren Lippen gelegt wird.« Lisbet stellte sich die Gebärmutter als ein hungriges Baby vor, das auf das süße Versprechen zukrabbelt. Der Senf führte dazu, dass Mutter Blasen im Hals bekam. Für Naschwerk hatten sie kein Geld.

»Trotzdem wurde ihr Verstand zerrüttet. An manchen Tagen kannte sie mich, und es war immer noch solch eine Liebe da. Doch immer öfter kannte sie mich nicht mehr. Ihre Hände zitterten, ihr Mund schäumte. Zum Ende hin konnte sie nicht mehr sprechen.«

Ihre schwarzen Füße und ihr aufgesperrter Mund, ihre schlechten Tage und ihre noch schlimmeren. Endlose, endlose Aufopferung. Die Sprache, die nur sie beide sprachen, der Trost, den einzig Lisbet ihr spenden konnte, der Mohn, den sie ihrer Mutter brachte, wenn sie darum bat.

»Eines Tages ging sie zum Fluss – nein.« Lisbet ertappt sich gerade noch rechtzeitig. Wenn dies eine Beichte werden soll, dann muss sie die ganze Wahrheit sagen. »Eines Abends ging ich auf einen Tanz. Dort begegnete ich Henne. Heinrich, meinem …« Sie möchte nicht »Mann« sagen. Sie möchte sich vor Eren nicht mit einem anderen Mann in Verbindung bringen, ganz egal, wie albern das ist, wo sie doch Hennes Baby in sich trägt und der Beweis für ihre zahlreichen Versuche über ihren Köpfen flattert. »Und er hielt um meine Hand an. Zu heiraten hieß jedoch, hierherzukommen, Mutter zu verlassen, weshalb ich Nein sagte.« Ihr bricht die Stimme. Erens Augen sind so gütig, dass sie sich wünscht, er würde sie schließen. Sie hat keine Güte verdient.

»Aber meine Mutter ahnte, warum. Sie nahm Mohn. Sie ging zum Fluss, dem Fluss, den der Komet quer durch unser östliches Feld geschlagen hatte. Sie füllte die Taschen ihrer Röcke mit Steinen.«

Erens Hand fühlt sich verblüffend warm auf ihrer an und trocken. Nicht mehr kühl, nicht feucht. Lebendig und zart. Sie erzählt ihm, dass Mutter sie trotz allem geliebt hat und dass Lisbet deshalb weitergelebt hat, ihre toten Babys klaglos geboren hat, denn sie hat es verdient. Sie hat alles verdient.

Hier erhebt Eren die Hand, um ihr Einhalt zu gebieten. Er hat mit absolut regungslosem Körper zugehört, fast so, als hätte er kaum Luft geholt. Doch jetzt sieht er ihr direkt ins Gesicht, die schlanken braunen Finger dicht vor ihren Lippen, die Augen unverwandt auf ihre gerichtet.

»Wir kennen uns erst eine kurze Zeit, Lisbet, aber ich habe das Gefühl, dich zu kennen.«

Die Erleichterung, es ausgesprochen zu hören, ist fast schon schmerzhaft. »Ich verstehe.«

»Dann musst du auch verstehen, dass ich mir, obwohl ich weder dein Vater, dein Bruder noch dein Mann bin, sondern nichts als ein Freund, sicher bin, wenn ich dir sage: Du bist nicht der Grund für all das, was du mir geschildert hast.«

Lisbet lacht gequält auf. »Du kennst mich nicht gut genug …«

»Bitte«, sagt er. »Darf ich jetzt etwas sagen?«

Sie unterdrückt ihr Lachen, verschluckt es.

»Die Kirche glaubt an viele Dinge, wie zum Beispiel daran, dass manche Jahrhunderte mit einem Fluch belegt sind. Sie glaubt, dass Manien von Wachspuppen geheilt werden können, betet, um gebrochene Knochen wiederherzustellen. Sie glaubt, tot geborene Babys sind eine Strafe für Sünden. Aber es gibt andere Möglichkeiten, andere Anschauungen. Ich habe von klein auf eine Menge kennengelernt, da ich mit jeweils einem Fuß in beiden Welten aufwuchs. Im Land meines Vaters haben wir einen anderen Propheten. Die Heilkunde dort vertraut auf Kräuter und das Schienen von Knochen. Wir schreiben unsere Geschichten auf, damit sie nicht verdreht und uns weggenommen werden können, damit sie nicht falsch verstanden werden können.«

»Das ist Gotteslästerung.«

»Noch so ein Wort, das Unterschiedliches bedeutet, je nachdem, aus wessen Mund es kommt. Für mich bedeutet es lediglich, auf eine andere Art ein gutes Leben zu führen. Ich glaube, du bist seit deiner Geburt falsch verstanden worden. Ein Dutzend Frauen verlieren jeden Tag ihr Leben oder ihren Verstand. Hundert Kinder wurden in der Nacht geboren, in der der Komet niederging. Tausend Bauern haben ihre Ernte in jenen Stürmen verloren. Die Rebellen kämpfen, weil auch sie glauben, dass es verschiedene Lebensmöglichkeiten gibt. Dass eure Pfarrer vielleicht vom Weg abgekommen sind. Selbst deine Schwiegermutter glaubt das. Ich habe gehört, wie sie Geiler gepriesen hat.«

»Das ist nicht dasselbe«, erwidert Lisbet. Ihr Nacken wird

immer wärmer. »Und Mutters Schicksalsschläge lassen sich gar nicht falsch verstehen …«

»Meine Mutter hatte Gehirnfieber, das ihr einen Monat lang die Sprache raubte. Meine Schwester starb daran. Mein Weib, mein Kind – das sind alles Schicksalsschläge, Lisbet. Und sie haben nichts mit dir zu tun.«

Er hätte sie genauso gut schlagen können. Sie hält sich die Faust vor die Brust, wo die Hiebe seiner Worte landen. Niemand hat ihr bisher einen solchen Horizont eröffnet. Von niemandem, weder vom Pfarrer noch von ihren eigenen Gebeten, hat sie jemals solch ein Geschenk bekommen, das ein anderes Licht auf ihr ganzes Leben wirft.

»Glaubst du das wirklich?«

»Ja, von ganzem Herzen. Aber kannst *du* es?« Er beugt sich zu ihr vor. »Kannst du es auch glauben?«

Sie versucht nicht, dagegenzuhalten. Sie ruft nicht »Gotteslästerung«. An diesem Ort, den sie selbst als heilig betrachtet, zieht sie es jetzt vor zu nicken. »Ja, das kann ich.«

Bei diesen Worten spürt sie, wie ihr alles, aber auch alles von den Schultern abfällt, zwischen den Ästen des Tanzbaumes hindurch hochsteigt und durch die drückende Luft fortwirbelt. Tränen laufen ihr aus den Augen.

»Verstehst du mich?«, fragt er sanft. »Du kannst es jetzt loslassen, Lisbet. Lass es hinter dir.«

Sie blickt ihn an, wischt sich die Wangen ab. Lächelnd nickt sie. »Das werde ich.«

Seine Schultern sacken zusammen, als teilte er ihre Erleichterung. »Gut. Du musst in die Zukunft blicken. Wie geht es weiter? Wenn das Baby kommt?«

»Falls.« Ehe sie sich's versieht, ist das Wort draußen.

»So etwas solltest du nicht sagen.«

»Leider muss ich es«, erwidert sie. »Ob ein Fluch auf mir lastet oder nicht, es ist nun einmal eine Tatsache. Es wäre nicht das erste Mal.«

Eren neigt den Kopf nach hinten. Seit Bart ist noch immer sauber getrimmt, die Kinnlinie ausgeprägt wie eine Ackerfurche, der Adamsapfel hebt und senkt sich bei jedem Schlucken. Sie möchte ihre Lippen dort hindrücken, wo sich Bart und Haut treffen, um das Raue und das Glatte an ihm zu spüren.

»Du bist sehr stark, Lisbet.«

Sie lacht überrascht. »Ganz im Gegenteil, wo ich es doch nicht geschafft habe, sie zu behalten.«

»Aber ihre Gräber zu kennzeichnen, sie weiterhin im Herzen zu tragen, zu lieben.« Er nickt, bricht seinen Zauber. »Ich liebe mein Weib und meine Tochter noch immer, obwohl sie beide gestorben sind.«

»Bei der Geburt?«

»Kurz danach. Ein Teil kam einfach nicht. Erst starb sie und dann das Baby. Ich wäre auch gestorben, wenn Frederich nicht gewesen wäre. Er nahm mich mit, und seitdem sind wir zusammen auf Fahrt. Ich glaube, er erkannte in mir eine verwandte verlorene Seele.«

»Aber du hast dich von ihm getrennt.«

»Ich glaube, wir werden uns wiederfinden. Und wir werden wieder auf Fahrt gehen.«

Wie ist es wohl, ein Mann zu sein und seinen Kummer hinter sich lassen zu können oder aber ihn so klein zusammenschrumpfen zu lassen, dass man ihn in einer Tasche bei sich tragen kann? Auf diese Weise könnte man ihn aushalten und sich ein anderes Leben schaffen. Könnte sie so etwas tun? Würde sie es überhaupt wollen?

Ja, lautet die pfeilschnelle Antwort. *Ja, natürlich.*

»Aber wir dürfen nicht mehr weiter darüber reden«, sagt er. »Dieses Baby wird leben, Lisbet.«

»Und ich auch?«

Seine dichten Brauen ziehen sich zusammen. »Du musst es.«

»Ich muss es«, stimmt sie ihm zu. »Um eine Mutter zu sein. Es gibt sonst nichts, stimmt's?«

»Du wirst immer noch Lisbet sein«, erwidert er. »Du wirst immer noch mit Ulf durch den Wald gehen, ein Eheweib sein, die Bienen hüten.«

»Vielleicht«, sagt sie.

»Du musst darum kämpfen.« Eren beugt sich zu ihr vor, sein Körper ist zum Berühren nah. »Ich habe mit meiner Mutter darum gekämpft, dass ich Musikant werden kann. Ein Musikant, der schreiben kann, ist eine Verschwendung, aber so jemand bin ich nun einmal.«

»Und ich bin ein Weib, das die Bienen kennt.« Sie lächelt.

»Genau.« Er streckt die Beine aus. »Solltest du nicht zu ihnen zurückkehren?«

»Willst du das?«

Er sieht sie an, blickt ihr direkt in die Augen, und ihr stockt der Atem. »Soll ich das Feuer anmachen?«

Sie nickt, unfähig zu sprechen, selbst als er den Blick von ihr abwendet und sich auf seine neue Aufgabe konzentriert, die Glut wieder anzufachen. Sie sieht, wie er die Lippen schürzt, wie sein Atem dem Feuer Leben einhaucht, und an der Stelle, wo er ihr den Splitter herausgesaugt hat, prickelt ihre Haut leicht.

Wie wäre es wohl, Erens Weib zu sein? Diesen Gedanken lässt sie vollständig zu, während sie in der sich ausbreitenden

Dunkelheit dasitzt und sein Gesicht im zunehmenden Feuerschein beobachtet. Es gäbe viele Nächte wie diese, unter den Sternen, hierhin und dorthin würden sie dem Sog der wechselnden Arbeit folgen. Und es gäbe auch Zeiten ohne Arbeit, ohne Stabilität oder Kontrolle darüber, wohin die Arbeit sie führt, aber würde ihr das etwas ausmachen?

Sie lässt ihren Gedanken freien Lauf, lässt sie in eine andere Welt vordringen, in der sie Eren an jenem Abend auf einem Tanz kennenlernte, die Laute an sein Herz gedrückt, Erens Finger in die ihren verflochten, Erens Atem auf ihrem Nacken, Erens Baby in ihrem Bauch, Erens Versprechen eines möglichen anderen Lebens. Und es wäre wirklich anders. Nicht ohne Härten, aber es wäre eine neue Art von Leben, ein Leben am Rande. Eine Biene außerhalb des Stocks. Während sie ihn beobachtet, überlegt sie, ob sich die Pfarrer nicht womöglich irren: Das Gegenteil von Ordnung ist nicht Chaos. Vielleicht ist es Freiheit.

»So«, sagt er und setzt sich auf die Fersen, wodurch die Flammen bis zu seinen Schultern hochreichen. »Ich gehe jetzt mehr Wasser holen. Wirst du zurechtkommen?«

Sie nickt, dankbar, dass er kein Wort mehr über ihre Rückkehr zum Hof verliert. Vielleicht braucht er sie genauso sehr wie sie selbst, diese Flucht. Es ist, als balancierten sie zusammen an einem Abgrund, zögerten den Moment des Fallens hinaus. Sie fühlt sich sogar allein sicher, selbst wenn sich Ulf treulos an Erens Fersen heftet und ihm zum Fluss hinunter folgt. Mühsam erhebt sie sich, wie immer, wenn sie zu lange gesessen hat, und geht die Schritte hinauf zur Plattform.

Eren hat sie größtenteils sauber gefegt, die Kerzen, die Nethe von Sophey gestohlen hatte, aufeinandergestapelt und seine Sachen genauso fein säuberlich wie in der Schlafkammer im

Haus angeordnet. Die Laute liegt quer über seinem Kissen, wie eine schlafende Liebhaberin. Lisbet denkt daran, wie er seinen Vater beobachtet hat, wie aufmerksam er dessen Finger verfolgt haben muss, die gleiche Hingabe, mit der sie ihm beim Spielen zugesehen hatte. Wie ist es wohl, ein Mann zu sein und solch eine Fertigkeit zu erlernen? Wenn ein Weib eine derartige Fähigkeit besäße, wäre es Hexerei.

»Lisbet?«

Sie genießt die Sorge, die in seinem Ton mitschwingt, während sie sich über das Geländer lehnt, genau wie er vorhin, als sie ihn zum ersten Mal wiedersah, und winkt. »Hier oben.«

Eren hebt die Hände. Über einem Arm hängt der Kessel, die Ärmel sind hochgekrempelt, die knotigen Unterarme sichtbar. In seinen Händen liegen viele Pilze. Neben ihm trägt Ulf einen neuen Stock, augenscheinlich genauso stolz auf seine Bemühungen wie Eren auf die seinigen.

»Ich komme und putze sie«, beginnt sie, doch er schüttelt den Kopf und kniet sich hin.

»Bleib da, es dauert, bis sie gekocht sind.«

Sie lässt sich nieder, sodass sie mit den Beinen über dem Plattformrand dasitzen und ihm bei der Arbeit zusehen kann, wobei sie sich trotz ihres enormen Bauches, ihrer geschwollenen Gelenke und ihrer leichten Angst zu fallen wie ein kleines Mädchen vorkommt. Er putzt die Pilze mit seinem Messer, schält die schmutzige Haut ab und schneidet sie einen nach dem anderen in Scheiben in den Kessel, der bereits zum Kochen über dem Feuer steht. Er bindet Bärlauchblätter zusammen und legt sie ebenfalls hinein, dann setzt er den Deckel darauf und wischt sich die Hände ab. Sie hat das Gefühl, er führt ihr etwas vor, so wie sie unlängst ihm in ihrer Küche, und achtet darauf, dass jeder Handgriff sitzt. Als die

Pilze fertig sind, steht er auf und geht, ohne sie anzusehen, um den Stamm herum. Sie hört das Knarren der Leiter, das Ächzen der sich durchbiegenden Bretter, als er sich neben sie setzt, sich nach vorn beugt und die nackten Unterarme auf das gestrichene Geländer legt.

Ein Weilchen sitzen sie, in ein geselliges Schweigen gehüllt, da und sehen Ulf dabei zu, wie er mit hochgezogenen Lippen und entblößtem Zahnfleisch auf seinem Stock herumkaut.

»Er wird dich vermissen«, sagt Lisbet schließlich. *Ich werde dich vermissen*, denkt sie.

»Ich werde ihn vermissen.«

»Fühlst du dich auf deinen Reisen nicht einsam?«

»Bietest du mir Ulf an?«

Mich, nur mich!, will sie sagen. Sie zuckt mit den Achseln. »Wolltest du nie wieder heiraten?«

Sie stellt die Frage so, als wäre ihr die Antwort egal, doch er durchschaut sie. Das sieht sie in dem Blick, den er ihr jetzt zuwirft. »Das ist kein Leben für ein Weib.«

Der Duft von Bärlauch erreicht sie, Eren steigt hinunter, wickelt den Kessel in ein Hemd und bringt ihn ihr hoch. Gemeinsam pusten sie, dann gießt sie sich etwas davon direkt aus der Tülle in den Mund. Es ist würzig und stark, die Pilze schmecken wie Fleisch. Die Mahlzeit ist sättigend, warm und salzig, der perfekte Kontrapunkt zu ihren Honigtagen.

»Das ist gut«, sagt sie, während er trinkt.

»Du klingst überrascht«, erwidert er, sich den Mund abwischend. »Ich bin nicht nur ein Musikant.«

»Der schreiben kann«, neckt sie ihn.

Er deutet eine gespielte Verbeugung an.

»Spielst du etwas für mich?«

Jetzt sehen sie sich an, und die ganze Welt verengt sich auf einen Punkt, auf die unsichtbare Energie, die von ihm zu ihr und wieder zurück fließt, auf den Faden, den sie zu gerne aufspulen würde, sodass sie einander nahe und für immer verbunden sind. Es kann nicht Liebe sein, was sie empfindet, das weiß sie. Liebe ist eine Lebensaufgabe. Trotzdem ist das, was jetzt zwischen ihnen hin- und herfließt, dieses Verstehen, ein ganzes Leben wert. Und sie weiß, er spürt es auch.

Sie weiß aber ebenso, dass er den Abstand nicht verringern wird. Doch er stellt den Kessel beiseite, legt sich flach hin und streckt den Arm nach der Laute aus, entblößt das weich behaarte Fleisch seines Bauches. Dann setzt er sich wieder auf, rutscht im Schneidersitz vom Geländer weg und legt sich das Instrument sanft auf den Schoß, hält es wie ein Baby im Arm, schmiegt es eng an sich.

Unbeholfen wendet sie sich um und setzt sich ihm gegenüber hin, als würden sie gleich ein Klatschspiel machen. Noch immer sieht er sie an, während seine Finger ihren Platz auf den Saiten finden und er sie erklingen lässt. Er spielt das Lied, das er das letzte Mal am Tanzbaum gespielt hatte, ein Trauerstück, einen Abschiedsgesang. Die ganze Zeit über wendet er den Blick nicht ab, schließt nicht die Augen, um die Musik zu hören, ganz so, als würde er besser spielen, wenn er ihren Anblick in sich aufsaugt.

Sie spürt, wie sich die Musik über ihren Köpfen ausdehnt und wölbt, fast schon sichtbar wird, goldglänzend in der langen Dämmerung, dem langen Abschied vom Tag, während sich die Töne ins Astwerk weben, mit den Bändern ihrer Babys verflechten, Erinnerungen an frühere Musik wachrütteln und ihnen die ganze Last des Verlusts und Vergessens aufladen. Er spielt bis in die Dunkelheit hinein, bis die Sterne hell durch die Blätter scheinen. Sein Spiel bringt sie zur Ruhe, lullt den ganzen Wald ein. Sie weint, spürt die heißen Tränen auf ihren Wangen, und auch seine Augen glänzen.

Als er seinen Fingern schließlich Einhalt gebietet, das Lied mit vollem Ton ausklingen lässt und die Laute beiseitelegt, ahnt sie seine Gedanken. Er streckt die Hand aus, deren Finger noch immer die Spuren der Saiten tragen, und wischt die Tränen von ihrem Kinn, ihren Lippen. Obwohl seine Fingerspitzen raue Schwielen haben, sind seine Berührungen sanft, herrlich sanft. Er streicht ihr bis zum Handgelenk hinunter und fährt mit dem spröden Daumen über die zarte Haut dort, seine Hand so dunkel auf ihr, dass sie von der Nacht hätte verschluckt werden können.

Er kniet sich in den Raum zwischen ihnen und küsst sie einmal auf jede Wange. Dann küsst er sie auf die Stirn, langsam und fest, als würde er Falten glätten. Schließlich legt sie den Kopf ein wenig zurück und hält ihm das Gesicht hin, damit sich das Kreuzzeichen, die heiligste aller Gesten, vervollständigt, während sich ihre Lippen treffen, erst sanft, dann hart.

Jetzt gibt es kein Zaudern mehr. Die Zeit dafür ist längst vorbei, und als sie sich auf die ausgetretenen Bretter legt, lässt er sich, an ihre Seite gedrückt, ebenfalls fallen, und ihre Lippen lösen sich erst voneinander, als seine Hand zwischen ihre Beine gleitet und sie aufstöhnt. Doch selbst dann gibt es kein Innehalten, keinen Augenblick der Unsicherheit und Schüchternheit, während seine Finger sie teilen und sie schlüpfrig und offen auf ihn wartet.

Sie greift nach seinem Hemd, will seine Haut auf ihrer Haut spüren, und es gibt kein Nachdenken, lediglich Begehren, als sie auf die Seite rollt und er in sie hineinstößt, ihr Rücken eng an seine Brust gepresst, sein Herzschlag der ihre und ihrer der seine, keine Wörter außer dem Namen des anderen, wie Gebete, wie ein Segen, der immer noch einmal wiederholt wird, ganz so, als wären sie neu, als wären sie die Ersten, die sich je wahrhaftig beim Namen nennen, so rein und sauber wie frisch aus dem Stock entnommenes Bienenwachs im allerersten Garten, am Anfang von allem.

Niemand tanzt

Die große Stadt taumelt. Sie fühlt sich riesig und leer an, wie ein schwerer Umhang über Daniel Lehmanns Schultern. Er betet zwar nicht so viel, wie er sollte, doch für Hilde, die auf dem Weg zum Schrein ist, betet er mit aller Kraft.

Er klettert auf die leere Bühne, das Segeltuch voller brauner Piss- und Blutflecken, das Holz darunter von Hunderten von Füßen angeknackst. Was für einen Trümmerhaufen die Tänzerinnen hinterlassen haben! Jeden Tag seien fünfzehn Menschen umgekommen, hatte Plater genüsslich gesagt, während er schwankend einen Becher Schnaps zum Himmel erhob, was Daniel bei dieser Hitze nicht überrascht. Sie wurden in Massengräbern verscharrt, in ausgehobenen Gräben entlang der Stadtmauern. Ihn schaudert. Gott sei Dank, dass Hilde zum Schrein gebracht wurde. Segen kommt bereits auf sie herab.

Die Tanzplage ist vorbei, was ihn froh und gleichzeitig traurig macht. Doch er muss noch mehr tun. Jetzt, als Platers Mann, hat er eine Aufgabe, eine Berufung. Im Gegenzug hat Plater Salbe für Hildes Füße versprochen, Rüben und Honig für ihren Tisch, Milch für Gunne und für den Rest Bier. Und darüber hinaus Gebete und, für alle, die ihm dienen, einen

Platz im Himmel, denn dadurch dienen sie den Einundzwanzig und somit Gott.

Langsam beginnt Daniel, den Lauf der Welt zu begreifen. Nicht die kleinlichen Streitigkeiten, die er in den Armenhäusern, in den Tavernen und auf den Straßen beobachtet. Sondern die wahre Macht, die allem zugrunde liegt. Gott thront natürlich über allem, aber es gibt Wege, sich seinem Saum zu nähern, einen Platz für sich selbst zu finden, für seine Brüder und Schwestern. Wenn er zu Plater hält, kann er für sie alle sorgen.

Doch da ist ein dunkler Gedanke, der ihm wie ein Kloß im Hals steckt. Wie eine Geschwulst kauert er dort. Zweifel. Er versucht, ihn hinunterzuschlucken, kann ihn nicht ignorieren. Die Tritte, die sein Herr streunenden Hunden versetzt. Die Freude, die es ihm bereitet hat, seine Frau ins Gefängnis zu schleifen. Die Art und Weise, wie er in letzter Zeit zu trinken angefangen hat, Daniel zwischen Mühle und Taverne hin- und herschickt, damit er Bier und Genever holt, Zeug, das so stark riecht, als könnte es brennen. Die Wut, die in seinen verschleierten Augen glimmt. Lieber nicht daran denken. Lieber das Vertrauen in Plater und somit in Gott setzen. Wenn er sagt, dass nichts Schlimmes dabei ist, dann wird es schon stimmen.

Wie es wohl ist, so auserwählt zu sein? Daniel läuft ein Schauer der Vorfreude über den Rücken, aber auch der Angst, dass er eines Tages vielleicht so wie sein Herr werden könnte.

Dank Lisbet Wilers Fürsorge haben seine Stiche aufgehört zu jucken. Auch daran darf er nicht denken. Plater erwartet ihn mit mehr Bier, mehr Neuigkeiten über die Heiligenfigur. Er meint, sie beide würden Gottes Arbeit tun. Und Daniel Lehmann, für den das Leben bisher ein Labyrinth von schwierigen Entscheidungen gewesen ist, glaubt ihm.

21

Lisbet wacht von einem Rauchgeruch auf, der ihr so vertraut ist wie ihre eigenen Hände und so fremd wie Erens Arm quer über ihr. Sie hebt den Kopf, muss sich auf diese seltsame Weise jeden Tag aufs Neue in Erinnerung rufen, wie es ihr eigentlich geht. Ihr Körper ist dicker und schwerer und sie müder als vor dem Schlafengehen. Ein stechender Schmerz schießt die Seite hinauf, an der die dünnen Laken, die Eren ausgebreitet hatte, nicht genügend Schutz vor dem rauen Holz der Plattform geboten haben.

Sie stemmt sich hoch. Sie wartet, eine Hand auf dem Bauch, dieser dünnen Schale zwischen dem Baby und der Welt, und wartet auf die Scham. Doch sie verspürt nichts als Freude.

Sie wendet sich nach Eren um. Wie ein Kind sieht er im Schlaf aus, den Arm, der auf ihr gelegen hatte, jetzt angewinkelt unter dem Kinn. Sein wunderschöner Mund ist leicht geöffnet, und sie verkneift es sich, sich mühselig hinunterzubeugen und ihn zu küssen. Es stehen Entscheidungen an, schon recht bald, Entscheidungen, die sie vor der letzten Nacht nie erwogen hatte, höchstens in ihren verrücktesten, gefährlichsten Fantasien. Er wird sie nehmen, das weiß sie, beide, sie und ihr Baby. Er hatte es ihr ins Ohr geflüstert, als er hinter ihr lag, sie ausfüllte, hatte geflüstert, dass er sie liebt.

Der Morgen hat gerade erst begonnen, bricht durch die vereinzelten Blätter über ihnen durch, der Himmel ist bereits von einem chaotischen, unerbittlichen Blau. Der Wald ist laut, knackt, dehnt sich aus unter der Hitze eines weiteren Tages dieses endlosen Sommers. Ulf bellt, und Lisbet fällt wieder ein, weshalb sie überhaupt aufgewacht ist. Rauch. Langsam kriecht sie zum Geländer, um nachzusehen, ob mit dem Feuer, das Eren am Abend bestimmt gelöscht hatte, auch wirklich alles in Ordnung ist. Ulf ist dort unten, wachsam, dem Wald zugewandt. Das Feuer ist Asche. Er bellt erneut.

»Lisbet?«

Sie dreht sich um und sieht Erens schlaftrunkene kleine Augen, die jungenhaft verwuschelten Haare. Bei seinem Anblick, bei der Erinnerung an seinen so warm und eng an sie gepressten Körper, seinen heißen Atem in ihrem Ohr, macht ihr Herz vor Freude einen Sprung.

»Ist alles in Ordnung?«

»Riechst du das?«, fragt sie. Wie ein Hund schnuppert Eren in die Luft.

»Ist das Feuer noch an?«

»Nein«, sagt Lisbet und will aufstehen, doch ihre Beine sind steif, und ihr ganzer Körper tut weh. Nie mehr wird sie ein Bett verfluchen, egal wie schlecht es gepolstert ist.

Eren springt auf und steht neben ihr, hilft ihr vorsichtig auf die Beine. Er streicht ihr über die Oberarme, und sie lehnt sich einen Augenblick gegen ihn, seine Lippen auf ihrer Stirn. Ulf bellt zweimal, lauter und drängender.

Erens Körper spannt sich an. »Hörst du das?«

Lisbet lauscht, rückt leicht von ihm weg, damit ihr Begehren und sein Herzschlag nicht ihr Gehör trüben. Hinter Ulf kann sie Bewegung im Wald hören ...

»Keine Vögel«, sagt sie.

»Und das.« Eren hält einen Finger hoch, sein Musikantenohr hört ein Geräusch heraus, das nun auch langsam zu Lisbet durchdringt, das Knacken, das sie vorhin gehört hatte, das sich aber jetzt auflöst, scheinbar in Wasser verwandelt, in das leise Grollen einer sich nähernden Welle.

»Feuer«, sagt Eren. »Nicht weit weg.«

Er packt ihre Hand, zerrt sie zur Leiter. »Wir müssen zum Fluss gehen.«

»Eren«, sagt sie, der Hals knochentrocken. »Eren, es kommt vom Hof.«

Jetzt, wo ihre Ohren das Geräusch registriert haben, hört sie es, weiß, dass es von ihrem Grund kommt. Als die beiden den Fuß der Leiter erreichen, umkreist Ulf sie einmal panisch, dann schießt er in Richtung Hof davon.

»Ulf!«, ruft sie.

»Geh du zum Fluss. Ich hole den Müller und die Kinder.«

Sie erhebt Einspruch, doch er schiebt sie einfach in Richtung Fluss. »Wir treffen uns dort.«

Er rennt los, und obwohl Lisbet weiß, dass sie tun sollte, was er gesagt hat, folgt sie ihm.

Er ist bereits außer Sicht. Schon bald hat sie keine Angst mehr, dass er sie hören könnte, denn es ist ein einziges Prasseln und Zischen, das Feuer verschlingt immer mehr, wird ständig stärker. Sie kann nicht rennen, nicht mit ihrem Bauch und den noch immer schmerzenden Beinen, doch sie geht, so schnell sie kann, und erreicht kurz darauf den Waldrand.

Die Hitze ist unverkennbar. Plötzlich bekommt Lisbet Angst, obwohl sie eigentlich schon die ganze Zeit Angst hätte haben sollen, seit sie mit Eren zur Lichtung ging. Sie hätte ihm nicht glauben sollen, hätte nicht glauben sollen, dass sie frei von Fäulnis sein könnte, von allem, woraus sie besteht. Selbst das mütterliche Opfer hatte sie nicht retten können, warum also glaubte sie, seine Worte könnten es schaffen?

Dann breitet sich Rauch über ihrem Kopf aus, füllt die Lücken zwischen den Bäumen mit einem tiefen Schwarz. In banger Erwartung geht sie weiter, bis sie es schließlich sieht: keine Feuerwand, die den Wald verschlingt und unpassierbar macht, auch das Haus steht nicht etwa wie ein Scheiterhaufen in Flammen – es sind die Bienenkörbe. Die Bienenkörbe sind kleine Flammenkegel, eigenständige, präzise nebeneinander brennende Häuflein. Der Rauch ist widerlich süß. Bienen kommen herausgeflogen, ein Funkenmeer, ein Lichterwirrwarr, und ihr Surren schwillt zu einer solchen Lautstärke an, dass sie nichts anderes mehr hören kann.

Sie verbrennen, und Lisbet stößt einen matten Schrei aus, sinnloser Schmerz, während sie voranstolpert. Schwarze Rauchschwaden hängen wie Gewitterwolken in der Luft, und das Surren schwillt weiter an, wird lauter, immer lauter.

Wo ist Eren, wo sind die Kinder? Lisbet kämpft sich vor, muss jedoch einen großen Bogen machen, da die Gluthitze sie zurücktreibt. Schweiß und Tränen laufen ihr die Wangen hinunter, die Augen sind blind vor Rauch, der ganze Körper schmerzt.

Erst als sie sich darunter befindet, wird es ihr klar. Erst als sie sich unter dem Rauch befindet, der sich mit schwarzem Höllenfeuer vor das Blau schiebt. Dass es nicht nur Rauch ist, der die Sonne verdeckt. Dass er einen Atem hat.

Die überlebenden Bienen schwärmen umher, genau wie ein Vogelschwarm, der die Luft umpflügt, sie mit seinen Flügeln trübt. Sie stolpert zurück, weg von dem Schwarm, und dabei fällt ihr Blick auf die Erde, wo sie noch mehr Bienen sieht, einen weiteren, kleineren Schwarm, der die Form eines Mannes hat, einer schwarzen Gestalt, auf der es vor Bienen nur so wimmelt, und sie weiß, dass das der Teufel ist, der schließlich und endlich zu ihr gekommen ist.

Sie fällt auf die Knie, während der Mann sich aufrichtet, die Stimme ein tiefes Brüllen. Ulf kommt von den brennenden Bienenkörben herbeigerannt, das Fell angesengt, die Augen schmerzgeweitet, rennt mit voller Wucht gegen den Teufel und schickt die Bienen in einer formlosen, wütenden Wolke gen Himmel. Es ist nur ein Mann, angeschwollen von Stichen, wimmernd. Er stolpert auf sie zu, und sie sieht, dass es Plater ist.

»Lisbet!«

Das ist eine Mädchenstimme, aber Lisbet hält nicht inne, um zu sehen, wer da spricht, wer an ihrem Rock zieht, denn inmitten der lodernden Bienenstöcke bewegt sich etwas. Eren ist dort, Eren ist zwischen den brennenden Körben.

Sie stößt Plater zu Boden, stürzt sich in den Qualm und die Schwärme. Sie spürt, wie ihr die Bienen, durch panische Angst wütend gemacht, in den Hals stechen, in die Hände, während sie sich durch sie hindurchkämpft, durch eine geballte, stechende Rauchwolke, doch das ist ihr egal, sie muss Eren da herausholen.

Ein Husten, aber nicht ihr eigenes. Da. Langsam tastet sie sich vor, die Augen zusammengekniffen, tränend vor Rauch, die Lunge immer schwerer. Ihr Baby. Sie kann hier nicht bleiben, kann aber auch nicht weg. Da, noch ein Husten.

»Eren!« Sie erstickt an seinem Namen, aber da ist er, hat sie gepackt, zieht sie zurück.

»Weg«, ruft er, seine starken Hände auf ihr, die Stimme deutlich an ihrem Ohr. Ein heilloses Durcheinander, nichts als Gestank und Panik, und alles, wovon sie festgehalten wird, sind Erens Hände, Eren hält sie fest gepackt – dann, da! Plater. Plötzlich steht er vor ihnen, füllt ihr Blickfeld aus, Bienen krabbeln über verbrannte, zerstochene Haut. Er ist voller Gift und Qualm, ächzt vor Schmerz und Wut, und als er dasteht und ihr die Hände um den Hals legt, weiß sie, was er vorhat.

»Du Hexe«, grunzt er, der Atem alkoholgeschwängert. »Jetzt siehst du, wer ich bin. Siehst, was ich kann.«

Er spricht, da ist sie sich sicher, nicht nur zu ihr. Er spricht zu Ida, zu Nethe, zu jedem Weib, das sich ihm mit seinem eigenen Glück widersetzt hat. Als sie rotgoldene Funken vor den Augen sieht, weiß sie, dass er sie umbringen will. Aber sie ist nicht nur sie. Sie ist sie – und ihr Junge. Ihr Kind, das fast neun Monate in ihr überlebt hat. Während ihr Atem sie verlässt, steigt Wut in ihr auf. Plater wird ihr Kind nicht aus der Welt schaffen.

Sie hört Erens entsetzten Schrei, greift nach ihm, und ihre Finger finden seinen Gürtel, den Griff seines Messers. Alles, was sie sieht, sind schwarzer Qualm, Bienen und rote, rote Rage. Sie hebt die Hand, und als Platers Finger fester zugreifen und sie Sterne sieht, lässt sie das Messer mit aller Kraft hinabsausen.

Ein Stöhnen, ein Keuchen. Unversehens lösen sich Platers Hände wie ein morscher Strick. Sie öffnen sich, und wären nicht wieder andere Hände auf ihr, würde sie das Gleichgewicht verlieren. Eren hält sie aufrecht, und mit tränennassen Augen sieht sie das Messer in Platers Hals stecken.

Schmerz verzerrt ihr Gesicht, zerreißt sie. Sie blickt an sich hinunter, erwartet, ein Messer in ihrem Bauch zu sehen, doch da sind lediglich Erens Arme.

»Der Türke!«, ruft eine andere Stimme. »Es ist der Türke!«

Plötzlich erkennt sie, wie es aussieht: Plater ist tot, mit Erens Messer im Hals.

Sie löst sich von Erens Händen. »Los«, keucht sie. »Lauf!«

Der Schmerz kehrt zurück, und Lisbet fällt auf die Knie. Fällt durch den Boden hindurch, weg vom Rauch, weg von den Bienenkörben, weg von Eren und über den Rand der Welt hinaus.

Dann ist da lediglich ein Schmerz, ein Schmerz in ihrem Bauch, ihrem Rücken, ihrem Herz und ihrem Kopf, ein unerträglicher Schmerz, und Ulf rennt noch immer verzweifelt im Kreis umher, die Bienen schwärmen, dichter als Rauch, über ihr, eine kleine kühle Hand ergreift die ihre, zieht sie fort in den Schutz der Bäume, und als diese sich über ihr schließen, kommt auch die Dunkelheit, und alles, was sie sieht, sind die schwarz-goldenen Blitze ihrer Höllenqualen.

Dann sind mehr Hände auf ihr, liegen auf ihrer Stirn, fahren ihr durchs Haar, aber vor allem in ihrem Innern öffnet und schließt sich eine Faust. Der Teufel packt sie zwischen den Beinen, saugt, beißt zu, und die Erde bricht auf und verschluckt sie.

Unter ihr sind Blätter, sie weiß, dass sie da sind, und packt sie händeweise. Noch ist sie nicht verdammt. Sie muss durchhalten. Doch irgendwo zischen Schlangen, Tausende von Schlangen winden sich und machen sich über den endlosen Waldboden entlang auf den Weg zu ihr. Wasser wird ihr in den Hals geschüttet, und sie würgt, dann kommt noch mehr Wasser. Sie trinkt, sinkt.

Man hat sie auf eine Streckbank gespannt. Ihr Bauch ist im Begriff zu bersten, da ist sie sich sicher. Wenn sie an sich hinunterblickt, wird sie ihre Eingeweide sehen, ihr Inneres, akkurat angeordnet wie das Violett und Rot und Schwarz der Bienen, das reine Gold, das sie sah, als Eren in sie eindrang, ihre Lider vor den Bändern am Tanzbaum geschlossen. Noch immer sind zu viele Hände auf ihr, und sie wehrt sich dagegen, beißt um sich, worauf man ihr eine Wurzel zwischen die Zähne schiebt, die ihren Mund mit Splittern füllt.

Jetzt schwebt sie, und die Leute sprechen eine Sprache, die sie sicher zu kennen glaubt, aber vergessen hat. Sie hat keine Verwendung für Wörter, ihre Zunge ist eingeklemmt unter dem Lederriemen, der die Wurzel ersetzt hat, und über ihr ist ein Dach, ein Dach mit gekerbten Balken, die sie tausendmal gezählt hat, die Wirbel in dem Holz, während sie wach lag und auf ihr Mutterglück wartete oder auf Blut. Jetzt geht es los, und es bringt nichts, dagegen anzukämpfen.

»Press, Lisbet.«

Bitte, Gott, mein Baby!

»Press, Lisbet.«

Bitte, Gott? Mein Baby!

Sie schütten ihr Säure in den Hals. Es brennt wie tausend Schnitte, tausend präzise Schnitte, dann bekommt sie Honig, sodass es sich anfühlt, als hätte sie einen Rosenstiel hinuntergeschluckt. Sie würgt sowohl am Essig als auch am Honig, aber sie bringen sie in die Kammer. Sie muss sich aufrecht gegen die Wand stellen, die Matratze unter ihr ist durchnässt, und ihr Bauch zuckt, bewegt sich wie ein Sack voller Schlangen. Der Schmerz haut sie um, und Fremde halten sie aufrecht. Sie wird gegen die Wand gedrückt, schreit wie ein

Fuchs in einer Falle. Sie würde sich das Bein abnagen, um freizukommen.

Als ihr Körper birst, hört es sich an wie eine Honigwabe: nass und platzend. Süße flutet ihren Mund, und sämtliche Fingerspitzen summen. Sie ist ein Schwarm, eine und viele, und fliegt aus dem Bett und über den Wald, sie ist geflügelt und riesengroß, und als sie wieder auf das Stroh zurückstürzt, weint sie über alles, was sie gesehen hat.

»Gleich hast du es geschafft.«

Es klingt überhaupt nicht wie die Stimme ihrer Mutter, wie man es auch dreht und wendet.

»Press, Lisbet.«

Nethe.

Lisbet strebt ihrer Stimme entgegen wie eine Maulwürfin, die einen sicheren Weg durch die dunkle Erde ihrer Qualen sucht. Erneut spricht Nethe zu ihr, sanft und voller Liebe. Jetzt lodert eine Feuerwelle in ihrem Innern. Sie kräuselt sich, und die ganze Welt schrumpft auf ihren Mittelpunkt zusammen. Ihre Beine sind nach hinten gestreckt, ihre Wirbelsäule ist gespalten, ihr Mund offen, doch sie kann nicht schreien.

»Press.«

Lisbet presst.

Da ist ein Löffel, mit süßem Honig. Er fühlt sich kühl an zwischen ihren Lippen. Auf ihrer Stirn liegt ein Tuch, und es schreit jemand, aber nicht sie.

»Hennes Sohn.« Sophey, weit weg. »Hennes Junge.«

Lisbets Augen sind geschlossen, ihre Arme liegen schwer an ihren Seiten. Jetzt wird etwas auf sie gelegt, schlüpfrig und verblüffend warm, ein gekochter Frosch. Doch unter den

Wickeltüchern bewegt es sich. Es ist nicht eins ihrer toten Babys. Es strampelt und wimmert.

»Dein Junge.« Auch Nethes Atem riecht nach süßem Honig. Sie legt Lisbets Arme um das Kind, und obwohl Lisbet so müde ist, dass sie einfach versinken, verschwinden und zu leben aufhören könnte, hält sie es fest umklammert und öffnet die Augen.

Er ist rot, blutverschmiert und wunderschön. Seine Lider flattern: Sie sieht schwarze Pupillen, das reinste Weiß seiner Augen. Ob er sie sieht? Ob er sie kennt, so wie sie ihn kennt? Ob er weiß, dass sie einander gehören? Dass sie Feuer und Verluste durchgestanden hat, so viele Verluste, damit er es werden würde, von Anfang an er?

Lisbets Herz schwillt an und läuft fast über. Sie riecht Blut und etwas Verbranntes, hört, wie sich die Schnur, die sie beide verbunden hat, im Feuer auflöst. Das Mündchen ihres Sohnes findet ihre Brustwarze, das Ansaugen ist schmerzhaft, aber alles ist richtig so.

Endlich spürt Lisbet, dass ihre Arme voll sind und voll bleiben.

22

Diese ersten Tage fließen Milch und Blut. Der Rauch hat Lisbets Rachen aufgescheuert und ihre Gedanken abstumpfen lassen, sodass allein die Wonne, ihren Sohn zu halten, sie beleben kann. Zum Glück ist Nethe mit ihrer Pflege betraut, während sich Sophey um die Folgen des Feuers kümmert. Tagelang stinkt das ganze Haus nach Honig und Rauch, wie in einer Kirche. Und so still wie in einer Kirche ist es auch, da Mathias und die Kinder nach Platers Tod nach Hause zurückgekehrt sind. *Nach seiner Ermordung.* Sie schließt die Türen zu dieser Erinnerung. Sie hat ihn umgebracht, damit sie überleben konnte. Und nicht nur sie, auch ihr Sohn. Das wäscht zwar ihr Gewissen nicht rein, beruhigt es jedoch genug, um ihr die Freude an ihrem Sohn zu ermöglichen.

Statt sich in dieser grauenvollen Erinnerung zu suhlen, denkt sie an Ilse in Idas Armen, Rolf an Idas Brust. Warum hat ihre Freundin sie nicht besucht? Sie sehnt sich danach, die Fenster aufzustoßen, doch bis zu ihrer Aussegnung müssen sie geschlossen bleiben, damit sich der Blutfluss nicht verstärkt.

Dies und andere Dinge werden von einem Wundarzt angeordnet, der zu einer unbestimmten Tages- oder Nachtzeit vorbeikommt, um Sopheys Zahn zu ziehen und Lisbet zu vernähen, sie mit mehr Essig zu waschen, zu überprüfen, dass das Baby richtig gewickelt wird. Lisbet ist noch immer so schwach, dass sie während seines Besuchs ohnmächtig wird. Als sie wieder aufwacht, hört sie Sophey und Nethe streiten, weiß, dass es irgendetwas mit ihr zu tun hat, bringt aber nicht die Energie auf, dem Ganzen auch nur die geringste Beachtung zu schenken.

Ihr Verstand ist durcheinander. Lisbet weiß nicht, wie sie all das Glück und all den Schmerz einordnen soll, wo doch Freud und Leid einander spitz und zackig entgegenstehen, beide mit gebleckten Zähnen, brutal und ungestüm. Die Liebe ist erschöpfend, von der Intensität her eher schon Angst. Es wird noch Tage dauern, ehe sie mehr tun kann, als sie nur zu fühlen, ehe sie irgendetwas sagen oder tun kann, außer ihren Sohn hochzunehmen und zu stillen, aber das reicht aus. Es reicht aus, ihn einzuatmen und jeweils ein paar Minuten lang alles Geschehene zu vergessen.

Auch Nethe spricht kaum. Sie strahlt eine tiefe Stille, eine tiefe Ruhe aus. Die ersten Tage findet Lisbet es wohltuend, doch als sie wieder mehr zu sich kommt, bemerkt sie, dass Nethe sie beim Stillen beobachtet, aber flugs wegsieht, sobald Lisbet versucht, ihren Blick zu erwidern. Nethe ist mit ergrauter Haut und ernster Miene von der Quelle am Schrein zurückgekehrt, das Haar lang genug, dass es ihr bis zu den Ohrenspitzen reicht. Es erstaunt Lisbet, wie kurz sie Nethe erst kennt, wie schnell sie sie lieben gelernt hat. Sie möchte ihr durch das Schweigen hindurch die Hand reichen, ihr sagen, dass ihr Sohn geboren ist und es nichts Wichtigeres geben kann. Doch Nethes Ruhe stimmt sie nachdenklich. Sie muss ihren ganzen Mut zusammennehmen, um am vierten Lebenstag ihres Sohnes ihre Schwester am Handgelenk festzuhalten, als diese ihr das Baby reicht.

»Setz dich«, sagt sie, und Nethe hockt sich aufs Bett. Lisbet rutscht näher an die Wand heran und lässt ihr Hemd über die Schulter gleiten. Während ihr Sohn zu trinken beginnt, streckt sie den Arm aus. »Komm.«

Doch Nethe rührt sich nicht. Ihr Blick ist auf die geschlossene Tür geheftet, hinter der Sophey den Tisch, die Bank, den Boden schrubbt und schrubbt, um sämtliche Spuren der jüngsten Ereignisse aus der Geschichte zu tilgen.

»Nethe«, sagt Lisbet sanft, »egal, was es ist, du brauchst es nicht allein zu schultern. Was ist passiert? Bist du ... bist du immer noch verurteilt?«

»Begnadigt«, sagt sie und atmet tief aus. »Die Einundzwanzig haben allen Tänzerinnen die Strafe erlassen, und allen, die nur so taten, als wären sie von der Tanzwut befallen. Es gab einen päpstlichen Erlass, dass der Tanz Strafe genug gewesen sei. Und Plater hat uns nie öffentlich Sodomitinnen genannt. Er hat sichergestellt, dass niemand wusste, dass er ein Gehörnter war.«

»Aber das sind doch Nachrichten der besten Art«, sagt Lisbet. »Ihr seid frei, alle beide, Ida und du.«

Ein kaum wahrnehmbarer Laut, ein heruntergeschluckter Schluchzer.

»Nethe?« Erneut streckt Lisbet die Hand aus, und Nethe zuckt zurück. »Was ist passiert?«

Nethe sieht sie an, zum ersten Mal, seit sie sich zu ihr gesetzt hat, und Lisbet kann es an ihrer Miene ablesen, in den abgrundtiefen Seelenqualen, die ihr ins Gesicht geschrieben stehen. Plötzlich will sie es gar nicht hören, will nicht ihren klaren Verstand zurück, will nicht ihren Sohn in den Armen halten, etwas so Reines und Wunderschönes neben etwas so Entsetzlichem.

»Ida«, sagt sie. »Sie ist tot?«

Ein Schatten legt sich über Nethes Gesicht. Sie wirft sich neben Lisbet, und Lisbet schließt sie in die Arme, spürt, wie sie zittert, wie ihr ihre heißen Tränen auf die Schultern fallen. Immer wieder ringt Nethe nach Luft, und zwischendrin erzählt sie ihr, wie sie, als sie bereits einen Tag lang gefahren waren, auf dem Karren wieder zu sich gekommen war. Dass Ida neben ihr lag, flach atmend, als wäre sie engbrüstig. Dass ihre Augen schwarz und ihr Blick leer waren, sie sie jedoch zu erkennen schien. Dass Nethe sie gehalten hatte, als ihr Herz immer langsamer schlug und dann stehen blieb. Dass Nethe sich der Länge nach an Ida geschmiegt hatte, bis sie spürte, dass Idas Körper kalt war, und sie nicht mehr wusste, wo ihre Haut aufhörte. Dass sie sie auf dem Friedhof am Schrein des Sankt Veit begraben haben und sie jeden Segen erhalten hat, der ihr zustand.

»Ich verstehe das nicht«, wimmert Nethe. »Ist es Gottes Strafe? Warum hat der Herr sie hinweggenommen?«

Lisbet weiß, dass es nicht Gott gewesen ist, sondern der Mohn. Der Mohn, den Karl ihr gegeben hatte, den Ida in Erwartung des Ertränktwerdens geschluckt hatte, um sich die Schmerzen zu ersparen. Der Mohn, der, genau wie bei Lisbets Mutter, ihr Herz umklammert und sie umgebracht hat. Sie kann Nethe nicht sagen, wie nahe Ida dem Glück gekommen war. Und trotzdem, welch grausames Ende.

»Nein«, sagt sie. »Es war das Tanzen. Lieber das als ertrinken, Agnethe. Du hast sie davor gerettet.«

»Ich dachte, man würde mich entdecken. Ich wollte ihr nur zeigen, dass ich da war. Ich dachte, wir würden zusammen ertränkt werden. Dann fingen die Tänzerinnen an zu schreien, und meine Füße wirbelten umher, aber ich war es nicht, der sie bewegt hat. Ich war woanders. Ich flog durch die Luft.«

»Ich habe es gesehen«, nickt Lisbet. »Du hast nichts vorgetäuscht. Es war wahre Hingabe.«

»Sie ist tot. O Gott, wie kann sie tot sein?«

»Aber du lebst, und sie musste nicht ohne dich an ihrer Seite gehen.«

Lisbet verschränkt ihre Finger mit Nethes und drückt die Wange fest an ihre. Ihre Trauer ist sanft, und wenn der Mund ihres Sohnes an ihr saugt, ist es ein ziehender Schmerz. Wie sie da liegt, mit ihrem neugeborenen Sohn und ihrer neu gefundenen Schwester, fühlt sie sich vollständiger denn je. Ida, denkt sie, würde es ihr vergeben.

Es gibt noch mehr Neuigkeiten, mehr Verluste. Der liebe, gute Ulf ist tot, seine Verbrennungen waren zu schmerzhaft, als dass er hätte weiterleben können. Die Bienen sind verbrannt oder in den Wald geflüchtet. Eren ist verschwunden und wird wegen Mordes an Plater gesucht. Immer wieder versucht Lisbet, Nethe zu sagen, dass man ihn zu Unrecht beschuldigt, doch sie wird jedes Mal unterbrochen.

»Sprich es nicht aus, Lisbet.« Und Lisbet merkt, dass sie es auch nicht zu tun braucht. Solange Eren verschwunden bleibt, braucht sie ihn nicht zu schützen. Da sie nicht offen um Eren weinen kann, weint sie um den Hund, und Sophey nennt sie verweichlicht und verabreicht ihr mehr Essig.

Unabhängig von all diesen Erschütterungen weiß sie aber auch einiges: Ihr Sohn wurde geboren und ist sicher auf der Welt. Was noch? Die Hand, die sie auf dem Rock gespürt hatte, gehörte Ilse, die versuchte, sie davon abzuhalten, ins Feuer zu gehen. Die Hand auf ihrem Handgelenk war Daniels –

er war es gewesen, der ihr zu Hilfe kam und Eren beschuldigte. Er hatte sie dann zusammen mit Mathias einen ganzen Tag lang gepflegt, ehe Sophey und Nethe kamen und ihn hinauswarfen.

»Sie hatten ihn in Nethes Kammer untergebracht. Er hat einen Saustall daraus gemacht«, sagt Sophey naserümpfend und wiegt das Baby so heftig, dass Lisbet ihre Zweifel hat, ob es wirklich schläft und nicht infolge von Sopheys Fürsorge das Bewusstsein verloren hat. »Gott sei Dank hatte ich mein seidenes Hochzeitskleid versteckt.«

Nethe und Lisbet tauschen Blicke und brechen in schallendes Gelächter aus, in dem die Hysterie derer mitschwingt, die eine Katastrophe erlebt und überlebt haben.

Henne kehrt zurück, als ihrer beider Sohn eine Woche alt ist, und berichtet, dass die Tanzplage vorbei sei. Er ist so groß, so breit, dass er die Sonne verdecken könnte.

»Es heißt, Hunderte sind gestorben, und das kann ich mir auch vorstellen. Die Bühnen haben Dellen von ihren Füßen. Aber das ist jetzt alles nicht wichtig. Lisbet«, sagt er, und nach der langen Zeit, die sie sich nicht gesehen haben, klingt seine Stimme fast fremd, »danke für meinen Jungen.«

Meinen Jungen, denkt sie.

Er tritt näher ans Bett heran und nimmt ihre Hand, und sein Gesicht ist so grob gemeißelt, dass sie fast zurückzuckt. Wie hat sie seine ungeschlacht hervorstehende Stirn bisher nicht bemerken können, seinen lüsternen Mund, die gespensterhaften blonden Kopf- und Barthaare. Er ließ zu, dass Plater Nethe fast totschlug. Als er ihre Hand küsst, erschaudert sie, tut jedoch so, als zuckte sie vor Schmerz zusammen.

»Ich habe ihm den Namen Heinrich gegeben.« Er strahlt, und sie spürt bereits, wie die Fäden, die sie zu dem Jungen gesponnen hat, zerreißen, die hauchzarten Momente, wenn er an ihr trinkt und sie ihn beobachtet, darauf wartet, dass ein Name aufblitzt, der so perfekt zu ihm passt, wie er in ihre Arme passt. Und jetzt ist Henne hier und hat alles beiseitegewischt. Jetzt ist Henne hier und hat sich ihrer beider Kind einverleibt, hat Besitz von ihm ergriffen.

Ihr Mann, denn das ist er ja, ruft sie sich in Erinnerung, missversteht ihr Zusammenzucken, drückt ihre Hand. Sie hatte seine mangelnde Achtsamkeit vergessen. Er quetscht die Hand, ihre Finger sind zerfallende Motten.

»Mach dir keine Sorgen, Lisbet. Wir haben uns geeinigt, wegen der Bienen.« Wieder küsst er ihre Hand, dann schiebt er sie von sich und steht auf, um sich zu strecken. Er füllt den ganzen Raum, bis für sie überhaupt kein Platz mehr ist. Ihr graut es vor dem Tag, an dem sie wieder ein Bett teilen müssen. Wie soll sie sich, nach Eren, von ihm berühren lassen?

»Heidelberg war reine Zeitverschwendung. Die hätten uns niemals erlaubt, die Bienen zu behalten, nicht mit dem Kloster hier in der Nähe. In Wirklichkeit hat der Mohr uns einen Gefallen getan, als er das Land gerodet hat. Jetzt haben wir eine neue Aufgabe.«

Sie ist zunehmend entrückt. Der Mohr? Er muss Eren meinen. Sie unterbricht ihn, redet los, während er unentwegt von seinen Plänen plappert, den Bienenhof in ein Rübenfeld umzuwandeln und Sophey, Nethe und sie im nächsten Monat den Boden pflügen zu lassen.

»Moment mal! Was ist mit E…« Sie schluckt seinen Namen hinunter. »Was ist mit dem Türken?«

»Hast du nicht zugehört? Ich dachte, Nethe hätte dir alles erzählt.« Er seufzt. »Er hat die Bienenstöcke niedergebrannt.«

»Nein«, sagt sie. »Der doch nicht. Ich weiß, dass er es nicht war.«

»Der Junge hat alles gesehen, der, der dich aus dem Feuer gezogen hat. Er hat gesehen, wie der Mohr oder der Türke oder was immer das für ein gottloses Geschöpf war, sie angezündet und dich in den Scheiterhaufen gezogen hat. Du hast Glück, dass du noch am Leben bist. Und obendrein hat er Plater ermordet.« Henne bekreuzigt sich, wirkt dabei allerdings kein bisschen ehrfürchtig. »Jetzt wird er gejagt.«

Sie werden ihn nicht finden, denkt Lisbet. *Der Schwarzwald hat Joß Fritz verschluckt. Er wird Eren den gleichen Schutz bieten.*

»Henne, das geht nicht auf seine Kappe.« Sie kämpft sich hoch, ihre Nähte ziehen. »Weder das Feuer noch der Mord. Plater …«

»Nein.« Henne nimmt erneut ihre Hand. »Die Kirche wird uns mehr Land zum Anbauen zur Verfügung stellen, Lisbet. Rüben, Zwiebeln, Kohl. Die Früchte meines Vaters und deines Vaters zusammen. Das ist das Beste, worauf wir hoffen können.«

»Henne, du hörst mir nicht zu.«

»Du musst *mir* zuhören, Weib.« Jetzt tut er ihr weh, seine Hand ein Schraubstock. Ihr wird klar, dass er es weiß. Er weiß, dass es nicht Eren gewesen ist. Ahnt vielleicht sogar, dass Plater dafür verantwortlich war. Doch wer kann gegen diesen Mann der Einundzwanzig Anzeige erstatten?

Er sieht sie durchdringend an, warnend, und sie nickt, aber nur, damit er ihre Hand loslässt. Sie klemmt sie sich unter die

Achsel, die Brüste wund und schwer. Bald wird man ihr ihren Jungen bringen, und er wird trinken, und sie wird Henne los- und allein mit ihrem Sohn sein.

»Ich weiß nicht, was Mutter sich dabei gedacht hat, einen Türken hier schlafen zu lassen. In diesem Bett!« Er schüttelt sich, und Lisbet schließt die Augen, um ihre Tränen zu verbergen. »Wenn ich hier gewesen wäre, hätte ich ihn durchbohrt.«

»Du würdest einen Menschen ermorden«, sagt Lisbet leise, obwohl sie weiß, dass er den Beinahe-Mord an seiner Schwester mitansehen musste.

»Das sind keine Menschen, Lisbet«, gibt Henne zurück. »Die Kirche sagt selbst, solch eine Bestie zu töten, das ist nur ein Heidenmord, die Ausrottung des Bösen. Wer so etwas tut, handelt im Dienst Gottes. Das hat man mir versichert. Einen Teufel zu verstoßen ist kein Mord.«

Sie möchte sich auf ihn werfen, ihn beißen, kratzen und in Stücke reißen. Sie möchte ihm sagen, dass er der Teufel ist, er und Plater, sie beide, wenn man bedenkt, was sie Nethe und Ida angetan haben. Sie möchte sagen, ich liebe ihn, den Türken, den du hasst. Aber selbst wenn sie es könnte, er würde ihr keinen Raum zum Sprechen geben. Henne lässt nicht locker.

»Fünfzig Bienenkörbe – verbrannt! Wenigstens wurde das ganze Wachs eingeholt, und sechs Eimer Honig haben wir auch.«

Den Lisbet gesammelt hat. In dem Moment erkennt sie, dass sie nichts anderes, nicht anders ist als die armen Bienen, dass seine Trauer dem gilt, was sie wert waren, sein ganzes Jammern dem, was sie erzeugt haben. Wenn sie gestorben und das Kind am Leben geblieben wäre, würde ihm das etwas ausmachen? Die Antwort liegt auf der Hand und bricht, was von ihrem Herzen noch übrig ist. Nur der Junge, wenn er an ihre Brust angelegt wird, und Nethe, die ihn trägt, können dafür sorgen, dass es langsam heilt.

23

Als sie endlich den Muttersegen empfangen hat und auch ihr Sohn gesegnet ist, erlaubt Henne Idas Kindern, sie zu besuchen. Ilse wirkt bereits älter, die Wangen sind schmaler geworden, und sie ähnelt ihrer Mutter mehr denn je. Sie weint in die Wickeltücher, und Lisbet flüstert ihr zu, dass auch sie einst ihre Mutter verloren hat. Dass Ida im Himmel ist, auf sie niederblickt und stolz ist. Dass Ilse eine Freundin in Lisbet hat, in Nethe, und dass sie beide zusehen werden, dass sie sich nie allein fühlt oder irgendwie ungeliebt. Die jüngeren Kinder sind lediglich verwirrt, und Rolf wird keinerlei Schaden davontragen – Lisbet schwört sich, dafür zu sorgen. Sie füttert ihn mit der Milch, die ihr Junge übrig lässt. Manchmal legt sie beide Babys an ihre Brust, und dann können sie beim Trinken wie Zwillinge ihre Fingerchen ineinander verschränken. Sie wird Ida für sie alle am Leben erhalten, wird ihnen die Art von Sicherheit zuteilwerden lassen, die Ida Lisbet gegeben hat.

Da Henne mit dem Acker beschäftigt ist und Daniel Lehmann ihm dabei hilft, können Lisbet, Sophey und Nethe Stunden miteinander verbringen. Obwohl die Ereignisse des Sommers Sophey nicht weicher gemacht haben, ist sie jetzt sanftmütiger, und der Beginn einer Freundschaft, vielleicht sogar einer großen Zuneigung zwischen ihnen deutet sich an. Aber es ist Nethe, die hinter Lisbet steht, die ihr über jene aussichtslosen frühen Tage der Trauer, des Schmerzes und der Verzückung hinweghilft. Es ist Nethe, die sie Tag für Tag rettet, und Lisbet hat den Eindruck, dass sie langsam lernen, ihren Schmerz und ihre Liebe gemeinsam zu tragen, und dass Letztere so groß und stark sein wird, dass sie alle Lasten schultert.

Sie gehen dazu über, sich ein Bett zu teilen. Henne murrt, wenn das Baby weint, und wirkt erleichtert, als Lisbet vorschlägt, in Nethes Kammer zu ziehen. Beide wachen regelmäßig erschöpft auf, schlafen, wenn das Baby schläft, reden, wenn es trinkt. Lisbet vertraut Nethe alles an: über Eren, über ihre Mutter, sogar über den Fluss. Nethe erzählt von ihren und Idas ersten Tagen sowie ihren letzten gemeinsamen Stunden, und sie lachen und weinen sich wund.

In einer jener Nächte, der Junge schläft an ihrer Brust, nimmt Lisbet plötzlich einen schwachen Regengeruch wahr. Ihre Sinne sind noch immer geschärft, und sie spürt einen schleichenden Druck in ihrem Schädel, riecht die wunderbare, klare Frische eines nahenden Platzregens.

»Öffne die Fensterläden«, flüstert sie, und Nethe stößt sie weit auf. Der Nachthimmel ist bewölkt, und Nethe hält die Hand nach draußen.

»Oh«, sagt sie und geht mit ausgestrecktem Arm zu Lisbet. Auf einem Finger balanciert ein Wassertropfen. Sie reibt ihn Lisbet auf die Stirn, eine Salbung.

»Hier«, sagt Lisbet und hält ihr Heinrich hin. Nethe nimmt ihn und geht zum Fenster, um ihm den einsetzenden Regen zu zeigen. Lisbet schiebt die Beine unter der Decke hervor. Sie hat sich auf Anraten des Arztes noch kaum bewegt und spürt erneut, wie ihre Nähte ziehen. Doch es ist kein stechender, nur noch ein dumpfer Schmerz. Als Nethe sich umdreht, steht Lisbet bereits.

»Vorsichtig, Lisbet!«, ruft sie überrascht.

Hinter ihr fängt der Regen ein fernes Licht ein und schimmert. Nethe streckt den Arm aus und lotst Lisbet in Richtung Fenster, doch die schüttelt den Kopf und geht stattdessen zur Tür. Nethe formt lautlos eine Warnung mit den Lippen, aber Lisbet fühlt sich unbeschwert, aufgedreht.

Sie gehen durchs dunkle Haus, Heinrich fest an Nethes Brust gedrückt. Behutsam öffnet Lisbet die Haustür, und sofort sehen sie Fluh, die voller Freude durch den zunehmenden Regen tollt. Lisbet erkennt, dass der Boden weiter hinten, dort, wo sämtliche Bienenkörbe verschwunden sind, eingeebnet und bestellt wurde. Barfuß tritt sie in den Hof. Die ersten kühlenden Tropfen sind eine Wohltat, wie verwandelt fühlt sie sich von ihnen, wie geweiht. Sie geben ihr den Mut, sich dem gepflügten Boden zu nähern. Dort stand der erste von ihr geflochtene Bienenkorb. Dorthin führte sie die Wildbienen vom Tanzbaum. Dort stellte sie sich hin und beruhigte die umherschwärmenden Bienen. Dort tötete sie einen Mann, um ihren Sohn zu retten. Jetzt regnet es heftig, die Tropfen hämmern auf den ausgedörrten Boden, und sie legt den Kopf zurück und trinkt.

»Alles in Ordnung, Lisbet?«

Als Lisbet *Ja* sagt, ist das die Wahrheit. Sie nimmt ihren Jungen, ergreift noch einmal Nethes Hand. Sie muss dort nicht mehr länger stehen. Es gibt einen anderen Ort für sie.

Vor hundert oder mehr Jahren, eine unglaubliche Zeitspanne, hatte der Papst Wunder verboten: Er untersagte Hungerfasten, Wunderheilungen, die Auferweckung der Toten. Es hatte zu viele Wunder gegeben, zu viele verheerende Folgen. Doch hier ist sie und trägt ihr eigenes Wunder im Arm, durch den peitschenden Regen, und Lisbet möchte vor Freude laut lachen.

Nethe braucht nicht zu fragen, wohin sie unterwegs sind. Sie hören das Rauschen des Waldes, der unter den Wolken zum Leben erwacht. Der Fluss wird sich füllen und anschwellen, wird die zerschundenen Straßen säubern. Lisbet legt sich ihren Sohn bequemer in die Arme. Er ist perfekt. Er ist göttlich, ein Engel – diese Dinge fühlt sie wirklich und wahrhaftig und ohne jeden Vorbehalt. Dass sie etwas Gutes, Reines, Heiliges gemacht hat. Jetzt sind seine Augen offen, Augen von dunkelstem Blau. Sie liebt ihn so innig, dass man es mit Worten nicht mehr ausdrücken kann – ihre Liebe zu ihm saugt ihr das Mark aus den Knochen.

Der Tanzbaum sieht so aus, wie sie ihn zurückgelassen hat. Die Bänder ihrer Babys hängen noch, die Opfer, die sie gebracht hat, damit ihr Sohn leben kann. Nethe nimmt Heinrich, sodass Lisbet hinaufklettern kann, reicht ihn ihr, ehe sie hinterhersteigt.

Der Regen trommelt auf die Blätter über ihnen, doch kaum ein Tropfen kommt hindurch. Die Plattform unter ihren Füßen fühlt sich riesig und stabil an. Dort steht Erens Kessel, das einzige Erbstück von seiner Mutter. Dort liegt Erens Laute. Lisbets Hand verharrt über den stummen Saiten. Er ist sie nicht holen gekommen – eine kluge Entscheidung, doch wenn sie sieht, was er alles zurückgelassen hat, bricht es ihr fast das Herz. Hier haben sie sich geküsst und zusammen gelegen, hier hat sie gedacht, ihr Leben könne größer werden, als sie es je geplant oder sich vorgestellt hatte. Erens Musik kommt zu ihr, der verhaltene Schwung des Liedes, das er während ihrer gemeinsamen Nacht gespielt hat.

Lisbet beugt sich, ihr Kind vorsichtig in den Armen haltend, vor zu dem Ast, von dem sie die Bienen zu sich nach Hause geführt hat. Behutsam zieht sie die geteerten Stöcke hervor, die sie hineingestopft hatte, und lässt sie zu Boden fallen. Vielleicht kommen sie zurück, ihre Bienen. Vielleicht werden sie sich diesen Ort teilen, ihre Babys und die Bienen.

Sie hört ein Reißen, dreht sich um und sieht, wie Nethe einen Streifen vom Saum ihres Kleides abtrennt. Ihr Blick bittet Lisbet um Erlaubnis, dann streckt sie die Arme nach oben und bindet ihn um den Ast. Aus ihrer Tasche zieht sie das Band, Idas seidige Haarlocke, die Lisbet vor so vielen Wochen in ihrem Kopfkissen gefunden hat, und bindet sie um den abgerissenen Streifen, ganz wie ein Ornament.

»Für Ida.«

»Für uns alle«, sagt Lisbet.

Sie summt jetzt, schenkt ihr Musik, als wäre die Laute zu ihren Füßen nicht stumm, sondern würde gespielt, würde von dunklen, flinken, saitenzupfenden Fingern gespielt. Nethe stimmt tonlos mit ein und schlingt die Arme um Lisbet und Heinrich. Lisbet wird gehalten und hält selbst, und ihr Summen unter den rauschenden Blättern schwillt an. An die Brust ihrer Schwester geschmiegt lächelt sie, den heißen Körper ihres Sohnes an sich gedrückt. Er ist hier. Er hat sein ganzes Leben vor sich. Nethe und sie beginnen zu tanzen.

Anmerkung der Autorin

Im Juli 1518, mitten im heißesten Sommer, den Mitteleuropa bis dato gekannt hatte, tanzte plötzlich eine gewisse Frau Troffea, wie die Quellen sie nennen, in den Straßen von Straßburg. Es war kein gewöhnlicher Tanz – er dauerte ununterbrochen an, war eher Trance als Ausdruck von Lebenslust. Sie tanzte tagelang, und jeder Versuch, sie zum Ausruhen zu bewegen, schlug fehl, bis der Vorfall schließlich die Aufmerksamkeit der Einundzwanzig, des Rats der Stadt, erregte und sie zum Schrein des Sankt Veit, dem Schutzpatron der Tänzer und Musikanten, gebracht wurde. Nach einem Bad in der dortigen Quelle hörte sie auf zu tanzen.

Doch es war zu spät. Die Tanzwut hatte sich bereits verbreitet, und sie dauerte zwei ganze glühend heiße, frenetische Monate an. Auf dem Höhepunkt tanzten bis zu vierhundert Menschen, von denen bis zu fünfzehn pro Tag gestorben sein sollen. Es war der größte Ausbruch solch einer Manie, der je verzeichnet wurde.

Allerdings war das kein Einzelfall. Zwischen dem 14. und 17. Jahrhundert gab es regelmäßig Ausbrüche von Tanzwut oder Choreomanie. Manchmal wurden sie eingedämmt und konzentrierten sich auf die Zeit um den Gedenktag des heiligen Veit. Manchmal nahmen nur Kinder daran teil, manchmal hauptsächlich Frauen. Oft gehörten die Tanzenden zu den Schwächsten der Gesellschaft, ob nun aufgrund ihrer sozialen Stellung, ihres Alters, ihrer Abstammung oder ihres Geschlechts.

Daher war – und ist – eine der gängigsten Erklärungen, dass es sich um eine religiöse Manie handelte. Die Existenz Gottes und des Teufels stand im Mittelalter außer Frage – sie war eine Tatsache, so real wie das Wetter oder der Hunger. Schließlich wurde das Wetter ja von Gott gesandt, genau wie Dürren und Hungersnöte. Insbesondere das 16. Jahrhundert wurde von extremen Wetterereignissen heimgesucht, die sich heute leicht wissenschaftlich erklären lassen, doch damals gab es nur eine einzige Erklärung für die endlosen Missernten, die unerträglich heißen Sommer und die Winter, die so kalt waren, dass die Menschen in den Straßen erfroren: Gott hat die Menschheit bestraft, und diese muss Buße tun.

Am Ende des 15. Jahrhunderts hatte der Herr eine Warnung gesandt: einen Kometen, den viele bekannte Prediger wie etwa Johann Geiler von Kaysersberg, von dem sich Sophey in *Der Tanz der Frauen* besonders angetan zeigt, als ein Zeichen der Verdammnis deuteten. Der Komet versetzte das gesamte Elsass in Panik, eine Panik, die noch verstärkt wurde durch den Grenzkrieg zwischen dem Heiligen Römischen Reich und dem vorrückenden Osmanischen Reich sowie zwei Jahrzehnte der Überschwemmung und Dürre und der damit einhergehenden Dezimierung der Ernten. Die Ärmsten der Armen wurden gezwungen, sich Geld von der Kirche zu leihen, die mithin eher als kaufmännischer Betrieb fungierte denn als Stellvertreter Gottes.

Die Verbitterung zwischen den einfachen Leuten und der Kirche nahm so sehr zu, dass es regelmäßig zu Aufständen kam, die mittlerweile eine ständige Bedrohung darstellten. Hungernde Bauern griffen gegen Gläubiger und Grundbesitzer zu den Waffen und wurden auf der Stelle gehängt. Die Wut wuchs. Es kam zu mehr Hunger, mehr Revolten, mehr Hinrichtungen durch den Strang. Während das Heilige Römische Reich immer stärker aus den Fugen geriet, dehnten die Osmanen ihr Reich stetig weiter aus. Die Angst vor diesen braunhäutigen Invasoren verwandelte sich in fanatischen Hass, als Pamphlete in Umlauf kamen, in denen sie als auf der Erde wandelnde Dämonen beschrieben wurden; grausame Worte, die mithilfe der in Straßburg entwickelten Druckerpresse mühelos vervielfältigt werden konnten.

Während dieser verwirrenden Zeit begann Frau Troffea zu tanzen. Für Arbeiter:innen war das Leben damals besonders aufreibend, da sie keinerlei rechtliche Befugnisse hatten, weder in der Kirche noch im Staat, der Gesellschaft oder zu Hause. Vielleicht quälten sie die Weltuntergangsstimmung, die um sie herum verbreitet wurde, und sie verloren den Verstand. Vielleicht aßen sie minderwertiges Brot aus Roggenmehl, das mit Mutterkorn verunreinigt war, einem Pilz, der Nervenkrämpfe auslöst sowie ein brennendes Gefühl in den Gliedern. Vielleicht konnten sie sich kein Brot leisten, gingen im Schwarzwald Pilze sammeln, um ihren Hunger zu stillen, und nahmen halluzinogene pflanzliche Substanzen zu sich.

All diese Erklärungen wurden diskutiert, doch es ist John Waller, der in seinem herausragenden Werk *A Time to Dance, A Time to Die* (2009) das zwingendste Argument dafür vorbringt, dass es weder einfacher Wahnsinn war noch eine Vergiftung, sondern eine religiöse Massentrance, ausgelöst durch die einzigartigen Zwänge und Überzeugungen der damaligen

Zeit. Für die heutige Leserschaft ist es nur schwer nachvollziehbar, welche alles beherrschende Rolle die Religion im Mittelalter spielte und wie vollständig sie sämtliche Lebensbereiche durchdrang, von der Heilkunde bis zur Strafzumessung, von den Steuern bis zum Sex. *Der Tanz der Frauen* verdankt John Wallers Untersuchungen enorm viel, wenngleich ich mir in meinem Roman auch große Freiheiten genommen habe. Wer mehr über die Tanzplage von 1518 erfahren möchte, sollte unbedingt zu seinem Buch greifen.

Wie bei allen Romanen habe ich auch bei der Arbeit an *Der Tanz der Frauen* eine Menge gelernt. Es ist ein Leichtes, Verbindungen vom Damals ins Heute herzustellen, etwa was die Einstellungen zur LGBT+-Gemeinschaft angeht, zu Einwander:innen, zur Klassengesellschaft. Wir sind so weit gekommen und doch nicht annähernd weit genug. Die Machtstrukturen, innerhalb derer wir uns bewegen, tragen zwar nicht mehr den Namen »Gott«, sind aber noch immer sehr prägend. Die Welt im Ganzen ist weiterhin zu oft ein Ort, der Menschen, die anders leben, aussehen oder lieben, feindlich gesinnt ist. In *Der Tanz der Frauen* wollte ich meinen Figuren einen Ort anbieten, an dem sie sicher und sie selbst sein können. Es tut mir nur leid, dass die Außenwelt dort Einzug halten konnte.

Abschließend noch eine persönliche Bemerkung: Da ich während der derzeitigen Pandemie wiederholt Fehlgeburten erlitten habe, wollte ich diese Erfahrung in meinem Roman darstellen. Obwohl jeder hundertste Mensch davon betroffen ist und Fehlgeburten in einer von drei Schwangerschaften passieren, gibt es noch nicht genügend Geschichten, die diesem besonderen Schmerz und dieser besonderen Liebe auf den Grund gehen.

Lisbet ist mein Versuch, all denen einen Spiegel zu bieten, die ebenfalls darum ringen, sich selbst zu sehen, und ein Fenster denen, die eventuell Einblicke benötigen. Ich hoffe, Sie missgönnen ihr nicht das Ende.

Kiran Millwood Hargrave, November 2021

Danksagung

Alle Romane enthalten einen Teil des Herzens – *Der Tanz der Frauen* enthält sämtliche Bruchstücke des meinen. Danke an die Menschen, die mich bei diesem schwierigsten aller Prozesse unterstützt haben.

An meine Redakteurin, Sophie Jonathan, die mir half, die richtigen Wörter und den richtigen Weg zu finden. An meine Agentin, Hellie Ogden, dafür, dass sie mir gesagt hat, ich solle mir Zeit zum Heilen nehmen. An die gesamte Belegschaft bei Picador, von den Korrektor:innen bis zu den Schriftsetzer:innen, von den Lektor:innen bis zum Marketingteam, von den Presse- und Öffentlichkeitsreferent:innen bis zu den Vertreter:innen. An all die wunderbaren Leute bei Janklow and Nesbit, sowohl in den USA als auch im Vereinigten Königreich. An Kirby Kim für seinen absoluten Glauben. An Rakesh Satyal und alle bei HarperOne.

An Buchhändler:innen, Bibliothekar:innen, Leser:innen überall.

An Katie Ellis-Brown für frühe Beratung. An Elizabeth Macneal für frühere Beratung. An Sarvat Hasin und Daisy Johnson für die früheste Beratung.

An meine Familie, meine angeheiratete Verwandtschaft, meine Freunde und Freundinnen. Insbesondere an meine Mutter Andrea, meine Schwägerinnen Miranda, Madi und Milli sowie an Katie Webber. An meine geliebten Cousins und Cousinen, Nichten und Neffen und die Babys, die geboren wurden und heranwuchsen, während ich diese Geschichte schrieb – sie alle sind Wunder.

An die Menschen, die uns halfen, die Katastrophen durchzustehen. An Dr. Ingrid Granne, Ginny Mounce, Emily Carson und Zoe Seargeant.

An die Babys, die wir verloren haben. An alle, die wissen, wie sich das anfühlt.

An meinen Mann, Tom. Ich liebe dich.